文学陕军新梯队作家书系
陕西省作家协会◎主编

向老虎诉苦的人

贝西西◎著

作家出版社

序：一抹迷人的新绿

贾平凹

八位青年作家的作品摆放在我面前，就好像八个人站在我的面前，他们或高或矮，或胖或瘦，却都揣了一肚子的故事，一肚子的想法，以各自不同的姿势，不同的神情，不同的腔调娓娓地讲述着、叙说着，甚至唠叨着。他们说得那么全神贯注，说得那么情深意切，以至于让我心生感动，倏忽间看见了自己不太遥远的青年时光。

这八位青年作家多生于秦地，是黄土地养育的一群儿女。三秦大地多神奇，神奇的不光是这里的山山水水，沟沟卯卯，更有那些古老的传说，厚重的文化。生于斯，长于斯，骨子里难免就有了这块土地的脾性，血脉里自然就有了这块土地的因子——他们就像是这块土地上生出的几株小树，就像是这块土地上长出的几株庄稼，一边汲取着传统的营养，一边沐浴着时代的阳光，默默地扎着自己的根，长着自己的杆，繁茂着自己的叶，孕育着自己的果。而这一次的集中亮相无疑令人眼前一亮，欣喜的看见在陕西文坛的土地上又增添了一抹迷人的新绿。

作为这块土地上成长起来的作家，我和这八位青年作家大都见过面，说过话，虽然谈不上多么的熟稔，但对于其人其文，每每见之，却总能生出一股子说不出的亲切。这里面有地缘的因素，更有文化的姻近。我耳闻或者目睹过他们如何在纷繁喧嚣的当下抵御着各种各样的诱惑，独守着一份宁静顽强地跋涉、探索；我亲眼见证过他们凭借着汗水和努力取得的大大小小的收获。我常常在心底里为他们加油，为他们祝福；我也常常为为了他们的成长提供各种帮助的人们而心生敬佩。去年以来，陕西省委宣传部启动了“百名青年文学艺术家扶持计划”，包括这八位作家在内的二十余名青年作家被纳入其中，除了给予经费上的帮助，还多次组织学习班、培训班，邀请名家传道解惑；陕西省作协联合鲁迅文学院举办了鲁迅文学院陕西中青年作家研修班，为这些青年作家举行了拜师仪式，聘请了国内一流的作家评论家担任他们的导师。同时，在《中国作家》组织了作品专号，赴京组织了作品研讨会，并在《文艺报》等媒体对这些青年作家进行宣传，为他们摇旗呐喊。今年以来，文学院先后组织了“三秦文学季”系列讲座，聘请国内名刊大刊编辑进行系列讲课，帮助他们打开视野，拓宽思路；为了集中推介展示他们的创作实力，这次，文学院又选拔出八位青年作家，由作家出版社集中推出八部作品。现在，这八本书即将和读者见面了，是丑是俊，是咸是淡，就交给读者去品咂吧。

在和这些青年作家的交流中我说过这样的话，文学上有些道理本来也讲不出来，而且一讲出来就错了。因此，我不想就创作的方法原理一一赘述，我也不想就这八位青年作家的八部作品一一分析。我想说的是，创作需要个人的实力和努力，创作也需要一个良好的环境和氛围。幸运的是，在一大帮文学热心人的勤劳操持下，环境和氛围有了，就像唱戏的台子已经搭起来了，开场的锣鼓已经敲起来了，接下来戏会唱得怎么样？我期待，我有信心。

2015年8月　西安

目　录
CONTENTS

最后一颗柿子

在三天严寒风雪的洗礼下，它终于完成了一个果实不寻常的轮回。

毛毛和我相依为伴。

毛毛不喜欢上学前班，毛毛说学前班里的饭不好吃，毛毛这是在撒谎，毛毛常常是没得饭吃的。她的爸爸妈妈去城里打工了，奶奶中午不给她做饭，毛毛只是不喜欢学前班。

毛毛的头发总是乱的，两只小辫一上一下地跳，总是好像被谁刚刚在头上揉过一番似的，脸上也总是莫名其妙的脏，这全是她在田野里鬼蹿的结果，毛毛还有一条晶亮的鼻涕虫时不时地就悄悄下来了，每当这个时候，毛毛总是用力一吸，那条晶亮的鼻涕虫瞬间就不见了，但是过不了一会儿，它悄悄地又恢复原状了。

晚秋的清晨，毛毛和我走在田埂边，我走得快，毛毛迅速地跟进，有点跌跌撞撞的。我总是很烦她，一天到晚黏着我，就像一条小尾巴。她仿佛也是知道的，有点底气不足，有事没事就挑两句我喜欢听的说给我听。有时我也不忍心，便停下等她一会儿。这个小毛丫头，实在让人没办法，也不回家，也不去学前班，整天跟着我，她到底想干什么？

毛毛不小心跌了一跤，我过去扶起她来，我终于良心发现了，把她胖乎乎的小脏手拉在手里一起走。这下毛毛可满意了，抬起头，快快地跟进，温暖地看着我，那条晶亮的鼻涕虫就又下来了。这个时候，毛毛问我：你到底要干什么？咦，这才奇怪呢，这本来是我要问她的话，她却来问我，这个小屁孩儿。

毛毛一边走一边唱着她刚刚自编自导的歌谣，两只手还在空中翩翩而愉快地舞：一个虫虫呀，爱在土里挖，挖呀挖呀，认真挖呀，碰到另一个虫虫，另一个虫虫问它，你为什么挖土？它说：我挖土不是遇到了你吗？

我被这怪异的歌谣给逗笑了，我问毛毛："那另一个虫虫为什么挖土？"毛毛愣住了，她想了想说："因为土里有土。"多么怪异的回答。

我们来到村子边的柿子林里，我们总是来这一带玩。柿子已经成熟了，人们已经将柿子摘下来卖掉了，很大很好的柿子已经没有了，现在只剩下一些半青的或者长得有点奇形怪状的还在树上。那些奇形怪状的也有熟透了的，通红地挂在树上，过不了几天就会落在地上。

我爬上树给毛毛摘了几颗奇形怪状的柿子，然后让毛毛用衣服兜着，我说："让你奶奶回去给你做柿子饼吃吧。"毛毛想了想，叹口气说："我奶奶才不会给我做呢，她整天在忙着打麻将。"我摸摸毛毛的头，这个丫头啊。

接着从柿子林里出来，我和毛毛就跑到高速路上去看车了，高速路上的车开得真快，风一样的就过去了，那种大卡车过来时，会掀起一阵阵尘土，瞬间便驶出去好远。毛毛和我趴在栏杆上看，看得很入神，毛毛说：要是我也能跑得像车那样快该多好，能够很快很快，一下就可以去城里，一下就可以去姥姥家，一下就可以去看看老师说的海了。我点点头。毛毛对海洋很向往，她不止一次和我说过。毛毛就是喜欢快，甚至成长都让她很着急，她才五岁，就总是叹气。我问她，你为什么总是叹气，她说，长得这么慢，把人可愁死了。我听了后，哈哈大笑。但后来，我不笑了，我理解毛毛了，她想做太多的事情了，可她做不了。我问毛毛，快好吗？毛毛说：好，很好。

那天回家，我用给毛毛摘下来的那个柿子去了皮，和了面粉，给毛毛做了柿子饼。油吱吱啦啦响着，柿子饼在油锅里慢慢变成金黄，甜甜的馨香在空气里飘浮，毛毛聚精会神地看着。第一个出锅时，我给毛毛用只小碗装起来，然后给她一双筷子，她小小的胖手捏着筷子，显得那么滑稽，筷子让她拿在手里就像捏了一只巨形圆规一样。她吸着嘴巴吐着热气咬着柿子饼，冲我说："比学前班里的饭好吃多了。"她真是会装模作样，她才上了几天学啊，吃了几天学前班的饭啊。

我说："那明天可以去学前班了吧？"毛毛吃完最后一口柿子饼，然后看看我，认真地摇了摇头，说："学前班太慢……"真是莫名其妙的话，我问她，怎么叫慢，学前班怎么个慢法，这让她很烦恼，好像和我说不通似的，她摆摆手，摇摇她乱草一样的小脑袋，不愿再说了。哎，说不清，理还乱。

这真是一个莫名其妙的怪丫头啊。

过了一阵，毛毛又和我去村子里的柿子林里转，这时霜已降了许久了，林子里的柿子都落光了，有些熟透了从树上落下来，摔在地上，橘红色的果肉溅开来，被几只乌鸦飞来愉快地当了午餐。

毛毛和我转来转去，发现树上的柿子都已经落光了，有些柿子已经化到土壤里去了，看不见了，这果实把自己还给土壤了。

毛毛有点失望，因为她还想要再吃一次柿子饼。她百无聊赖地咂吧咂吧嘴。

这个时候，我和毛毛同时看到了，看到了那颗柿子，它高高地挂在林子里最粗的一棵树顶上。它硕大，滚圆，它红得透明，像一盏小灯笼，它可真美丽啊。它艳红的外皮上还有一层薄薄的霜，使它看上去很神秘。

这棵树太高了，我根本爬不上去，而且这颗柿子长在树顶上。连仰起头多看它一会儿人脖子都觉得累，还别说上去摘它了。这颗柿子是这个林子里的最后一颗柿子了吧。

毛毛站在树下看了会儿，她说：“我可不想用这颗柿子做柿子饼……”我问毛毛，为什么？毛毛说：“不知道。”

想象一下，这片柿林的柿子全都落光了，而只有这一颗柿子还挂在这片柿林最高的一棵树的树顶，像一盏灯一样标志着这片树林的高度，多么奇怪。

毛毛问我：“这最后一颗柿子，你说它挂在那里累不累？”我低下头看毛毛，这个丫头一天净问一些非常怪的问题。我没吭声，我只对她说：“你该去上学前班了……”毛毛听了我的话，也没有吭声。接着她又问我：“你到底想干什么？”我听了她的话，也不吭声。

我和毛毛回家了，我们没有再摘到柿子，只看到了一颗硕大的挂在树顶的柿子，我们都很喜欢那个柿子，我们都在想，它总要落下来的，我们要等着它落下来时再来看它。

这之后，毛毛去上学前班了，被奶奶打着去的，老师笑眯眯地站在学校门口等着毛毛，但是没几天她又回来了，毛毛仍旧觉得学前班太慢，她还在学前班里闹事儿，在午餐时候引起骚乱，她可真了不起。

这一天，下小雪了，毛毛又跟在我的身后，她穿着厚厚的棉袄和棉裤，滚圆滚圆的。她几乎是一路滚着和我来到柿子林的，我们都在操心那最后一颗柿子。我们来到那棵最高的树下，毛毛伸出她被冻得发红的小胖手，指着那颗柿子说：“看！它还在那儿！”

我也看到了，树上有薄薄的雪，柿林里也有薄薄的雪，那些曾经落在地上的柿子该被乌鸦吃掉的被乌鸦吃掉了，该化进土里的已经化进了土里，成为柿林来年最好的养料，集体的轮回已经进行了一番又一番，而那颗柿子还挂在那里，孤独地挂在那里。对的，这颗柿子一定是孤独的，别人在成长时，它可能才刚刚结果，别人已经成熟了，它或许才成形，别的柿子已经红了，它还没长完满。它始终是脱离集体的，起初的时候它一定是很难过的，它总是一个人，现在它长得这么美丽，长得这么硕大，可它却很孤独，现如今别人都落了，它还一个人挂在树上，完成它作为一颗果实最后的轮回。

太阳出来了，夜里下得那点薄雪经这太阳一照，便化了。这时，太阳的光打在那最后一颗柿子上，它发出耀眼的光来，甚至通体透亮，简直像明灯一样，让我和毛毛叹为观止。萧瑟的冬天，整个柿林只剩下这一颗柿子挂在树顶，艳红的柿子像一个制高点一样在那里，它能与严寒对抗吗？别的果实在这样的严寒下，早已经被冻得没样子了，而它却仍是这样生机盎然，艳红透亮，这真是一颗神奇的柿子。

毛毛又问我了，她说："这颗柿子一个人挂在那里疼不疼啊？"我不知如何回答她。起风了，稍稍有点冷，我裹了裹衣服冲毛毛说："走吧，回，它总归要落下来的，只是时间没到。"

毛毛点点头，是的，哪有果子不落地的，不落地干什么？果子结出来就是要让人吃的，不让人吃就要落地，化在土里，最后成为来年的养料，这是轮回呵。

我和毛毛走出柿林，一只乌鸦哇——的一声飞过，我突然产生一个问题，为什么乌鸦也不去吃那颗柿子呢？我们爬不上树去将它摘下来，为什么乌鸦不去吃呢？我们村子周围的乌鸦最喜欢偷吃庄稼和果实了，它们为什么不去动那最后一颗柿子？难道这颗果实带有灵性，连乌鸦都会避开它？

嗯，我们一定要再来看这颗柿子的，我们等着它落地，它这么神奇，我们一定要走近它，将它看个仔细，看了明了，看个通透。

终于，一个月后，一场大雪来临了，当夜晚看到雪花漫天飞舞时，我突然心里动了一下，我想起了那最后一颗柿子了，我想这回它该落了吧。于是，睡下后，只等着天亮，去把它看一下。

天一亮，我就听到有人在拍我们家的门，我赶忙穿衣起床，走过院子去开门。是毛毛，毛毛包得只剩下一双眼睛露在外面，眨巴眨巴的。毛毛对我说："那颗柿子肯定落下了……"我笑了笑，然后出门。

雪好大啊，走过去连脚都埋进去了，雪还没有停，时不时地打在脸上，落在你的眼睫毛上。毛毛努力眨巴眨巴眼睛，好让眼睫毛上积下的雪花落下来，以免挡了她的视线。

田地里一片白色，我们连脚下的路都看不见了，只有深一脚浅一脚地探过去。毛毛被我拉着，就像个大皮球似的。

终于来到了柿子林，林子里的雪更厚，我们高高地拔腿，从雪窝里拔出来，向那棵最高的树移去，我们要去看望那最后一颗柿子。

啊，我们看到了，看到了，在漫天的飞雪中，那颗柿子竟然还挂在那里，那么美，在飞雪的映衬下，显得更美，红得妖娆了。

我和毛毛大张着口，不知说什么。毛毛又问那个问题了："它一个人挂着疼不疼啊？……"

这颗硕大的饱满的艳丽的果实呵，就挂在那里，让人举目观瞻，在这里寂寞地灿烂着。它仍旧是这片树林的明灯。它仍旧那么艳丽。它仍旧与严寒共舞。它仍旧这么孤独。

难道，这最后一颗果实不会落了？它长得这么慢，想来也舍不得落，但，这不可能啊？

我和毛毛站在树下看了很久，脖子都看累了，这颗果实不但没有落，好像还长大了一点点，多么不可思议啊……我们两个看呆了。

这个时候，不知从哪里来了一个老人，我们刚刚一路走来压根儿没有看到过老人，这个老人是从哪里来的？况且这样风雪交加的天气，哪个老人会往出走呢？

她弯着身子，腰已经直不起来了，一件乱七八糟的破棉袍裹在身上，一块大大的黑披巾包住了整个头，只露出一张脸，她的眼睛好像是有白内障，一块块小小的白点在眼球上。她仰起头往上看去，她看到了那颗柿子，她说："孩子，这是果灵呵，难得一见啊……"我和毛毛奇怪了，什么叫果灵？从来没听说过。老人笑了笑说："果灵，就是果子的灵魂，你们当然没听说过了。但能见到总是好的，这样会少走很多路。"我糊涂了，毛毛更是像听天书一样，什么果子的灵魂，什么少走很多路？好奇怪呵，我们听不懂。

这个老人笑了笑，然后转身走了。不一会儿就消失在漫天的风雪中了，雪更大了，夹杂着西北风打在人的脸上简直就像小针不停扎上来一样。

我拉起毛毛，出来这么半天，我们又没吃早饭，这会儿要给冻死了呢，要赶紧回到家里去喝一口热汤。我们往回走，临走再看一眼那颗柿子，多么硕大多么美丽的果实啊。

这场大雪下了三天，连我家的窗台上都堆了厚厚一堆，雪大得连路都给封住了。这三天，我连毛毛的影子也没见，不知道毛毛有没有去上学前班，毛毛的奶奶每天早上都会揍毛毛一顿，嫌毛毛不愿去学前班，并且总是在说一些莫名其妙的话。

三天后，雪停了，太阳出来了。

世界多么干净呵，白得耀眼，雪后清晨凛冽的气息，一闻都让人忍不住打个喷嚏，多么清冽而美好的早上呵。我一打开门，发现毛毛又在我家门口等我了，毛毛嘴里叼着半张葱花饼，然后伸手递给我半张，我看看她的手，为什么她的手总是这么脏？她又动过什么让她好奇的东西了？我接过那半张葱花饼在嘴里咬起来，我们两个都知道，接下来我们要去干什么了。

我们不声不语，又往柿子林里走去。太阳照着雪后一望无垠的田野，在某一个瞬间雪地上竟闪出五彩的光来，但只是一下就不见了。我和毛毛一个雪窝一个雪窝踏过去，走得很艰难，我每走出去一步要转过身来将这个五岁的毛丫头从陷进的雪窝里拎出来，就像拎一只胖胖的桶一样。

我们终于要看到那颗柿子了，我们有点激动，甚至已经是在柿林里爬行了，这颗最后的柿子像我和毛毛的一个秘密一样引诱着我们。

终于，我们看到它了，在三天严寒风雪的洗礼下，它终于完成了一个果实不寻常的轮回。它终于不再饱满，不再亮丽，不再像一个明灯一样照耀着这个树林，但它没有落，它风干了，风干成一个奇怪的形状，还是挂在枝头。这颗果实怎会这样迅速地就风干了？

我们看到它的果肉全部隐去，像蒸发了一样，只有外面皱巴巴的皮包着里面几个大得惊人的果核，我突然觉得这颗风干的果实像极了一颗老去的心脏，紧致而简洁，它紧紧贴着树枝，仿佛要再从这枝条上长回去一样，它会再长回到这棵树里去吗？会吗？会吗？

这真是一颗所谓的果灵吗？它长得如此慢，它在枝头见到了风，见到了翱翔的飞鸟，见到瑰丽的阳光，见识到一个果实能见识到的最大自由，现在它风干了，它要长回到树里去了吗？它是为了什么？

我们不会再来看这颗果实了，我突然发现它落与不落已不是那么重要的问题了，真的不重要。

这时，毛毛又问我了："这颗柿子老这样挂着疼不疼啊？"

我想了想，终于回答了一次毛毛的无聊问题，我说："疼，很疼。"

春天到来时，毛毛乖乖地上学前班了，她不再问那些莫名其妙的问题了，她说的最后一句莫名其妙的话就是："慢就慢吧，上哪找快去啊。"

我听了这句话，沉思了很久。

失　语

村子旁有一个瀑布，瀑布不大，也就三四米高，水却丰沛，逢到雨季，远处便可听到震耳的水声。瀑布下边有个浅浅的潭，里面怪石林立，其中有一尊石头，特别像个人，像个皱着眉头在凝思的人，时间久了，肩上长了厚厚的青苔，不过这石人并不寂寞，仔细看去，那潭里别的石头，也有像画眉的，有熊，还有猪。

白语小时常来这里玩，白语顶个茶壶盖的头发，白语是个小哑巴，从生下来时，就不会说话，甚至连哭都不哭，后来两三岁时虽有啊啊地轻声发音，却从未开口说过一句话。白语家是这里的大姓，姓蒋，人们都知道蒋家三儿子的最小孩子是个哑巴。

瀑布是白语最喜欢去的地方，白语在那一待就可以待上一天，他静静坐在那里，凝望着瀑布，或者瀑布下面潭里的石头。有一只狗总是跟随白语，那是祖父给白语的，那只狗在村子里的铁匠铺里被热的铁花溅在了眼里，从此，它的一只眼睛变成了玻璃花状。

祖父捡到这只小狗，涂了獾油在它眼上，但那只眼仍是废掉了。刚开始几天，小狗走起路来总是一边倒，它还不能完全适应它已失却了半个世界的现实，常常走着走着就一头撞在门上，咚的一声，后来，它终于适应了，终于学会了从一只眼里审视这个完整的世界。

白语有时看着看着，他有一种奇怪的感觉，他发现，他从小狗的眼里看到了两个世界，两个瞳孔交替出现。白语给小狗起名叫花花，这名字听起来仿佛生机盎然，但花花并不如它的名字，它的毛色灰白，看了总让人感到干枯。

村庄里的孩子们也和白语玩，白语不会说话，只能总是跟在他们后面，他们商量什么的时候从来不会注意到白语，但白语从来没有掉过队，这一帮孩子从未有人想过，为什么白语从来不会说话，但却知道他们要干什么，两帮孩子在一起玩打仗游戏，白语也知道，攻与守，知道何时冲锋，仿佛从一开始就是这样的，没有任何磨合的时间。他们也都非常放心白语，甚至常常会把不会对别人说的话说给白语听，因为谁都知道，蒋白语是个哑巴。白语明白，这些孩子对他说的这些话并不是信任他，而是因为他不会说出去。

夏天时，这帮孩子们脱得精赤条条地泡在瀑布下面的潭里，潭的下方连着条河。整个夏天，孩子几乎都在这河里度过，打水仗，摸鱼，只可惜，这河里的鱼太小了，一只只摸上来，倔强地在孩子们的手心打着挺，不一会儿再被放回到河里去了。放生的感觉也是白语喜欢的，别的孩子最喜欢的是手掌心里摸到小鱼那一瞬间的激动，而白语则激动于小鱼从他的手心里重获自由时的最后一下挣扎。这非常美妙！

太阳下山时，孩子们陆续从潭里捞起已泡得发胀的身体，慢慢向家走去，白语不，白语还在潭里待着，他的小狗花花蹲在一块大石上用一只眼睛安静地看着白语的身体继续在潭里沉沉浮浮，茶壶盖的头发漂在水上，一串串水泡从水下冒上来。有时花花会突然叫一声，汪——白语这时才懒洋洋地从水底冒上来，爬到石头上，和花花坐在一起。他看着潭中那个皱着眉头的石人，久久看着。他总是觉得这个石人身上有个秘密似的，很奇妙的秘密。

母亲的悠长的喊叫在黑夜中是极有穿透力的“死个伢崽，阿语啊……”白语站起来，向村里走去，后面跟着花花，灰白的尾巴在黑暗中一圈一圈地抡着。

母亲仿佛是记不起这个孩子的，白语上面还有一个姐姐，一个哥哥，他们都集中了父母身上的优点，一个俊俏，一个英武，唯有白语，苍白瘦弱，茶壶盖的头发一盖下来，只剩一双大眼，凄茫地看着你。脸颊处瘦下去，完全不像这家里的人，只有祖父对白语的关注却要多于别的人。母亲有时打从背后看着这孩子，单薄冷硬的身形，走起路来一步一步探出去的样子，就想：这哪里像乡下人的孩子？白语生下时，就白，完全抛弃这个家族传统的黧黑面孔。祖爷当年是读过书的，给他起名叫白语，不知日后竟真的成了一个暗语，白语三岁时，人们终于明白了，白语是个哑巴。

哑巴也有哑巴的好处，人们说话从来不会躲着他，而白语的表情让任何人看了也有一种信任的感觉，他仿佛总是在另一个境界里，有时拍一下他的肩，他才像是从梦中醒来一样，啊——一声。有时你在说话，他看着你，薄薄的唇线紧紧地抿着，也或许只专注于自己手里的木手枪，把个枪掩弄得啪啪响。更让人放心于他对自己说话内容的不关注。

这天晚上，父母吵架，起因是父亲喝酒，但吵着吵着就吵到了白语的身上，母亲怨父亲，白语不会说话可能就是当年他喝了酒的原因，父亲听了，总是冷笑一声。他们低声地吵着，但却没有完全顾忌在一旁的白语。他们以为，白语是听不懂的，其实他们错了，白语什么都明白，为什么明白，白语自己也说不清楚，这些嘈杂的声音对白语来说，完全像是污染，他真不想听见，这时白语的小耳朵便会自动关闭，世界清静一片。

如果没有那件事，或许白语会一直清静下去，只能听见瀑布的声音，或者小狗花花的声音。但八岁那年的一场火灾，使这一切都改变了。

那一年的夏天很奇怪，天空常常出现一种少见的紫色，每当傍晚时，紫色便弥漫天空，映得人的脸膛也是紫的。这天傍晚，白语一个人，双手背在后面，在场上踱着步，场是一片空地，刚割完的麦子都堆在场的边上，人们在场里扬麦，把麦秆再堆成一个个小山堆似的。白语走到场的中央，他看到天边的紫色这时尤其浓烈，一团一团搅在一起，白语便躺在了场的中央，看着天边，看这些紫色的云团都像什么。有些像玉兰，有些像磨盘，也有的像个老人，哈哈，那朵小小的像是花花呢。正在白语看得津津有味时，他没有意识到火苗已经蹿起来了，白语沉浸在紫色的云团里，毫无知觉。当他站起来时，麦场上已是大火雄雄了，白语惊恐地看着这一切，来回地看，橘红的火焰形成一个圆圈，一点点向白语扑进，白语左突右进都出不去。这时，天边的紫色云团迅速退去，银灰的夜色升上天空。火越逼越近，白语感到自己的脚底板已经在发烫，这一切来得这样迅猛而突然。天在火光的燃烧中显出变形的样子，白语甚至听到火焰发出的吱啦啦的声音，这声音像无数只小猛兽想要噬咬他的每一寸皮肤和细胞。这时白语平生从未有过的恐惧突然从身体里升起，这种气流猛烈地向上升腾，这股气流太强大了，强到撑开了白语的嘴巴与鼻孔，甚至让他感到一种疼痛，连他的天灵盖都要掀开了，白语紧握着拳头，这时他发出了生平的第一句话："救命啊……救命啊……"这句话一经喊出，白语像疯了一样，拼命地喊着救命，声音嘹亮悦耳。麦场上火焰肆虐，白语在这火焰里变成一个小小的点。

村里有人三三两两跑来，手里拎着水桶和木盆，他们跑向河边，打水而来，有人打湿了衣服，扑打着火苗。不一会儿，这场战斗发展成几十人，当最后一丝火苗被扑灭时，火场的周围形成了一个黑色的大圈，白语就站在这个圈的圆心上发抖。这场火灾如果说白语明白了一个道理的话，那就是他终于明白，人在极端环境下如果不能发出声响，那种寂寞与孤独比失去生命还要可怕。

从此，白语会说话了，白语不再是一个小哑巴了。他像一个正常孩子一样流利地说着话，应答自如，只是他不喜欢说。

好多天后，一个秋天的正午，母亲在院里捡着黄豆，白语在树下摆弄自己的弹球，突然母亲发了一句问："为什么你那么长时间装着不说话？"

白语头也没抬道："我没装。"

“还说没装，你喊救命时的话连贯清晰得就像一个说了八年话的孩子。”一个母亲这样说话，突然让白语有一丝羞耻，仿佛如果不是想活命，他仍旧是不会开口说话的。

白语沉默了。

祖父这时恰好走了过来，他摸了摸白语的头，道：“说个话有什么了不起的，说和不说没什么区别。”

别的人都知道了白语不是个哑巴，都感到很惊奇。但有一件事他们不知道，白语从此失去了一种功能，以前他不想听见的声音，他就可以听不见，但现在不行了。声音每天都以各种各样的方式进入到他耳朵里，白语越来越感到脑袋的沉重。

那些曾经当白语是哑巴的人再也不找白语说话了，他们客气地看着白语，拍拍白语的肩膀，然后走过去，甚至他们的眼神里都流露出一种奇怪的东西，那些他们曾说给白语的心里话，那些不愿让人看到的懦弱，白语可还记得吗？

那些伙伴们把曾拿来给白语说的话都说给岸边的芦苇听了，那些芦苇听了仿佛也是不堪重负，被压倒了一片又一片。

最美的女人阿蓝站在白语的面前，用手搅着头发，眉头紧了又松，松了又紧，她说：“白语，你这孩子真是命大……呵呵呵呵呵呵……”她就那样看着白语，一直笑着，一直笑着。不知为什么，白语觉得那笑声很刺耳，他想关上耳朵，却怎么也关不上了，那笑声一直穿过白语的身体，白语一阵阵发麻。白语仰头看着阿蓝，看阿蓝挺起的胸部，这衣服里的胸部白语曾经见识过，那是在河边的树林里，阿蓝和一个众所周知的有着两个孩子的男人在一起。白语捂起耳朵就想逃掉了。

白语怯怯看着阿蓝说：“我什么也没看到……”说完飞也似的跑掉，阿蓝远远看着白语，喊：“什么意思啊，个小崽子，说话没着没落，小心点……”说完小心瞄瞄周围，转身走掉。

母亲一天比一天爱对白语说话，白语有一个很好的习惯那便是倾听，非常纯洁地倾听，毫无杂念地倾听。母亲一边做着针线，一边对白语说话，无非是家长里短，抱怨生活，母亲的嘴不停地动着，在白语听来却只有一个东西，那便是抱怨和不满。这个儿子耐心地倾听一下成了母亲最合意的儿子，最柔顺的儿子。奇怪的是白语不会说话时，她却从来不对着儿子说，如今儿子还是不说一句话，但她却开始滔滔不绝。这些词组像是排着队一样，源源不断地从母亲的嘴里跑出来，走过厅堂，穿过桌椅，来到门前，爬上倚着门站着的白语的脚尖，再从他的身体往上爬，爬进他的耳朵里。白语突然发现过去听不到声音时的母亲比现在的母亲让他亲近得多。

父亲少有的会和白语交谈，这真是奇怪，父亲问白语："以前不说话时，你的耳朵能听见吗？"

白语说："想听见时，就可以听见，不想听见时，就听不见。"

父亲撩起眉毛看一眼白语说："这叫什么话，能听见就是能听见，听不见就是听不见。你这孩子怎么会说话了，一天净说些神神叨叨的话。"停顿了一下，父亲又补充到："不过你现在又可以说话了，这总是好的，不用别人再把你当不健全的孩子看了。"

白语想，声音除了使他捡回了生命，接下来的一切都不太美好。过去白语听到鸟叫就是纯粹的鸟叫，听到水声是纯澈的水声，甚至只要他愿意他觉得他都可以听到鱼在交谈，可现在这些声音里全部都掺杂着人的声音。这些人的声音都是嘈杂而不堪的，震得白语耳膜鼓似的一震一震，逃都逃不掉。

白语一天一天的开始头疼，这是怎么回事呢，看了好多医生，都看不好，就好像脑袋里有无数的针左刺一下，右刺一下，白语这个孩子一天快要是捧着脑袋在走路了。仿佛总是头重脚轻，瘦弱的身子仿佛随时都有可能被这脑袋压垮一样。白语眼睛里的光都散了，就仿佛脑里装了过多的事，压了他身体里的某种东西一样。

终于在一个傍晚，白语站在父亲的床前说："我不想说话了，我还是想成为一个哑巴。"父亲看一眼这孩子，用手一拂，抽一口烟："去去去，别来烦我，一天净说疯话。小小的人，能成精得很。"这时十一岁的白语突然发现，他所说的语言和人们所用的语言是不一样的，虽然是一样的词组，却仿佛两条并行的直线，永远不可能交叉，甚至融合。

鼓了许久的勇气，白语终于对母亲说：“我脑袋很疼呵母亲，好像里面存了很多很多的话，钢针似的，我不想存，我想说出来，可我说不出来，说了也好像没说，好些话，还在我的脑袋里。”母亲吃惊地看了看白语，伸手摸摸这孩子的额头。然后没吭声，悄悄地跑向里屋，对父亲说：“完了，我看这孩子是犯了病了，不知你家遗传里又跳什么神了。像个小怪物一样。”

白语不说话了，他想，语言是用来干什么的呢?

十一岁的少年白语，终日头疼，他用手一遍又一遍地搓着自己的脑袋，好像搓一遍，这脑袋就会轻一些似的。小狗花花也长大了，长成了一条健壮的大狗，只是他的皮毛仍旧不是太光滑。

瀑布边白语还是常常去，一直在那里坐到深夜，这一段时间，瀑布到了雨季，声音轰隆作响，白语在这里久久坐着，仿佛在这里坐得久了，水声便会盖过他脑袋里的那些声音。一天晚上，白语作了一个梦，他梦到，自己变成了瀑布底下的一个石人，到半夜之时，瀑布的水便停了，那里面所有的石头都活了，那个眉头总是皱着的石人也活了，活着时他便不皱眉了，他与白语交谈，他们的交谈很快乐，他们的声音不是从嘴里发出来的，是从身体深处的某个地方，真实而有力，而不像现实里，人们都躲在语言的后面。有鸟在旁边飞，有狗熊在打滚，还有花花，花花在梦里竟然也会说话了，它对白语说，白语白语。白语就笑了。

白语这孩子真是多灾多难啊。父亲坐在桌旁说了这么一句话，母亲附和着说，就是啊，都是你那一年喝了酒，才有白语，要不怎么会这样，你还喝，喝死你吧……

十一岁的少年白语又出事了，这一次才让人惊奇，从小在河边玩耍的白语竟然被水差点淹死，被从河里捞上来时，脸已经白得像一张纸了。没有一点呼吸，据说心脏停止跳动了十几分钟，最后终于醒过来了。

少年白语躺在床上，感觉如临梦境一般，但他清楚地感觉到的是，脑袋轻多了，他张了张嘴，一点声音也发不出来……

祖父站在门前看着少年白语，悄悄转身走掉，他知道，从此这孩子再也不会说话了。

透明阳光

两幢高楼之间有一条小道，恰巧明媚的阳光从这里穿过，阳光是透明的，非常美妙。窝窝是一个乞丐，因为从小有点智障，只好当了乞丐。有时候窝窝也是聪明的，完全不像一个智障的人，窝窝眼睛骨碌碌转着，与人对答如流，可有时，窝窝便又眼神迷离起来，反应很迟钝，人们便知道，那是窝窝又犯病了。

窝窝很可怜，一早上也没有讨到吃的，感觉要饿死了，城市里到处是大楼的黑影，这里一片，那里一片，到处都是阴影，就像一张布满阴影的光怪陆离的地图，窝窝难过地想。窝窝背着自己的一只纸箱子，那是一只漂亮的纸箱，是窝窝一年前从一个楼道里捡来的，上面有很多花草，像一张春天野外的地毯。窝窝很喜欢这个箱子，一直背在身上，没事了便铺在地上，躺下来，晒太阳，这是窝窝最重要的享受了，晒太阳对窝窝来说与进食一样的重要。于是这只漂亮的纸箱子对窝窝来说也变得非常重要。有一次，一个捡破烂的从窝窝手里抢，窝窝以死相拼，对捡破烂的来说这只箱子可以卖几毛钱，可对窝窝来说，这是他的一半人生。捡破烂的最后被窝窝打破了头，窝窝也被捡破烂的抓破了脸，捡破烂的指甲是黑的，伤好后，在窝窝的脸上留下了两道浅浅的痕，使窝窝的脸在蓬乱的头发下更显得有点沧桑了。那个夜晚，窝窝紧紧抱着那只漂亮的箱子，在黑夜里静静地流下了眼泪，窝窝想，如果被人抢走了这只纸箱子，他就不能晒太阳了，像躺在春天的河边一样的晒太阳，那么他活着还有什么意思呢？

现在窝窝就将那只漂亮的纸箱子铺在这两幢高层间的一个拐角那里，躺在上面，闭上眼睛，享受阳光的普照，窝窝早上没有讨到吃的，这时肚子很饿，不过无所谓，能够晒上透明的阳光，对窝窝来说与进食一样，有时窝窝怀疑自己是一棵植物，是需要光合作用的。窝窝两只手臂枕在头下，两腿交叠，非常舒服。他眼皮微微颤抖着，闭着眼睛，他能感到阳光是淡橘色的，发出淡淡的金光，他的眼皮感到微微的暖意，仿佛也在变成淡橘色，真幸福，窝窝想。窝窝开始幻想自己躺在一条河边，是春天的河边，河里的水在向前流着，发出快乐的声音，耳旁的草尖上有露珠，有鸟在树上打盹儿，窝窝想着想着就笑了。突然，窝窝的脚被人猛烈地踢着，他睁开眼，看到一个穿西装的人，胳肢窝下夹着一个公文包，站在阳光里他显得非常高大，挡住了窝窝美妙的阳光。这人站在阳光里大声骂着窝窝："个死要饭的，大中午躺在这里挡路，往边去，往边去……这个时候晒什么太阳，怨不得要饭呢，滚……"窝窝躺在那里没动，心想，这里又不是街道，我躺在这里晒太阳碍着谁了呢？这个人看到窝窝丝毫没有要动的意思，便在窝窝的肋上踢了一脚，这一脚踢得窝窝好疼好疼，都快喘不过气了。不过，窝窝想，为了能够晒太阳总是值得的。窝窝大多数时候都像一只过街老鼠，夹着自己的纸箱子缩着脖子低着头，弓着身子快速穿过一条又一条的街道，见了谁都躲，但有时窝窝又很犟，比如在晒太阳这件事上。窝窝知道，自己是谁也惹不过的，但窝窝又是有坚持的，窝窝想，他除了能坚持晒晒太阳，在透明的阳光里想象，他还有什么可以去坚持的呢？

窝窝继续晒他的阳光，现在正是春天，春天的阳光晒起来是最舒服的，在淡金色的阳光里能够冥想一会儿，那也是幸福的。有时，窝窝一边冥想着，一边就感到自己的身体飘浮起来了，从他那个肮脏而窝囊的外壳里抽拔出来了，飘浮在空中，像一只洁净的水母，对着躺在地上的自己微笑。窝窝问自己，是不是人常说的上天堂就是这样的感觉呢？窝窝微笑着，非常满意，由此，窝窝觉得自己的生活还是幸福的。不错，窝窝晒太阳已经晒出境界了。

又有人来踢窝窝了，是一个大婶，胖而矮，前脑有点脱发，而且这么喜欢发汗，现在才是春天，她便一头一脑的微汗，油腻腻的，仿佛为什么事很认真很着急似的。她抱着一个小孩子，大约不满周岁吧，想来是她的孙子吧，在她怀里扭来扭去，像条虫一样。大婶用脚踢踢窝窝，说："你啊，你看你年轻轻的，大中午不去干个啥在这里睡觉，你父母呢？也没人管，真是的，年轻轻的找个什么不好干，在这里晒太阳，有什么好晒的？怎么就不知道自食其力呢？向人讨饭，谁愿意给你，我还想让别人给我一口吃的呢……你这么年轻就在这儿睡觉，老了干什么去啊？……"窝窝闷住了，看着这个大婶苦口婆心地说他，他一句也听不进去，那些话从那个大婶的嘴里流出来，流到地上就化了，渗进地里去了，连找都找不着了，像水似的。窝窝微笑了，他不知该怎么办，他不想让这个大婶说下去了，因为这非常影响他的冥想，可这大婶仿佛心地很好很好，一屁股坐下来，坐在窝窝身旁的花坛沿上，继续开始她的说教："看你这孩子，还算白净，虽然脏了点，但去找口饭吃，总可以找到的吗，在这里晒太阳，就有出息了吗，真是的……也没人管，要是我的孩子，早让我打死了……"大婶越说越来劲，窝窝难过地想哭了，因为太阳慢慢地要走了，他还没有完全地好好晒太阳呢？大婶没有走的意思，窝窝突然心一横，竟然睡着了，窝窝就有这个本事，在他难受的时候，不能面对的时候，痛苦的时候，仿佛心里有一个小小的开关，吧嗒一声，窝窝就可以睡着，睡着了就像死过去一样，什么也不知道了。不一会儿，窝窝便发出微微的鼾声，抱着孩子的大婶看了看窝窝，抱起孩子，走了。走时，非常惋惜地摇了摇头。智障的人啊，真是没办法，她想。

大婶走了一会儿，窝窝便醒了，他笑了笑，继续晒他的太阳。

窝窝想，如果每一个人都要有工作的话，那他的工作就是晒太阳了，因为他在透明的阳光里可以看到很多东西，父亲母亲，还有外婆，这些人窝窝从来没有见过，窝窝是一个弃儿，又智障，在福利院里长大，后来从那逃了出来，这些人是他从来没有见过的，他是没有根的人。但窝窝在阳光里可以看他想看到的一切，看到这些他想见到的人，真的可以看到，他们在阳光里冲窝窝微笑，虽然，他们从来不向窝窝解释为什么丢弃了窝窝。窝窝觉得他也不想问，他在阳光里见到他们，只是相互看着微笑，他不想问这些问题，问与不问都是一样的，窝窝觉得。透明的阳光是我窝窝的家，窝窝对自己说。见到阳光就像回到了家，窝窝又对自己说。

又有人踢窝窝的脚了，窝窝无奈地睁开了眼，一个女的双手叉腰站在窝窝的阳光里，弄脏了我的阳光，窝窝想。这个女的穿着贴满亮片的衣裙，站在阳光里简直就像一条闪闪发光的鲤鱼，头上还别一个镶着假钻的卡子，简直浑身都在发光了，不，不是浑身发光，是浑身在折射着光。“你一天到晚地在这儿晒太阳，太影响我们小区的景观了，去去去，找个没人的地儿去晒去，个臭要饭的……”窝窝睁着惊异的眼睛问：“我怎么影响景观了，这不是所有人都在这里活动吗，这里不是公共场合吗？我在这里晒太阳和那些在这里带孩子的人不是一样的吗？”这个女的马上睁大了眼道：“哎哟，你还嘴硬得不行，你能和那些人比吗，你看看你，不是影响小区景观是什么，铺个烂箱子……”窝窝心想，夏天时，他明明看到很多人带了席子和那种野外的帐篷也支在拐角的草地这里纳凉的，怎么到他就不行了，窝窝在晒太阳这事情上，特别一根筋，特别要平等，特别要自由。那个女的飞起一脚，将窝窝的纸箱踢出一个大口子来，窝窝心疼了。“再不走，再不走，我叫保安了……”窝窝的眼里窝出了一层薄薄的泪，他站起来，捡起自己的纸箱夹在胳膊底下，走了，阳光将他的影子拉得很长很长。“一个要饭的，还讲什么道理……这年头，真是什么人都活反了……”这个女人恨恨道。

这时太阳已经差不多要下去了，窝窝不喜欢晒午后的太阳，午后的太阳是肮脏的，这是窝窝的想法。只有清晨与中午的太阳窝窝喜欢，那里面有希望有清新的气息，是透明的，而午后的太阳总让窝窝觉得混沌，在这样的阳光里，窝窝没法想象，只想昏昏欲睡。窝窝懒洋洋地往街上走去，他得开始他的行乞，窝窝站在天桥底下，有车轰隆隆开过。窝窝面前放着一个饭盒，里面零星有几枚硬币，窝窝不到天桥上面去，天桥上面的乞丐都比他厉害，他们都是一个个的乞丐团伙，他们有各种各样的行乞方式，他们手里有一帮又一帮的小孩，他们有时会将捡来的孩子割掉舌头，再让他们出来行乞，简直太残忍了，有些则被刺瞎了眼睛，这些孩子们都不喜欢与人交谈，他们的眼光向下倾斜三十度，时时都是这样，当他们抬起眼睛来看一个人时，那便完全成了另外一个人的眼光，老练无比的单纯，那样的可怜，但窝窝知道，那不是他们自己的眼光。窝窝常常觉得这些孩子很可怜，可可怜别人是要有资格的，窝窝能怎么样呢，窝窝只有深深叹一口气，对这些孩子们说：你们应该多晒晒阳光。孩子们听了窝窝的话，要么是木然的，要么露出鄙夷的神色来，这种神色是孩子们自己的表情，窝窝知道。窝窝是一个特立独行的乞丐，他只是单纯的行乞，如果他去上天桥上面，他们会打他的，打得他头破血流，并且向他吐唾沫。他们和他是不一样的乞丐。他们有权有势，有人罩着，窝窝什么也没有，曾经窝窝也有想过要加入那些乞丐的，可窝窝只在那里待了一天就受不了了，不知为什么。那些乞丐从来都窝在阴暗的地下通道里，或者郊外一个黑暗而又破旧的小房子里，再或者垃圾场里，他们从来不晒太阳，不去想象，但他们过得比窝窝好，窝窝知道。窝窝脱离了那些乞丐，又变成一个人，他们都叫他：智障的窝窝。窝窝从不反驳，是的，他是智障，如若不是智障，父母便不会丢弃他了。窝窝乞讨时工工整整地站着，就像一个被老师罚站的孩子，两手交叉握着放在胸前，像是在祈祷什么似的，有人往饭盒里扔一个硬币，窝窝便抬起头来，看人家一眼，点点头，作个揖。窝窝站在那里时，是笔直的，有时别人扔下半个面包，窝窝便会慢吞吞地蹲下，拿起来，放在嘴里慢慢地咬。天桥上的乞丐觉得窝窝很低级，天桥上的乞丐们已经不吃别人剩下的东西了，他们也不稀罕要吃的东西，他们要钱，只要钱。

现在，窝窝拿着饭盒里仅有的几个硬币去买东西吃了，买馒头，这个城市的馒头一块钱三个。窝窝买了三个馒头，咬着。留下一个晚上吃。馒头是馨香的，刚蒸出来的，被窝窝的脏手一抓，印上了黑印，幸好前面有个女孩刚用完湿巾扔了，窝窝把馒头放进口袋里，拿起那湿巾将手擦干静了，闻一下，嗯，是香的，窝窝笑了。窝窝拿出馒头来继续吃，一天未进食的胃部极端痉挛着，仿佛一块馒头掉下去，根本经不起这浩大机器的咀嚼与消化，空落落地便掉下去了，还左碰右碰地碰着胃壁一样。不过，到底有了食物，胃部显得安分了许多。经过一个超市时，几根炸肉串孤零零地串在竹签上，别人没吃完，扔在桌上的，窝窝捡起来，放进嘴里，真好吃，窝窝想。几日没见过油水的肚子极度地满足于这几片肉串带来的快感里，窝窝也感到非常幸福，也不是还不错吗，窝窝对自己说。吃完那几串肉窝窝便开始往回走，走回自己早上晒太阳那片小区去，那片小区外面有一道防空洞，是当年这个城市防地震空袭造的，防空洞上有一条绿化带，修建了小小的城墙，窝窝便睡在那里。

太阳下山了，窝窝望望西下的太阳，心想，明天还会出来的，幸好太阳每一天都会升起，要不，这生活怎么过下去呢？窝窝问自己。

窝窝慢慢向那个小区走去，走到一个音像店门口时，里面放着非常美妙的音乐，是小号，窝窝听不出来那是什么乐器，只是他觉得非常美妙。窝窝走不动了，他坐下来听，坐在音像店门外的台阶上听，愣愣的。不一会儿，有一个青年与窝窝差不多年纪，也坐下来在那里听，也愣愣的。窝窝觉得这个年轻人的神情很奇怪，便问道：“你怎么了？”那个年轻人连看也没有看窝窝，便说道：“我觉得活着没意思，很绝望。一天一天怎么这么闷呢？我写的曲子，没有一个公司愿意用的，我都写了三年了，再写不出来点什么，我还能干什么？我的生活只剩下写曲子了……我还能干什么呢？……”这个年轻人自顾自地说下去，仿佛不是在和窝窝说话，天色渐渐暗下来，窝窝就坐在那里听那个青年，一遍又一遍地说“我还能干什么呢？我还能干什么呢？”窝窝知道，这个青年不是在和他窝窝说话，他是在和自己说话。窝窝听他说了许久许久……说这个社会多么不公平，那些权威死霸住一点领地不松口，像铁板一样，没有年轻人一点出头的机会，让人喘不过气。窝窝与这个青年并肩坐在这家音像店的门外，窝窝非常安静，而这个青年却滔滔不绝，甚至眼里闪出恶毒的光来。窝窝看着这年轻人，他想，这个年轻人喜欢写曲大约就像自己喜欢透明的阳光一样。总应该让每一个人都有机会晒阳光吧……天完全黑下来了，街上摆小吃的摊陆续一个个出动，卖铁板鱿鱼的，卖盐水煮花生的，卖小馄饨的小贩都出来了，他们一个个都很高兴，满脸闪着油光，一边做生意，一边小心地瞄着周围警惕着城管的突袭，不过他们很快乐，像窝窝一样，享受着夹缝里的快乐。

音像店里依然流淌着小号忧伤而美妙的音乐，许久之后，窝窝想与这个年轻人交换一下感觉，他静静地说：“你应该多晒晒阳光。”这时这个年轻人才惊异地转过头来，看着窝窝，他猛然醒悟自己与一个乞丐在这里坐了半天，说了半天的话，为什么他一开始没有感觉到呢？突然之间，他感到非常羞愧，他快速站起来，好像刚刚神才回来似的走掉了。走出几步后，他突然又转回身来，给了窝窝十块钱，窝窝笑了，好几天的粮食有了。窝窝肮脏的脸在黑暗中笑得很灿烂。

那个年轻人走出去很远了，突然发现这个乞丐和别的乞丐不同，他像柔软的海洋一样，别的乞丐多数像与你不是一个世界里的人，是漠然的，是隔膜的。就是对你低三下四也是两个世界里的低三下四，是一种程式化的低三下四，他们的里面完全是另一个世界，有着自己严密的逻辑，有时甚至让你觉得他们是看不起你的，是嫉妒你的。他们那层乞讨时的低三下四的外表是多么厚啊，那里面到底是什么却是不得而知的，而这个乞丐的里面却是透明的，柔软的，真的如海洋一样。年轻人突然想流泪了，为了自己今天在一个乞丐面前说出了这么多的话而感到不知所措。他回过头去，看了看窝窝，窝窝依然坐在那个音像店的门前，安静地坐着，小号优美的音乐依然在他身后流淌。这是一个奇怪的乞丐，年轻人对自己说。

音像店里终于不再放小号的音乐了，改放一首爱呀不爱呀的流行歌曲了，男女声在音箱里嗡嗡地唱着，窝窝听了听，他觉得压根儿听不出爱或者不爱，只有调子和空。窝窝站起来，继续向小区走去。

走到花坛边时，窝窝看到了早上苦口婆心教导自己的大婶，一个人在黑暗中坐在花坛边。那二楼就是她的家，她现在却坐在这里。想来是儿子和儿媳妇下班回来了，在和孩子玩，只剩下她一个人了，便出来溜达，但却显得很落寞。窝窝想，或许在这个家里，看孩子便是她存在的惟一方式，如果没有这个孩子，她将是什么呢，儿子儿媳妇回来了，和孩子玩时，她便像是多余了似的，她与自己的孩子早就没有话说了，丈夫也去世了，只能是坐在这里发呆了。窝窝站在黑暗中看着她，她看了一眼窝窝，没吭声。她手里拿着一个手绢，那是给孩子擦口水的，她用手将那个手绢绞来绞去，绞来绞去，越绞越紧，再骤然松开，她现在是没精神打量窝窝的。窝窝静悄悄地从她身边走过，穿过小区的西门，来到那片防空洞的城墙下。

窝窝破旧的铺盖卷便放在这个小城墙的角落里。他打开铺盖卷，在草坪上躺下，看着星空，这一天就这么过去了。窝窝想，那个大婶也应该多晒晒太阳，透明阳光里有一切你想要的东西。不一会儿，窝窝便闭上了眼睛，他睡着了。

当清晨晨练的老人吵醒窝窝时，窝窝打眼一看，又是一个好天，窝窝又要去晒太阳了，他想只要还能晒太阳，这生活便还能继续下去，还能美好下去。

窝窝又夹上他漂亮的纸箱，开始他新一轮的晒太阳，今天窝窝选在了小区西门外的一个雕像下，那是一个被人遗忘的雕像，一个少女托着一只笛子在吹，少女的胳膊肘已经没了，露出里面的石膏来。窝窝就躺在这个雕像下晒太阳，这下，总没有人来打扰了吧，窝窝想。西门本来就是这个区一个偏门，总不至于又影响景观吧。

让窝窝想不到的是，居委会那个浑身穿着亮片的女人竟然还是找到了他，她浑身的亮片闪得窝窝睁不开眼。这个女的一手叉腰，一手指指点点地骂窝窝，完全像一只茶壶。窝窝想，我怎么连晒太阳的权利都没有了呢？这个环境是怎么了？我该不该晒太阳，该在什么时候晒太阳，该在什么地方晒太阳怎么都有人来管呢？这个环境里的人，这么爱管人吗？窝窝看着那女的在那里口沫横飞地骂自己，他一根筋的毛病也犯了，与那个女的力争起来。其实窝窝知道，这个女的过得也不好，有一次夜晚窝窝睡在西门外，听到这个女的与她的老公吵架，这不是窝窝偷听来的，一个是已是深夜，他们想着没人了，一个是他们吵架的声音实在是太大了，吵醒了睡在城墙下的窝窝。大约这个女人的老公有了外遇，这个女人与老公吵架，接着老公便提出要离婚，并且表示不愿要孩子，那是一个有病的孩子，先天性心脏病，窝窝见过那孩子，苍白的孩子总是用一只手托着脸颊走路。在黑暗中，这个女人像疯了一样，速度极快地蹿上去挠自己男人的脸，只听到那男人号叫了一声，接着两人便厮打开来。那天，窝窝在黑暗中一动也不敢动，他只是想，哎，他们都该晒晒阳光，透明的阳光，永恒的阳光。

现在这个女人站在这里大声斥责着窝窝，窝窝也讲出很多道理了，窝窝与那个女人都很奇怪，窝窝平时又不看书，是如何讲出这一套又一套确实很有道理的道理呢？窝窝说，谁规定不可以晒太阳，谁规定不可以在这个地方晒太阳了，谁规定乞丐不可以在这个地方晒太阳？这三个问句一问出来，谁也不会觉得窝窝是个智障了。这个女人气得浑身发抖。其实窝窝明白，他与这个女人说的这些话讲得这些道理都不是真正的道理，真正的道理不过是，她过得不顺心，生活充满了压抑。可，这个环境里的人，都很喜欢以这种扭曲的方式来表达自己的不幸吗？为什么他们都不多晒晒太阳呢？

不一会儿，这个女人尖利的叫声，吸引了好多人过来，他们围成一圈指责着窝窝，他们挡住了窝窝的透明阳光，并且齐声斥责窝窝。他们纷纷说道：这个年轻的乞丐太好斗了。本身就是一个乞丐，还这么好斗！哼！窝窝听着他们的话，感到奇怪，发现这全是一些没有道理的话，是自己好斗吗，他连晒晒太阳这惟一的权利都没有，有人过来指责他，他反驳一下，说不过自己，最后便得出结论，他太好斗了？况且，一个乞丐就不能好斗吗？这又是谁规定的呢？年轻的窝窝，一句话也说不出来。过了一会儿，那个教导窝窝的大婶也来看热闹了，她抱着孩子，仿佛信心与价值又回到了她的身上，她指着窝窝道："你啊，年轻轻的，不学个什么，就在这里晒太阳，有什么出息……"

再接着，保安就来了，这些保发可不像妇女们，他们上来就飞踢了窝窝一脚，窝窝的身子直向前一弓，很滑稽的样子，其余的人都笑了。窝窝只有又夹起他漂亮的纸箱子，离开这个小区，再去寻找另一个可以晒太阳的地方。窝窝又恢复了一个一般乞丐应有的样子，对的，应有的样子，窝窝觉得这个环境就是要求什么都要有一种应有的样子，如果没有这应有的样子，你连乞丐都是做不好的。窝窝夹着他的纸箱子，又缩着肩弓着身，左右看着车像一只老鼠一样穿过街道，闪过几个人，逃样的左躲右闪向另外的小区去了，人们看着这一幕，心安理得地散开了。

一个星期后，窝窝又找到了一个舒舒服服地晒太阳的地方，那是在一个养老院的门外的花坛边，窝窝想，这个，应该可以没有人来说自己了吧。这些老人都和自己差不多，他们没事了也坐在阳光里，当然，他们是发呆，而窝窝是冥想。

可是并不如窝窝所想象的那样，连这些老头没事儿了，也拿个拐棍来戳一戳窝窝，让他往一边去，窝窝有点绝望了，心想，在这个环境里，怎么连老人都这么不宽容呢？他们形式上不和他一样是在混日子吗？窝窝越来越绝望，他想什么地方才有透明的阳光呢？

夏天到来时，发生了一件怪事，人们发现那个爱晒太阳的叫窝窝的乞丐不见了。昨天还看到他在这里晒太阳，而今天却不见了。昨天，是这个夏天最热的一天，早起清晨太阳便像银子一样，银亮地照着大地。窝窝就躺在这阳光里，静静地冥想。人们在吹着空调的房子里往外看，正好可以看到窝窝躺在阳光里，仿佛很享受的样子似的。人们很奇怪，窝窝竟然不怕热，这还真是一个奇怪的乞丐。

今天窝窝却不见了，难不成让晒化了？有人调侃地在心里闪过这个念头，脸上轻蔑地笑一下。更多的人则是连想也想不起窝窝的。

那张漂亮的有花草的纸箱还铺在地上，扫地的老头将它捡走了，他很奇怪，那纸箱上有一个淡淡的人形，淡金色的，接着，他便把那纸箱扔进了垃圾堆里。

至此，再没有人见过乞丐窝窝。

老　歪

1

老歪真的是病了。

现在老歪坐在县医院精神科的房子里，医生皱着眉，纳闷地看着老歪。老歪则很平和，温软而柔情地看着医生，眼上一层水光，弄不清是泪还是水，这样久久看着，医生被看得不好意思了。

医生已和老歪谈了许久的话了，谈着谈着，老歪还会凑到医生的耳朵边上去说悄悄话，仿佛这医生便是他至亲一样，说着说着，老歪戴的毡帽都掉下来了，老歪也顾不上去扶起来，一门心思地给医生说着他的悄悄话，这些话没一句是和医生问他的问题有关的，比如：你发现没，羊是很美丽的，在月光下，羊卧在树下，很美丽的。羊奶也是很美丽的，羊奶很稠，上面漂一层油。我们村的老寿星刘老太太给我说过一句话，她说，老歪，你不歪，你是太直了。今年的玉米种得太密了，玉米都喊疼呢……

老歪的女儿站在老歪的身旁，粗落的眉毛拧成一团，奇怪地看着自己的父亲。这女儿生得高大，能硬拉着老歪来到县医院看病，且老歪自小疼爱这个女儿，并不像对儿子那样又打又骂，拗不过女儿，终于还是来了。

这个年近七旬的父亲可是要把这女儿给害苦了，总是三更半夜莫名其妙地跑到村子里别的人家去敲门，敲开了门，给人家道歉，不停地说：“对不起啊，对不起啊……都是我的错……”时不时地走着道，就突然跑到人家跟前，凑到人家耳朵旁边给人家说悄悄话。老歪的女儿实在受不了村子里人的闲言碎语，拉着父亲来看病了。

医生终于被老歪弄得不耐烦了，直接切入主题了，问老歪：“您老没觉得哪里不舒服，干吗总半夜三更出门啊？也不怕累着？”老歪看一眼医生，嘿嘿嘿地笑了，老歪说：“都一样的，白天和黑夜在我看来都一样。”医生又问：“那干吗总对人家说对不起啊？”老歪这次不笑了，严肃着脸道：“我是真的对不起人家，真的对不起，到现在才给人家说，我都很害臊呢……”说完，眼神纯澈如孩童般地看着医生，某一瞬间，这医生甚至产生出一丝幻觉，他觉得这老歪在玩弄他，在看他的笑话，医生不说话，提笔给老歪开了一些钙片和谷维素，打发老歪走人。

老歪的女儿在一旁急了，一把拉住医生的胳膊说：“大夫，你再给我爸看看吧，别让他再这样了……人家一看见我，就说我爸……”医生对老歪女儿说：“你还是到省城的大医院里给你爸爸看一看吧，我这里看不了，水平有限啊。”

医生下班了，到了吃中饭的时候了，医生一撩门帘儿，出去了。

看着女儿那样求医生，老歪坐在椅子上，腿并拢了，像个小学生似的乖巧，老歪最后对女儿说：“走吧，回家，浪费时间。”

老歪站起来说，回吧，顺道我们喝羊肉汤去。说完他扶扶自己的毡帽，一步一踱地向外走去，女儿看着老歪，气不打一处来，和医生胡扯了这么半天，还知道喝羊肉汤！女儿去给老歪拿药了，就算是谷维素，这最简单的营养脑神经的药物，也先给这老爸吃着吧，再别让他这么着作乱了。

老歪一个人走出了医院的大门，慢悠悠地走着，太阳正是当空，把老歪的身影在阳光下拉成一个短短的影子。

2

白村的夜晚是非常安静的，偶尔会有一两声狗叫悠悠传来。虽然离白村不远处就有一条高速公路，但这并不影响白村夜晚安宁的村况。一轮明月照着，午夜之时，忽听到吱呀一声门响，老歪又出门了，七拐八拐，老歪拐到村里一条东西走向的巷子里，镇定而缓慢地走着。午夜的巷子，窄而绵长的巷子，巷子里很黑，静悄悄的，老歪又穿着黑色的衣服，乍一看去仿佛一个移动的灵魂一样。

老歪在一家门前停下，那是一扇铁皮的门，老歪开始拍门，啪——啪——院子里的灯亮了，接着传来："谁呀……"老歪不吭声，依旧执着地拍门，接着听到开门的声音，屋里的人想是没有睡醒，不停地打着哈欠，门打开了，屋里的灯光透过院子射出来，那一束光正好打在老歪的身上，老歪便站在这一束昏黄而微弱的光里，他双手抱拳在胸，微微弯腰站着。

开门的是一个男人，衣服半披在肩上，看见是老歪，有点吃惊，道："老歪叔，你这大半夜的，这是干吗啊？"

老歪先低头想了一会儿，接着抬起头来，眼神非常柔和而恳切，他冲这个男人说："友庆，我对不住你啊，对不起啊，我早该来找你了，早该对你说说这些了，当年若我能拦住你们家的憨憨，他也不至于淹死池塘里啊……你原谅我……"

叫友庆的男人听了，微微皱了眉，纳闷地说："老歪叔，您在说什么啊，怎么想起说这个了，您看您说的，那事和您有什么关系啊，都过去七八年的事了，憨憨贪玩，是他自己掉到池塘里的，和您有什么关系？"

老歪听了这话，惊异地向后倒退一步，立刻有一点泪眼朦胧了，他抹一把自己的眼睛："友庆，我当年看到憨憨在池塘边玩的，有一次还差点掉进去，我本来想把他叫回来的，可我一想，和我又有什么关系，就没有管，那天我回家才不到半天，就听到憨憨淹死在池塘里的消息了，我若早上就把他拉回来，不就没后来的事儿了吗，憨憨现在不好好的吗？我有责任啊，有罪过啊……”

友庆听着老歪的话，沉默了，他想了良久道：“……老歪叔，看您说的，这都是命，和您有什么关系啊，再说谁能预见后面发生的事情，这和您老没什么关系，您看您这大半夜的，这事儿都过去这么多年了……小心着凉了。”

老歪依旧站在那束昏黄的光里，头向前缩着，不停地说：“对不起啊，对不起啊，是我的心胸太狭窄了，我若心胸大一点，一切都好好的，对不起啊……憨憨没了你们要多伤心啊……”

这时，只听里面屋里传来女人的声音：“谁啊，友庆，这大半夜的，谁啊……”友庆将肩上衣服往上拉一拉，冲屋里喊到：“没事儿，你睡你的，我就回来了……”友庆转过身来，在老歪肩上拍了拍说道：“老歪叔，你千万别这么着，这什么怎么样都是定数，真和您没什么关系，您别自己和自己过不去了，我们都快把这事儿忘了呢，您又提……您老是个好人，别想这事儿了啊，不早了，赶紧回去吧，回头过两天我上家陪您喝两杯去……回吧，啊？”说着，这友庆就要关门，老歪看着友庆家那扇掉了漆的门缓缓在他面前关掉，他又陷入了黑暗。是的，是黑暗，没错，老歪觉得当他对友庆说那些赎罪的话时，他是在光明里的，而现在，当友庆关闭了那扇门，他便又陷入了黑暗。

老歪此刻心里很难受，将自己的右手放在心上，仿佛这样他才可以好受一点，要不他的心是剧烈地难受的，像要跳出来审问他一般。老歪顺着那条幽黑的巷子一直走，这会儿老歪的身影向左边塌下来，因为心很难受，稍稍有点直不起腰。

这条巷子在白村的最东头，老歪走出这条巷子直接往村东头的池塘走去。不一会儿，老歪便看见那棵大槐树了，这大槐树比老歪的岁数还要大，春天时玉一样的槐花整个村子的人都可以吃，这两年相邻的村子都在改建或者搞什么旅游村，房子全盖得一模一样了，一个个都像过去的小塔楼似的，过去的树也全砍了，全种上一样的树了，美其名曰：经济实验村。所幸，白村还没实行这一套，这棵老槐树也就还健在。

一轮清亮的月亮挂在当空，老歪抬眼望一望，心情好一点，他站在大槐树下，前边就是村子东头的池塘，当年憨憨就是淹死在这个池塘里的。老歪看到树下不知是谁扔了一个娃哈哈果奶的塑料瓶子，他捡起来，将那小塑料瓶捏得哐哧哐哧响，他想，憨憨若是在，也会喜欢喝这种果奶，现在的小孩都喜欢喝这种果奶。憨憨啊……老歪叹了一口气，老歪自己也不知为什么这个夜晚他突然想起了叫憨敢的孩子。

他记得当年是一个烈日当空的夏日，他从田里回家，看到憨憨一个人在池塘边玩，当时，便有一种不祥的预感，他站在白炽炽的阳光下，定定看着那个小小的人儿，有一次那小小的身影因为够一只蝌蚪还踉跄了一下，险些跌入池塘，但过一会儿，又好了。老歪多想走过去把这孩子带回家啊，一个人多危险，可是这只是一个念头一闪而过，再说这憨憨的爷爷前几天还为几棵果树和老歪吵了一架，这又关他老歪什么事呢？想到这里，那时的老歪，扶了扶草帽，回家了。

那一天的下午，便听到憨憨妈撕心裂肺的哭声，憨憨淹死在池塘里了。

这事已经过去七八年了，老歪早都把这件事忘了，况且谁又能说那是他老歪的责任呢？可是八年后的这个午夜，这个有着清亮月光的午夜，老歪起夜撒了一泡尿后，突然想起了这件事儿，这件事像一只小怪兽一样突袭了老歪的心，然后紧攥住他的心不放，老歪嘴里不停地说着：“罪过啊，罪过啊，罪过啊……”

这时村里传来女儿和儿子的声音，他们发现自己的父亲不见了，正在村子里疯找，老歪站在这棵老槐树下，并不答应，他对着波光粼粼的水面轻轻说：“对不起——”

女儿和儿子赶来时，看着老歪对着池塘说对不起，他们知道，自己的老爸又犯病了……

3

老歪在玉米地旁边走，今年玉米种得非常密，像是稠得要把一寸寸土地都占满似的，老歪想，庄稼是不能这样种的，种得密就收得多吗，这是胡闹，不可能的。但这是播种机种出来的，现在人们已经不再自己去种庄稼了，年轻人都去城里打工了，到了春种时，有播种机，秋收时有收割机。现在地里的正是秋玉米，老歪蹲在田间，看着刚刚冒出的玉米苗，他想，这玉米也是有感受的，和人一样，离这么近，一点点空间都没有，这还行？以前的庄稼长得多壮实，多自在？

老歪对很多东西都看不上眼，现在村里人也不养鸡了，只有老歪自己还养着一只羊，每天拉着羊到不远的坡地上遛一圈，每天早晨挤一大碗羊奶，给孙子和孙女喝，可孙子和孙女却总是嫌羊奶有点膻味，不大愿意喝，更愿意喝买来的奶。

村子里办了一个养鸡厂，很多人便上那里去帮忙了，那是一个肉鸡场，专门给城市里供应肉鸡，但老歪从来不吃那里的鸡，老歪觉得那里的鸡肉是臭的。

老歪去过那个养鸡场，还没走进去就闻到轰天的鸡粪味，传送带上不停地往进运鸡饲料，那些鸡被关在笼子里，太可怕了，每只鸡只有那一点点空间，前后左右都是铁笼，那些鸡目光呆滞地在鸡笼里艰难地转动着身体。老歪竟然还看到有几只鸡因为空间太小，经常又不挪动，脚下的铁丝竟然深陷进鸡的脚掌里，与鸡爪长成一体，这简直太可怕了……养鸡场里，响彻着鸡叫声，还有传送带运送饲料的声音，完全没有一点安宁祥和的气息。老歪也不知这些饲料里有什么，这些鸡像不能控制自己似的不停地吃着，吃着……然后传送带再源源不断地送进饲料来，老歪看着这一切，突然感到剧烈的恶心，他仿佛看到那些鸡每分每秒都在成长，一点点变大，老歪冲出养鸡厂，在养鸡厂的围墙外呕吐起来。

秋天的太阳蕴含了饱满的浓情，老歪走在太阳底下，他想，鬼才要吃那样的鸡肉呢，那些城里人一天就吃得是这样长大的鸡？还美其名曰：三黄鸡！老歪看着村长笑呵呵地叼着烟卷在养鸡厂的厂房里转悠，看着传送带上轰隆隆运送来的鸡饲料，眼里闪烁着幽幽的金色光芒，仿佛那传送带上传送的不是饲料，而是钞票似的。

去年过年养鸡厂给村里的每户人家分了三只鸡，女儿高高兴兴地拎着那三只鸡回来了，回来后杀鸡烫毛，开锅便烧。这鸡出锅后，老歪只动了一筷子，便道：“这鸡肉是苦的……”再动第二筷子，老歪又道：“这鸡肉是臭的……”便再不动手。这是大年三十的晚上，电视里正播着春节联欢晚会，孩子们都吃得很高兴，老歪却突然说出这样的话来。两个儿子儿媳还有女儿，孙子孙女都看着老歪，老歪严肃着脸，灯光打在老歪的脸上，那脸上的皱纹在灯光的照射下显得高深莫测。女儿赶紧夹一筷子吃，吃一口，然后茫然地说：“没有啊……好着呢啊……”

老歪看一眼女儿，道：“你的舌头抽筋了……尝不出来。”女儿笑了：“爸，看你说的，舌头上哪里有筋，还抽筋呢……”老歪不吭声了，此后，就像绕过毒药一样绕过那盆鸡肉。不知是因了老歪的暗示，还是别的什么原因，那盆鸡肉也终是没有被吃完，过了初三仍是没有吃完，寂寞地放在厨房的角落里，最后被倒掉了。

现在连玉米也这样种，粮食难道就不会臭吗？一样的，老歪想。老歪在地里走来走去，东看看，西看看，他知道，这样是不行的，再这样下去，连粮食都要臭了。什么都要臭了……老歪担忧地想。

老歪去找村长了，现如今，白村的村厂已经是有钱人了，有事没事也抽中华了，老歪往村中央走去，他看到村长站在村委会的门前，旁边停着他的车，村长时时都叼着烟，胳肢窝下夹着一个皮包，头发乌黑油亮。老歪真是走运，平时，根本是看不到村长的人的，今天不知为何，村长却恰恰在这里。往常，谁也不知道村厂在干吗，村长的手机是关机的，村厂漂亮而巨大的办公桌被擦得一尘不染，上面插着两面小小的国旗，墙上贴着中国地图乃至世界地图，却整日也不见村长的人。

村长看到老歪冲他走过来了，下意识地想要上车，但想了一想，还是转过身来冲老歪道：“歪叔，你找我……”论辈数，老歪是比这村长大一辈，且当年老歪和村长的爸爸一起出门当过木匠，叫他一声叔，还算这村长给老歪面子。

村长递给老歪一颗烟，老歪推推手，老歪是不抽烟的。老歪凑到村厂跟前，道：“你当村长呢，可要上个心啊，你看养鸡厂的那鸡能那样养不，那样的鸡两个月就催起来的，两个月就长那么大，那长得哪里是肉啊……可不敢这样子啊……”村长一听老歪这话，就知道老歪的来头了，听老歪说了几句，便非常潇洒地一摇胳膊，露出表来看看说：“歪叔，你看这事弄得，我一会还要上区里开个会，区长点名呢，关于养鸡厂的事，咱回聊，好吧……”说完，钻进车里一溜烟地走了。

老歪站在秋日的阳光下，看着村长远去的车，突然感到无比燥热，皮肤针扎一样，一摸脖子，真的有痱子一样的小疹子出来了。真是的，这么大年纪了，还出痱子！老歪自己叹道。

回家时，又路过养鸡厂，老歪听到养鸡厂里轰隆隆的声音，还有养鸡厂里传出的鸡粪味，老歪想，这些鸡全是变态的，这些鸡全身都是怨气，肉要能好吃，才叫见鬼了呢！两三个月就长得像过去鸡一两年才能长成的样儿，真是魔怪！这鸡不知心里有多恨呢，满身仇恨的鸡肉怎么能好吃啊？

老歪不准自己家的人吃这养鸡厂里的鸡，老歪说，吃了那样的鸡，吃下去的全是怨气和恨意！这些东西全会在人身体里作乱的。

4

老歪的女儿非常忧心，觉得自己的父亲病越来越重了，她常常看到父亲一个人蹲在墙角看，看得非常认真，坐在小板凳上，一门心思地看。女儿奇怪了，走过去一看原来是一个蚂蚁窝在搬家。蚂蚁走出一条黑黑的线来，老歪顺着那条线看过去，觉得奇妙极了，这些蚂蚁配合得多么好，多么有秩序，多么纯净，这些动物的本能都这样和谐，比人不知美好到哪里去了，老歪看得简直要入神了。

女儿站在那里看着老歪的背影，那背影完全像是一个孩子的背影，充满了好奇，好像刚刚发现这个世界的神奇一样，头深陷在两腿间，以一种不变的姿态持久地关注着，满是虔诚。在某一瞬间，女儿甚至觉得哥哥的孩子都比老歪的智商高了，都比老歪成熟了。一个孙子一个孙女仿佛也听到了村里人的闲言碎语，常常看到老歪，就远远躲过，他们觉得这爷爷完全变得没谱了。这会儿孙子和孙女看着老歪在墙角看蚂蚁搬家如此入神，脸上有一种诧异的表情，然后悄悄溜着墙根出门去了。

女儿心下暗暗想，过一阵，过一阵，一定要带着父亲去省城看病，这样下去可怎么办呢？

中午过后，老歪又一个人出门了，他看了一早上的蚂蚁搬家，仿佛受了很大启发一样，连中饭都没吃，就出门了。

老歪来到了村子中央，老远便看到刘老太太坐在那里晒太阳，一头银白的发在阳光下一闪一闪，这刘老太太是白村年纪最大的老人了，今年已经九十一岁了。老太太脸迎着阳光，微眯着眼，靠在墙边上，看上去仿佛睡着了一样，一根被摸得乌黑油亮的拐棍放在一边。

老歪走过去，坐下来，叫一声："老寿星，晒太阳呢？……这阵身子可硬朗？"老太太眼睛也没睁道："老歪啊，托你福，身上过得去，你怎么样?”老歪知道，刘老太太每天是雷打不动地要来这地方晒太阳的，一直晒到太阳西下，才慢悠悠向回挪着步子。老歪对刘老太太说：“我啊，越活越回来了，看什么都和以前不一样了，觉得什么都能看出一些新鲜来了……你说这是怎么回事?”老太太仍旧不睁眼，却乐了：“那还不好，越活越新鲜了，不像我这种人似的混吃等死的样子了……”老歪不吭声了。刘老太太又对老歪说：“老歪，你啊，是太清楚了，不好，自己给自己找事儿。”老歪转过头去看刘老太太，还没等他开腔，刘老太太已经传来微微的鼾声。老歪闭了口。

这堵墙里面便是村委会的院子，村委会又正好在村中央，每每傍晚或者正午时便有人们来这里聊天，有几个人三三两两站在那里，眼神远远地眺望过来，看着老歪，低声悄悄议论着。老歪浑然不觉，远远还冲这些人点头，然后也眯起眼，享受太阳的抚摸，这些人看到老歪冲他们打招呼，尴尬地回应着。所有人都知道老歪病了，去医院精神科看过了，惟有这刘老太太听了这些话，看看那说话的人，微微地笑了，然后说一句：“老歪要回去了，活回去了，你们怎么会懂。”听了刘老太太的话，那些人嘴一撇，只当这老太太也是年近高古，糊涂了。

5

一个夜晚，下了小雨，女儿发现老歪又不见了，她站在老歪的屋里看着老歪的床铺，被子整整齐齐的，一丝不乱，老歪的拖鞋也整整齐齐放在床前，老歪人却不见了。女儿知道，这老歪从来是不叠被的，过去母亲健在时，是母亲叠，母亲不在了，是她叠，但不知为什么自从老歪病后，一切都变得有条理起来了，他甚至开始自己叠被了。女儿伸手往被窝里一摸，是冰冷的，看来父亲已经出去很久了。

女儿赶忙到旁边的屋子叫醒二哥，去找老歪。这几年村子里在重要的街道上也装了路灯，但一到午夜，路灯也关了，他们只有拿着手电筒找老歪。

女儿穿过一条又一条的巷子，大半个村子都找遍了，也没有找到老歪，她头上急出一层细密的汗来。雨又下大了，女儿撑开伞，拿手电筒一家一家门前照过去，看看老歪会在谁家的门前，这简直就像解一道非常难解的高数题，这段时间老歪不知敲过多少人家的门了，老歪夜晚的出行完全是没有规律的，这个雨夜他会在谁家的门前呢？

穿过村子中央时，女儿碰到了二哥，二哥走得急匆匆，没有打伞，老远就冲她喊："看见没有啊？……"两人站在村中央的小广场上对望着，思考着一切会出现的可能性。

两人又分头再去找，因了他们深夜的走动，村子里少有的几条狗不安地吠叫起来。白村并不大，东西南北两条大走向的街道，下来都是一些小巷子，这一次小巷子找遍了仍旧不见老歪的人影，这可怎么办？老歪的女儿急得要哭了，粗落的眉毛又拧成一团。

突然女儿心下一动，她想起来，还有一个地方没有去，那户人家分离出村子有一段距离，坐落在一片庄稼地里，是当年的一个外来户，落户在白村的。女儿马上往那里走去，只有这一个可能性了……

女儿终于看到老歪了，漆黑的夜里看过去，老歪的身影显得特别矮小，甚至带了一种卑微，他哈着腰站在这户人家的墙外，嘴里默默念叨着什么。这户人家已经没人住在这里了，半壁围墙都已经倒塌，院里长了草，一个葡萄架也将要倒下的样子。这户人家老人过世后，儿女都在外地工作了，只剩下这一院老房还在这里，已经很久没有人来过了。

老歪站在那里，双手抱拳不停地说："对不起啊，对不起啊，罪过啊……"女儿悄悄走近老歪，默默站在老歪身后，生怕自己惊了黑暗中的父亲。等老歪说完了，女儿才伸出手去拉老歪的胳膊，老歪转过头来看到女儿，并不作声，抹一把脸，然后转过身，将那塌掉的围墙散落在小路上的砖一块一块捡起来放回到墙上。

雨下得越来越大了，老歪的衣服已经湿了，但他并不在意，毡帽上也是一层水雾，老歪慢慢向前走着，女儿撑了伞到老歪的头顶，问老歪："爸，您对着空房子说什么呢，有什么好说的呢？人家早都不住在村子里了呢……"老歪不吭声，继续向前走，走着走着脚下一滑，一个踉跄险些跌倒，这路没有修，下了雨有一些泥泞。女儿赶上一步扶住老歪，嗔怪道："您这何苦呢，大半夜的。"老歪一听，回头狠狠瞪一眼女儿，道："你懂什么，我身上有罪过……我对不起人家了，就要赎罪，人不懂赎罪，身体会越来越肮脏，越来越不听你使唤……"

回到家，老歪躺到床上，却不能入睡。他回想着当年，当年的一场火，让他羞愧的一场火。那时老歪还年轻，那户人家姓杨，白村的人多数都姓白或李，这个人家祖上并不是白村的人，那一年村里分地，却把老歪家的两亩好地分给了那户人家，是杨家的媳妇亲自去求的当时的村长，老歪一家为了这事气了好几天。那一年的夏天，正是小麦收割后的季节，杨家晒麦子的麦场却着火了，烧掉了杨家多一半的粮食。着火的那一天，老歪还和别的人一起去救火了……

这个深夜，只有老歪，只有老歪明白，那年他从杨家的麦场边过，看到两个年轻人骑着自行车从那里经过，仿佛刚刚学会抽烟，他们沉浸在这新鲜的刺激里，前面的小伙子吸一口递给后面的，后面的吸一口，呛得只咳嗽，顺手就把烟头扔了，正好扔在杨家晒麦子的麦场里，两个年轻人扬长而去。老歪看到烟在铺得厚厚的麦秆地里悄悄而袅袅地冒起来，那时正是盛夏，天干物燥……老歪多想，多想上去一脚踩灭那烟头。但老歪想，这么好的麦场地，本该是属于他们家的啊……姓杨的让他媳妇去求求村长，就成了他们家的了吗，不过就是他媳妇长得比白村的女人都好看一些么，就可以了吗？想到这里老歪慢慢向家里走去。

回到家不一会儿，便听到有人在喊：着火了……当老歪和众人来到那片田地边时，看着燃起的雄雄火焰，老歪也慌了，早已忘了自己最初的想法，不约而同地和众人一起投入到救火的队伍当中，但这个秘密却深深地埋在了老歪的心底。

现如今，姓杨那户人家老两口已不在世了，孩子们也都在外地工作，再也没有人回到白村来了。老歪在这个夜晚想起这件事却是万分难过，他想，如若当时他踩灭了那个烟头，姓杨的一家在那个冬天就不用向人家借粮食了，他到现在都记得那个冬天，飘着小雪的冬天，姓杨家的媳妇站在别人家的门口，腰微微哈着的样子。

这个午夜，老歪不能控制地自责，这自责竟然如此缓慢，在几十年后！可却是如此的迅猛，让他反复地想，反复地不能扼制地悔恨，他发现必须把这些告诉那户人家，如若不然，他便如同喘不过气一样，胸闷，气短……老歪久久站在那片已荒废掉的宅院外，诉说自己的狭隘。天开始下雨了，他也丝毫不在意，他更愿意这雨将他打得湿透，这样自己那烦躁的心好像才可安宁清静一些。

6

这一天中午，人们又在村子的中央晒太阳，老歪也在，他看到一群人围在一起，他走过去看，发现原来围着的是村子里的一个傻丫头，叫宗梅，刚刚十九岁。老歪不清楚这群人围着宗梅在干什么，这丫头生下来就傻，皮肤倒长得白净，头发也乌黑，可就是眼神虚飘，说话没着没落。这丫头是个遗腹子，生下来就没父亲，她父亲出去干活挣钱，那一年死在神木一个小煤矿底下了。还有个姐姐也嫁出去了，只剩下她妈妈和她，那些男人围着宗梅在听宗梅说话，老歪仔细一听，立刻脸上愠意起来了，原来这宗梅说得全是一些关于男女情爱之事，那些男人一边手里夹着烟卷，一边津津有味在问宗梅话。

“宗梅啊，你最喜欢谁了？哪个小伙子啊？”一个人问，宗梅眼睛一翻，朗声答道：“我最喜欢谢武了……”老歪知道，谢武是村子里长得最帅的小伙子。那人又问："你为什么喜欢谢武啊？"宗梅道："因为他长得好看，我最喜欢谢武了，想抱抱谢武，我都不敢和他说，他不理我，你们帮我告诉他吧……"又有人问："你抱谢武干什么啊？抱了干什么啊？"宗梅不说话了，翻着眼睛在那里想，很用力地想……那群男人则不安好心地笑起来，颇有用意地问宗梅："男人抱女人能干什么呢，女人抱男人又能干什么呢？……你抱过没，和谁？"

听到这里，老歪实在听不下去，冲进那群人里对他们吼到："你们这些人有工夫在这里费这口舌，要是口渴了就回家多喝几口凉水去！"说完老歪一把拉起宗梅的胳膊道："闺女，走，回，别和这些人在这里瞎说……"宗梅还有点不情愿，想要甩开老歪的手，老歪硬拉住宗梅，从人群里将她拽出来，宗梅还不甘心，回过头还冲一个人说："记得啊，记得帮我告诉谢武哦，我最喜欢他了……"老歪冲那些人呸一口，将宗梅拉起就走。

那些人在老歪身后叫道："老歪，你管什么闲事呢，你一把年纪的人了，拉着宗梅要干什么啊……难不成和你一样半夜梦游？"听到这话，老歪转过身来，看着那个说话的人，直直地看过去，那眼神里完全是纯澈和无畏，像两束光一样射向那个人，那个人有点怕了，稍微往旁边躲了躲。老歪转过身，向前走去，宗梅跟在他身后。

回到家后，老歪把女儿叫来，告诉女儿，让她把宗梅送回家去，并且让女儿告诉宗梅的妈要教教女儿了，再傻也是个姑娘，不能一天总放养在街上了，让人欺负，这样下去，总会出事儿。女儿很奇怪，宗梅家素来与他们家没有什么来往，父亲怎么突然就把宗梅带回家来了。

女儿一边听着，一边盛饭给宗梅，然后背过身说老歪："爸你何苦呢，管这闲事，人家妈都不管，都不怕人笑，你倒好……还领到家里来了……"老歪忽然大声道："笑什么，有什么好笑的，哪一个人身上没缺陷，或大或小都有。在有缺陷的人身上找乐子，一个个还当自己是个完整的人呢……"女儿不吭声了，这老爸自从病了后，越来越奇怪，弄不好哪一句话就让他很激动了，还是让着他点好。

老歪的女儿送了宗梅回家，找了宗梅的妈，宗梅妈病了，在床上捧着个心口，一声重过一声地喘气。听了老歪女儿的话，宗梅妈眼泪流下来了，她喃喃道："你爸是个好人啊……这孩子大了，我也管不住啊……"

女儿走出宗梅家时，一转头，发现宗梅又不见了，想来又到街上瞎逛去了，女儿想，老爸这真是白操心，这哪里是管得了的事情呢。在这一瞬间女儿心里少有的产生了一丝疑问，她想，父亲到底是不是病了呢？

7

村子里越来越多的人家都被老歪在半夜拜访过了，几乎所有的人家都听到了老歪的道歉，有些人甚至想不起来老歪说得这些事，只认为老歪真的疯魔了。老歪甚至在夜半之时给一户人家抱去了一盆凤仙花，老歪说，当年他把那家人的凤仙花一脚踢飞了，现在他还回来了。那家人目瞪口呆地看着老歪将一盆正在开放的凤仙花在午夜之时放在他们家的门口，然后悄然而去，无比诡异。

冬天到来时，女儿终于决定要带老歪去省城看医生了，再这样下去可怎么得了，一个村子的夜晚都不安静了，有些人甚至把老歪的道歉当成了夜晚一道必上的节目。

老歪不愿去看病，女儿便在家里摔东西，这是老歪害怕的，老歪年轻时也爱摔东西，可自从得病后，越来越怕破碎的东西，听到碟子在地上炸开来，老歪的心就要打一个哆嗦，完满多好啊，老歪常常这样想。

现在老歪和女儿坐在去往省城的中巴车上，他们要去一个大医院了，老歪不知自己怎么了，女儿非要带着他来看病，他觉得一切都很正常，而且他觉得他从来没有这么正常过。

这一次他们来的是一个非常有名的医院，上一次在县医院里开的那些谷味素和钙片老歪从来没吃过，都被他悄悄埋在院子里一个花盆底下了。

这大医院就是程序多，大理石铺就的门诊大厅里全是排队的人，得病的人这么多啊，老歪叹到。这一次医院建议老歪去看的是心理科，老歪的女儿奇怪了："啊，心理科？……我爸的心理能出什么问题啊？"

老歪从来没有看过这样的病，那些医生用电脑调出一套又一套的试题来，让老歪做，老歪烦透了，有些问题简直让他觉得可笑，他真不知道这是谁出的题，比如：你觉得你在别人眼里是一个什么？A 一朵花 B 一个西瓜 C 一个木桶 D 一条蛇。这彻底把老歪搞糊涂了……

老歪实在不想做这样的题了，求救似的看着女儿，女儿也很纳闷地看着老歪，但女儿想，这省城的大医院总有大医院的道理。既然来了，就一定好好看看，看看到底是怎么回事儿。

病看完了，老歪的女儿心思无比沉重，也不告诉老歪到底是怎么回事儿，到药房拿了药，全是一些写了英文字母的药，女儿看着这些药，幽幽叹一口气，心想，一定要看着父亲把这些药吃下去，这些药多么贵啊，一颗都十几块钱，这些药下来就上千块钱了。

回到白村的时候，已是第二天的傍晚了，村里人看到老歪和女儿回来了，都含义十足地问一句："回来了？……"让老歪非常讨厌。

从这一天起，女儿便每天倒一杯水，把那些白色的粉色的透明的药粒放在一起，看着老歪吃，老歪总是推脱，却也倔不过女儿，只有吞下那些药丸。

这些药丸仿佛对老歪并没有多大的改观，老歪依旧会在半夜出门，医生说老歪并不是梦游，梦游的人是无知觉的，而老歪却非常清醒。现在女儿已稍稍有点习惯老歪夜晚的出行了，有时看着他走不太远的话，也就不去管了，他道完歉自然会回来的，女儿只盼着这个疗程的药吃完，看看父亲是不是会有一个改观，但很遗憾，那一天已经等不来了。

或许，女儿早该预感到，因为出事那几天老歪是如此焦躁不安，甚至早上都没有去山坡上遛羊，老歪仿佛被一种力量攥住了心似的，不能控制地往那里去了。

那一天，下了小雪，不知为什么老歪会出现在高速公路上，零星的小雪吹打在老歪的脸上，老歪甚至觉得这雪是温暖的，而他要走向一个温暖的地方。老歪看到远处有一个红色的点，这时雪下大了，迷蒙了老歪的眼，老歪看不清那是个什么，但真的是很温暖，于是向着那红色的点走去，一步步走去……

老歪被摩托车撞死了。

那个红色的点正是一辆违规驶上高速路的摩托车，而老歪也是一个违规走在高速路上的人，在漫天的飞雪中，老歪被撞得飞到了半空中。

出了事故后，老歪流得血很少，很快便凝结成一点暗红，接着成血痂，自然脱落，使他的身体看来非常完好，但老歪的脑部已经大量内出血，已被确认为脑死亡。

很奇怪，老歪被从医院的太平间里推出来时，所有人都惊呆了，这怎么可能是老歪？老歪的皮肤变得像雪一样白，脸上的皮肤也舒展开，完全像是一个孩童的皮肤似的，连老歪的眼睛上都蒙了一层白白的霜似的。医生也大张着口，一路口吃地叹道："这、这、这、这、这还真是奇怪呢……"谁也解释不了这个现象，因为老歪的皮肤是黝黑的，而且满是皱纹，这是怎么回事?!

一个星期后，老歪下葬的那一天，天晴了，太阳光非常好，院子里水管下结了冰凌，透明的，人们看到老歪躺在棺木里，那皮肤竟然已经要白得透明了，完全就像水管下结得冰凌一样，甚至能看到脸下面微蓝的血管，纯静而安详，仿佛一件安睡的瓷器，使人无法相信。

邻近几个村子的人听到了老歪的怪事，源源不断涌来看这个死时皮肤变得白到透明的人，老歪家的院子被围得水泄不通。

老歪的女儿很伤心，总觉得是自己没有把父亲看管好，如若不然，父亲怎么可能在高速路上被撞，她还强迫父亲吃了那么多药，父亲多么不情愿啊。女儿哭得在棺材上起不了身……到现在女儿也不太清楚父亲这病到底是算个什么病。强迫症……多么奇怪的病名啊，女儿不清楚，父亲强迫什么了？

给老歪送葬的人很多，连村长都开着他的本田车来了……

那一天，只有刘老太太和几个走不动的老人没有去给老歪送葬，仍旧雷打不动地在村子中央晒她们的太阳。

有人给刘老太太说，省城大医院查出来了，说老歪得的是什么强迫症，这病据说是国外的人取得名字呢。刘老太太听了，又微微笑了，她抬脸迎向太阳，叹道："古里古怪的，还强迫？不过是活回去了，这也算病？真是的！"

捉迷藏

他站在镜子前面，看看自己，用梳子将头发再梳得整齐一点，然后往嘴里喷了一点口腔清新剂，满意了，拿起他的黑皮包，穿上外套，出了门。就在他关上门的那一瞬间，就在那一瞬间，他突然听到一声微弱的叹息，一声非常诡异的叹息……谁？他一惊，又打开门往里看了一下，没有人，是谁在叹息？他狐疑地在房里来回地转着，打开卫生间的门，贮藏室的门，卧室的门，厨房的门，没有，什么也没有，他摇摇头，以为自己太累了产生幻觉了，于是再拉上门，进了电梯。

电梯里满是镜子，他不喜欢这个电梯，四面八方都装的是镜子，照出重重人影，照出好几个他来，有时站在电梯里，站着站着就让人有点心戚戚然了，他只喜欢在家里照镜子，不喜欢在外面照镜子。一楼到了，他挺挺腰，走出电梯，一楼大理石的地面上人影绰绰，这个环境越来越多的地方都装修得这样明晃晃的，仿佛走在一层又一层的镜子之上。现在往往越是高级的公司越在高的楼层上办公，且装修风格都会有各种各样明晃晃的装饰物，仿佛你是在镜子之颠工作一样。

走进公司，每一个公司里的人都冲他微笑致意，他很满意，他愿意这样被人注视着，让他觉得他自己所做的一切都是值得的，得到大家认同的。他甚至又下意识地将自己的头发拢了拢，他从墙面上的玻璃倒影里看到梁副总从电梯里面出来了，他并没有回头，而是马上站到通道的侧边把路让开，然后冲梁总笑着拉开大厅的门。梁总看着他，有点奇怪，可能在诧异他是如何知道他要进来的，接着也冲他微笑。

九点半，他的部门开例会，他非常恼怒地想，是谁提上来这样的方案，简直胡闹！他将方案啪——的一声摔在桌上，然后看部门里的每一个人，这个部门里的人都是经过淘汰留下来的精英，怎么能提出这样的方案，这样的方案还好拿出来给上面看？

他在会上大骂特骂，慷慨激昂，他盯着每一个人的眼睛看，用眼神告诉他们，一定要做出好的方案来，一定要做出好的计划书来，必须有好的idea才可以放在会上讨论，而好的idea一定是从大量的实地调研和实践中迸发出来的，由此可见谁用功了，谁没有用功。一定可以办到的，一定可以到达他们想要去的地方的，一定可以完成他为部门这个季度设定的目标和计划。部门里的每一个人都以为他是在单独和自己说话，他有着非常棒的演讲艺术。大家都紧盯着他，使他觉得一定要把这一切给扭转过来，他要他的部门成为有执行力的部门，是的，他也坚信可以办到的，他一定可以让这些人也变得像他一样，对工作目标充满激情。

他知道，部门里有人在外面接私活，他不用问都知道，这些年轻人太没谱了，总想一个人去玩，这怎么行，没有经过严格训练的人，怎么可以一个人去玩？玩单飞是要有资格的，他这样一只老鸟都没有去玩单飞，这些年轻人只在这个行业里待了一两年就都野心勃勃了？

开完会他便要飞到成都去和一个客户谈一个项目，他随身带的小行李包就放在办公室的柜子里，公司随时有事，随时便可以拎上出差，他已经是习惯了来回飞了。

在会上布置完了这个星期的任务，他便出了会议室，12点多的飞机，他必须现在就往机场赶了，这个城市总是堵车，如果稍有不顺，便有可能误了飞机。下了楼，上了一辆出租车，他便想要眯一会儿了，如果不堵车的话，在车上眯一个多小时，他就可以顺利到达机场了。

出租车司机是一个中年人，一路上不停地骂骂咧咧，感叹油价涨得太快，还有地铁里的女孩子穿得实在是暴露，怀着半是惊喜半是惋惜的口气，他昏昏然听了一会儿就睡着了。隐约记得后来像是堵车了，车在路上排了长长一路，开始有人还按喇叭，后来就没有人按了，大家都这么一副死猪不怕开水烫的样子。他迷迷糊糊醒来时，一看表，心想，这下完了，赶到机场肯定是要晚点了，一想，现在若往回走，也是堵，不如就这样吧，到了机场再改签吧。

此时已经快十二点了，路上的车还是堵得如同一条长龙，慢慢有人拎着篮子开始沿车队兜售东西，有卖水的，有卖汉堡的。架不住这车堵得实在厉害，还是有人买这样的汉堡，后来，他也有点饿了，便也买了一瓶水，一个牛肉汉堡。他拿着那个牛肉汉堡有味没味地嚼着，这也叫牛肉汉堡，薄薄的一片牛肉抖一抖都到处乱晃，软塌塌的，凑合填进肚子，他又开始睡觉。

堵车让所有人的情绪都变得有点烦躁，有不少司机都点着了烟，开始等待着这车龙可以缓慢移动一些，有些司机则下了车旁顾一下左右，对着路中间的绿化带小便。

一点多时，车终于开始动了，他仍在车上迷迷糊糊地睡，不知道为什么，现在他只要有空就想要睡眠，好像睡着了，他便可以将自己清空似的，睡眠现在对他来说是如此重要。

车终于开起来了，驶上了机场高速，车速渐渐变得快起来，这时，他睡醒了，一看表都快两点了。只有改签了，他想。他问司机，是不是去机场只有这一条路可走，司机说，是啊，原来还有另外两条路也可以上机场高速，但现在这两条路响应城市规划，在改建，若不走这条道，便没得走了。他想，看来，以后去机场又要早出发几个小时了。

到机场时，已经快两点了，他非常抱歉地通知了客户，将这项业务往后推了一天。然后拎着自己的小行李箱走进了候机大厅。改签完后，最近的一班去那个城市的飞机是夜里两点多的，没有办法，他只有坐这一班了，到了之后还可以睡一觉，然后再去见客户。这样，从现在开始就只能在这里等到晚上两点多了。

他给公司打了电话，接着追着看了一下微博，从微博上他看到，成都的那个项目，很多人都关注了，而且是众说纷纭，他想这一次他一定要将这个项目后面的行情探察清楚，这样到年底这个项目竞标，就有把握了。

他上机杨的茶座里要了一杯咖啡，然后买了两本杂志看了起来，这可真是少有的空闲时光，大多时候他的脑子都在想事情，一刻也不停，所有的信息都像是一个电火花似的在他的脑海里频频闪着，一会儿在这里闪一下，他便顺着那个闪烁的地方想下去，一会儿那个地方又闪一下，他就顺着那个闪的地方再想下去，他从来都在不停地筛取着各种信息量。而现在，他终于可以暂时不去想事情了，只是将自己放在这个没有任何事情来约束的茶座里，这真是一种少有的幸福呢，他不免感到一丝幸福，开始享受这少有的空闲时光。

下午时，他在机场的餐厅里吃了一个牛肉面的套餐，说是套餐，不过是一碗牛肉面，加一碟泡菜，一个卤蛋，外加一杯汽水，但这已经比中午的牛肉汉堡好许多了。吃完面时，他朝外面看去，发现天已经暗下来了，又回到茶座，在电视里看了一会儿新闻，他突然开始发呆，愣愣地看着电视，却完全不知电视里在说什么，这种情绪完全不由他控制，仿佛这一瞬间他是另外的一个人，接着，不知为什么，有一种悲凉升起，迅速地弥漫了他的整个身体。机场里的人们走来走去，人影绰绰，看着这一切觉得像是梦境一样。他费了好大劲，将自己的精神集中起来，回过头，看看周围，茶座里依然是那么几个人，暗绿的沙发在昏黄的灯下，就像是在一幅画里似的，这种感觉很奇怪。但这种感觉没有持续很久，不一会儿，他一想起成都的这个项目，立刻好像又满怀激情了，这种想象一跃而起，迅速地占据了他的头脑。

这时，一个小女孩走过来，她的妈妈就在附近，她还有一个弟弟，她的弟弟还不会走路，她的妈妈在照顾她的弟弟。这个小女孩穿着件咖啡色的小棉裙子，穿黑色的紧身裤，上面有很多银色的小蝴蝶。她的头发已经很乱了，垂下来，在脑门前荡来荡去，一双小眼睛带着单纯的挑剔在观察他。她的手里攥着一根一次性筷子，口袋里还插着两双，仿佛那些一次性筷子对她是非常珍贵的东西一样。他看了看她，看出来这个小孩想和他说话，今天不知为什么，他突然想和这个小孩说话，他对她说："你可不能拿一次性筷子玩呵……一会儿一不小心跌跤了，可别戳着你了……"小女孩向后退一步，带有警惕地将自己的一次性筷子攥得更紧一些，然后睁着小小的眼睛看他，那小小的眼睛里射出纯澈而果断的光，接着说："不会的，我一定不会让筷子戳着自己的……"他稍稍一愣，心想这孩子怎么像自己似的，很喜欢用"一定"这个词哦。

他不去理她了，接着看自己的报纸，这时，她倒不走了，半偎在他对面的沙发靠背上，半摇着身子，她又问他："叔叔，你会不会捉迷藏啊？"他从报纸上抬起头，看了看这个眼睛滴溜溜转的小丫头道："会的啊，叔叔小的时候经常玩的，就像你这么大时，现在已经好久不玩了……叔叔要工作，哪来时间玩捉迷藏。"小女孩道："我很喜欢玩捉迷藏的，可好玩了，有一次我和隔壁的阿宝在他家里玩，他藏在他家贮藏室的壁橱里，我找了一个中午都没有找到，最后他妈妈和我一起找，才找到了，他在壁橱里都给睡着了呢。"他笑了笑，心想，这小姑娘实在是寂寞得没办法了，竟然也知道找人聊天呢，正在这时，她的妈妈冲她喊，让她过去，她老大不愿意地向回走去，将一双一次性筷子放在他的桌子上说："这双筷子给你吧，这是那个阿姨给我的，她还有很多的……"他看了一下，这种一次性筷子是特别一点，用的塑料套子都是彩色的，怪不得她要了那么多。接着她回到妈妈那去了，可刚刚在妈妈那待了五分钟，她便又跑过来了，对他说："叔叔，我们两个玩捉迷藏吧……"他笑着对这个小女孩说："你呀，还是待到妈妈身边去，这个地方怎么玩捉迷藏，往哪里藏呢？"小女孩左右看看，露出了落寞的表情来。然后悻悻然地一个一个桌子走过去，在这个茶座里打着转……

夜渐渐深了，窗外的飞机在空旷的机场里缓缓滑行着，调度站的灯塔在一闪一闪，他看看表，已经十一点多了。他站起来，去洗手间，这时很多人已经开始在打瞌睡，他静悄悄走过这些人，穿过闪着幽暗灯光的过道，进了洗手间。

上完洗手间后，他洗手，就在这时，就在这时，他又听到了一声熟悉的叹息……水龙头里的水还在哗哗地响着，他疑心是自己听错了，侧耳再听，却没有了，可是，可是刚刚他明明听到一声叹息呵……他关掉水龙头，心想或许是自己太累了。可刚刚要走出洗手间，却又听到了那一声叹息……清晰而虚弱。谁？他问一声，然后转过身来，看着身后的镜子，镜子里的他侧转着身，脸上露出狐疑的表情……他想，是不是洗手间里还有别的人，于是向里面走去，往一间一间的隔断里看，发现并没有人，那，是谁发出了那一声叹息？他匪夷所思地一步一步走过去，想要看看里面是否藏着一个人，可是，没有。这个机场的洗手间是暗蓝色的，上面带着一些灰色的花纹，他走在这暗蓝色的地面上，觉得有点诡异，他想起早上出门时，听到的那一声叹息，是的，一样的，一样的叹息声。他摇摇头，然后向外走去，走到门口时，他突然看着那扇银灰的门，他想，门背后会不会藏着一个人？接着他猛地一拉那扇门，却发现那扇门后只有一把坏掉的拖把。

刚一出门，那个小女孩便朗声问他："叔叔，你在玩捉迷藏吗？"他愣了一下，想是这个小女孩刚刚看到了他猛拉开门的样子，他顿了顿道："没有，没有。"这时小女孩的母亲推着婴儿车从对面的女厕所出来了，叫小女孩："走啦，一天就想着玩，叔叔那么大的人跟你似的，一天就知道躲猫猫吗……"

夜里一点多时，他的瞌睡也来了，茶座里已经熄了大灯，只有壁灯还开着，此时，都是一些改签晚班飞机的人在等机了，他昏昏欲睡，刚刚趴到桌上，闭上眼睛，突然他又听到一声叹息……他警觉地一抬头，向周围望去，同样是几个昏昏欲睡的人，怎么着也不会是这几个人发出来的啊，可刚刚听到的那声叹息明明就响在他的耳边啊……这是怎么回事？他揉揉眼，用手掐掐自己，没错，不是做梦。正在这时，机声广播开始念他的航班号，让人们开始准备登机。他拎起自己的小行李箱，狐疑地看看这个暗绿色的茶座，和别的人一起陆陆续续走向登机口。

这一班飞机上的人比较少，飞机上的空姐都面带倦意，一上飞机没有多大一会儿，大灯便熄了，有人要毯子，想要睡个小觉。此时，他却睁着双眼，怎么也睡不着了。他旁边坐的是一个老太太，老太太实在经不住这半夜的航班，已经盖上毯子开始睡了，发出微微的鼾声。往后望去，这趟飞机空了好些位子，寥寥落落地坐着些人，蓝色的座椅上歪歪斜斜坐着这些人。

飞机飞行了一个多小时后，便听到广播里轻轻在报成都已经快要到了，他想，希望下了飞机后能够顺利打上的，这样到了他经常去的那个宾馆，他就能再睡一个小觉，再去见客户。

飞机着陆了，出了机场后，他顺利的打上了的，这些跑夜车的司机此时刚刚睡过一觉，有点亢奋地向人介绍着成都，他漠然地听着，心想，这司机以为他第一次来成都呢。他熟练地报出了他常住的那个宾馆，然后说要走哪条道，司机马上不多说了。夜风吹着，车在机场高速上走得很快，司机一度将车开到限速时速，没过多久，便进入了成都市区，这时仍旧能够听到有人在喝酒行令。

到宾馆时，他看看表，正好四点。住进宾馆，洗了个澡，他便要睡了，洗澡时，他还是在想，这一天的古怪经历，但此时漫漫的倦意阵阵袭来，他匆匆冲了澡，钻上了床。不一会儿，眼睛便开始打颤了，昏昏沉沉进入了梦乡……蒙蒙眬眬间，他又听到一声轻微的……轻微的……他太累了。

当窗外的阳光射到床头柜上时，他睁开了眼睛，他望去，那窗外正好有一枝花树伸进窗户的一角。他久久看着那一枝斜斜的花树，发呆……是呢，他许久没这样欣赏过植物的他见到最多的植物便是公司大厅里的一棵发财树了，最近这棵发财树也让刚来的那个保洁阿姨给浇死了。

正看着那一枝花树发呆，突然手机狂叫起来……先是振动，接着是一个孩子执拗的喊声：快起床了，要不就输在起跑线上了，快起床了，要不就输在起跑线上了。他条件反射似的坐了起来，摁了摁手机，起床。

在宾馆吃了早餐，他喝了一碗皮蛋瘦肉粥，又吃了一个南瓜饼，这才拿上公文包出了宾馆。和客户约好在一个展销会上见面，今天是这个展会的第二天，正是所有参展商都在的日子，一定可以见到不少厂家，了解到不少情况。

打的到展销会时，已经是十点多了，他见到了客户，约在了二楼的一个咖啡厅，两人见面后迅速谈到了合作的项目，坐了一会儿，便一起去展会上转了转，看了看今年所有的厂家是否有什么新品出来。接着，便坐客户的车到客户的公司去，一样的程序，一样的工作，他已经不是第一次来这个公司了，中午客户请他吃饭，正宗的四川火锅。

他到成都来，客户知道他喜欢吃火锅，总是请他吃火锅，他也就笑纳了。席间，赤红浓稠的火锅汤沸腾起来时，一桌人便开始轮番向他敬酒。他很想吃火锅里煮的鱼滑，可是都没有机会，不停地有人来和他碰杯，旁边的刘经理又不停地和他说话，他不能轻视刘经理在饭桌上的这些耳语，很可能，这些话里就掺杂着一个信息，可以让他下半年拿到至关重要一票的信息，所以他一直留意着这些看似不经意的话。

直到两点多快要吃完饭了，他只吃了一口鱼滑，饭后水果端上来了，大家象征性地动了一动，便要起身离开了，他看了看火锅里煮得雪白的鱼滑，站起身来。

回到公司后，他和客户签了一个简单的初步合作的协议，然后随便聊了一会儿，便要起身告辞。好几个人出来送他，他走过这个公司的大厅，发现这个公司也是明晃晃的，墙壁上都装的是一种墨绿色的装饰玻璃，他从玻璃里看到自己和别人，这样一来，仿佛显得人更多了，到处是人影。

司机送他到宾馆的楼下，他松一口气，想，终于把该办的事情都办完了。OK，现在可以放松一下了。他看看表，现在正是下午三点多，于是进了房间，将领带松开，横躺到床上。接着他打开电脑，看到他的邮箱里有一封新的邮件，那是一个婚介所给他发来的，看来，又帮他新物色了一个对象。他已经三十四岁了，但仍旧是单身，过于繁忙的工作使他完全没有时间谈恋爱，于是他成了一个高级婚介所的成员，一年八千九的会员费，使他可以每隔一段时间就可以见一个对象。

嗯，他对女性是有要求的，他在那个城市算是中产阶级，有房有车，而且拿年薪，又没有婚史，这是多少女性梦寐以求的对象啊，好像他也是知道这一点的，于是便也有了自己的要求。他向婚介所提出的条件是：这个女性，最少要硕士毕业，要相貌秀丽，要有非常好的家教，最好出身知识分子家庭，父母最好是医生或者教师，而且这个女性一定要能做一手好菜，必须性格开朗，因为他是个内向的人，所以不希望这个女性性格和他一样。可是经过一段时间后，他才发现，这婚介所完全像是骗人似的，每一次给他推荐来的女性简直相差千里，有时他疑心，是自己的表达能力有问题，还是这婚介所的人理解有问题。

第一次给他介绍的女性，婚介所的人打电话来时完全是一种狂喜的态度，仿佛这个女性是为他量身定做的，可等他见了这个女人时，完全不对劲儿。他记着那是约在国立仁和的川菜，那个女人据说在一个大学里带课，从见到他时，手里就在折一张餐巾纸，直到他们分手，手里还拿着那张餐巾纸，戴着一副眼镜，偶尔从眼镜里飞快地瞥一眼他，他想起婚介所的人向他形容这个女人的词：大家闺秀！他想，这也叫大家闺秀？

接下来一次的不如一次，最终他简直要对这个婚介所绝望了，他想他那豪华版的会员费算是打了水漂了。他很奇怪，人们总以为婚介所的网会撒得大一些，你碰到的人会更出色一些呀，而且现在有那么多各种各样的相亲节目，不都是这样的想法吗，怎么反而让人觉得一茬不如一茬呢？

他点开邮件，看看这次能给他介绍一个什么样的女人，一看是一个研究所的，从照片上看，倒是端庄，再一看和他一样大了，他就有点不愿意了，女人是比男人成熟的，如果和他一样大，就意味着自己会被这个女人统治，这他可不愿意。难道他奋斗一来回是为了让一个人来统治自己的吗？这个念头一闪而过，接着他想，见见倒也不妨。

晚上七点多的飞机，他必须现在去吃晚饭了，一个人他也懒得出去转了，于是还是到了宾馆的餐厅，点了一个野山菌清汤，还有一个清炒芥蓝，一小杯虾仁蒸蛋，还有一个夫妻肺片。这两天惟一的一顿像样的饭，他一边看着报纸，一边悠闲地吃完这餐饭，夫妻肺片，他还是吃不惯，这道四川名菜，带着特有的浓烈鲜辣刺激得他味蕾发麻，他只叨了两口便扔下了，他早已过了能够接受猛烈味觉攻击的年纪了。

坐上出租时，已是五点了，这次这个出租司机完全没有多说话，这时也还好不是很堵，一路向机场奔去。

很好，没有晚点，刚刚好，到达机场时，这班飞机刚刚开始登机，连等都没有等，便顺利地登上了飞机。他终于又可以开始睡一觉了……

到达他的城市时，已是晚上九点了，他拎着小小的行李包又坐上了回家的车。回到家时，就十点半了。坐电梯上了楼，用钥匙打开门，他刚一转身，便又听到了那一声叹息声……谁？他大喊一声。

他打亮了屋里所有的灯，想要看看，到底是怎么回事，这两天来，一直是什么在困扰着他。这所公寓是这幢楼里面积最大的一套，一百四十多平，洁白的地砖现在闪烁着清冷的光，他站在这洁白的地砖上来回打转，怎么回事？

他突然产生一丝恐惧，他是一个无神论者，绝对不会相信什么不干净的东西，那么到底是怎么回事呢？

他已换上拖鞋，绵软的棉拖鞋轻轻踩在洁白的瓷砖上，他一步步探过去，猛地打开卧室的门，什么也没有。他又贴着墙根过去，猛地打开厨房的门，什么也没有。书房的门，阳台的门，客房的门，一一打开，全部空荡荡地敞开在他的面前，是的，什么也没有。

他颓然地走到洗手间里，开始洗手，水龙头里的水在哗哗地响着，他用冷水冲洗自己的脸，突然不知为什么，他尝到那水里有一股咸咸的味儿，他抬起头来看着镜子里的自己，满脸都是水……炽白的灯光在头顶，这时，他又听到了一声清晰而微弱的叹息……他转过头，看着洗手间的拐角，洗手间的地砖是装修房子时装修公司帮他选的一种几乎要白得透明的地砖，夹层里有隐隐的花纹不细看是看不出来的，据说是意大利的一种瓷砖，渗水性特别好，一块就要九十八块钱。他久久看着洗手间的拐角，在那半透明的地砖上，他仿佛看到那里蜷缩着另一个他，也是淡白色的，仿若虚无透明一般……这一瞬间，他突然感到一种巨大的空虚袭击了他，水还在哗哗地流着，他却不知如何是好？他摇摇头，难道自己产生幻觉了？他不承认那里有一个自己，那么无助，那么虚弱，那么接近虚无……到底哪一个他才更真实一点？

他梳洗完毕，拖着沉重的步伐到了卧室，将自己藏到两层被子的中间，像三明治里的一片火腿似的。睡吧，明天，还要开会呢，他对自己说，接着又上了闹钟。

睡着后，他一直在做梦，他很少做梦的，因为没有精力来做梦，做梦是多么奢侈的事情，在梦里他突然发现自己就变成了洗手间角落里那个他了，飘来飘去，飘来飘去……

清晨，他又被自己的手机叫醒了，他爬起来，迅速地穿好衣服。然后去洗手间里洗漱，接着上厨房打一杯热奶，取一片面包，抹了层果酱，正在这时，他听到嘀一声，那是手机短信过来了，他打开一看，是公司的一个和他较好的中层发来的，说偶尔看到上面文件了，这一次升两个地区总监的名额里有他。他一听，心里一阵狂喜，非常愉快地喝掉了杯子里的半杯奶。

临出门时，他又到洗手间里照了照自己，往头发上喷了点保湿定型水……正喷着，他仿佛又听到哪里升起一声叹息，他刚要愣住，却听心里一声断喝，不要多想！不要多愁善感！升职的念头一跃而起，迅速而激昂地压倒一切似的掩盖了这声叹息，他拿起包，将门重重拉上。

走进公司时，两天没在公司，他发现公司竟然连大厅的隔断也换成了玻璃的，这下，完全是在镜子和玻璃里工作了，他笑了笑，莫名将自己的身体收得紧了一些，是呢，这么多镜子……不知为什么，他突然脑子里闪出了昨天在机场时碰到的那个小女孩，想起了他对那个小女孩说过的一句话：这个地方怎么玩捉迷藏呢？往哪里藏呢？是啊，往哪里藏呢，他突然莫名其妙地说。

微笑，再微笑……

两个月后，他终于顺利地荣升了地区总监的职位……他也很少听到那种叹息声了。

荣升了地区总监后，他换了办公地点，搬到了公司最里面的办公室，那里只有总裁和副总以及各地区总监才在那里办公，他也终于有了可以和梁副总使用一个洗手间的资格。

有一天，这时已是冬天了，他去洗手间，正要进去，却突然看到梁副总走到门口时，也猛地拉开了洗手间的门，向门背后看了看……看到他，愣了愣，接着冲他微笑……

他有点纳闷，仿佛这些人都在找什么东西似的。

他再也没有听到过那诡异的叹息声，再也没看洗手间角落里蜷缩的那个虚弱的影子，他有一种奇怪的感觉，不知是喜还是忧。

手机人

他一摸口袋，惊出一身冷汗，手机不见了，那个小小的长方形，顺溜的长方形，让他心安的长方形现在不见了。他站在一个街头的红绿灯下，脸色煞白，脑子里闪电一般频频闪过他这一天曾到过的地方，停过的地方，有可能把手机落下的地方，但他什么也想不起来，完全一点印象都没有，手机可能忘在什么地方呢？……

他就站在街头，像某种哑剧里的演员似的把自己身上从里到外全摸了一遍，又把手里拎的包哗啦向下全部倒出来，一一查看，没有，确实没有。

街上人来人往，他头发蓬乱着，茫然而无措，孩子在陌生的城市迷了路大约也是这样吧。他无比沮丧……又慌忙地蹲下去将地上的东西捡起来，扔进包里，一路小跑，跑到一个报刊亭旁，借用公用电话，电话拨过去，却是忙音，这下，他彻底绝望了，他除了能记住父母亲家里的电话号码，隐约记得女友的电话号码，接下来他什么也记不住。

有人曾形容这款手机摸在手里的感觉，如同摸着女人光滑的肌肤一样，正是因为这个隐讳而充满暗示的比喻，他才买了这款手机，果不出所料，这款手机给了他无穷的安全感，这种触在手里冰冰的凉凉的又渐渐开始迅速同他体温融合的感觉让他充满了安慰，这种低调的舒服和直达心底最深处的触感让他不禁叹服，现代的高科技对人类欲望最细微的掌控已到了何种地步。而且这种手机极其好用，触摸屏乖巧得如同一个聪明无比的仆人，让他干什么就干什么，绝不会有闪失，准确而迅速，他一天有一多半的时间和这个手机相伴，连上厕所都拿着，他临睡前还要看一下微博，看看又有谁关注了他，又有谁让他觉得有意思。手机让一个再寂寞的人生活也可以变得似乎是丰盈的，嗯，在牛肉面馆里，拍一张，他吃了一个牛肉面的套餐，有一大碗牛肉面，有一小碟泡菜，还有一个卤蛋，一瓶芬达汽水。和女朋友去吃石锅鱼，也要拍一张，晒一下，所有的人会觉得这个人的生活是非常丰富的，其实只有他自己知道，他一天忙得是连理发的时间都没有的，生活紧凑单调得如同白开水。

现在，他确认手机丢了，这个他用了一年半的手机是丢了，他无比颓败，就像是被抽掉筋一样，浑身软塌塌的，他想起来，古时候关于哪吒的那个传说，说哪吒打死了龙王的三太子，然后抽其筋，拆其骨，他现在大约就是那条被称为三太子的龙吧，被抽了筋似的，这种感觉太难受了。

太阳快要下山了，此时正是晚秋，他一个人慢慢往回走，夕阳的余晖正好照在他的后背上，如针芒刺身一般，使他烦躁无比。某一瞬间他也平静了一会儿，是呵，重新买一个不就行了，买一个更新的，更先进的，手机的翻新可谓是日新月异呢，可不知为什么他仍是陷在深深的沮丧中。

现在他要等208路公车回家，这趟车正好在他所租住的小区门口停，是这个月刚刚调整的一趟区间车，以往他要先坐另一辆车坐三站，然后穿过一个地下通道才能坐上208路，去往公司上班。他站在公交车站牌下，太阳照在他后背上，刚刚是如针芒一般，现在完全像是如烧红的针刺一般，有细密的汗珠从他的额头渗出来，顺着发往下淌，他从口袋里掏出餐巾纸，是那天吃石锅鱼时餐厅送的，擦汗，餐巾纸的质量不好，一接触到他的汗液，立刻成絮状，在他的脖子上沾着，让人心生懊恼，他一生气索性将剩下的餐巾纸全扔进了垃圾箱。一个妇女奇怪地看看他，向旁边挪一挪，离他有点距离。

208路车来了，他上了车。今天下午他给一个客户送资料，早走了半个多小时，现在离下班高峰还有一段时间，车上有空位，他坐到一个座位上，又开始细细回忆，他能把手机落到哪里……

车上的人渐渐多了起来，车厢里的空气随之也紧张起来，人们默默呼出的二氧化碳迅速使车里的温度升高起来，司机在用车上的广播提醒人们注意看好自己的贵重物品，一般情况下，如果司机告诉人家这个，那么车上肯定是上来贼了，他突然一想，是不是早上出门时让贼把他的手机偷去了呢，转念他又想，不对，他在车上时，手里是一直捏着手机的，他在公交车上只要捏着手机，车上的人再多他也不会心情烦躁，这个小小的长方形将他带到另外一个世界，脱离了这个如鱼罐头似的车厢，闻不到这纷杂的气味，在那个世界里，他可以随心所欲去看他想看的东西，知道他想要知道的，在那里是他选择世界，而不是世界选择他。而现在他只能搓着两只手指，手掌里空落落的。

车过了这个十字就到他居住的那个小区了，他要先去小区门口那里的营业厅补办一张卡，然后还要通知自己的女朋友和父母他的手机丢了，以免他们觉得他出了什么事。下了车，他径直往营业厅而去，但腿却怎么都是沉重得如同灌了铅一样。

从营业厅出来他走进小区，穿过小区那几幢高层和一个花园，他上了自己住的这幢楼。这套房子在这个小区里最老的一幢楼上，他住在最高的一层，是七层，这套房子只有五十个平方米，而且朝北，只有一个小客厅在太阳下山时可见到阳光，但好处是，出了门，一拐弯再上几级台阶，便可上到楼顶，冬天时在上面晒太阳，非常美好。若是夏日的傍晚，拉把躺椅往楼顶一躺，吃两口冰镇的西瓜，晚风习习，也会觉得生活还是非常美好的。

打开房门，一股味道迎面而来，这是什么，哦，是了，他想起来了，是昨晚他泡了的碗面没有收拾，方便面酱料包混合着啤酒的味道充斥着房间。刚刚在小区外，他已经给父母和女朋友打过电话了，声明自己手机已经丢了，他和女朋友已经认识有两年了，但她在一个高速路的管理局工作，在临近一个城市的高速路上上班，他们一两个星期才能见一面，女朋友会来他这里，那是他比较舒服的几天，他想象着，有一天，女朋友能搬来和他一起住，这样他就不用总是过单身汉的生活了。

他有点饿了，拉开冰箱的门，发现冰箱里只有一个半冰馒头和一个卷心菜，那个卷心菜还是上次女朋友来买菜做饭剩下的，得有快半个月了吧，如今散发出一种让人生疑的灰色。不过冷藏室里倒是还有几瓶啤酒，还有一包豆干，他开了一瓶啤酒，将那包豆干打开。刚刚坐下，突然轰隆一声，冰箱骤然地响了起来，他已经习以为常了，这台冰箱是房东的，一看便知这冰箱年岁也不小了，是那种老式的，淡淡的豆绿颜色，总是突然地就会轰隆一声，但过一会儿也就慢慢好了，奇怪的是这冰箱老成这样，但却照样制冷，也还能用。他记得起初女友第一次来这里时，午夜时，正当他和女友欢爱时，这冰箱便在客厅里轰隆大叫，吓得女友差点晕过去，后来习惯了，他们称这冰箱为“冰老师”，“冰老师教育大家不能干坏事”他们这样开玩笑。每当他想女朋友时，便会在电话里说：“冰老师想你了或者冰老师昨晚上又叫唤了。”

他烧一壶开水，然后又吃泡面，本来还打算下午去吃小区门口的酸菜鱼的，但手机一丢，他没心情了，想着想着他又有点烦躁了。走到阳台上，那里放了好几箱泡面，以前他还会煮一煮，那样应该是更美味一点，现在他连煮都懒得煮了，红烧牛肉还是老坛酸菜呢，老坛酸菜吧。看着方便面在碗里膨胀开，盖上盖子，咕咚咚灌下去半瓶冰瓶酒，刚刚夕阳照在背上那如针芒刺身的感觉才去了一点。吃完面他将碗扔到洗碗池，打开电视，电视没接有线，只能看到一个台，而且还不清晰，电视后面的墙上有一大片水的晕迹，他便久久盯着看，看那晕迹像什么，电视里正在播新闻，女播音员义正词严地说着什么，他盯着那个晕迹看得久了，发现那个晕迹就像一个人的脸了，而且越来越像，过了一会儿，他又摇摇头，觉得自己无聊，房子里网线是有的，可是他的笔记本电脑让女朋友带走了，他只有看着新闻里的女播音员发呆了。他在阳台上站了一会儿，又在这小小的客厅里走了两圈，突然想，往常这样的时候他都在干吗呢，怎么突然他发现他的生活这么空白呢？哦，是了，往常这样的时候，他在看手机，在玩微博，或者在网上打游戏。他的微信也很多，都是他以前的同学和朋友，他们常常在网上约架，约了去某个论坛讨伐某个人，或者约了一起在电脑上打游戏，但他们都已经有两三年没见面了。

奇怪，明明是晚秋了，为什么他还是这么热，喘不过气似的，他点一支烟，关上门，然后出门，从那个拐弯上楼梯，就来到了楼顶。此时，天已微黑了，这楼是这个小区里最老的楼了，前面几幢都是高层，有二十几层高吧，树立在那里，让他仰望。远处灯火一片，他一个人站在楼顶上抽烟，在他的身后是几户人家的太阳能热水器的水箱，反射着银白的光。

他住到这小区里两年了，自从来这个城市，他就一直住在这里，可是他竟然在这里没有几个朋友。小区里有很多人脸很熟，有时见了面，会笑一笑，但却从未说过话，他甚至不知道那几个人住在哪号楼，是干什么的。

起风了，烟在他的手里明明灭灭地闪烁着，这种烟好奇怪燃得非常快，甚至能够听到吱吱啦啦的声音，让人莫名产生一种焦虑。他将烟头踩在脚下摁灭，看着那烟头在拖鞋下变得干瘪，像个憨厚的叹号。突然，不知是什么勾起了他心里的一丝悸动，这个憨厚的烟头使他想起了什么？接着，一种念头如同某种兽类似的从他的脖梗后面一跃而起迅速地占据了他的头脑，并燃烧至他的整个身体，一瞬间，他的眼睛便亮了，接着脸也微微地发烫了。是的，有一次他躺在沙发上，也是将一颗烟头摁灭了，当时他看着那个烟头也觉得像一个憨厚的叹号来着，接着他一抬头便看到女朋友在洗手间里洗澡的影影绰绰的影子，那天是午夜，他与女朋友刚刚欢爱过后，就在沙发上，女朋友长得并不好看，很淡，像一株青草似的，但身材却好，匀称而美好，他看着玻璃门里那影影绰绰的倒影，突然拿起手机来，哗一下打开门，女友转过头，头发湿着，身上一丝不挂，看他，一种惊奇的表情，他拿着手机，对着她美好的身体拍了一张，那张照片真的拍得太清晰了，旁边洗脸池上还放着用过的没来得及扔掉的安全套，沉甸甸的安全套。他啪——拍了一张，然后乐呵呵地就跑，女朋友跑出来追他，要他删掉，他很快乐，道："再追，再追会拍更多的。"那时，他刚刚买了这款手机不久，正是新奇之时，而且这款手机的摄影功能正是一直被标榜的，绝对的高分辨率。那天他还小小地野了一下，有朋友从夜总会拿来的一种药丸，淡黄色的，说吃了后会让人快乐无比，他给女友和自己都吃一颗，开始女友不肯，但后来经不住他百般劝说，终于是吃了一颗，那天他们真的很好，而且他发现那天女友的身体都变成立体的了似的，完全不像平时那样拘谨，是绽开的，蓬勃的，饱满的。他想，一定要将女友今天这样的身体记住，不一样的身体，不一样的一次欢爱。这张照片，女友后来要他一定删掉，他扛不过，便删了，女友看着他删掉了才放心了。但他很鬼，他的手机有一种恢复功能，粉碎掉的文件都可以再找回来，后来他又偷偷将那张照片还原了，放在一个不常用的空间里，没事了便自己拉出来看看，特别是女友不在的夜晚里，他看着总会浮想联翩。

他打一个冷战，照片，这张照片他都忘记了，只有这么一张，他都快要忘记这个极端隐秘的细节了，此时这个憨厚的烟头将一切的一切都勾了起来。在这漆黑的天台上他突然心惊肉跳起来了，他想起网上的很多"门"，怎么办，怎么办？手机现在到底在一个什么样的人手里，他会不会把这张照片发到网上去，会不会用这张照片来要挟他或者女朋友，要是被周围的人都知道了怎么办，他这时真正紧张起来，连大腿内侧的肌肉都微微抖动起来，他从小就是这样，一紧张，大腿内侧的肌肉便会轻微痉挛。从确认手机丢了后，他已经打过六次电话了，手机均是关机，到这个时候，他才真正的开始有一种如临大敌的感觉。他像某种兽类似的在这个漆黑的天台上开始打转……像一个被囚禁的动物一样，黑的夜空像是针对他一个人一样向他压过来，让他喘不过气。他设想，明天，他便会接到一个勒索电话……还有女友怨恨的眼神……这一切一旦展开，他不可遏制地想象下去……

怎么办，怎么办？他蹲下去，想要想得更清楚一些，但是他发现他的脑子已经不听使唤了，太阳穴也在怦怦地跳，他完全没有办法冷静地思考了。过了几分钟，他安慰自己，没事的，没事的，谁捡了那手机没事干会把照片到处乱发呢？哪里有那么高的几率呢？怎么会就偏偏让他给遇到了呢？再说了，他和女朋友又不是什么名人，又没什么效应，这样一想，他平静了一点。但不等这平静安抚他整个身体，他转念又想，林子大了什么鸟都有啊，谁能保证是一个什么样的人偷了或者捡了他的手机呢？网上的那些“门”不都是以一种谁也想不到的方式被传播出去的吗？这样一想，焦虑便又开始攻击他的身体，一波一波的，他甚至感到了淡淡的恶心，想吐。他开始后悔不该用这么高级的手机，这款手机本来也是与他的生活不是那样相配的。

他缓缓站起来，看向远方，在这一瞬间，他看着远处灯火点点，而惟有他一人站在这漆黑的楼顶孤立无援，万念俱焚。他看看楼下，真想从这里跳下去，可是跳下去就解决问题了吗？跳下去了手机也还是找不回来。就这么一会儿，他便大汗淋漓，心慌气短，他站起来，拖着步子向楼下走去，一走进那拐角的楼梯，连一点灯光都看不见了，楼顶那扇门在他身后啪——一声关上了，他什么也看不见了，连自己的手都看不见了。

他回到家里，把刚刚剩下的一些啤酒又灌进自己的胃里，尚有一丝凉意的冰啤酒使他稍微安静了点，他坐到沙发上，电视还在咔咔地响着，孤独而热闹地演着一个什么相亲节目。这时，他突然想到这款手机是有卫星追踪的功能的吧，可是，手机不开机，也还是追踪不到的啊？此时，他躺在沙发上如同被打入了无间地狱一般。

他在这种万念俱焚的状态下睡了过去，他从小就是这样，一旦过度地无望或者伤心，他便会睡过去，好像这样可以让他躲避一会儿这纷杂的世界，往往这种时候他还睡得沉，但在潜意识里他能感到自己的心往下沉，一直沉，没有边似的。过了很久，他醒来了，一摸脖梗，一层黏腻腻的汗，不知他在睡梦中出了多少汗，已经是凌晨了，他起身关了电视，他把身体从沙发挪到床上，住床上一躺，又回到了现实中来。他强迫自己睡觉，明天起来再解决问题，总归天又没塌下来，他翻个身，下意识地搓了搓两个手指，是了，他每晚醒来时，手机就在身边，他总要搓一下，看看时间。

他又迷迷糊糊地睡着了。这一次睡着后，就有连续不断的梦，零落的，不完整的，像是幻灯片一样在他的脑海里闪过。他来自一个小地方，那个县城里有一个地方叫后山，后山上有石雕，那些石雕都是一些未完成品，缺了翅膀的鸟类，没有面容的人，还有一个又一个的人手，不知为什么这个夜晚，这些石雕全在他的梦里出现了，他好像也变成了小时候的样子，在这些石雕里转来转去。再接着女友的一滴眼泪，父亲的侧脸，还有公交车上一个妇女鄙夷的神情，都像是闪回的镜头一样在他的梦里出现……再接着，他发现自己被一群看不见面目的人追赶，他在前面跑，那些人在后面追，到处是大楼，跑着跑着，就被一幢高楼挡住了去路，他便拐来拐去从一个小巷子里再穿过去，一会儿，又是一堵墙，后面的一群人呐喊着，挥舞着手臂，还有人在里面轻松地笑着，甚至有人一边跑一边嗑着瓜子，瓜子皮从她的嘴里飞出来……正当他无路可走时，好像那墙又自动裂开了一个缝，他又从那个缝里逃出去了，接着又在这个城市里跑，又过了一会儿，他又开始往高处跑，那是一幢多高的楼啊，怎么都看不到顶，他往上跑，后面人喧哗着跟上来，楼梯被踩得咚咚作响，接着是转得没完的旋转楼梯，他在前面跑，向下望去，下面的人螺旋式上升着，他只看到灰色的影子像虫子似的上升……关于这种奔跑的梦，他小时候也经常做，那时母亲告诉他，是因为他要长身体，长个子，所以才做那样的梦，而且小时的梦里，如果有人追他，追他的人他都是认识的，看得清那些人的脸，而现在他被一大群完全看不清脸面的人追赶着。他继续向上跑，终于，他看到一束白光，到楼顶了，他跑到楼顶来了。我跑到楼顶来了！他也在梦中惊叹到，为什么会跑到楼顶来，跑到楼顶还能往哪里跑？现在他就站在一幢高耸入云的大楼上，白亮的阳光在头顶，接着，他听到数不清的脚步声，再接着他便看到人越来越多，一层又一层地在楼顶上会集，黑压压一片。他定睛看去，离得这么近，他仍旧是看不清这些人的脸，全是模糊的，全是你在街上可以碰到的任何一个人的脸孔一样，说是一群人，又仿佛是一个人，同样的意图，同样的行动。他一个人与一群人对峙着，人群一步一步向他逼近，这种缓慢缩近的距离使他感到无比恐惧。他转过身向外望去，是一片片云海，一会儿这云海变成了灰色的，并且不停运动，变幻出种种非常诡异的图案和颜色来，深深浅浅的灰色仿佛一个个旋涡一样。人群继续向他逼近，他甚至能够听到这个人群一起呼吸的声音，他们呼吸的频率都是一样的，一呼一吸，再一呼一吸，整个人群的体积仿佛也随着这呼吸的变化而变化……他一步一步向后退，人群一步一步向前走，那片诡异的灰色的云在等待着他，他不知道等待他的是什么……他一脚踏出去，接着，他醒了……

他睁开眼睛，首先看到的是天花板上的一个水晕，这房子是老房子了，到处都有灰灰黄黄的弄不清是什么的晕迹，天花板上这晕迹使他联想到了梦里那灰色的云，是的，他掉进了灰色的云里。他习惯性地摸后脑，这一次他没有出汗，但他发现自己全身冰凉，嗓子像是被冰冻住了一样，又冷又干，他爬起来，给自己倒杯水，喝一口，温热的水顺着喉腔下到胃腔，使他才回到现实。

他又开始搓两个手指，搓一下，他想到了，手机丢了，两只手指搓动的感觉是多么美妙啊，他每次搓动一个，手机的触摸屏上就会出现他想要的东西，展现给他需要的画面，他无奈地端起水杯把剩下的水一饮而尽。

天已微微发亮了，蒙蒙的光从窗帘的缝帘里透进来，他走到客厅，看看表，已经五点多了，对面楼上有几只鸽子停停落落，那是一个退休老头养的，每天不到六点就开始咕咕叫个不停，他曾不止一次地想，什么时候可以把这几只肥美的鸽子炖了吃。对面老头仿佛深谙他的想法，每次见了他的面，都恶狠狠地瞪他一眼，使他悚然。可是今天，在这晨光里，他看着那几只鸽子在对面阳台上袅袅婷婷地走着，微微点着头，倒也生出几分可爱来。他刚这样想，对面阳台的门打开了，那个老头走了出来，向他这边看来，虽然老头看不到他，但他还是觉得那老头是在瞪他，那眼光直愣愣地穿过窗帘而来。他向后一退，一步步退到沙发跟前，坐下。

坐进沙发，他的两个手指又下意识地一搓，是了，这也是他每天吃完饭坐到沙发上的习惯动作。现在手里没有什么可搓了，他只有将手插到了沙发垫子的缝里。就是这个动作，又使他想起了什么，他将手抽出来，再插到沙发缝里，是什么呢？突然他一下从沙发上跳了起来，他想起来了，他想起来了，昨天早上他在一个高级会所里和一个客户谈事情，那个客户当时问了一个很让他尴尬的问题，对了，是问他们公司现在负责的这一档节目，是不是因为他们的女老板和电视台的某领导的关系才得以保全，如果没有这个关系，他们很难在公司负责的这档节目上投广告的，因为他们要求这个节目必须有长期稳定性才有可以投放更多的广告，这是一个比较难回答的问题，这涉及到他们老板私人生活，可是如果不回答他便很可能会失去这个客户，如果回答他又不知如何措辞，当时他手里正捏着手机，一紧张便松开了，将手插进沙发缝里……对了，手机有可能掉进那个沙发里啦！一想到这里，他兴奋得团团转，恨不能马上飞到那个会馆里去看看。这一刻他的心情是如此愉悦，好像重获希望一般，他的大脑又开始迅速运转了，身体上的细胞也都重新活跃了起来一样，甚至这一刻激昂的心情有点像和女友欢爱时一样。他马上开始洗脸，刷牙，穿衣，看一看表，现在才六点二十，没事，他要早早上那里去等着，免得让别的人捡去了，他像是失望的汪洋中看到一棵稻草一样，一定要抓住这最后的希望。

一溜小跑下了楼，楼梯被他充满希望的脚步踩得响彻整个楼道，有谁家的狗也刚刚起来吧，警觉地吠叫了两声。在小区门口等车时，他在旁边买了一个煎饼果子，喀哧喀哧地咬着，等着208路来，坐六站还要倒地铁，才能到那个商务会馆，他记起来了，那个会馆叫一品名尊。

坐在208路车上，他好像从来没有感觉到车这样慢，而且大清早的第一趟车，车上根本没有几个人，他坐在那里，如同第一天上学的小学生似的，等待着他要下车的站点，他还喝了一杯豆浆，喝得急，一路打着嗝。

下了208他直奔地铁站，一品名尊在这个城市的南部，而他的公司在这个城市的中心地段，他现在要在一品名尊还未迎客之前就到那里。地铁里的人也不是很多，因为离上班高峰也还有半个多小时，他坐在地铁里，有阴凉的风吹来，他感到非常惬意，现在，一品名尊仿佛一个无比亲近的地方一样在召唤着他，或者说是一品名尊里那个靠第三个窗户前的浅绿沙发在召唤着他。

很快，他就从地铁里出来了，此时街上的人才刚刚开始多起来，他急匆匆向那个地方走去，过了一个十字，一拐弯，呵呵，他已经看到一品名尊的门面了。他推门进去，此时，只有一个打扫卫生的阿姨在那里打扫卫生，他一进去，直冲二楼，打扫卫生的问他，你是干什么的啊，他看一眼，道："我找东西，找东西。"上了二楼，走到第三个窗户下的那个浅绿沙发跟前，他紧张极了紧张极了，将手伸进去找，每摸一下他的心跳就加速，他摸遍了这个沙发，没有！他懊恼极了……甚至不死心地将旁边两个沙发也摸了一遍，可是除了摸出一张餐巾纸和一颗不知从哪里掉下来的装饰物外，他什么也没摸到。

他一步一挨地下了楼，那清洁卫生的阿姨听他说是找手机时，便对他说："你别急着走啊，待会等服务员来了，你问问看……这里的作风还可以，一般捡到东西都会归还客人的……好像听说昨天有人捡了个什么东西吧……"他一听，又重新燃起希望，坐下开始等这里的人上班。

有人来上班了，他第一个迎上去，然后说明了自己的来意，那人看看他说：“你再等一会儿，因为我们这里是上班都比较晚，下班也晚，要等到十点后，大堂经理和服务员来了以后再问问。他只好又坐下等，临近十点时，传说中的大堂经理终于来了，这是一个女孩子，微胖，圆润的脸，穿着西服裙也露出圆润的小腿，她听完他的话，微微笑了，道：“好像我们这里昨天是捡到手机了，还不止一个，是两个呢，哪里捡的我不知道，然后领班锁在自己柜子里了。”

他又开始等那个领班，当太阳照在当空时，这个人终于出现在了他的面前，这是一个小伙子，个头比他高，偏瘦，莫名缩着肩，而且从眼角处看人。他冲这个小伙子说明来意，形容了自己手机的型号和长相，小伙子听了后，微微思索了一下，道：“哦，是了，那该是你的手机了，我带您上去取吧。”他一听这话，心总算放了下来，感到这个地方是如此可爱。他跟着那个小伙子走上二楼一直从楼道里走进去，走到一个小房间里，小伙子用钥匙打开一个柜子的抽屉，然后拿出那个手机，是的，是他的手机，和他的手机一起的还有一个白色的手机。手机一放到他的手里，他立刻觉得好像是身体的一部分还原了似的，无比通畅。这不是一部手机呵，这是他的当下，他的现实，他一切与这个世界沟通的方式呵。

小伙子让他在一个失物招领的本子上签了一个名，记下了他的身份证号，然后他就可以走了，走出一品名尊的门，他感觉这个世界像是一个新的世界一样，像是被水洗了一遍似的，也像是一个失而复得的世界。

他轻快地向地铁走去，现在地铁里的人已经多起来了，他手里捏着手机，但手机没电了，不过，能捏着手机他就感觉踏实不少。很快，坐了十几分钟的地铁他来到了他上班的公司附近，已经是快中午了，他径直往他常去的那家牛肉面馆而去，今天他特意叫了一份豪华的牛肉面套餐，一份豪华的牛肉面套餐要四十八元，但为了小小庆祝一下他找回了手机，他很顺利地点了从来认为不划算的这个套餐。

回到公司，有同事向他打招呼，说，昨天下午打电话找不着他，他道：手机丢了，不过，又找回来啦！他特别欢快地补充了一句。接着，大家都各忙各的了，今天是个好日子，他想，手机找回来了，还有，今天是周末，女友要回来了……

傍晚，他回到了小区，专门在小区门口买了新鲜水里，走上七楼的时候，他已经闻到女友在做饭的味道了，其实女友做饭并不好，但她让这个七楼的老房子有了活力，有了人气。一进门，他便看到饭已经摆在桌上了，不过是西红柿鸡蛋面，还有从外面买的熟食，女友正盘腿坐在沙发上吃一盒冰激凌。

一看到他回来，女友道："你的手机我打了N多遍，也没打通，看来是真丢了。重新买一个吧……"他乐呵呵地走过去，捏了捏女友的下巴，然后道："找回来啦，运气好……"

女友听了他找到手机的过程，也觉得他运气好，于是洗手吃饭。这顿饭吃得非常酣畅淋漓，所有食物被他们一扫而净，女友买的鸭脖子连骨头渣都被他嚼了。

美好的晚饭过后，不等女友洗澡他便急不可待地摸索过去，啤酒瓶被他一路哐啷啷碰得东倒西歪……女友打他，道："还没洗，还没洗……"他说："完了再洗……"这场欢爱持久而猛烈。当两人精疲力竭地躺在床上时，他摸了摸女友的头发说："宝贝，真好，你的身体真好……"说到这里，他又想起了他曾经拍女友的那张照片，那张女友以为删除了的照片，他觉得他该把那张照片删了。

他突然又想，有人看过他手机里的东西吗？这样一想，他突然一冷，不对呀，昨天他在公交车上看手机时，电池的电格显示还有多半格电的，如果手机一直关机，为什么手机拿到他手里一点电也没有了，连开机都不能了？他转过头望去……现在，手机就在墙根那里充电，一闪一闪，亮出一种诡异的蓝光来。

他的心一沉，想起那个小伙子给他拿手机时，那个抽屉里有一根黑色的数据线，那根数据线很熟悉……就是他的这款手机连接电脑的数据线，接着他又想起那个小伙子从眼角看他的阴郁眼神，他的大腿内侧肌肉又抖动起来，女友感到了，说他：“你呢，这么贪……累着了吧。”他眼前一黑……真是累了。

向老虎诉苦的人

这个城市的报纸在这一天刊登了一个新闻。动物园里发生了一例惨案，一个人被老虎吃掉了，此人在乘坐游览车时私自下车，误入野生动物园的虎豹区，公安部门正在进一步对此案进行调查。市政部门提醒大家游玩一定要注意安全，不要随便离开游览车。

但这只是人们的猜想，人们只知道这个人是失踪在老虎活动的区域。这个城市的动物园在几年前从市区搬到了山脚下，而且变成了野生动物园，人们去看老虎狮子等猛兽都要乘坐一辆大巴车，大巴车窗上装着铝合金的栏杆，那么这个人是怎么从大巴车上逃下去来到老虎的地盘的？

这是怎么回事？

只有动物园虎豹区的管理员记得，那天清晨他去虎舍喂食时，发现虎舍外的草地上躺着一只皮鞋……男人的皮鞋。管理员吓了一跳，他知道出事了。

后来大巴车的司机回忆起来了，他想起这个人的样子了。一个中年人，戴眼镜，稍微有点驼背，手里还拿着一只小小的数码相机，他有点邋遢，裤子上还有油渍。

这个人真是被老虎吃掉了吗？可是，除了那只孤独的皮鞋，再找不到任何关于人的痕迹？但，这个人确实失踪在了老虎活动的区域……

很小时，父母带他去动物园，他第一次见到了老虎，就喜欢上了。呆呆地看，父母拉都拉不走。你不想看猴子吗？他摇摇头。你不想看熊猫吗？他摇摇头。他趴在动物园的老虎笼外一动也不动，两只细小的胳膊紧紧箍住铁栏杆，目不转睛地看。

老虎多么美丽啊，身上的条纹在阳光下反射着金光，雍容地踏出一步又一步，父母很奇怪，这个孩子竟然这么喜欢老虎。他想，老虎真漂亮，那雪白的牙，一枚枚钢针似的胡子，爪子像大而丰厚的梅花，那么有力，那么无敌。那爪子细柔而充满张力地踏在地上，当它们伸懒腰时，往后弓着身子，那些藏在里面的尖勾一样的爪便伸出来了，锋利无比。他太喜欢了。从此，他迷上了老虎。总闹着父母带他来看老虎。父母一旦要求他做什么他不愿做的事，他便问，做完了就看老虎吗？

他在幼儿园总是很烦躁，坐也不是，站也不是。幼儿园里的阿姨说：排排坐，吃果果。他呆呆坐在小椅子上，不像别人一样去拍手，不去伸手拿分给自己的那个果果。苹果，鲜红的苹果，啃一口，就会有一个大缺口，有清新的味道在空中丝丝散开，大家一起咔嚓嚓地吃起来，他不吃。他把那只苹果团在手里，从左手倒到右手，再从右手倒到左手。

他在动物园吃苹果，他站在老虎笼外，一只手搂着铁栏杆，一只手拿着一只大苹果，咔嚓嚓咬着吃。午后的阳光下，老虎慵懒地打着哈欠，他大口大口地吃着苹果，苹果清甜的味道飘浮在散发着粪臭的空气中。他在心里对老虎说：我不喜欢排排坐，吃果果，一点也不。他心里不停地渴望着长大，渴望他胳膊上的肌肉可以像老虎的四肢一样有力。

上小学时，他还来看老虎，此时大多是母亲带他来，父亲总是出差在外，长年出差在外。那个年代的人啊，就是这样，大家干劲十足，为了革命事业可以抛弃一切。刚开始上小学时，他很淘气，他总是惹是生非。圆圆的脑袋上总是冒着丝丝热气，不管春夏秋冬，仿佛他总是在忙于某种不能抗拒的重要事情。他总是在奔跑，在被召唤。母亲搞不清楚这个孩子怎么总是有这么多释放不完的精力，他总是在出汗，没完没了的汗，任何时候看到他，总仿佛是从水里刚被捞出来的一样。有时母亲在路上碰到他，他在前面跑，母亲叫一声，他听到了，仿佛刹不住车似的，要跑出去好长一段才停下来转过他一头大汗的头……

母亲经常被叫到学校去，赔打碎的玻璃，赔笑脸，赔学校厕所里的水龙头。母亲搞不清楚，这个孩子和一个水龙头较的什么劲？

母亲的手一下又一下抽在他的脑袋上，问："你一天怎么事这么多，怎么这么多？水龙头怎么惹着你了？你和水龙头较什么劲？"他歪着脑袋一动也不敢动，让母亲抽着。没人知道，他只是想看看水龙头到底能紧到什么程度，他想把水龙头拧得很紧很紧，这样就没有人能打开，这个时候他再走过去，轻松地将水龙头给别的同学打开，这是多么得意的事情，这样可以证明他比别人要有力得多，强壮得多。

母亲抽他脑袋这算是好的，后来，再长大些，有时他也搞不清楚为什么，突然的深更半夜，烦躁的夜晚，夏天的夜晚，电风扇在黑暗中永久而默默地转着。母亲在屋里的床上来回地翻身，有时，他感觉那仿佛不是母亲在翻身，是一个外在的力量在翻母亲一样。接着，母亲像想起什么似的，突然就来到他的房子里，拖鞋一下一下地抽他，左一下，右一下，问："你还惹不惹事了？都是你惹得事，让我伤透了心，都是你……不是你，我哪用得着在学校看人家老师的脸色，我一天吃苦受累为了谁？你不好好学习，总是这么惹是生非的，生你干什么，有什么用处……"拖鞋抽在身上热辣辣的，开始不疼，痒痒的，还有点舒服，几秒钟后，才是疼，痛感这才遍布全身而去。莫名的，母亲越打越抑制不住似的，好像她身体里有一股能量要通过这打骂他的活动被释放出去似的，母亲打得如此投入，仿佛得到一种无法解释的快感，他也被越打越烦躁，他真怕有一天不留神，他冲母亲吼两声。打两下意思一下就完了吗，没完没了，也不怕给累着，他想。天越来越热了，母亲身上出了汗，和爽身粉的味道混合在一起，很怪异的味道。

这时，他已经上六年级了。母亲打完了他，还要去洗澡，在里屋澡盆里响起一遍一遍的水声。最后母亲终于平静下来了，摇着扇子，慢悠悠地舒一口气，进入睡眠。

天真热。他也觉得很讨厌，夏天真是让人讨厌。

夏天他比较少去看老虎，因为在夏天老虎不太活动，北方的夏天让这些在山林里待惯了的老虎也热得无处藏身，待在虎舍里不出来，他去过好几次，都只看到老虎的半截尾巴时不时地在一个幽暗的角落里扫动一两下。他站在老虎笼外，皮肤被晒得油光闪亮，拿一根软塌塌的火腿肠指望老虎能够从虎舍里走出来，但是很遗憾，老虎很少出来，只有一次太阳已经快要下山了，一只老虎才懒洋洋地走出来，到院子里的水池边喝了两口水，他在笼子外面吱里哇啦地叫唤着，老虎漠然地朝他这里看了看，又转身回去了，那根火腿肠掉在地上沾满了尘土。

秋天到来时，母亲的心情稍微好了一些，不再动不动就向他大发雷霆，偶尔回家还有非常可口的饭菜，红烧肉或者红烧鸡翅膀，他大快朵颐，个头也迅速地长着，他看着自己胳膊上小面包一样的肌肉，也很兴奋，他迫不及待地想长大，急得肌肉都在发抖。

现在他已经可以一个人来看老虎了，动物园的老虎已经被换了几只了，他攀在栏杆外，帽子歪戴着，嘴里还叼着一支烟，从同学那里顺来的。现在连同学们都知道他喜欢看老虎了。

没事了他便到动物园里来看老虎，他不是很爱说话，但也还合群，而且只要有他在，这个集体活动一准会有意思，他总是可以在每一次活动中搞出新花样，比如去池塘游泳，他就能不知从哪里偷来蚕豆，还抓到好些只田鸡，然后大家在池塘边烤了吃，让这活动变得非常有意思，仿佛他是一个可以让每一次行动变出花样的人，这样久了，连每一次的决策者每次决定去干一件事时都会带上一句“叫上虎……”这是大家给他起得一个外号，就是因为他喜欢看老虎，大家取笑他是老虎变的，时间久了就叫他——虎。

现在这只老虎已经是这动物园里的第三只老虎了，前两只他都知道是什么时候离开的。他最清楚，老虎被关在笼子里，不出两三年就没虎相了，完全没法看了。

这只新近关进来的老虎，他给它起名叫珍珠，他叫这只老虎珍珠是因为这只老虎后脖颈上有几个白色的斑纹，就像缀了几颗硕大的珍珠一样。珍珠不喜欢看人，不像以前的那两只老虎会和你对视，珍珠总是略过人的头顶，眺望远处，珍珠也不像前两只老虎，总是骚动不安地在虎笼里来回走动，珍珠总是卧在那里，远远眺望。

烈日下他攀在老虎笼的栏杆上，栏杆是滚烫的，灼他的皮肤。他叫珍珠，想要珍珠离他近一些，但珍珠却在虎舍檐下的阴凉中就是不出来。

他一直觉得珍珠很懂他。他向珍珠说了很多话，连他也不知道他为什么有这么多话和珍珠说，絮絮叨叨，完全不像平时的他，平时的他很寡言，行动力很强，任何带有行动性的活动他总是走在第一个。可是到了珍珠这里，他就像是一个寻找依靠的弱者找到了家人一样，恨不能将什么都说出来，这样的时候，只有他和老虎两个，偶尔珍珠点点头，他觉得那是它听明白他说的话了。他也觉得他最懂珍珠，他知道珍珠和前两只老虎不一样，知道珍珠为什么总喜欢眺望远处。被关在笼子里，如果连远处都不眺望，还有什么意思，还能算得上是一只老虎吗？

他不知道，珍珠的夜晚是如何度过的，动物园下午六点前就开始清园了，他倒是很想留下来看看珍珠是如何度过夜晚的。是否像他和母亲的夜晚一样，那样烦躁不安？

他在心里和珍珠说了很多话，滔滔不绝。说完后，他立刻觉得舒服了许多，他的身体变得清凉明澈，充满力量。他想，老虎多么温柔啊。

这样的时候，他总是一路走回家的，月亮已经出来了，他踏着月光，觉得自己的心情也像是这月光一样，清亮无比，一片洁净。

上高中时，他再来动物园，珍珠已不在了。动物园里有一段时间没有老虎，不知为什么，这段时间他感到非常空虚，就像心里少了什么似的。人总要说话，不说话会憋死的，而他心里的话只愿意和老虎说，和珍珠说。在他的心里，只有老虎明白他的苦，只有珍珠明白他的感受，他觉得珍珠是强者，会明白他这样一个弱者的烦闷。

那时，他仿佛患了一种什么病似的，他常常迷路，毫无方位感，走着走着，就走到一条小道里出不来了。为什么这个城市里会有这么多奇怪的道，那么逼仄，弯曲，走着走着，突然就是一堵墙。

他坐在课堂上听课，像听天书一样。老师在课堂上讲课，他在下面用一支笔画啊画啊，画出很多他也看不懂的图案，那些图案也是绕来绕去，没有出路的，一点也不明了，完了后，他都问自己，你画的是什么，这是什么？

他拿去给老虎看，但动物园的虎笼那段时间是空的，没有老虎。他很气愤，为什么没有老虎，一个没有老虎的动物园还叫动物园吗？他气得在动物园里团团转，拉住一个管理员问，为什么动物园里现在没老虎了？那个管理员奇怪地看看他说："这也要按国家统筹来的吗，不能说你今想要一只就有一只，也要调配的吗，再说了你可以看看别的动物吗，哎，咱这动物园里黑熊养得可好了，都能做算术题……"他看着那个管理员的嘴在那里不停地动着，连一句话也说不出来，会做算术题的熊，可见这熊都窝囊成什么样子了，鬼才要看。没有一个人明白，他从老虎身上可以看到的东西，可以相互沟通的东西。

他感到很苦闷，有很多话想和一只老虎说。家对他来说也像个笼子，像极了，窗户和门上也是一根又一根的铁棍儿。和老虎的笼子差不多，但他觉得自己还不如老虎，老虎起码没有人来唠叨，该这样该那样。

很奇怪，他也不长个子，高中时，男孩子都要开始长身体了，他却不，还和上初中时差不多，没有多少变化。打篮球时，他只在场边看，看到别的人高高跃起，投篮，再在大家的呼喊声中绕着篮球场跑一圈，是多么让人羡慕啊。

终于，一年后，他长高了一点，三公分。他特别高兴，跑到动物园来想要和他的朋友分享他的喜悦，可动物园仍是没有老虎，虎舍那里长出一丛丛的杂草。都快两年了，这个动物园还是没有老虎。他简直要疯了……他只有想象珍珠在时的样子。他不知那些老虎都被运去了哪里？死了？还是放归山林了？

在大学里，他终于变得自由了一些，离开了家，住到了学校。现在他的个子已经长高了，有一米七五吧，考大学时他非常想考军校，但父亲不让他考，父亲说一个家里不能出两个军人。你都像你母亲一个人带大的一样，不能再让你的孩子也这样了。人待在一起多好，他却想，人待在一起有什么好的，还不是一样。

他所上的大学是这个城市非常有名的一个理工科学院，在春天时有一条街道叫樱花谷，非常美丽。这段时间他的心情还不错，这是他生命里最恬静的一段时光，这时候他也去动物园，这时动物园终于又有老虎了，两只，一公一母，他选修了绘画，没事了就到动物园来给老虎画素描。

那段时间，他的宿舍里挂满了他画的老虎的素描，躺的，卧的，站的，跳跃的，匍匐的，他画得真好，很传神。有同学看到了，便求他画张别的画，比如为了追女孩子，画张某女孩的素描去送给人家，讨讨女孩欢心。但很奇怪，他一画就坏，好好的女孩子让他画得像只坏猫似的。同学们终于知道了，他只会画老虎，也只有画老虎画得像。他不好意思地红着脸，笑着摇了摇头。他所有的一点艺术细胞全用在画老虎上了。

他在动物园画老虎时，是他最平静安详的时光，威严的老虎有时也会走过来离他近一点，巨大的老虎眼睛看着他，久久看着，又仿佛没在看他，仿佛穿过他的身体在看向远方，他想，老虎真是神秘而华贵的动物。

这时，他也学会了打篮球，在篮球场上他也会在进了一个球时绕场跑一圈，这样跑时他会想起，曾经的老虎在虎笼里微微小跑的样子，有时他觉得他仿佛都是模仿老虎一样。

就是这样，她的女朋友便是被他这样吸引的，他去捡掉在观众席里的篮球，一个女同学递给了他。

后来，这个女同学到他的宿舍来看他，看到他宿舍墙上挂满了老虎的素描，非常奇怪，觉得他很与众不同。

他们的交往伴随着大学的生活，此时，他也会带这个女孩子去看老虎，他向她介绍老虎的很多习性与特点，她很认真地听着，他非常高兴有一个女孩子和他一样喜欢老虎。

他们常常带了面包和饮料去动物园转，然后在把虎舍弄得一清二楚后，又在猴山上去分析猴群的社会结构，当然，面对猴群，他与她都带着玩笑的口气。

很快大学要毕业了，他总以为，她会与他在一起，一起奋斗，一起留在这个城市。但他没有想到的，这个女孩在大学毕业的前一个晚上向他提出了分手。他记得那是大学里的一个亭子里，那个亭子躲在幽暗的紫藤树下，因了夜晚，又因了那亭里的灯早被大家一而三再而三地砸灭掉了，他们只能在黑暗中说话。她说，她的父亲在她的城市为她找了一份非常好的工作，她要回去了。他有所耳闻，她的父亲在另一个城市是一个不小的官员，他不知道说什么，她并没有邀请他去她所在的城市发展，他想，他若挽留她留在他所在的城市也是枉然的。

他只记得黑暗中，有一两只萤火虫在一闪一闪，就在紫藤树梢上，女友说这一切时非常平淡，冷静得像是什么也没有发生一样。他不明白，她怎么可以如此冷静，那么他们这几年的交往算是什么呢？

他内心翻滚着巨大的波澜，以至他胳膊上的肌肉都一抖一抖的。

他突然变得很虚弱，在黑暗中颤颤巍巍摸向这个女孩子，依旧是他熟悉的单薄的肩膀，依旧是他熟悉的尖尖的脸颊，此时却让他觉得冷而无情。他突然觉得自己其实完全不了解这个女孩子，这个女孩子身上仍旧传来往昔让他感到迷恋的香味儿，女性特有的香味儿，现在却让他觉得如此陌生，像是路过商场里卖香水的柜台一样。

最后，女孩走时转过头对他说：其实我并不喜欢老虎……但我还得要感谢我们一起度过的日子。这句话对他来说简直像是浩劫，他恨她如此残酷。他久久站立在黑暗中的凉亭里，被阵阵紫藤奇异的味道包围着，他脑中一片混沌，与黑暗融为一体……

他参加工作了，到一个中学当了物理老师，这个学校离他的家不远，但这所学校的生源并不怎样，算不上是这个城市最好的学校。他第一次上课便遭遇了学生们的下马威，墨水瓶被打翻在地，溅了他一身。他微微笑着，并不在意，这一点他做得很好，他们是孩子，不能与孩子一般计较。

几年后，他结婚了，带着他的新娘来看老虎，他的新娘脸色红润，这红润和他夜晚的耕耘有关系。那时他们很幸福，他觉得要让他的新娘看一看他最喜欢的动物，动物园里又有了新的老虎，这只老虎真是漂亮，比曾经的珍珠还要大。

他的新娘也是他的大学同学，在大学里的时候，他和她都是物理系的。她的新娘白白的，胖胖的，一头小卷发，像个小荷包蛋似的。只是那时他没有注意她，而她却一直注意着他，她的新娘对他说："你呢，就和我在一起，好好过日子。"他点点头。

他指着老虎问她："怎么样？你觉得它漂不漂亮？"

她瞟了一眼那只大老虎，然后凑到他的跟前说："它有我漂亮？"他笑了，不知和她说什么。他接着对她说："我从小就来看老虎，我觉得老虎身上有一种特别的东西，我每一次看完它，就觉得身上特别有劲。"她说："你看了老虎就有劲儿了，那看了狮子不是更有劲儿？”他愣了一下，奇怪于她的推理。这只老虎真的威武，硕大的脑袋虎虎生威，嘴边的胡须微微抖动着，朝他看过来，没有一点点迟疑的，直视着他，他也直视着这只老虎，满是崇敬。

她看他一眼，掩着鼻子，在散发着浓的兽粪臭味的虎笼前诧异地看着自己的丈夫。

他一真在虎笼旁看老虎，目不转睛地看，她却烦了，闹着要去看孔雀，开屏了，开屏了……她叫道。

她拉着他的手硬往那边去，他没有办法，恋恋不舍地看了一眼老虎，朝孔雀那里去了。

他有孩子了，不知为什么孩子突然让他感受到巨大的压力，这压力不知来自于何方，有时他看着这孩子觉得完全不能理解。这是从他身体里诞生出来的吗？是他的精血变成的吗？他还没准备好呢，这孩子就已经出来了。

他一大早起来给孩子冲奶粉，再温一温，倒在手心里试试烫不烫，不能用嘴试的。有一次他用嘴试了，等到奶瓶含在孩子嘴里时，孩子尖声哭起来，妻子一把夺过奶瓶，愤怒地看他一眼……他这才知道，孩子的口温与成人的口温是完全不一样的。

有时妻子也会给孩子喂奶，但妻子的奶水是不够的，只能一半用奶粉一半用母乳。他看着妻子的乳房，这乳房他虽然常见，但许久他也没有摸过了。有时他伸手过去，妻子像拎一只抹布一样拎起来，甩到一边去。女人呢，一有了孩子，心思便全在这孩子身上了，看他都是从眼角里看到的。哎，是呀，自己都是当父亲的人了，怎么还是这样？可有了孩子，与他的联系就隔断了吗？有时闻着妻子身上那带着一点点奶香的体味，他甚至觉得妻子和儿子是有关系的，和他是没有多大关系的。这真是个冷酷的想法啊，连他自己都这么觉得。

孩子八个月大时，他和妻子抱孩子第一次去动物园，来到老虎笼子旁时，他让儿子看老虎，他说：“你看，老虎多么漂亮啊……老虎身上有使不完的劲儿，他是山中之王，是百兽之王。”孩子听不懂，只是盯着老虎看了一下，接着哇——地哭出声来，伸手要妈妈，妻子赶忙从包里掏出奶瓶来放到孩子的嘴里。

孩子喜欢猴子，猴子跳来跳去的，仰着头在猴园里等待着他们扔一些糖果面包下去……地上是一片猴子嗑出的瓜子皮。猴子通红的屁股跳来跳去，孩子兴奋得不行，在妻子的怀里也一跃一跃地跳……

这时，他看到一个老猴子，远远地竟冲着妻子拨弄它的生殖器，他突然感到一阵恶心，什么吗，他想。

星期天，他回家看父母，这时父母已经老了，他把水果放在桌上，然后走进厨房准备帮母亲做饭。母亲正在数落父亲，不过是因为让父亲买的酱油不是她要的，她要的是生抽而不是老抽，怎么搞的，连这样的事也办不好，真是的。母亲越说越停不下来，最后就到了老话题上了，你过去为了工作，连家要都不要，孩子和家都扔给我，我连你在哪都不知道？你为这家尽过多少责任？最后，母亲像下定义地说：我，我，我那些年就像是守寡一样！！这话是难听了，而且有时让他会听出性的成分来，可父亲一点不在意，年轻时他确实过得豁达，完全没有在家里分过神，现在老了，自知债总是要还的。母亲这样说时，父亲便眯着眼微微笑着……恒久远地笑着。

这是老调重弹，他听母亲都说过无数次了……他有时觉得母亲有点过分了，但又不好说什么，可每次回来都听到母亲这样数落，真是让人受不了。把唠叨当酒酿吗？

他坐在客厅里抽了一支烟，看了一会儿新闻联播，一会儿父亲来客厅里与他坐在一起，似乎父亲感受到他的想法，堆起一脸的皱纹，对他说：“哎，你妈呢，就是这样，让她说说，说说就完了……日子吗，就是这样的！”此时的他实在感慨于父亲的承受力了，他不知说什么，啊了一声，准备接话，却半天也接不上来。

高压锅高声鸣叫了起来，父亲忙起身向厨房走去，不一会儿，两人又为早开了锅还是晚开了锅吵了起来，他听到父亲那边不停地说："哦，就你对，你就没错的时候，天下理都是站你一边的……"看看那边母亲和父亲一来一去没完没了，便起身走人。

都走到楼下了，母亲从四楼厨房的窗户里探出头来冲他喊："怎么不吃饭就走啊？……喂，粉蒸肉啊……就蒸好了啊……"他没吭声，接着走，母亲又喊："下次回来，把壮壮给我抱回来，听到没？"他答应了声："哦。"壮壮是他儿子，现在都已经会扶着墙走了。

他站在老虎笼外，点一支烟来抽，他问自己，妻子这是怎么了？他一边这样想一边看着一只老虎在笼子里骚动不安地走着，从左边走到右边，从右边再走到左边，就是不能够停下来，这就叫困兽，他想。

他看着老虎说，这是怎么回事呢？妻子这是怎么了，为什么现在总是和他剑拔弩张的？四十来岁，他们的人生才刚刚过了一半，可是感觉就像是敌人一样。

他昨天只是说那盘菜的盐放多了，真的是多了呀，妻子突然之间就爆发了，正在炒着别的菜，突然就将锅扔到水槽里了。冲进来冲他喊，你怎么不炒啊？他想，你又不让我炒，说我炒得不好。那个菜盐是放多了吗，我说一下，你就这样了？

他完全是蒙了，这也值得发这么大的火吗？

妻子在那里呼呼喘着气，眼里恨不能向他射出小刀子来，儿子从他的房间里探出半个脑袋来，看一眼，迅速闪回去……关上门。

晚上，妻子背对着他睡着，他把手往妻子的腰窝上一放，这是他求和的表示，他已不记得有多久，他们没有在一起过了。妻子没有动，他在黑暗中问妻子，你这是怎么了？妻子还是不动。最后，他伸过手去，解妻子的衣服，妻子回过头来看着他，久久看着，说："你根本不爱我，别碰我！"

啊，这是哪跟哪啊？他听了这话，瞬间便泄气了，什么爱啊，什么不爱啊。

太乱了，他想，生活太乱了。

还是看老虎简单点，不需要思考，不需要揣度，就是这么直接。

妻子终于离开了他，他四十六岁了，还在这个中学里教物理，还是一个老师。他在课堂上微微笑着，看着那些孩子，给他们讲加速度，讲杠杆定理……孩子们总是调皮，上蹿下跳，把一本色情画报扔得满教室转，互相嬉闹着，根本听不进去课。加速度，杠杆定理哪里有这画报上的东西活色生香？他不去管，自己讲自己的，少数几个安静的学生静静听着他讲，他就为这几个孩子讲，他终于知道，改变人、塑造人其实是很难的。

下了课，他从楼道里走过去，迎面走来别的老师，也冲他微微笑着。这笑怎么这么生猛呢？昨天这个人还在年级组的定职称的会议上对他出阴招，今天又笑得如此和蔼可亲。他以为自己不知道么，还是他要装着让别人以为他不知道？

他都四十六岁了，可是他却越来越发现，每个人身上都有一个笼子，关同样的东西，也关不同样的东西。而他实在是愚笨的，他无法走进任何人那里去，去看看那里装了什么？

哎，还是老虎可爱点……他还是喜欢看老虎。

这个城市的动物园已经从市区搬到山脚下去了，并且成了什么野生动物园。人们去看老虎要坐在一辆大巴车上，这车上面还装了无数的铝合金栏杆，他笑了笑，这是换过来了，现在人们把自己装笼子里了，是动物在看人了。

他不喜欢这样，在车里他看不到真切的老虎，他去了几次了，他在车里看到那些老虎半掩在草丛里，他完全看不到。

终于，这一次他决定要走近老虎去看一看，他上了车，在车开到孔雀那里时和所有人一起下了车，生平第一次看了美丽的孔雀。孔雀在那里开着屏，追着另一只孔雀跑，人们发出一阵阵欢笑，随着孔雀的跑动也移动着位置。他静静站在一旁，但他最后没有再走上车去……人们在那里咔嚓嚓给孔雀照相，他一个人悄悄离开了人群。

他从林子里穿过去，迅速地走着，一边不住回头往回看，他不走大巴车走的大路，只走小路。他冲他最想看到的老虎去了……穿过孔雀这里，再经过犀牛池，再翻过一座小山，就可以到猛兽区了。他从小时候就觉得老虎一点也不可怕，它们很温柔很温柔，在人群里才可怕呢，他想。

终于来到了老虎活动的区域了，他一路躲躲闪闪，就怕别人发现了他，怕别人扰乱了他与老虎这最安静的约会。这些年，他有太多话要和老虎说，和谁说也不顶用的，和谁说了也没人能理解的……

他远远看到老虎了，这时老虎也看到他了，好像老虎仿佛被吓了一跳似的，它扭了一下头，稍愣了一下，定睛看他。

他不动了，站在那里，双脚并拢，手垂下来，开始述说。这些年，他多么不易，在单位被人排挤，孩子不听话，妻子离他而去，太多太多了……他看着这只老虎，这只老虎还是卧在那里看着他，带着奇怪的表情……远处有另一只老虎正慢慢地踱着步，诧异地向这边眺望。

他还在述说着，自言自语，他觉得在这里说完这些话，回去后他便会充满力量，身体与心灵便会清澈无比，可以有力气来解决或者挽回一些事情，真的是这样。而且他多么爱这些老虎，它们多么真实，多么温柔，从不掩饰自己，不像人总是把真实关在笼子里，而且一个人会有无数个笼子，到底哪一个笼子里的真实才是真的？他看到了一个看不到另一个？他真是糊涂了，哪一个是真的，哪一个是假的？还是都是真的，没有假的？或者都是假的，不会有真的？还是每个笼子里都分出去一部分真的？这些温柔的老虎多么直接，不管怎样都是真的，赤裸裸的真。

他真的觉得他所有的苦闷老虎都明白，真的明白。他也只想和这些老虎说他的苦，他的烦恼，说到激动处，他甚至眼睛蒙了泪光。

夕阳西下了，草地上有阴凉之气升起……他仍在那里述说，是啊，人不发声怎么活呢？可，他在他的生活里确实无法发声啊……天色渐暗，他听到很远的地方仿佛广播在找人，不知道在找什么人，他想。与老虎在一起的夜是多么温柔呵，这夜黑也黑得这么温柔，这么安全。

……

第二天清晨，虎舍的管理员在草地上发现了一只黑色的皮鞋，那只皮鞋孤独地躺在那里，只有一只鞋。

一只老虎在草地上踱步，另一只老虎在虎舍里慵懒地打着哈欠，只有这只老虎闲闲地散步到这边了，嗅了嗅这只鞋子，然后掉过头去不屑地走掉了。

太阳升到了当空，照射着这片草地，草地上一片金光，那只鞋子仍旧孤独地躺在那里。

蒙面之城

1

蒙面之城是四四方方的一座小城，城里百姓不过千余户，城里百姓均一身灰色或青色长袍，蒙面之城的人都长得有些相似，一个个身高竟也均等，笑一笑，眉头都会动一下，这真是奇怪。城里石板铺就的街道，成井字形，这样最中间的那一个口形框自然成了城里最繁华的地方。

一代一代过去，蒙面之城的人竟长得越来越像，常常有走夜路的人，会认错自家亲人，这可如何是好？管城的族长想，这样下去蒙面之城的人种不是成了一个人了吗？所以曾经从远在天边的城市引进一些女子，以期蒙面之城的人，可以姿态各异，但，这并不起作用，再貌美如天仙的女子也好，丑不能言的女子也好，生下的孩子都长得开始越来越像，小时尚且能看出分别，可一到二三十岁，就越来越像。

这一年蒙面之城来了一家人，从天逸城来的，天逸城离蒙面之城遥不可及，蒙面之城的人只知有这么一个城，却从来没有去过。这一家人是一对夫妻和一个老太太，老太太是这男子母亲，蒙面之城的族长一看，真是高兴，这男子长得大大不同于蒙面之城的人，瘦而挺拔，眉目清爽，最重要的是表情那样生动，与蒙面之城的人完全不一样，蒙面之城的人脸上都是极少有表情的，面部极为僵硬，笑一笑，都要牵动整个脸部的肌肉，哭，在蒙面之城的人来说就更不可能了，蒙面之城的人素来以压抑自己的情感为骄傲，蒙面之城的人如若做出过于随意的表情，面部肌肉会感觉疼痛，历来如此，不知为何。

城里的人与人为善，况且来了一家这样与别家不一样的人，也让大家有点新鲜感，更是愿意，于是大方地让他们留了下来。这男子的妻子也长得与城里女子大不一样，白而圆的脸膛，含两个酒窝，眉上一痣，一笑便更是显眼，头发黑而亮，小小的身体又圆又胖，但却不显蠢笨，反添了娇憨与可爱，实在像个可爱的荷包蛋，完全不像蒙面之城的女子，城里女子都如同画里走出来一样，苗条端庄，一排齐齐的刘海，走过去，若穿一样的衣服，你绝认不出谁是谁来。

这户人家在城中开了一家烧饼铺，不想这男子烧饼打得好，每当清晨傍晚，城里人家都来他家买烧饼，焦黄的烧饼，上面布满芝麻，饼上的蛋清被烘炉烘烤过后，散发出一种诱人的香味，在这个四四方方的城中飘浮着，引了城里的人在铺子前排了长长的队。蒙面之城的人排队竟也是奇怪的，男人一排，女人一排，打眼望去，一条灰色的长龙，一条青色的长龙，灰色是男人，青色是女人，高低胖瘦竟也都差不多。

卖烧饼的男子叫天赐，他的妻子叫恩芳，老太太腿有残疾，并不能帮忙，只卧病在床。天赐待人热情，大声招呼大家，恩芳一样，忙里忙外，快活得像只蝴蝶，飞进飞出，忙着给烧饼打包。亲自递到蒙面之城的人手里，蒙面之城的人艰难地挤一丝笑容，然后慢悠悠地从青石板路上晃回家。蒙面之城的人真是太有规矩了，从来不会在半路上打开这包烧饼看看，直到他们拿着这包烧饼回家时，这烧饼端上饭桌时，才发现恩芳在每一包烧饼里都放了四个小点心，是给大家尝尝的。这一天的傍晚，蒙面之城所有人家都吃着天赐赠的点心说，真不错，真有心。在说这句话时，他们的表情仍是冷漠而僵硬的。他们的面部表情如何僵硬呢，有人吃完烧饼，唇上沾一两粒芝麻，几个小时都沾在上面，等夜深睡觉时，镜上一照，才发现唇上沾两粒芝麻，这才动动，两粒芝麻掉下来。

2

这件事怎么说呢？还是不说了吧。天赐的邻居九良站在族长面前，张了张口，却不知如何开口。族长站在那里从背影看，竟和九良是一个样的，族长慢慢道：既然来了，就说吧。

九良道：他们叫的声音太大了。

什么？族长问道。

九良又道：他们晚上叫的声音太大了。

这下族长明白了，哦，原来是这么回事。

蒙面之城的人从来不叫的。九良有些愤愤不平，九良家就在天赐家隔壁，两人的厢房也仅一墙之隔，蒙面之城的人还都在堂屋开有天窗，晚上，从天窗里可以看到月亮，九良就是在从自家天窗里看月亮时，也从天窗里传来了天赐与恩芳的生命呐喊。起初九良听了这声音，很疑惑，这是什么声音呢？九良思索了半天，都没有明白，突然九良明白了。九良明白后，自己先把自己吓了一跳，迅速地，像一只鹿一样跳进了里面的厢房，连九良自己也不知道，为什么害怕这叫声。在厢房里静静地躲了一会儿，九良就有点愤怒了，他想，凭什么自己要被吓一跳，感到羞耻的该是他们，蒙面之城的人哪里有这样叫的，完全无视别人的存在。接下来，九良就义愤填膺了。

这样，天赐与恩芳连续的生命呐喊影响了九良整整一个星期看月亮的心情，九良终于有点忍无可忍了。九良在忍无可忍时也是平静的，站在自家天窗下，一袭清冷的月光倾泻而下，照在九良身上，同时倾泻而下的还有天赐与恩芳那欢爱无比的痛快叫喊。九良面目冷清，内心亢奋，手心微微出了汗，他悄悄攥紧了拳头，从唇里轻轻吐出两个字：无耻。

族长对九良说："你先回去吧，改天我找天赐谈谈。"

九良走了，族长看着九良的背影，忽然想笑，脸上却感到疼痛，是啊，蒙面之城的人从来是不苟言笑的，有一点笑也是挤出来的。

这天晚上，城里一片漆黑，蒙面之城过了十点就规定全城熄灯，夜像死一样静，有时每个人都能听到自己的心跳。九良这天晚上却有点亢奋，他不在天窗下看月亮了，他爬上自己的床，悄悄问自己的妻子：你会不会叫？为什么他们叫得那么过分？说完这话，九良自己都吓了一跳，自己怎么说出这样的话来？妻子在黑暗中幽幽地看了一眼九良说：你先把面卸掉。九良突然想起来，自己很久没有卸面了，蒙面之城的人都有一个不能言说的公开秘密，大家的面其实都是可以卸下来的。这是不是有点吓人，其实没什么，卸下来那一张面孔放一夜还是活的，第二天再戴上血脉还连得上。蒙面之城的人生下来时，就有两副面孔，人们往往看到的是第一面孔，第二面孔要自己家里的人才可以看，也有人有三个面孔，四个面孔的，往往这样的人在蒙面之城里的地位就越尊贵。这面就像一个面具一样套在每个人的脸上，蒙面之城的人就都活在这面之下。

九良使劲在自己脸上扒拉了一下，却怎么也扒拉不下来，疼得不行。九良的妻子说："我都记不清你原来的样子了，只见过一次，那样多好啊……"九良说："真面目怎可整天示人，这样多危险，人心险恶呢。"

九良开始动作了，手伸进妻子的衣服里，很熟练的，一二三，三个纽扣一解，开始了……妻子生气了，我多长时间没见过你了，烦不烦啊，这种时候还戴着面，妻子用力一抓，九良轻喊一声：哎哟……那面被揭了下来，还带了一点血筋儿，九良想，是啊，这面戴得时间太长了，就有点长进去了。他一面捧着脸，一面摸了摸那放在床头的面。那天晚上，九良很好，妻子也很好，九良卸了面，是个圆头圆脑的家伙，眼睛很亮，肉肉的鼻子，妻子在黑暗中笑了，她是许久没有见到九良的真面孔了。九良诧异地用手摸了摸自己，说：“你看看，连我自己都不认识自己了，这是我吗？”

戴着面时，妻子总觉得九良和所有人差不多，隔壁的引发不是也是九良这样子吗？妻子这天晚上轻轻地叫了，九良将一块手帕塞进妻子嘴里，动物样地在妻子身上闷哼着。是啊，蒙面之城的人哪里有晚上叫的习惯呢，谁又敢叫呢？九良想，但这之后，九良又有点得意，为这一晚的性事，为这一晚的勇敢，他想起来，他只在新婚之夜那天卸下过面。而现在他们的孩子都八岁了呢。

第二天，天还没亮，九良就早早起来了，早早地戴上了面，那面是活着的，刚刚一接触到九良的面孔，仿佛有生命似的粘贴在九良的脸上，缓慢而迅速地融合着，九良甚至听得到血液融合后哗哗地流动声，这声音听起来，真不知是让九良高兴呢还是恐惧呢。九良戴上这面，仿佛又变得和蒙面之城所有的人一样，当阳光从窗外射进来时，妻子又看到了一个与所有人差不太多的九良。

九良坐在床边点一颗烟来抽，在他戴上面的那一刻，他脑里闪现过一个念头，或许他上族长那里去说天赐他们晚上大声叫有点过分了。可现在戴上面了后，他又想，是啊，凭什么啊，大家都不叫，非你要叫，而且那么大声，男的女的都是的。这样下去，蒙面之城的孩子不是都要学会了吗？不行，还是不行的。

天赐有很多地方让九良看不惯，九良觉得，这天赐总有一天要在蒙面之城搅起大乱的。

族长这天特意起早来到了天赐的烧饼铺，手背在后面，一边拎着一包烧饼一边对天赐说：“天赐，你中午来一趟，有事和你说。”天赐正在往炉里挂烧饼，烧饼甩得啪啪响，额上一头的汗，他说：“好。族长，我这有昨天恩芳刚刚做的豆沙卷，给您拿一包！”看着天赐那一脸讨好的样子，族长马上想，这小子肯定知道我想和他谈什么事，想先堵了我的口。族长面无表情地道："算了，下次吧。"然后向家走去，这时街上的人纷纷早起做事，天赐打眼望去，街上的人走路的姿势竟都一样。来自天逸城的天赐想，这个蒙面之城的人真是奇怪啊，一个人竟和一个人长得差不多，要不仔细认，放一堆里，就是一个人的重叠啊。

中午时，天赐来到了族长的家里，这蒙面之城的人家，不光长得像，连盖的屋子都是差不太多的，族长坐在堂屋里一把椅子上抽烟，天赐走过去，坐下。

族长的夫人端茶出来，天赐谢过。族长使了个眼色让夫人进了内堂然后问天赐："在蒙面之城过得还好吗？有什么不习惯的没有？"

天赐呵呵直笑："没有，没有，还好，只是奇怪，这里的人怎么都不爱笑，我和他说话，怎么总是冷冰冰的，没有反应……就是有点闷。"

族长喝了一口茶道："蒙面之城的人生来肌肉僵硬，心地是好的，你放心。其实在很久很久以前，蒙面之城的人也不这样，不知怎么的，一代代下来，就变成了现在这样子。"

接着，族长又喝了一口茶道："天赐，有件事要和你谈，你知不知道，你影响别人了？"

天赐吃了一惊，双手托了下巴，凑到族长跟前道："族长，我哪里影响别人了？"一双亮亮的眼睛直盯着族长。族长看着，心想，这还是个大孩子啊，竟一时语塞了。

"你们叫的声音太大了……"说完这话族长背过身去，"你们要知道，既然你们来到蒙面之城生活，就得遵守蒙面之城的规矩。蒙面之城从来风气纯雅，这样不雅之事还是姑且三思。我们这里的都是隔墙有耳，大家都互相监督，规范做人，这样蒙面之城才太平祥和，你明白吗？"

族长再转过身来时，看到天赐呆呆站在堂前，脸红至脖根，左脚搓着右脚。族长倒有点想笑了，他有多长时间没有看见过年轻人脸红了，蒙面之城的人是看不到脸红的，因为就算是红也在里面红，或者在几层以下的面上红，哪里会让人看到。

天赐点了点头，说："族长，我知道了，我以后一定注意。"

回家路上，正是中午，阳光白花花的，天赐走路总是一跃一跃的，总像是在赶路，往前探着头。天赐想，我们有叫得声音很大吗？没有啊，在天赐城，他们算是低调的了。

从这天后，蒙面之城恢复了夜晚的宁静，熄了灯后，城里一片漆黑。偶尔听到有人轻微地叫喊一声，那也是卸面的声音，慢慢地，连这卸面的声音都越来越少了，面戴得久了，自然与皮肉长在了一起，卸起来是有点麻烦了，索性不去卸它了，有的人甚至忘了自己底下还有最真实的面。

住在天赐隔壁的九良再也没有听到那叫声，九良在一片漆黑中抽着烟，倒突然有了点惆怅。夜，这样黑，沉沉压下来，有点透不过气呢。

3

天赐从来不知道蒙面之城的人那脸上的面是可以摘下来的，他只是奇怪，这城里的人家怎么这样无生趣，都是一个样，早起街上卖鱼，也是那几种鱼，这家与那家卖的鱼完全一样，一样的白鱼，一样的乌青鱼，一样的银莲鱼，这几种鱼都是城外那条河里有的。

有时一个人在他这里买完烧饼走掉，一会儿他发现这个人又回来买烧饼了，他纳闷了，问道："您不是刚买完吗，怎么又回来了……"那人平静如水地看着他，他再细看，天啊，原来不是那个人，是另外一个人，刚那个人皮肤白点，这个皮肤黑点，如此一来，天赐一家在这个城市里认人不免要仔细一点了，人与人竟这般相似。天赐也见过蒙面之城刚刚会跑的或者学步的孩童，也是各样的，慢慢竟然越长越像，真不知是何缘故。

这一年的春天，蒙面之城的人感到有点奇怪，杨花开时，城里的孩子突然都嚷身上痒，起初大人以为是这杨花作怪，孩子们许是皮肤过敏，可这杨花年年开，为何只今年孩子们喊痒，并且所有孩子都是在一天里开始痒，这是为何呢?

阳光灿烂的三月里，杨花漫天地飞舞着，却见蒙面之城的孩子们一个个手都在脸上身上抓来抓去。族长站在灿烂的阳光里，突然莫名心里一动，他有了一种不祥的预感。

一个月后，族长的预感终于被证实了。

蒙面之城的孩子接二连三地得了一种怪病，从来没有人见过这种病。得病的孩子，先是大笑，接着大哭，然后头发脱落，最后全身肌肉僵硬而死。

这样的恐怖气息迅速蔓延了整个城市，每隔四五天便可看到一家人推着小小的灵车送葬，这城里变得越来越沉默，没了孩子的人家是没有哭声的，只是默默地将孩子埋到城外的荒地里。这些孩子死时，突然一个个变得面色红润，表情生动，形态各异，完全不像是蒙面之城的人。孩子们死时，有的笑着，有的做着怪脸，有的则怒目而视，甚至表情狰狞，每个人死时的表情都完全不一样，不像城里的大人只有一种表情。

这些孩子穿着小小的藏青色的小棉袍，一个个睡着小棺材里，显得那样小和玲珑。去世的孩子越来越多，只要一听到有孩子尖声地大笑，或者号啕大哭，人们便知道，又有一个孩子要步向死神那里。于是，这笑声与这哭声成了蒙面之城的一个丧钟。

族长在召集了全城的人开会，想要让大家都想想办法，看看怎样才能避免孩子们的死去。蒙面之城的人在四方街一起开会，一半坐着穿灰袍的男人，一半坐着穿青袍的女人。城里的四个医生看了这几个孩子的病后，冷漠着脸摇了摇头，不过对他们来说，也不算冷漠，这城里本身最冷漠的就是医生，他们的表情较之城里其他人更是要冷冰冰。

族长说，不能再这样下去了，再看着这些孩子这样莫名其妙的死去了。他决定，带几个壮年男子到邻城去请几个医生来，看看这里的孩子到底是怎么了。最近的邻城离这里也要走上两个月才能回来。于是，第二天，族长便动身了，走时，他将这个城里的事务交给了九良，他拍拍九良的手，道：九良，你要负责。

族长走后，蒙面之城的恐怖继续在蔓延。孩子们的大笑与大哭隔一段时间就会响起，一个个的小棺材不停地被抬出城去。人们太害怕了，都紧紧地将自己家的孩子关在家里，不许他们出去，因为传说只要看到那个发病的孩子，这个没病的孩子也会发病的，像传染一样。也有人说，这些孩子在发病时竟是快乐无比的，不管是笑也好，哭也好，都像是很开心，哭竟然也能哭得开心，这真是奇怪，孩子们仿佛在享受一种权利一样，用这种方式在撒泼一样，接着便会死去。这简直太可怕了，一夜之间，蒙面之城的街上变得冷冷清清，没过多少日子，青石板铺就的街道上竟长出了杂草，一副荒凉样。

天赐永远都记得这一天，那是族长走后一个来月的一天，天赐突然听到隔壁九良家传来孩子的大笑声，天赐与恩芳心里一紧，连忙向九良家跑去，他们看到九良的孩子泰然大笑着在地上打滚儿，九良与妻子面无表情地摁住自己的孩子，却不想，那孩子的劲儿太大了，摁也摁不住，只能任他一边打滚一边大笑，笑得满头大汗，笑得涕泪横流。这情景让天赐和恩芳不寒而栗，他们抱在一起，瑟瑟发抖。而九良与妻子则木然站在一边，不知如何是好，天赐知道的，其实他们心急如焚，但蒙面之城的人从来都是不善于表达感情的，即使在这种时候，恩芳只是看到九良的妻子紧紧地攥了拳头，却一声也不出。

天赐与恩芳仿佛看到一股冰凉的气息悄悄从街上向屋里爬来，一点一点，悄悄地渗进这间屋子。

夜沉下来时，天赐在黑暗中点一颗烟来抽，他悄悄摸了摸自己的胸膛，在黑暗中他的眼睛极亮极亮，他看一眼恩芳，说：“恩芳，你说用我们天赐城的方法能不能救救这些孩子呢，孩子们太可怜了。”

恩芳在黑暗中想了一下说：“就是不知顶不顶用，这在我们天逸城顶用，但在蒙面之城未必会有用，不过总归试一下是好的。”

天赐慢慢脱掉衣服，在身上摸索，摸到胸口处时，只听一声仿佛被撕裂的声音，天赐喘息着，很疼痛的样子。就像天赐不知道蒙面之城的人不能公开的秘密一样，来自天逸城的天赐一样有着天逸城人的秘密。天逸城的人有九颗心，每一颗心都是世间少有的珍药，能除任何不能治愈的顽疾，只是这九颗心于天逸城的人来说，太珍贵了，轻易不能给人。这心，分主心与旁心，天逸城的人只要靠一颗主心便可存活，八颗旁心取任一颗出来，磨粉给患病人喝了，都可救回性命，但一颗心只能救一个人，而且每取一颗心出去，这人的身体便会坏掉一些，伤了生命的本气。天逸城的人以这样的方法救活了很多性命遭受横祸之人，但天逸城却对自然步入死亡的老人从不干涉，他们认为那是生命的尊言与法则。

天赐将那颗心放在一个锦帕上，再放进个盒子里，那心还有着跳动，在盒子里微微颤动着。天赐躺回到床上，恩芳从背后抱着天赐，落下泪来，她说：天赐，我有个预感，我们不该来这蒙面之城……我总觉得我们在这城里会有不祥的事情发生。”

天赐仿佛很虚弱，他在黑暗中轻轻拍了拍妻子说：“没事的，放心吧，不过取一颗心而已。”

这一点天赐很自信，在天逸城，人们也有过取心救人之时，一般只会身体比较虚弱一些，心取出之后，伤口当下便会复原如初，这是天逸城人都知道的特点。

天亮时，九良看到天赐与恩芳来到了他们家，天赐面色苍白，病态的苍白。天赐将一个盒子放在桌上对九良说：“九良，把这心烘干，磨粉，给孩子喝下，孩子或许会好的，你试试吧。”

九良很奇怪，他打开盒子看了看，发现是一个褐色的看不出来是什么形状的东西。九良狐疑地看看天赐，问道：“这是什么东西?”

天赐说："这是心，可以救你孩子的性命，你听我的，试试吧。"天逸城的秘密天赐也是不能随便说与别人听的，况如果每个人都知这心能救人，他天赐又可以救多少人呢？他能摘出去多少颗心呢？

天赐再不能说什么，便和恩芳告辞。走时，天赐叮嘱九良："记得啊，一定要在一天之内给孩子磨成粉喝了啊……"

天赐走后，九良久久看着那个被天赐称为心的东西，灰不溜秋，怎么就是个心呢？说是一块烤红薯还差不多。九良想了又想，觉得这天赐两口子，不知是从什么地方来的，又这么奇怪，做事还没个体统，怎么可以相信呢？这是不可靠的，九良想。

这样一想，九良便将那盒子扔进了一间破柴房里，那颗心滚落在柴房的地上，跳了两跳，沾满了灰尘。

第二天傍晚之时，天赐听到九良家里又传来了大哭的声音，天赐躺在床上一惊，心想，九良并没有给孩子吃那剂药，顿时悲急交加，跑向九良家里，只见那孩子哭得面目狰狞，脸色苍白，还用手扯自己的头发……天赐看着九良流下泪来，他想，蒙面之城的人对他人真是太没有信任了，试一试也不愿意吗？他们不知这颗心对他而言是那么宝贵的东西，这个城市真是太冷漠了。

一个多星期后，九良的儿子泰然终于是死了，死时，竟像一个天使一般微笑着，嘴角仿佛含了蜜，睫毛在柔软而弹性的胖脸蛋上留有一条淡淡的阴影，显得那样美好，仍旧穿着那灰色的长袍，那表情竟让人觉得赴死是一件美妙的事情呢。

送葬时，九良久久站在城外的荒地里，这片荒地，已树立起好些小小的坟茔，春天的雨下过几遍后，泥土坍塌下去，一些竟都看不出来是孩子的坟茔，有些孩子实在是太小了。

4

族长回来了，带回了两个医生，说这两个医生是乌赤城的医生。可这两个医生却拿这种病是一点办法都没有，他们左看右看，上看下看，甚至解剖了一个孩子的尸体，却仍是一点办法也没有。

夏天马上要过去了，蒙面之城的夏天素来是炎热无比的，而这个夏天却无一点热意，任太阳再明亮热烈，人们始终感到一种冰凉的气息在城里游走。街上基本已没有了孩子在玩，所有人都把孩子锁在家里，可这样依然挡不住病魔向孩子们下手。

天赐在这个夏天里痛苦不堪，天赐又摘了三颗心出去，一一送到那些发病的孩子家人手里，可是却没有一个人相信天赐，孩子们的小棺材一个个又被抬出城去。

天赐在这个夏天里终于想明白了一件事，明白了为什么他要千里迢迢来到这蒙面之城，他想起，当初离开天逸城时，起初只是游玩，最后他发现不知为什么，在远在天边的地方有一个声音仿佛在召唤着他一样，他不能被自己控制地向着一个不知名的地方走，仿佛他身体里有一个巨大能量要到那个地方去释放。

在一个夏日明亮的午后，当天赐想明白这一点时，他发现，他是为这些孩子而来的，起初的犹疑这时变成了坚定。当看到那些孩子被病魔折磨，天赐的身体深处就像有一个声音在喊：救救孩子，救救孩子……他所有的心脏仿佛都在为这个声音而跳动，天赐终于发现，他寻找到了自己在蒙面之城的价值。

天赐在炽烈的骄阳下行走，奔走于犯病的孩子家庭之间，可仍旧是徒劳的，没有人相信天赐，连族长也觉得他在胡闹，人怎么可以吃人的心呢？况且人怎么可能有九颗心呢，还能摘下来让别人当药吃？

天赐站在太阳下，眼窝深陷，唇上长满火泡，肤色也变得阴暗，身体枯瘦，但他的眼睛却越来越亮，站在夏日的阳光之下，那眼睛竟然与太阳一样明亮。

当眼睛与太阳一样明亮的天赐捧着一颗又一颗心奔走于这些人之间时，人们只觉得他捧了一颗烤红薯。那一颗颗心，一次又一次地被扔进了柴房，微弱地失去跳动。

秋天过去时，城里又走掉了六个孩子。族长一天一天坐在家里抽烟，却想不出任何的办法，仍然不断可以听到孩子们大笑或者大哭的声音，每响起一次这样的声音，人们就觉得像是被死神抚摸了一下。

人们完全当天赐送来的那个灰不溜秋的东西是个笑话，他们只相信医生和族长的话，蒙面之城的人干什么都要有规有矩。蒙面之城的人从来不知天逸城的人有一句世代流传的话：有些病，必须是用人心来医的。

东街阿福嫂的孩子也在这个秋天去世了，阿福嫂疯了，孩子下葬后她没事就坐在街上晒太阳，一边晒着太阳，一边用手扒拉自己的脸皮，但并扒拉不下什么来，只抓出一道又一道的血痕来。她眼睛变得血红，仿佛她很恨那脸皮似的，可扒拉一会儿，她又恢复了原来的冷漠表情，一会儿又要来扒拉。

族长看着这一切，只有摇头再摇头，他不知蒙面之城到底是怎么了，怎么会变成现在这个样子。蒙面之城世代都是这样子的，从来没有出现过孩子得这种病，而且族长在这种空前的恐怖里觉出一种质疑的气息来，他发现蒙面之城的人在隐秘地怀疑原来的这些规定，生来便存在的这些道理，可如果那样，蒙面之城还如何称为蒙面之城呢？

5

冬天到来时，天赐终于决定离开蒙面之城了。

他坐在冷清的烧饼铺里，看着推过去的小小的棺材，心里空落落的。这个冬天天赐将自己能够送的心都送了出去，却仍是不能够使人们相信他，他的身体越来越虚弱，已虚弱得如同一个影子，飘飘摇摇，他抚摸那些去世的孩子，躺在小小棺材里的孩子，一句话也说不出来。

在一个清晨，天赐对着妻子恩芳说，恩芳，我们离开这里吧，这个地方不是我们该待的地方。恩芳问他，那我们去哪里呢，天赐叹了口气，其实他也不知道该去哪里，但这个地方他是再也不愿待下去了。

天赐走的那一天，天下了大雪，天赐带着恩芳与自己的母亲推了一辆车，放了简单行李向城外走去，可谁也没有想到，天赐竟没有走出蒙面之城。

快走出城门时，天赐却突然一头栽倒在地，口里吐出鲜血来，一口喷在雪地上，像一树落了的梅一般。恩芳惊叫一声，扶起天赐，却不想，天赐已经断气。恩芳在蒙面之城里大放悲声，城里迅速来了很多人，他们帮忙将天赐拉回家。恩芳一路哭着喊道："他取了太多的心出去，他取了太多的心出去，他把所有的心都给了那些孩子，你们却没有一个人信他……"

族长站在雪地里看着这一切，他突然有点怀疑自己了，是不是真的天赐是应该相信的，可就算是真的，天赐那心又能救几个孩子呢？

天赐下葬时，雪下得更大了，深及小腿，这个从天逸城来的叫天赐的人，在蒙面之城只待了三年。恩芳终于也证实了自己的预感，这个蒙面之城恰恰是天赐的死亡之城。

天赐死后一个星期，大雪停了。雪消融后，却传来一个惊人的消息，有一个犯病的孩子竟然好了！所有的人都震惊了。

这个孩子是卖鱼的柳宏之子，柳宏的妻子收到了天赐送去的第七颗心，她从来不相信那是一颗心，因为她不明白，天逸国人的心和他们长得是不一样的，真实的东西竟然如此丑陋，她更不相信这个像烤红薯一样的东西可以是心，并可以救命，只是她在万般无奈的情况下抱着试一试的心，将这心在快要超过一天的最后时间里磨了粉，给孩子喝了下去，不想这孩子却活过来了。

更加让人惊奇的是，这孩子活过来后，城里的孩子，只要见过这孩子，竟然慢慢都不再犯病了，这太让人惊奇了。

族长听到这消息后，第一时间跑去柳宏家里看这孩子，这孩子安静地躺在床上，甜美地吮着牛奶，嘴唇上还有一层淡淡的牛奶痕，看到族长时，竟柔和地笑了，他喊：爷爷……族长鼻子一酸，可脸上的肌肉实在是太疼了，他还是忍住没有落下泪来。

人们开始一片一片地走向天赐的墓地，他们久久站在天赐的墓地前不愿离去。九良坐在天赐的墓旁低垂着头，他想，如若，如若他相信过天赐，相信过那颗像烤红薯一样丑的心可以治孩子们的病，那该多好，那他不会失去自己的孩子，更多的孩子也不会死去，天赐更不会因为送了太多的心出去，吐血而亡。

人们在天赐的墓地旁站了一天一夜，乞求天赐的灵魂可以安息，乞求天赐可以原谅他们的无知。

又一个春天要来临时，人们发现，天赐的妻子恩芳怀孕了，这真是一个好消息，人们悄悄地相互传送这个消息，期待这个孩子的早点降临，他们会待这个孩子像自己的孩子一样，因为天赐曾用生命想要拯救过这个城里的孩子。

时间过得很过，这一年的秋天，恩芳终于生下了一个男孩，那孩子像极了天赐，大家都非常高兴。

族长看过这孩子后，他在心里暗暗盼望，希望这孩子不要长得和这个城里的孩子一样，这孩子是蒙面之城的希望，老族长觉得自己老了，这城要有希望才好，要有改变才好，不能人长得越来越一样了，天赐的孩子正好是这城市的新鲜血液啊。

老族长带着这样的希望，盼望着，盼望着，盼望着天赐的儿子成人……其实没有人知道，老族长想过的，想过改变的，想过把这一层层的面卸下来生活的，可是这面戴得太久了，他真不知如何卸，与皮肉长得这样紧，甚至覆盖了最真实的那层面目，已让他分不清哪一个面目才是真的，哪一个才是假的，倒仿佛这最外面的这个面才是蒙面之城最真实的面了，可，他心里，又分明觉得不是的……

后　记

十八年后，蒙面之城的青石板街上，走来一个青年，这青年穿一身灰色的袍，长得与蒙面之城所有的人一样，一样的面目冷漠，一样的表情生硬，只是，没有人知道，他的身体里，有九个心脏在跳动。或许，连他自己也是不知道的。

仇恨树

这棵树已经很大了，深绿而油亮的叶子，茂密的树冠，仿佛可听到树里那血液隐秘而哗哗地流动着，从树冠运行至根系，根系在地下四通八达驻扎……

1

男孩站在屋外，手里拎着一把铁锹，他种了一棵小小的树苗，很为自己感到欣喜。他仔细把树下的土培整齐了，他不知这是一棵什么树，是父亲从山上带下来的，并且告诉他，这棵树属于男孩，从此男孩要为这棵小树负责了。

男孩出了一头细密的汗，这是他们搬到这个山脚下他种的第一棵树，他拿抹布仔细把树上的每一片叶子都擦得很干净，每一片叶子都闪出清新润泽的光才满意，他想证明自己会把这一切都处理得很好。

父亲从屋里走出来，骑上自己的那辆单车，去镇上上班了。父亲工作的地方离家很远，每天下班回来都很晚。父亲每天回来都会给男孩带个小礼物，小礼物总是藏在父亲那个黑色的皮包里。父亲还会和男孩玩一种游戏，每天下班回家后，便把那个黑色的皮包往桌子上一放，然后走进里屋，在里屋的门里偷偷观看男孩的反应。男孩先从屋外伸进脑袋来，看看父亲在没，接着目光便迅速被桌上那个黑色的包吸引了，那个黑色的包那样神奇，可以变出无数想象不到的东西，有时是一包糖皮花生，有时是一个布偶公仔，有时是一个巴掌大的玩具车……男孩总是迅速地在包里翻，翻出父亲给他的礼物，然后欣喜若狂地把那个礼物放在手里把玩一会儿，还不时左右看看有没有人来，再把这礼物放回去，他知道父亲从来不允许自己私自翻他的包。男孩很乖，他总是遵守父亲为他制定的各种规矩，将玩具放回去后，他一步一回头的走出了屋子，来到院子里，盘腿坐到他的那棵小树下。

植物与人是一样的，仿佛得到了许多的关注和爱，便也长得迅猛起来，一个月后那个小树便抽出了新的枝条，枝条上有了一颗颗绿珠子一样的芽胚，小男孩尖叫着，跑进屋里报告给父亲："看……你看啊！"父亲正在吃饭，面条呼噜呼噜地往嘴里扒拉，在父亲看来，小树在春天抽条发芽是再简单不过的事情。父亲嗯了一声，说："不着急的，还会长出更多的枝条来的。"男孩一定要父亲去看看，男孩拽着父亲出了门，来到那棵树前，兴奋地指着小树苗上抽出的枝条叫到："这里，这里！"父亲微笑着，一直微笑着，摸着自己的下巴故作惊叹地说："是呢，长得真快呢。呛呛的树长得真快呢。"叫呛呛的男孩很得意，刻意声明到："我每天都给它浇水，捉虫子，还上肥呢……"说到这里男孩狡黠地眨巴了一下眼睛。父亲知道，自从自己告诉了男孩植物需要有机肥的灌溉，男孩每天都将自己珍贵的尿液浇灌到这棵树下……甚至有时，父亲会看到男孩在没有尿液的情况下生生而可怜地挤出几滴来，然后再肯定地说：这是我的树。

是呢，这是呛呛的树，父亲想，他看到孩子对一棵树如此热情负责，感到很欣慰。

2

这棵树长大了，散出树冠来，不大不小，恰巧在院子里散出一小片阴凉来，此时叫呛呛的男孩已经快要上中学了，呛呛站在树下，想着自己曾经给这棵树灌溉了那样多的有机肥，而现在这棵树已经比他还要高了，这是件神奇的事呢，证明了他的有机肥是多么重要呵。

这棵树需要修剪了，父亲对孩子说，孩子看着父亲说："我来修吧……我还没有给树修过呢？"父亲问男孩："你可以吗……要知道如果树没有修剪好，会影响它来年的长势的。"男孩得意地挥动了一下手里的树剪说："没问题。"

夕阳西下，在院子里洒下一片金光，父亲看到男孩站在一个高凳上，树下是一片被剪下来的树枝与叶子，男孩每剪一下，就站在夕阳的金光里端详一下，他在想，要怎么样才能剪成自己想象的样子。

他很吃力，也很认真，甚至不知从哪里弄了一把尺子来，看着这个情景，父亲吃吃地笑了，父亲心想，不知这树要被男孩剪成什么样子，连尺子都用上了，看来是非常精密的形状了。

男孩修剪完这棵树，拎着那把巨大的树剪一头热汗地进屋来冲父亲叫道："完啦，我剪完啦！……"

当父亲走到院子里看着这棵被修剪后的树时，微微地皱了眉。男孩将这棵树修剪成了一个倒三角形状，而在这个地方，种这种树的人都会将这样的树修剪成椭圆形。父亲说："你这样修剪树，会影响树来年的长势的，这种树没有这样修的……"男孩纳闷了，他问："为什么不可以这样修，为什么这样会影响来年的长势？"父亲愣了愣，然后说："总之，这种树这样修不合适，没有人这样修的。"男孩倔强地翻了翻眼睛，然后说："我们试试看吗，看看这样修，来年会怎么样，会不会影响它的长势……说不定这样更好呢！"

父亲沉默了，他没有吭声，他们要吃晚饭了。晚饭吃的是粥，红豆粥，父子两人坐在屋里一人端着一碗粥，吸一口，看一眼院里的小树，父亲怎么看怎么觉得不对劲，儿子也喝一口，看一眼，两人喝粥都发出呼哧呼哧的声音，但两人的注意力都在那棵树上。

月亮悄悄爬上了夜空，清冷的月光打在这棵小树上，刚刚被修剪过的小树在地上投下了一个奇怪的影子。父亲转身对男孩说到："你看看我们周围有没有人这样修剪这种树的，有一个吗？难道为了让你试一试，就要用这棵小树的成长来做代价吗？你觉得这样好吗？"

男孩看了看月光下的这棵小树，沉默了。但他的心里仍在想，这样的小树看起来多么有力度啊，多么带劲啊，没有人这样修剪，不一定这样就一定会影响它的长势吧。可是男孩也很相信父亲，他想，父亲种过这么多树，或许他的话是对的，如果父亲是对的，那自己的树不是就被自己伤害了吗，他可不想伤害自己的树。男孩有了一点点焦虑，他非常想按自己现在的方式来让这棵小树成长，可……

终于，月光下，父亲拿着树剪开始重新修剪这棵小树，他非常果断，在男孩曾经犹豫和仔细考虑过的地方都果断而有力地全部剪掉，男孩在屋子里静静地看着，有了一些失落。更多的枝叶落下来，很快在树下又堆起了一圈，修剪后的小树，比男孩修剪完时更小了一些，变得小而圆润，是和周围这种小树的形状一样了，也显得顺眼了一些，不那么碍眼了。父亲拍了拍手，再次看了看月光下的这棵小树，心满意足地舒了口气。他对男孩说："呛呛，这都是为了小树好，明白吗。"

男孩没有吭声，他看了看这棵圆头圆脑的小树，勉强地点了下头，但不知怎么回事，他心里觉得这样形态的小树一点都不可爱。

3

这棵小树在这一年里长得比较缓慢，可能是因为得到的关注与爱少吧，这一年男孩上初二了，他日夜忙于学习，他总是有做不完的作业，考不完的试，各种各样的测验比吃饭还要正常，这些作业像是排着队的城堡一样，一个一个在等着他的攻克。

院子里的小树，小小的椭圆形的小树在缓慢地变化着，偶尔，男孩在忙碌的学习当中会抽出一点时间来再给小树施一些有机肥，他站在小树下，匆匆又匆匆地施放自己的有机肥，一面回头想着那些没有做完的古怪城堡一样的作业。父亲给菜园子的菜打杀虫药时，偶尔也会给这棵小树喷一些。

男孩现在已经是个大男孩了，嘴唇上有了一层淡淡的茸毛，这标志着他的青春已经萌芽了。有时夜深人静时，男孩做完了所有的作业，抬起头向窗外看时，他还是会问自己：如果当初按自己的方式来修剪这个小树，小树会不会长得快一些呢？这是一个奇怪的男孩，仿佛这个问题在他的心里悄悄扎根了一样。他总是想要证实他曾经有过的一些想法，不能放弃。男孩现在也变得非常好奇，对一切未知的问题都充满了好奇和挑战，这通过一件事情被充分证实。

男孩与同学去后山玩，这里有一个特别庞大的山系，人们叫这山系为麦基山脉，后山则是这麦基山系其中的一座，山下一条河蜿蜒绕过，过了这条河，便可进入上山路。可已有的上山路和下山路男孩不愿走，那些从未有人走过的上山路与下山路总是对男孩充满了诱惑，就像一个神秘的国度一样引诱着他，男孩想，那里面会有多少未知的秘密啊……

这一次他们是从上山路上来的，他们一大早天刚蒙蒙亮就上山了，这山很高，且深，人们上山总要一大早就出发，以免下山时天色太晚。下山时，男孩看着那几条幽幽通下去的林中秘道，心里充满了向往，他的腿仿佛不听他的摆布一样向那些地方迈去。另外两个男孩拉住他，不让他去，他却非要去。另外两个男孩恐惧地在后面看着他，没有一个人愿意跟上去，男孩往远处眺望了一下地形，心想，按方位，从这个没有开过的路也可以下去的。他对两个同学喊到："来吧，按方位，这里也一样可以下去的……"听到他喊声的同学更加恐惧地向后退了一步，他们露出疑惧的眼神，对男孩喊到：

“阿呛，你回来吧，不要走那里了，邻村张老爹就因为走这种路天黑没有走下来，最后失足掉到山涧里了……”男孩说到：“现在不是离天黑还早着呢吗……哪来那么多危险的事情啊，这山我们上过多少次了呢……”男孩听不进别人的劝，一意孤行地向这条林中秘道而去……那几个同学看着男孩的背影仍旧不敢跟上去，他们冲男孩喊到：“阿呛，我们还是走大路，我们在山下河边的樱桃树旁等你吧。”这时阿呛的背影已经消失在林中秘道中了。

另外两个男孩子站在那里久久看着那条隐秘的小道，走大路，他们觉得让阿呛一个人走这条小路下去不讲义气，是他们叫阿呛一起来的，走小道，他们又实在害怕，关于在后山发生的不幸太多了，每一次上后山来他们都是背着大人的。他们站在那里犹豫了几分钟，然后一边回头看着那条小道，一边向大路迈着脚步……

男孩阿呛一个人走在茂密的森林中，这条小道与其说是一条道还不如说没有，这条道时有时无，根本看不出来哪里有人走过的痕迹。可当你觉得无人走过时，突然又在某个地方看到一片被踩过的草，甚至翻过一大块石头时，男孩还看到过一个烟头，看来不久前还有人走过。可当你认为这是一条道时，再定睛看，发现完全没有一点路了，仿佛你处在一个圆点之上，四面八方只要你想走，那就是路。一转身是绿色的树，再一转身还是绿色的树，他被绿色重重包围着。时下正是太阳当头的时候，但在这森林里，却丝毫感受不到阳光的普照，林中一股阴凉的气息缓缓飘浮着，一点一点升起，仿佛只等着太阳一落山就扑将过来，这阴凉之气便可吞没一切，完全霸占这森林了。

此时男孩还没有感到恐惧，他甚至有一种欣喜，他肯定这里会有大路上所看不到的东西，他一步步向林子深处走去，他想不管怎么走只要方位是对的，就一定能到山下去，一定能走到山下那棵老樱桃树那里。林中非常静谧，有溪流在不远处静静流着，发出潺潺的水声，有不知什么鸟的叫声偶尔传来，使森林显得更加寂静了。又翻过一些石头，男孩看到那片树下竟然有一片蘑菇，各种形状和颜色，男孩欣喜异常，跑过去，跪在这片树下，这些蘑菇，有些他见过，有些他没见过，甚至有的蘑菇会长成一个八角形，真是奇怪。他知道颜色鲜艳的不能采，会有毒，可有一些他却不能判断。男孩采了一些放进他的布袋子，准备拿下山带回家让父亲烧汤喝。

男孩越走越深，这片树林让他充满了惊喜，这个时候男孩找到了发出水声的小小溪流，他想，跟着溪流向下走肯定是可以下山的。突然，男孩阿呛看到了一条小蛇，这条小蛇颜色非常鲜艳，是橘红和黑相间的，它看到男孩阿呛，半立起身子，扬起自己的头对着男孩，茫然地看着男孩，男孩也愣住了，停下来，手里还拿着一颗蘑菇，他也看着这条小蛇，他和它都有些茫然。这条小蛇男孩没有见过，他们在山里常捉到的是那种菜花蛇和土蛇，这两种蛇都没有毒，毒蛇一般不会轻易让他们捉到的，这条小蛇是条什么蛇，男孩就不知道了。男孩知道蛇大多数是看不见的，他有限的科学知识让他知道只要他不乱动，就不会有太多的危险。他与小蛇对峙了一分钟，小蛇仿佛它也察觉到这个男孩与它一样没有经验一样充满好奇，便悄悄落下身子，顺着草丛溜走了，艳丽的身子瞬间便消失不见了。

男孩顺着这条小小的溪流走，走着走着，仿佛绕了一个圈，来到一片较平坦的地方，他发现这里竟然有一个石洞，说是石洞不过就是在石壁上凿进去一个大约两三米的空间，刚好可以挡风避雨，石洞里还扔着几个破掉的碗，那碗被半掩在地上的草丛里，看起来仿佛是很久远以前的事情了。就在这个时候更加神奇的事情出现了，男孩发现这个石洞不远处的草地上竟然长着一棵树，一棵与自家院子里的那棵小树一样的树，奇怪的是，这个树的树冠就是倒三角的，和男孩想要修剪成的那个样子一模一样。这棵树已经很大了，比男孩的那个树大出一倍多。男孩飞奔到这棵树下，绕着这棵树转了一圈又一圈，是的，没错，一样的树干，一样的叶子，一样的枝条，不同的只是这棵树比他的那棵树大了一倍。那么，是谁在这里修剪了这棵树？树不可能自己长成倒三角形的，是谁呢？而且这棵树长得如此茂密，叶子油绿，枝条繁密，是谁呢？

男孩想象着有人站在这里用树剪像他一样将这棵树修剪成了这样，任它在这里寂寞地成长，今年，他还会来修剪这棵树吗？还是，这种树它自然会长成这个样子？男孩心里产生了一种疑惑，他现在可以肯定的是这种树修剪成这个样子一样可以长得很茂盛，甚至比山下那些修剪成椭圆形的树长得更好，他为这个发现而激动着。

这个隐秘之地的发现让男孩阿呛一时忘了时间，他在这里坐了一会儿，他没有察觉到太阳已经在慢慢落山了，山中阴凉之气正在密谋着吞噬一切。他还在继续寻找和发现，他还看到了一个硕大的马蜂窝，并且得到了一块很大的蜂浆，想来这条道真是很久没有人走了，这一切的发现都让男孩很欣喜，他在心里嘲笑那些没有和他一起来的同学，如果他们和他一起来了，就会发现如此多的秘密，这是多么快乐。

森林中的阴凉气息伴着夕阳西下的余晖沉沉压了过来，自然界仿佛本身就带着一种巨大的本能的东西让人畏惧，男孩猛地在这一刻被惊醒了。可这个时候当他一转身，却发现那条他一直跟着的小溪却不见了，断流了？从山缝里渗走了？他往左一转，是树林的暗影，向右一转还是树林的暗影，他在这个地方团团转，看到的全是森林，并且树林甚至开始移动，扑朔迷离。他向前走几步再回头时，连那棵倒三角的树也看不见了？这是怎么回事，难道这是一个魔幻森林吗？在十几分钟里便会有如此多的变化，这样反复无常？森林的阴凉之气已渐渐升到了阿呛的膝盖上，只等慢慢地一点一点地盖过他的头顶。这时，阿呛才感到了恐惧。他开始努力回忆来时的路，可周围全是斑斑驳驳的暗影，他就是回忆不起来了，也走不出去，在渐渐下沉的夕阳中，这些树都开始动了，不远处传来不知什么动物的叫声，一声一声伺机而动地叫着。男孩头上冒出了汗，接着更多的汗冒出来，他开始往回退，开始疯狂地往回退，可他退来退去，却发现退到的完全是更加陌生的地方……

男孩阿呛终于被恐惧慑住了心，在黑暗中哀哀地喊："爸爸……爸爸……"这是他惟一想要喊的人。他蹲下来坐在一块石头上，不敢再动了，他怕他动得越多，离上山的大路会越来越远。夜已经完全沉下来了，将男孩包围住，并且与男孩对峙着。男孩在黑暗中的眼睛竟是如此的明亮，像透明的晶体一般，这晶体里现在惟一的内容便是恐惧。男孩从来没有在这样的环境里一个人待过，他伸出手去竟然都看不到自己的手，只是黑，非常黑。

在极度恐惧中度过了很长时间，一开始男孩恐惧得发抖，紧紧抱住自己的肩。慢慢地，男孩却有了一种奇怪的感觉，在某一瞬间发现他接受这黑了，与这黑融为一体了，渐渐地他感到了黑的温柔，黑的安全，黑的亘古。此时的他稍微平静了一些，他甚至觉得在此刻，他是如此干净纯澈什么都没有了，只有与黑在一起，让黑包围着他，让黑向他的体内向他的发肤里一点一点渗透，直至完全融合。男孩并不知道这种情绪其实是一种类似于绝望的东西，只是他太小了，还不能清晰地分辨这种感觉。他只是静静地坐在这块石头上，望着夜空中仅能看到的一颗星，任凭冰凉的夜抚摸着他的身体。

不知过了多久，男孩听到远处的呼喊，起初是他的同学在叫他：阿呛，阿呛……接着是父亲的声音：阿呛——男孩从父亲的呼喊中也听到了极度的恐惧，此时大约已是晚上九点了。好像沉浸在这黑夜里太久了，男孩还没有完全反应过来，一时挣脱不了黑暗对他的控制，他想要大声地反馈这些声音，却喊不出声来，他努力地答应着，却只是哀哀而小声地呼叫，他的心像被巨大的黑暗填满，以至发不出声音。慢慢地，当他的身体从黑暗中剥离出来，能够被他自己的意识控制时，他一下从石头上蹦起来，冲着声音的方向大声喊：我在这里，爸爸，我在这里，爸爸，阿海，山子，我在这里啊……

黑暗仿佛被这声音叫醒了似的，此时，男孩阿呛可以看到周围隐约的树影了，仿佛又可以看到他曾经看到的石洞的那个地方了，是的，就从这几棵树穿过去，翻过那几块大石头，到那块平地上就是了……远处隐隐约约有了火把的影子，男孩看到火把的一瞬间，一颗饱满的泪珠夺眶而出。接着火把越来越近了，男孩听到好像有许多人都来找他了，不光有父亲还有同学的父亲，叔叔等等……他听到了猎枪上膛的声音，此时正是野兽出没的时候。当男孩看到第一个火把时，他飞奔过去，父亲高举着火把，浓眉打成一个结，从远处看，就像画了一个符一样。男孩扑到父亲身边，父亲远远看着他，怒气冲冲，他扬起手，想要给男孩一个耳光，但还是缓缓将手放了下去……伸手揽过男孩来。

下山很顺利，大家都在庆幸男孩没有遇到野兽，男孩的两个同学跟着男孩一起走，此时的男孩已从恐惧的情绪中逃出来了，他很乖巧亦很激动，他多么希望将自己在这条秘道上的发现告诉别人特别是父亲啊。

4

回到家后，父亲并没有训男孩，他让男孩洗洗先去睡。男孩躺在床上，他还在为秘道上发现的一切而激动，他好几次想要向父亲报告他在林中秘道上的发现，都被父亲的神情制止了。男孩躺在床上辗转反侧，父亲则在院子里默默地抽烟。

第二天，天刚刚一亮，公鸡刚刚打过鸣，男孩就起来了，他看到父亲站在院子里，手里拎着根藤条，是了，这根藤条男孩很久没见过了，是妈妈在世时用来教训他的。

父亲吼到："过来……"男孩倔强地看着父亲，他觉得自己已经长大了，父亲不该用这样的方式来教训他。男孩迅速地跑进屋子将他采的那些蘑菇和那一大块蜂浆抱出来，递给父亲，他想告诉父亲他探索的结果，他的发现和收获，他喜悦地抱着那些东西走向父亲："你看，这些蘑菇，我们从来没有见过呢，不知道烧汤好不好喝，还有这蜂浆，那里有很多很多的……"

父亲一把打掉了男孩的这些东西，那些可爱而奇特的蘑菇滚得满地都是，蜂浆在地上摔得粉碎，四溅开来……父亲吼到："谁让你走那条道的！……你知道那条道有多危险吗？"男孩眼里闪出惊恐的眼神，接着涌出薄薄的泪，他咬了咬嘴唇将那泪忍回去。他想，有多危险，你们不是还是找到我了吗，好像也不是非常难的吗？父亲看着男孩的表情，更加生气，一把拉过男孩，扬手就揍。

男孩非常生气，不是因为藤条揍人是多么疼痛，是他觉得非常丢人，他觉得自己已经长大了，还被父亲这样揍感到非常没面子。

就在那棵树下，男孩的树下，父亲用藤条一下一下地抽打着男孩，父亲抡起藤条时，刚好扫到树上，在他揍男孩的同时，树上也会有叶子落下。父亲一边抽打男孩一边问："你说还走不走那条路了，说，说你再也不走了……你下次还敢不敢了？说！"男孩开始还倔强地鼓着腮帮子，最后他叫道："那条道为什么不能走，我下次去早一点不就可以了吗，而且我看到了，那里有被修剪成倒三角的树，和我原来修剪得一样，而且长得非常茂盛……你骗我的……"父亲要被这个奇怪的男孩气疯了，这么危险的一次经历竟然不能让他退缩，而且说得这些话是什么话，完全莫名其妙，那条道是连老人都不会轻易去走的道，传说夜晚来临时，树都会走动，将人团团围住，这个孩子真是疯了！父亲更加愤怒了，藤条更加有力地抽在男孩的身上，尚未开始发育的男孩原本就瘦，逃脱不了父亲大手有力的钳制，身子被一抽一抽地像是个奇怪的木偶。树上的叶子因为父亲的愤怒更多地掉下来，满地都是，男孩看着这个景象，他突然想：父亲是恼羞成怒了，因为自己看见了那棵长势良好的倒三角的树，父亲不愿承认自己的不对，才这样对他的，男孩阿呛不知自己为何有这样的想法，但他觉得是这样的，一定没错。

终于，父亲停止了抽打男孩，他问男孩："说，你以后还去那条道不？"男孩不吭声，在武力的征服下，他终于点了点头，他说："我不去了。"但，这像是一个结一样存在了男孩的心里，那棵倒三角的树，还有那个石洞，顺着那里下去还会有多少秘密呢？

男孩永远不知道，父亲曾经多么恐惧失去他，当他的同学在那棵老樱桃树下久久等不见他时，当太阳渐渐要落山时，他们找到他的父亲，一听到男孩去了那条秘道，在那一刻，父亲的心全空了，瞬间地无力，那条道年长的猎者都不大愿意去走，自己的儿子却走了，而且夜幕马上要降临了。父亲在院里瞬间感到无力，当力气再回到他的身上时，他又感到充满了力量，他马上取出家里的猎枪，到村里找了自己的朋友和这两个孩子的父亲准备上山了。

上山的途中，父亲一直被恐惧摄着心，他多么怕在黑暗中迷路的儿子在夜里大声哭泣，这样会招来野兽，狼和野猪还经常在这一带出没，还有成群的豺集体狩猎。他一路都在心里祈盼，祈盼儿子不要在黑暗中哭泣，可，一个十来岁的孩子迷失在黑暗的丛林中，怎么可能要求他不去哭泣，怎么可能？想到这里父亲真是心急如焚了。

当他与别人一起走过那条林中密道，当听到儿子第一声呼喊时，他多么庆幸，差点落下泪来，是的，现在他肯定了在这之前儿子是没有哭泣的，只要儿子哭泣，只要哭泣短短的两分钟，就会有狼与豺悄悄地如风一样跃过丛林，向儿子哭泣的地方隐隐靠近。而且更应庆幸的是，儿子并没有在那条秘道上多走出很远，如果很远，真是连他们也找不到了。

现在，儿子已经回到他的身边了，父亲不愿去想象在那段时间里，儿子是如何待在那片可怕而恐怖的森林里的，他只是狠狠地下定决心要让儿子知道自己错得多么彻底，而且永不再踏上那条秘道。他要他安全，永远地安全。

男孩阿呛却不这么想，接下来的日子里，他时常回忆起那片树林，这条被众人传说得非常恐怖的秘道成了男孩心里的一条隐秘之道，幽幽从他的身体通下去，一直通下去，看不到底，吸引着他。如果这条秘道通不到山底，它又能通到哪里呢？总有解吧。而且男孩时常想起那棵倒三角的树，那棵长得那样茂盛的倒三角树，向男孩证明了他人生第一次判断的正确，加深了他探索的欲念。

父亲揍男孩时落下的一地树叶，男孩看了非常心疼，这是他的树，父亲在他的树下揍他，却还要伤害他的树……男孩恨恨地抹了一把泪。男孩甚至觉得，父亲怕他再走那条道，是怕他再去看那棵倒三角的树，怕这个事实证明了他的不正确。

夜深了，父亲依旧在树下默默地抽烟，男孩却躺在床上问：到底是谁修剪了那棵倒三角的树？

5

又一年的春天到来时，男孩的喉结已经鼓起来了，嘴唇上青色的茸毛也更加明显了，此时马上他就要考高中了。

院子里的小树又长高了一些，但并不壮实，仿佛缺少某种滋养，总是收缩在一起似的。春天，这棵树又该修剪了，男孩想这一年，他一定要把这棵树修剪成倒三角的形状，他一定要试一试，不管父亲同不同意。再说了，这是他的树，父亲有父亲的树，院子的西边还有两棵大树，那是父亲小时种下的，他有他的树，这棵树是我的。

男孩呛呛有时也会奇怪地问自己，为什么他对一棵树修剪成什么形状这么在意，连他自己也不知道为什么。可，他就是想要。

这一次父亲没有拗过自己的儿子，已经长得壮实了一些的儿子拿出树剪，搬来凳子，现在一个凳子已经够不着剪树冠了，要在上面再加一个小方凳，男孩站在小方凳上开始用心修剪他的树，父亲在一边看着，看着男孩渐渐将这棵树修成了怪模怪样的形态，很是看不惯，再想起男孩说他曾经在那条秘道上看到过这种树就是要修剪成倒三角状来生长，心里就更是气愤，他不希望儿子对那条秘道上的任何东西有想法和留恋，这一切的想法都让他恐惧。父亲脸上露出不屑和看不惯的表情，男孩看到了，他在这种不信任的目光下继续他的修剪工作。

当这棵树的倒三角形状快要形成时，父亲冲男孩说到："你去看看，谁家的这种树会修剪成这个样子，这样只会害死这棵树！"父亲有点急，眉毛也拧到了一起，男孩听到了父亲的话，他分辩到："我在山上看到过这样的树，是长成倒三角的，而且比我们这里的树大了一倍，就在那条秘道的那片森林里，长得非常茂盛。"父亲啪——

一声摔了手里的水杯，恼怒地看着男孩，冲男孩吼道：“我不准你再去那条秘道，你听到没有，听到没有！”说完父亲便进屋去了，男孩看着父亲的背影，他不明白父亲为什么对这样一句话发这么大的火，父亲的表情让男孩觉得父亲怕自己去走那条密道就是怕他见到这种倒三角的树，真的是的，父亲怕自己见到倒三角的树。那么……父亲怕自己正确？这个念头隐隐只在男孩心里一闪而过。

树修剪完了，男孩站在树下欣喜地看着被他修成倒三角的树，是有点与这个环境不太协调，像一个惊叹号似的立在院子里提醒着人们的注意，有点招摇。为什么在林中秘道上那棵倒三角的树看起来那么协调，而在这个山下的院子里就这么奇怪呢？不过没事，这棵树来年会长得非常茂盛的，有一天会比父亲的树还要茂盛的，男孩想。

父亲第二天清晨从屋里推着单车去上班时，走过这棵树下时，他一时之间甚至想笑了，这棵树的形状多么古怪，真的像一个巨大的惊叹号似的，而且还是头大身子小的惊叹号，从生物学原理来说，这也不符合植物的生长规律啊。父亲简直不能接受，他摇了摇头，这棵树是要被儿子毁掉了，随他去吧。只要他别再往庞大的麦基山脉里乱闯，他要怎么折腾随他去吧。

在这一年里，男孩时常正做着作业便跑到他的倒三角树下去看一看，看看树有没有什么变化，他多么期待他的树可以像秘道中那棵树一样，长得壮硕而茂盛，以证明他的判断的正确，他人生最初的正确。

6

时间过得多么快，在这一年里，虽然男孩时常去看望这棵树，并且找来许多的有机肥给这棵树施肥，给这棵树喷杀虫剂，可这棵树却像被什么吸走了元气一样，树上的叶子经风一吹便落下一些，男孩与同学在树下嬉戏，碰了树竟然也能掉下些叶子来。

当又一个春天到来时，这棵树的叶子已经落得差不多了，冬天严寒的洗礼，使这棵树完全没有了一个树该有的样子。春天本该到了枝叶抽条和长叶的时候，这棵树却像将入暮年的老人一般佝偻着身子。

男孩看着这棵树，他的树，他疑惑了，这对他的打击太大了，为什么？为什么林中秘道上的那树长得那样好，他的树修剪成倒三角却长成了这个样子？

父亲看着男孩与这棵树，他想，到底被他说中了，难道所有人的经验抵不过一个孩子的猜想吗？但他并没有责备男孩，他只是拿出树剪，将那棵树再修剪成椭圆形，接着他温和而淡然地说："没有人把树会修成那个样子的，修剪成这样对树才好。"

男孩在父亲背后低着头，他没说话，等到父亲把树修剪完后，他转身去了屋里，去做功课了。或许，我真的错了。男孩在心里对自己说。

这一年的夏天到来时，那棵小树恢复了原来的样子，椭圆形的小树长得非常缓慢，但总归不像倒三角那样不堪入目了。这个夏天男孩升入了高中，他的个头迅速地开始长高，开始发育，他的面貌仿佛还不能完全适应身体的发育，总是有点跟不上，脸上总有一点惊慌失措的表情。

仿佛小树的成长对男孩的打击很大似的，他变得有些怀疑自己，对所有决定都不是非常肯定，他总是在问自己，或许我是错的呢？此时的男孩不再像过去那样叛逆了，他变得听话，变得顺从。

男孩依旧会去看他的树，他的树仍旧没有变化，像所有修成椭圆形的树一样，长得缓慢而正常。男孩也开始学着像父亲那样去修剪这棵树，怎么样树的轮廓更漂亮一点，怎么样在不伤主干的情况下更多地剪掉一些余枝，好不影响主干向高处的生长。那棵秘道上的倒三角形的树被男孩藏在了心底一个角落里，渐渐仿佛忘记了似的。

男孩现在的学习更加繁重了，一天到晚都是各种各样的作业，有时男孩很烦恼，他不知这些诡异的函数题和自己有什么关系，难道以后他都要以函数来计算在社会上碰到的种种问题吗？

男孩心烦了，便把书和作业本使劲砸到门上去，咚——的一声，在隔壁的父亲听到了，并不作声，他知道男孩感到有压力。过一会儿男孩出去了，父亲走到男孩的房子一看，书和作业还扔在地上，他捡起来一看，确实，这些题是他也看不懂的，是挺不容易的，父亲想。

父亲不知道，男孩心烦了就跑到麦基山里去玩了，有时是和几个同学，有时则是一个人，麦基山脉连绵向远处，最深处在这里住了祖祖辈辈好几辈的人都没有去过，那里出没着各种野兽猛禽。男孩听到同学阿海的爸爸说过，他的爸爸有一次跃过了凤凰岭，凤凰岭是这里的人到过的最远的地方，然后不知怎么就闯入了一个竹林，鲜亮翠绿的竹林，那时正是春天，他们很高兴，正准备挖些春笋回去，可当他们再定睛去看时，发现所有的竹子上都挂满了蛇，这种蛇叫竹叶青，是一种剧毒蛇，浑身翠绿，这时他们清醒了，发现他们竟然处在毒蛇的海洋里。阿海的父亲和阿海的叔叔两个人站在一片翠绿的毒蛇的海洋里，相互望了望，他们不知道，到底这片竹林里蛇在开会，还是正值这些毒蛇的交配期，他们感到所有的蛇在此时都稍稍地扬起了头，像从睡梦中醒来一样，空气中响着咝咝的声音，隐秘而庞大。他们两个人悄悄地向后移动着双腿，充满敬畏地将刚刚他们拨开的竹子再恢复成原状。当他们刚刚一退出那片竹林，转身便狂奔而去，从此，阿海的父亲再也没去过比凤凰岭更远的地方。

男孩阿呛和自己的两个朋友走在麦基山里，他们是从大路上来的，沿路他们摘了几个果子有味没味儿地在嘴里咬着，大路旁树上结的果子都不好吃，又酸又涩，偶尔有一两个大而甜的早被别人摘走了。阿海想要学根雕，于是阿呛和山子就一起陪他到山里来找几块原料。他们一直爬到了这座山的山顶，但很遗憾，并没有找到合适阿海来做根雕的树根。他们只好返回，下山的路上，在某一瞬间，阿呛一回头时，他仿佛又看到了那条林中秘道，竟然闪着白光，一直通向森林的深处，对他充满了诱惑。不对，男孩阿呛想，那条林中秘道是不该在这里出现的，他记得很清楚，那一年他走这条林中秘道时，是从半山腰的地方走下去的，不该在这里出现，难道这片森林真的是会移动的？阿呛赶紧叫住阿海和山子，问俩人，你们可看到那年我走的那条林中秘道，还闪着白光，就在那边？阿海和山子看着阿呛指的方向，摇了摇头，没有啊？哪里有？阿呛再定睛看，却发现那条秘道又不见了……

7

院子里的这棵树终于又长大了一点，父亲要求男孩没事了就去把树上的杂枝剪掉，他说这样树会长得更快一些，就像人学习一样，不能心生杂念。后面一句话男孩听懂了，这是说给他听的。

男孩当然希望自己的树可以长得更快一些，可以长得比过院子西边的那两棵树，可每当男孩拿着树剪去修那棵树时，便感到万般的不舒服，就像剪自己的身体磨自己的骨头一样，这是多么奇怪的感受呢？可，如若不这样，又能怎样？他已经试过了，他最想剪成的倒三角的形状，让这棵树差点濒临了一次死亡了。偶尔的梦中，男孩还是会见到林中秘道上的那棵倒三角的树，他不能否认，他还是会在梦里纠缠这个问题。

有时，男孩阿呛也突发奇想，他想，是不是剪成V字形树会长得更快更茂盛一些？当他向父亲表达这个意见时，父亲便一声断喝："行啦，你还没折腾够吗？……"这个时候男孩便悄悄地低下头，完全像一只斗败的鸡。

每隔一两个星期，男孩就要按父亲的要求把这棵树修剪一下，剪掉杂枝，上肥打虫，渐渐地这样的时候，对男孩形成了一种煎熬，把这些树搞成他不喜欢的样子，对他来说是多么难受。在这件事情上，男孩仿佛成了一个偏执狂，有一次他对父亲说："你去修那棵树吧，你想怎么样都可以。”父亲却说：“为什么要我去弄，那是你的树，你五岁的时候就这么说了，那是你的树。”这句话简直要让男孩恼羞成怒了，他脸色通红，手指微颤，连他自己也说不清为什么恼羞成怒。渐渐地，这种活动让男孩产生出一种隐秘的恨来。

男孩在修剪这棵树时，怀着隐秘而曲折的恨，此时父亲往往是欣慰的，他叼着烟斗在屋里看着，喝一口浓茶，慢慢在嘴里回环着，然后再悠然地咽下，他想：他这一生最好的东西都给了儿子，他最好的认知和判断都教给了儿子，他全是为了儿子好。他只要儿子安全地在这个环境里成长，那便是他最大的心愿。

当父亲沉浸在这种欣慰的感觉里时，他不知道，儿子是怎样恨恨地剪掉每一个多余的枝叶，像念咒语一样在心里默念一些连他自己都听不清弄不明白的语言，像来自不知什么地方，一个幽深而混沌不清的地方。于是，这每一个被儿子剪掉的枝杈，每一片树叶都聆听了男孩来自生命最底处的咒语。男孩不情愿这样做，可他又是如此地在意这棵树，怕不这样做这棵树会因他而死去，同时，他又充满了尝试的欲念，却又不能。他不愿做，又极奇认真地做，因为他还要为他自己的树负责。

时间久了，男孩渐渐成了习惯，他带着与以往同样的心情去修剪那棵树，那棵树仿佛也听懂了他的咒语，安详地，压抑地成长着，总归是在长的。这一点男孩也看到了。半年后，他养成了更深的习惯，每个星期不拿着树剪在这个树上剪点什么，他就不舒服，就像心里少了一种暗示一样。他甚至依赖上了这种感觉，可在某一瞬间，他又恨这种感觉，完全不能理解，那些绵密的恨啊，如此隐秘而细微地慢慢扩散开来，扩散在这棵树的每一片树叶里，每一丝脉络里。

8

男孩阿呛已经长成一个小伙子了，在这一年的时间里迅速地拔高了自己的身体，再也不像以前那样瘦，臂膀渐渐变得有力量，他有两只小哑铃，每天清晨起来，便会在那棵树下锻炼，胳膊上有了小面包一样的肌肉。

父亲仍旧每天要去上班，仍旧骑那辆单车，那辆单车已经骑了有十来年了，虽然很旧，但父亲却将它收拾得很利索，父亲每天走得比男孩上学还要早，他经过院子，看着自己的儿子在举哑铃锻炼，心里常常涌起一阵复杂的感觉，儿子长大了，他很高兴，儿子渐渐变得强壮了，他是该高兴还是该失落呢？

男孩阿呛已经要高考了，男孩学的是理科，他现在为一个问题烦恼，他不知道是该听从父亲的选读这个城市的师范学校，然后留在这个城市当一名教师，还是该去读一个自己喜欢的专业，可他喜欢什么呢？他问自己，他不知道自己喜欢什么，但他明确地知道他不喜欢当一名教师，他不喜欢待在这城市里当一名教师。

夏天，太阳正白花花地照着。树上有知了在叫，非常响亮，越热这知了叫得越起劲，饱含了动物本能的激情在叫，这些知了都在院子里父亲的那两棵树上，男孩的这棵树上还不能让知了栖居，不知为什么，这一带的这种树都不能像父亲那种树长得那样高大。

这一天男孩没有课，天越来越热，男孩想要午睡一会儿，却怎么也睡不着，这知了像是知道男孩想干什么似的，起劲地鸣叫，叫得男孩烦躁不已，让男孩冲自己的目标而去。

男孩向后山走去，他好久都没有去后山了，这样的天气去后山的人更是没有，虽然山里很凉爽，但整个爬山的过程却可以让你中一次暑，男孩爬得大汗淋漓。爬过半山腰以后，才渐渐感到了凉爽，这时山间的阴凉之气才丝丝向他渗来。男孩就想清静地待一会儿，找个清凉之地，让他好好想一些问题。终于到了山顶，过两座山就是凤凰岭，站在这个山顶都可以看到。男孩望着远处的凤凰岭想起那些关于凤凰岭的传闻，他在想一座山系都会有这么多的不可知的神秘，那外面那个世界呢？外面那个世界会有多少不可知的神秘与可怕呢？

男孩下山时，没有按原路返回，他只是翻过山，从山另一边的下山路下山了，这条路也是人们常走的一条路，只是这条路走下去就到另一个村子了，然后从那个村子过一座桥再往回走就可以到男孩住的村子。这一条路大多是这个村子的人上山下山的路，走着走着，他看到路旁有一棵果树，便想过去摘个果子吃，当他爬上那棵树，手够着那个果子时，一转头，他却看到了那条秘道，那条他曾经走过的秘道，闪着隐隐约约的白光……男孩下了树朝这个方向走去，他被引诱着，仿佛是生命最本身的诱惑，不受他意识的控制。踏上那条秘道，他就知道他来过，这是他曾经来过的那个神秘的地方，不一会儿他就看到了那棵倒三角的树，这些年来，他再没见过这棵倒三角的树，这棵树已经长得比原来还要大而壮硕了，巨大的树冠竟然那样整齐，成一个倒三角状，实在让人惊叹，这个时候谁还能修得了这样大的树呢？那棵树闪着微微的白光，仿佛在仙境里一般……突然，男孩想，不对，上一次走上这条秘道时在那一条上山路上，而这一条路和那一条路不在一个方向，他如何能走到秘道上来？一出现这样的想法，男孩便一步一步往回退，他恋恋不舍地看着那棵闪着白光的倒三角树，现在，他真的相信麦基山脉是一个神奇的山系了。当男孩一步步退回到那条大路旁的果树旁时，只见白光一闪，那条秘道就消失了。

男孩看看周围，没有发现任何异常现象，他却突然感到心里变得充实了，变得坚定无疑。他相信自己是真的看到了那棵树，那棵让他一直纠结的树，但他不能告诉任何人，没有人会相信他的，只有他自己知道那是真的。这棵树非常真实地在他的心里扎根了，此时的男孩完全不像上山来时那样焦躁不安，那样闷热难当，那样飘摇不定，他不再迟疑，不再犹豫，他突然知道自己要往哪里去，就在那个地方，他就往那个地方去，他说不清楚，但他知道。

下山时，男孩的脚步非常轻快而坚定。走下去，走下去……然后过桥，不远处就是家。

9

夏天快要结束时，这个家里爆发了一场从未有过的动乱，父亲快要气疯了，他为儿子安排好的一切，儿子都没有照做。儿子没有按父亲的要求去上这个地方的师范学校，而是选读了一个遥远的大城市一所大学的建筑系，那个学科父亲是连听都没有听过的，他咆哮着问儿子："你知道这个专业是干什么的吗？"儿子看着父亲，很单纯而坦白地摇了摇头，但他却已将他所有的行李收拾好了，整整齐齐放在床上。儿子坐在床边，非常镇定，他想起在他拿起笔填志愿时，他仿佛就看到了那条秘道，那棵闪着白光的树。然后再看去时，他就发现那个城市的那个专业在纸上闪着光了，完全是本能的，他就选择了它，但他非常心安，这是他心的答案。

父亲在屋子里整整咆哮了一天，男孩却目光坚定。他知道这一走，他与父亲定是永远的隔绝了。父亲问儿子："你知道那个城市离我们这里有多少公里吗？"男孩摇了摇头。父亲又问："你知道你以后要干什么吗？"男孩还是摇了摇头。父亲再问："你能为你自己的选择负责任吗？"这一次，男孩沉默了，他确实不知道那是一个怎么样的世界，是否比他们的麦基山脉更加复杂和变幻莫测，他知道，他负不了这个责，但他还是想去。父亲又摔了他的一只杯子，他吼到："你就折腾吧，你以后有什么问题都不要来给我说，我也不会为你负责。"

儿子听了，默默而坚定地说："我不要你为我负责……"父亲听了这句话，定睛看着儿子，许久许久，他感到一种凉意从心底升起。

这一天已经是非走不可的一天了，男孩站起来走到院子里，最后一次给这棵树浇了水，这棵他完全不喜欢却又属于他的树，水很迅速地渗进了土壤里。

男孩走时，父亲没有去送他，父亲还在生男孩的气，男孩的叔叔和同学去送了男孩。出门的那一刹那，男孩回过头，突然就落泪了，他说：“爸爸，我又看到那棵倒三角的树了，它闪着白光，是真的。”父亲一听，更加火冒三丈，只吼了一声：“滚！”

男孩离开了这个小镇，坐上了火车，没有人知道，此时的男孩心里充满了恐惧，但有比恐惧更大更诱人的东西让他一步步朝他想要去的那个地方，使他不能放弃。

火车开离这个小镇时，父亲赶来了，但很遗憾，他只看了火车的尾巴。父亲连一滴泪也没有，他知道，从此，男孩远离了他的生命，远离了麦基山脉。

10

男孩走后父亲并没有什么大的变化，每天骑单车去镇上上班，但是每天晚上他都搬来一把椅子在树下坐很久。后来，有人发现，父亲竟然会对着这棵树低声说话，说的是什么没有人知道，他说得非常轻柔，非常缓慢。而到了白天时，他又和正常人一样打着招呼，骑着单车愉快地上班去了。

男孩一直没有信来，没有人知道，男孩在那个城市过得怎么样。有人惋惜，在这个城市做一个教师不好吗，非要去选择一个连自己都不知道的专业去学习，而且离家这么远，这到底是为了什么？

再后来，男孩的树慢慢地长大，虽然很慢，但倒也长得扎实，树枝都很遒劲有力，树叶是墨绿油亮的。父亲长年不断坚持给这棵树浇水，施肥。偶尔他想起男孩五六岁时站在这棵树下努力挤出自己那两滴可怜的尿液时还会笑出声来。笑完后，他看着黑暗中寂寥的院子就有了一种巨大的失落。

终于，男孩有一封信来了，邮差将这封信放在屋外的窗台上，父亲一下班远远地便看到了。那封信躺在窗台上，父亲一瞬间甚至不知该拿这封信如何是好。父亲将这封信拿在手里，从一个手倒到另一个手上，再从另一个手上倒到这个手上，好像这封信是一片烧红的铁片。信拆开了，全是男孩诉说那个城市的美好，诉说外面世界的新奇。据说这个城市街头长年开有木棉花，一层又一层，没有严寒，花香阵阵。鬼才信，父亲想。

再后来，男孩的信越来越少，甚至没有，男孩从来不向父亲诉苦，这是让父亲最担心的，若他说苦，父亲尚可通过他说的苦来推断这苦的程度是否是男孩能够承受的，而男孩全部诉说的是美好，这，该如何是好？

父亲手摸着男孩那棵树，望向远处，恨恨地想，随他去吧，随他去吧。

11

好几年过去，很久没有男孩的消息，在这一年里，父亲突然也衰老了，鬓上有了斑白的发，他终于退休了，可以不用骑着那辆单车去上班了，终于可以在院子里的几棵树下坐着，晒晒太阳，和这棵树说说话，再和那棵树说说话。父亲有一把藤椅，从清晨开始，先是坐在男孩的树下，再坐到院子西边自己的两棵树下，等到傍晚时再搬回到男孩的树下来，这样周而复始。

一天中午，村子里的顾三一头汗水地来找父亲，同样的事情上演，还是孩子们乱闯入麦基山脉了，顾三的小儿子走失在林中。父亲微微笑着，起身从屋里取出猎枪然后与顾三一起上山，随行有五六个人，大人小孩都有。这个孩子更是胆大，甚至往凤凰岭方向而去。父亲摇摇头，与一行人加快了步伐，若是这孩子走得太深，大约连他们这些人都要困在这神秘莫测的麦基山里。中途时，他们感到了危险，让一个成年人带着两个小孩先下山了，怕天晚赶不回来。剩下的几个成年人继续向凤凰领方向前进，那个孩子沿路留下的痕迹越来越少，孩子的父亲急得手指一直在打颤。父亲在渐渐落山的夕阳中，悄悄握了握这个父亲的手，他完全能够体会这个父亲的心情，这种被恐惧慑住了心的感受他是经历过的。

等他们翻过后山，天已经完全暗下来了，到达凤凰岭的山脚下时，阴霾之气顿时笼罩了所有的人，父亲有点风湿的左腿都开始疼痛，他也在心里暗暗地嗔怪：这个孩子真是胆子太大了，竟然敢往凤凰岭去！他开始像以前那样祷告，希望这个孩子不要在黑暗中哭泣，这是大忌，如若这样，不但孩子会非常危险，连来救他的人都可能自身难保。

火把燃起来了，这时他们看到一块石头上有一个红色的塑料袋，想来是扔下不久，里面还有半个面包，孩子的父亲看了这个面包，说，没错，这是家里前两天在镇上买的。想来，这孩子曾从这里经过。他们继续向前走，有时他们突然就会感到仿佛身后有什么在跟着似的，猛一转身又什么都没有。黑暗中，所有的大人都咔咔地给猎枪上了膛，冲天举着。走了大约有两里多路时，他们听到了隐隐约约的哭声，这声音既让这些大人欣喜又让这些大人恐惧，哭声代表孩子还安全，而哭声在此时也会立刻引来猛兽的埋伏。要知道，在自然法则里，这里是这些猛兽的地盘。

当他们找到这个孩子时，他们看到这个孩子在一棵树下，紧紧抱着树干，哀哀地哭着。孩子的父亲迅速跑过去，想要抱过这孩子，孩子却紧紧抱着树干不松手，在黑暗中哭泣了许久的孩子还不知道现在什么是安全的，父亲把他从那棵树上硬拽下来，就像拽下一只八爪鱼一样困难，当他看清楚是父亲时，瞬间便进入父亲的怀抱，再也不愿下来。

孩子的父亲小声地嗔怪孩子不要出声，告诉他这样会引来野兽，在这森林中，就是不出声森林凛冽的气息中有了人的气味狼和豺隔着几公里也可以闻到，何况你还要哭泣？父亲看到了，那个孩子比当年自己的儿子还要小，父亲真是搞不清楚，这些孩子是怎么了，怎么会有这么强的好奇心？却毫无禁忌之心。

他们终于开始下山，下山的路变得更为艰难。接着，下雨了，夜雨连绵，他们不能原路返回，如果原路返回，遇到的危险更多，他们只能绕过凤凰岭从后山的另一条下山路下去。

黑暗中，大家默默地前行着，祈盼不要碰到野兽，下雨对他们是有利的，人身上的气息不至于在森林里传出太远，闻到他们气息的可能性也会减少。

天快亮时，雨停了，从森林远处可以看到蒙蒙的亮光，太阳的一点点轮廓仿佛也可以看到了，那样巨大和神秘，仿佛太阳就躲在连绵的麦基山脉后面。此时，他们才走到另一座下山的路上，终于，他们回归正常的轨迹了。

父亲在这时突然感到有点累，到底年岁不饶人了。他让别的人在前面走，自己在路边歇一会儿脚。父亲坐在路边一块石头上，卷一点烟丝来抽，当他卷好一支烟要抽时，他看到了一幅他不能相信的景象。远远望去，那里真的是有一条道，闪着白光，隐约而神秘，父亲向周围看看，不对，这里不该有一条道的啊？这是怎么回事？

这条道像是画出来的一条道，却又是那样真实，父亲站起来，向那条道走去，仙境一般，随着这条隐秘之道的蜿蜒，还有一条小溪也流向远方，他眺望这条道的最深处，看到了一棵树，一棵闪着白光的倒三角的树！天！

父亲揉揉眼，难道儿子说的是真的？他向前走去一直走，一直走，他要看到那棵真实的树，真的有树长成倒三角的吗？父亲越走越深，此时正是清晨，一切都还在雾气之中，而这条道上的一切却是那样清晰，闪着白色的光，映着刚刚升起的太阳，甚至发出淡金的光……这太神奇了！

……

当父亲醒来时，他被几个人抬在担架上，快步向山下冲去，这几个人救起父亲多么不易，谁也不知道父亲是如何躺在那个山涧里的。找到父亲时，父亲已经奄奄一息，他的手一直指着前方说：有一棵闪着白光的倒三角的树，真的有……在这一刻，父亲终于相信了儿子的话。

当父亲被抬到自家院子里时，吐出几口鲜血来，正好吐在男孩的那棵树下，那棵树迅速吸收了这滚热的身体液体，它饥渴地吮吸了一切给予它的养分，毫不选择，默默而单纯得贪婪。

父亲跌下山涧时，摔断了肋骨，插入胃腔，以至胃部出血，此时嘴里冒出更多的血来。怎么办怎么办？这里离镇上还有好远，那个寻找回来的小男孩惊恐地坐在屋子外看着这一切，小男孩的父亲已经跑去镇上找大夫了。

那棵倒三角的树，真的那么美丽，真的那样巨大啊，父亲想，接着他闭上了眼睛。

12

人们几经周折通知到男孩时，男孩阿呛在国外，这是他第一次出国，是导师推荐他去参加一个国际上的设计大赛。

听到这个消息后，当阿呛一个人从国外奔回这个小镇时，已经是四天以后。男孩阿呛有多少年没有回到过这个村子了，他已经不能记忆，当他走进这个院子，看到自己的那棵树，已经泪如雨下了。这是他的树，也不是他的树。

男孩阿呛抚摸着父亲僵硬的身体，是的了，这是他的父亲，连走了以后都这样倔强，这样不容商量的姿态，嘴角仍是紧紧抿着，拒绝讨论一切似的。

为什么，为什么是这样子？他还没有来得及向父亲证明他的选择，父亲从来不知道男孩是多么在意他的评价。他选择了父亲不能认同的道路，他还没来得及向他证明，他还没来得及与他和解，男孩阿呛是想要和解的，一直想要，但他以为只有通过证明自己的正确他与父亲才可能达到和解。可，真的是这样吗？

没有人知道，在这几年里，在内心深处，男孩是多么恨父亲，他惟一相信的人，让他“滚”出了这个小镇。在他越困难时，他越向父亲来描述他在外面多么顺利，他不能听到父亲对自己的挫败之语，只有这样他才能在黑暗的路上继续前行。陷入绝境时，他不知向谁求救，就像当年迷路在黑暗的森林，无助已成了他的行囊，他惟一要做的便是向父亲证明自己，可还没等到他证明……

男孩的头埋在父亲的衣服里，手指深深陷入父亲的身体，这是给了他生命的父亲，他却至他死都不能与他相通，中间隔了漫漫又漫漫的路，他想走都走不进去的路，这么难。

男孩看到父亲的自行车已经旧掉了，在屋子旁的墙角那里零落成几部分，什么都没有等他，不能让他还这些一个光明美好的结果。不知为什么，男孩突然生出更多的恨来，为什么有恨连他自己也不知道，他就是恨，就是恨，恨一切，这个恨不是恨父亲，不知恨什么，他说不清楚。

他转头来到院里那棵树下，连树他也一起恨，这种决绝的恨让他不能呼吸，这恨庞大却不纯粹……永远不能重来一遍了，永远不能了。

父亲下葬那一天，男孩没有哭，他在父亲坟前站了很久，他问父亲：为什么你不等我？为什么你不等我？

没有一个人能够向男孩说明父亲是如何掉下山涧的，完全莫名其妙，父亲的死再一次向人们证明了麦基山脉的神秘莫测，为这座山的离奇传说又添上了浓墨重彩的一笔。

男孩在心里想，你一生恐惧这个山脉，最终也将自己交付给了这个山脉，所有的恐惧都有代价。

13

两个月后，男孩的设计在世界上得了大奖，并且这个设计要在一个有名的国际都市成为现实，男孩成为了一个最年轻的知名建筑设计大师。

没有人知道，得奖前一天的夜晚，男孩还在黑暗中流泪。他被安排在豪华的酒店里，窗外是世界上最知名的时尚大道，灯火辉煌，他却拉上所有的窗帘，不让房间见一丝光，他讨厌所有陌生环境里的光，一丝一毫都讨厌，他让自己置身于十来岁时森林中的那种黑暗，在黑暗中默默流泪，发抖，这是他长年以来的习惯。

男孩甚至对黑暗的依恋已经到了强迫症的地步，他无可依靠，只有依靠黑暗，他依靠他所恐惧的东西。从那一年背离父亲离开那个小镇，男孩在所有重要事件发生前都要孤独地在黑暗中发抖流泪，男孩还会在黑暗中搓自己的腿，他无法排减这种焦灼感，直到将腿上的皮肤搓得褪掉一层又一层的皮，开始是用手搓，后来发展到用各种书，最后是用烟灰缸，这些隐秘的细微的怪癖仿佛刻进了他的骨头里，不通过这样，他就不能坦然面对任何决定，只有走过这些一个又一个的黑暗通道，他第二天才可以看似轻而易举地决定一件事情。

得到大奖的男孩第一个想到的便是要回到家乡告诉自己的父亲，自己求证的结果，自己的正确，他拿着那个标志着他跻身世界一流建筑师的奖杯站在父亲的坟前时，却不知该说些什么。在此时，男孩仍然觉得自己是失败的，这是为了什么呢？他仍旧不能让父亲明白，他能感到，就是他拿着这个奖杯站在这里仿佛他们仍旧是不相通的，好像他认为非常重要的事情父亲却认为不重要？这是为了什么？他想向父亲证明自己的正确，可，这个环境里，什么是正确的？

回到家，在自己的树下，那棵树已经很大了，深绿而油亮的叶子，茂密的树冠，仿佛可听到树里那血液隐秘而哗哗地流着，从树冠运行至根系，根系在地下四通八达驻扎……男孩终于发现，这棵树仿佛也有恨，而恰恰是这恨与爱同时滋养了它，使它诡异得生长起来，这样茂盛，里面却流着仇恨与复杂的血液。

男孩在这一晚做了一个梦，他梦到自己回到十来岁时，父亲和他一起去寻找那棵倒三角的树，那棵闪着白光的倒三角的树……而且在一个日子里，他终于求证出为什么这棵小树不能以倒三角的方式在他们的院子里成长，那和土壤的酸碱度，日照的因素一切的一切都有关系，而不是他的决定的关系……在这个梦里一切变得都很明晰，很明晰。

醒来时，男孩揉了揉眼睛，他望向窗外，他的树仍在那里，没有任何改变。

男孩终于要最后离开这个村子了，从此，他要遗弃那棵树。这棵聆听了太多仇恨的树，为什么在这个环境里，一棵树聆听了如此多的仇恨，也能长到茂盛？

男孩将那个奖杯留在了家里，然后离开了这个村子，他知道，从此，大约他是很难再回来了。可冥冥之中，他也在问自己，他和父亲要的到底是一个东西吗？

14

几年过去了，从凤凰岭找回来的那个小男孩常常去父亲的坟上转转，只有他记着阿呛的父亲最后走时不停说的一句话：我看到了，一棵闪着白光的树，倒三角的树……小男孩歪着脑袋站在坟前，想，这是什么意思呢？好像他听懂了，但又好像没懂。

武大说

武大说：矮怎么了，我们这里崇尚矮。

1

没错，武大是那个武大，是武松的哥哥。

清晨，在微弱的晨光里，武大便开始干活了，现在武大的炊饼店已经有很多家了，但是武大这些年养成习惯了，睡不了懒觉。他站在那里看伙计们干活，自己也帮帮忙，面案师傅将面饼在案板上甩得啪啪作响，炊饼源源不断地从烤炉里烤出来，有一种诱人的焦黄。炊饼在武大的家乡那个地方其实就是馒头，到了这个城池以后，武大将炊饼改成一种需要烤制的面食，这渐渐也成了武大炊饼的一个特色，且渐渐被同行所效仿。

伙计们都比武大高，武大操手站在那里，刚刚比案板高出一个头，那颗头在案板上面来回转动着，因了矮，只有身体特别敏捷一些了，他偶尔叮嘱伙计们别把刚出炉的炊饼放进筐里，要等一会儿，这样饼才不会捂。一担一担的炊饼运出去，空气里弥漫着一股焦香味，武大耸耸鼻子嗅一嗅，感到非常舒服，这是一种安全的味道呵，这几十年了，他都闻着这个味道，一闻到这个味道，他便无比踏实，他就接了地气儿。

卖炊饼，卖炊饼怎么了，现在武大的炊饼是这个城里最好的炊饼，所有人都只认他武大的炊饼，但这些并未使武大变得骄傲，武大照样见谁都哈脸一笑，笑出一脸油来。武大的笑和他炊饼上灿烂的焦黄一样让这个城池里的人熟悉和舒服，这已成了这个城里不可缺少的两样东西。

街上的人见了武大都打招呼，武大脖子向前伸着和别人点头，再笑。武大这会儿要去找商会的会长，因为今年商会收武大的赞助有点多了，武大得去说一下，这一下就要交进去一个炊饼店一年的收入，这不行。

武大来到这个城池，再合适不过，这个国家的人都不是很高，只不过没有矮得像武大这样，当然在这个城里也就不会显得武大是那么矮。来这个城里几十年，武大觉得他终于是找到了一个适合自己生存的国度，他在这里如鱼得水，幸福安康。

武大走在青石板路上，昨天刚刚下了雨，路上非常干净，再加上刚刚接受了很多人热情的招呼，这一会儿武大的心情非常好，头上的浩然巾一跃一跃地跳。这个城不算大也不算小，去做什么都只要走路就好，除非要去别的城池和国度才要骑马或者驾车，这也正合适武大这样矮小的身材，这两年武大是胖了一些，腰带加长了许多，武大走路又快，因了腿短，打远处看就像是滚一样了，外衣仍旧是当年挑着扁担卖炊饼时的那衣服，几十年也没变过，藏青色棉麻布长褂，偶尔外面罩一个绸的坎肩，这就了不得了，惟一能证明武大现在比原来有钱了的就是这绸的坎肩了，若是当年，连这坎肩也没有。嗯，武大是低调的。

走了四五条街，打眼就看到商会的牌子了，武大在心里想这商会不过就是假借商人之名敛财的一个门面而已，美其名曰：总公商会。当然，武大只是心里这么想，实际上武大在离商会五十米远的地方脸上就已经堆上了灿烂的笑容，谁你也惹不起，武大知道。

商会的阎会长和武大挺熟的，过年时还和武大一起喝酒，武大是不大能喝酒的，但武大还是陪着阎会长喝，武大有自己的门道，无非是看你心诚不诚吗，迟早是一醉，武大实诚，先让伙计饭馆付了账，然后到了酒桌上，不用人劝，咣咣咣就能把自己给灌醉了。

这阎会长是非常喜欢武大的，因为这阎会长也才只比武大高出一个头，喝醉了的武大站在阎会长面前，比阎会长低一个头，皮肤又不好，一喝醉了就上脸，武大满脸通红，毛孔又粗，鬓角那里有粗而有力的短短毛发，整个就像一个红了脸的猪头一样，而且武大很懂规矩，就是喝醉了也乖乖地学生样地站在阎会长面前，微微前后摇晃着回话，阎会长眯缝着眼，从眼缝里打量着武大的样子，心里别提那个舒坦了。

武大走进商会的大门，朝看门的两个差人哈腰一笑，就往里走，谁都知道武大是来找阎会长的，也不多问，武大径直进了后厅的偏房，开始等。一般情况武大不会在正房去找会长，因为那里不大好说话。只有会长办完公务来偏房休息时，这时才是武大和会长说话的时候。

武大坐到一把八仙椅上，坐在椅子上他的脚都够不着地，两腿晃来晃去的，武大有点渴了，抿了抿嘴唇，看看几上的茶壶想要动手自己去倒一杯茶，但想了想，还是忍住了。武大心里有数，眼看这中秋节要到了，昨天他都让伙计挑了两担核桃酥和花生酥给阎会长家里送去了，还有给会长孩子的节礼，这事大约昨天会长自己都不知道，武大从来给会长送东西走的是偏门，送到后厨，见了管家就走，连会长夫人都不见。

没过多会儿，会长便走过来了，一步一步踱着步，接着一撩前襟进门了。武大老远就看到会长了，噌——一下就从椅子上跳下来了，非常迅速，规规矩矩站在那里，两手在胸前搓着。会长一看到武大先乐了，道："你个武大，你看你那寒酸样子，你现在都算我们这一方土地上的炊饼王呢，一天还穿个麻布褂子，要钱干什么，让金莲给你好好置办几身好衣服……”武大嘿嘿笑着，连忙说：“您看您说的，我哪里算是有钱人啊，哪有那样的清福好享，一天这么几个店老老小小一大家子要靠我养活，入不敷出的，我要是能像会长您这样坐着不动，指点江山，我就好好置办几身像样的衣服，我这穷苦人的命，你不知道，我去年一年好几个店都是亏的，要是明年好一些，我兴许能给商会多交些呢……”“哎哎哎，往哪说呢往哪说呢……”这会长一听武大这话音不对，连忙拦住武大，然后定睛看着武大，武大被会长这么看着，倒也不怯，鼻子上渗出了汗，眼神柔弱如水地看着会长，腰莫名地又哈下来一些。

会长往正座上一坐，再一撩前襟先跷上二郎腿，再看定武大说：“武大，你变了，变得不老实了，什么时候学得这么会说话了，我刚说一句，你看你有多少句等着我呢……”武大一听，知道自己心切了，连忙作揖道：“会长说得对说得对，我话太多了……”接着武大又索性拉扯着自己的衣服道：“会长，我哪有变得不老实了啊，那都因为是实话，您说说看，我这些年有穿过件好衣服吗，我这半生在店里跑来跑去的，穿不成啊，再说三福街和柳庙街的亏空我倒现在还没补上呢，这是真的啊……”说完这话，武大舔舔嘴唇，可怜巴巴地看着会长。

会长看着武大，不吭声了，喊一声：“谁在这儿当差呢，武大来半天了，也不给倒杯茶……”武大一听，连忙三步并作两步上前，拿茶碗来先给会长倒一碗，自己再倒一碗：“不用，不用，我们这样的人还费人家给倒茶，我自己来自己来……”会长端起茶碗刚要喝，一看，又放下冲里屋喊到：“把上次徐记老板送的头茬竹叶青给武大沏一壶来……”武大一听，连忙作揖，受宠若惊，左右脚倒来倒去，感觉这地是烫的，站不住他了似的。会长看着武大，心想，武大是个朴实人呢！

竹叶青来了，果真是好茶，茶色清明，没喝已经嗅到一股清幽之香了，谁也看不出来武大其实是一个极细腻的人呢，武大在家也是好品茶的，只不过武大从不让人知道，武大能喝出所有的好茶，别看武大长着厚而难看的嘴唇，鼻子上也满是粗大的毛孔，可武大真是个品茶高手。武大端起茶碗，放在鼻下深深嗅着，然后没见识过似的转过头来冲会长肯定地点点头说：“这好茶就是不一样呢……”会长微微一笑，轻轻吹一下，用碗盖拂一拂，抿一口。看到会长喝了，武大这才也喝了一口，喝着竹叶青，武大这会儿才算能放松一点儿，会长和武大东一句西一句说了一些不咸不淡的事，然后问武大：“你看今年，要你们的赞助合适不？”武大一听这句，到关键点上了，连忙起身哈腰回会长的话：“说实在的，会长，我不知别人怎么样，我这里是真过不去，要按现在这个交法，我明年还得再亏损两个店，我真不说假话，要不，您派人查我的账得了……”这话一说出口，武大就觉得有点失口了，哪里有人家会长为了让你交赞助，看你说的是不是实话，还派人查你店里的账去的？这就显得会长有点太不体面了。会长白武大一眼，武大连忙偎过去，给会长的茶碗里再添上水，手有点抖的，会长和武大是熟了的，会长都心知肚明武大知自己说大发了。然后会长冲武大下结论似的说一句：“行了，武大，我知道了。那你也别一见谁就哭穷，你瞅瞅你那样儿……”武大一听这话，有希望，立马点头道：“是是是，这不是也只见了您才说真话吗……”这话再不能问了，再问就是武大不懂事了，看着会长耷拉了一下眼皮，武大连忙说：“会长您赶紧休息，下午还有大事等您办呢，我这就告辞了……”会长努力睁开眼睛，冲武大点点头。武大起身向门后退去，走出门，刚一转身，却听会长在武大身后幽幽传来一句：“谢了，武大。”武大一听，稍一怔，微微一低头，就像没听见一样向外走去。武大知道，昨天的礼会长已经收了。

出了总公商会的门，武大的心情非常轻快，在心里反复琢磨会长说的那句话：行了，武大，我知道了。行了，武大，我知道了。行了，武大，我知道了。武大不停地默念着这几句话，念着念着都想偷笑了，念着念着都念出一股甜丝丝的味道了……这都是钱啊，今天，没白来，昨天的礼也没白送！

武大开心，径直冲熟食铺子而去，买了两斤猪头肉，这是武大这么些年的偏好，打从挑着扁担卖炊饼时就是犒劳自己的食物。现在武大家里也有钱了，家里后厨什么都有，也有专门做饭的厨子，可武大就是喜欢吃猪头肉，而且是这个铺子的猪头肉。照例，今天武大要喝一点点酒，没有失去就是得到，要感到幸福才好，这是武大的生活理念。

2

这会儿，武小小倚在桌前逗蛐蛐儿，武小小是武大的儿子，大名叫武渺，小名叫小小。这孩子是在这个城里出生的，是武大给他取的名，武大觉得取渺好藏，不引人注目，小小贫苦，好养活，这是武大那时的想法。这小小并未跟了武大，才十六岁便已长得比武大高出一个半头来了，武大和他说话时常常要仰头望去，这武大倒不介意，只是小小有时烦了，便将武大抱到椅子上，武大笑笑，心想，这小子还知道疼老爹呢，其实他不知道是儿子总是低头低得脖子疼。

武小小崇拜自己的叔叔武松，但他却从未见过，家里有一张武松的画像，小小便常常对了那张画像审视半天，然后做出一个拳打脚踢的动作来。这没法，武小小自小就喜武不喜文，有时武大看着武小小的样子，心想，哎，又是一个混世的主。

武大每每一提起武松便重重叹一口气，也不知是恨还是怨，幽幽又深沉。武大自从来到这个城池也很久没有见到过弟弟了，多少年了，这弟弟和没了一样。时常深夜想起，武大还是要辗转一下，不免担心于这个浪子。武大是不指望他回头了，他头都给浪掉了，如何回得了，武大只怕他老无所依，寄人篱下。早早便背着金莲将两个炊饼店写到了武松的名下，免得他死后，这浪子再寻他而来连口饭吃都没有。

武大从不在外人面前谈起武松，在家人面前也很少提起，像是武大的伤心事似的。常常有外人武大面前提起武松，武大只有在这时才露出一点点少有的冷漠表情，斜眼看一下那人，道：有什么好说的，过去的事了。

打小，他们两个，一个英武，一个侏儒，一个勇敢，一个懦弱，小时，总是他护着武大，在曾经生活的那个地方，孩子们打架，也是武松在前，武大殿后，武大就不想去，但武大没办法，武大总怕他这弟弟哪天在外面给人打死了，家里都不知道。常常有人欺负了武大，武大也不吭声，武松知道了，找到那人，先将那人打趴下了，然后用膝盖顶着那人背心的一个椎骨节，两手再将那人胳膊给反拧了，然后用下巴颏指指旁边的一块石头冷冷道：砸他……那人是不敢动的，知武松是有武艺的，膝盖顶得是脊椎骨上最重要的一个命门，只要一用力，再双手一拉，便要瘫痪。武松就是要武大进取，要武大不怕人，可武大看着这阵势，先上去拉武松，说：兄弟，咱不惹人，咱不惹人，这样不好，这样不好。武松叹一口气，松开来那人，照肋部狠狠踢一脚，然后冲所有看热闹的人道："谁要敢动我们家武大，我就让他身子软得像猫一样，再站不起来……"武松看向周围的人，齐齐扫一遍，看到没人吭声，冲那人说一句：滚！回家时，武松在前，武大在后，在后面喃喃说：你总是很暴力，你总是很暴力。月光清亮亮照着，窄窄的巷子里走着两人，一前一后，武松在前面听到了，叹了一口气，再叹一口气，这样的情景在小时的岁月里是常有出现的。后来武松成了一个典型的浪子，几年都杳无音讯，父母不在后，武大又来到了这个城，也给他写过好多封信，却十几年，只收到过他两封信，还插了鸡毛，没有落址，武大渐渐寒了心，不再想他。想一个浪子，作甚！武大恨恨地想。

这武小小也不知道是怎么回事，从未见过这叔叔，却异常地迷恋这个叔叔，人人都传他英勇过人，是绿林好汉，但武大一听到武小小提起这事儿，总是重重地哼一声，充满了愤懑似的。武小小还小，自然不会明白这里面的道理，他也不会缠着父亲问叔叔的事情，他知道问了也白问，父亲是不会说的。天真的武小小以为武大和武松是有仇的呢，因为在家里一提到武松，武大便拂袖而去。却不知，那是武大不能面对的一块儿心病呢！

武小小这会儿又在厅里的柱子那量他的身高，武小小很在意自己的身高，每长高一点便在厅里的柱上画一道，看到自己又长高了一点，不禁心下暗喜。武大远远看着，起初这孩子刚生出来时，他也担心过，怕这孩子像他，太低，总是让人欺负。可慢慢地，武大不知从什么时候开始，看着武小小就觉得他没必要这么高了，可以了，不要再长了。武大说：要那么高干什么，简直是浪费！武大自从来到这个城市觉得这里的一切都矮，而且矮得舒服，因了城里的人个子都不是很高，所以这个城市里的门也很矮，房子相对也矮，连菩萨庙里的菩萨都比一般庙里矮一截，远远看去，那菩萨庙就像是趴在那里似的，有时武大看着看着，就很会心地嘿嘿笑了。武小小一心只想再长高，武小小想要去武馆学武，这个武大也不赞同，武大想，我这么些家的炊饼店总要有人来继承，不管这世道再变化，人们总要吃炊饼，一天不吃饿得慌，学武，学武能干什么，能吃还是能喝，还是能来钱，到了都是竹篮打水一场空。武大看着武小小在那里一招一式地比划着，心想，随他去，总有他明白道理的一天。

金莲从后厨进来厅堂，金莲是武大的妻，但金莲不姓潘，金莲姓阮，阮金莲是武大二十来岁娶的妻，阮金莲比武大高，腰身照样苗条，眉目也还清秀。这时阮金莲端着一个砂锅放到几上，是昨天后街的万掌柜送来的两只赤锦鸡，这赤锦鸡据说非常补，浑身毛色金黄，特别是锦鸡心是一味大大的食材补药，是少有的补心之药，是给武小小补充营养的，这武小小虽说个子还行，但是却瘦骨伶仃，再穿身灰白的褂子，像根白面条似的。金莲道：“来，快，把这汤喝了，喝了身体就壮实了……”武大坐在椅子上看着，武小小喝汤，吱儿吱儿地发出声音，金莲也盛一碗过来给武大喝，武大不动，看那一碗明黄的鸡汤在茶几上冒着热气，里面漂着几颗鲜红的枸杞子。金莲说：“趁热喝，锅里还有一只，宋妈在炖呢……”武大听了，突然像想起什么似的，对她说：“那只炖好了，给万富街的肖掌柜送去。”金莲很纳闷，不解地看看武大，武大却并不说话。过了一会儿，金莲去厨房让宋妈将那只炖好的锦鸡给肖掌柜送去。武大站在屋檐下看宋妈出了门，估计送到肖掌柜那里汤还是热的。武大一个多礼拜前就耳传在他这里做了很久的大掌柜肖掌柜想要离开，因了碍于武大的情面，一直没有说开，武大不能让肖掌柜离开他的炊饼店，万富街的店还指望肖掌柜呢，肖掌柜要是离开了他的店，去了别人家的炊饼店，这对他武大可不利，再说，武大还靠肖掌柜来制衡别的掌柜呢。武大想，还得要再给肖掌柜买座宅院啊，得安安这肖掌柜的心，说实话，这些年肖掌柜拿的俸禄吃的花银确实不算多，这样一想，武大就决定了，那天在阎会长那里说和省下来的赞助约摸够给肖掌柜买个宅院了。

武大走出厅堂，想要宅子里散散步去，突然又想起什么似的折回厅里，将几上那碗已快要凉掉的鸡汤端起来喝掉，节约是武大的命根子，武大当年卖炊饼时，人人都传武大卖过炊饼的筐里连粒芝麻都没有，武大绝对会把那些散落下来的芝麻收拾起来再用在第二天做的炊饼上。

走出了厅堂，这时月亮已出来了，还未至中秋，月虽不圆，但也快是满月了，亭子旁池里还开着几朵荷花，在月光下，荷花上晕出一层淡淡的白光，甚是美好，武大看了，心里安然许多。

武大这宅院，在这城里最东面，院门很不起眼，朴素的两扇深棕色木门，门前两尊小小的石狮，简直可称简朴，但进了这小小的简朴的院门，渐进渐入，才觉院里亭台楼榭，宛如另外一个世界，完全与那院门毫不对称。像是从一个小小的门里穿过，里面却铺陈开去，绵绵不绝，某一瞬间甚至有了侯门深似海的错觉。武大在花园里散步，置身于高大的铁树或者芭蕉叶里，因了矮，完全被掩盖了，远处看去根本找不到武大的人了。

3

这天，武大正在万富街肖掌柜这里对账，肖掌柜坐在那里，武大站着，这没法儿，武大要是坐着就看不着账了。肖掌柜长了一张狐狸脸，肖掌柜长这张脸真是冤枉死了，乍看去真是一副奸像，狐狸似的奸猾阴险，可肖掌柜恰恰不是这样的，肖掌柜眉毛很长，有点白眉，稍稍吊下来。这样的人，一般人都觉得不舒服，可恰恰武大知道这肖掌柜是看似奸却清澈，且忠心，武大就将万富街这最大的一个炊饼店交给了肖掌柜。

正对着账，只见商会的差人来了，是阎会长派人来带话来了，要武大下午去陪阎会长吃个饭，武大心里寻思，好好的要他陪什么饭呢。那差人一边传话，一边随眼扫了一下伙计们在搬的炊饼，武大赶紧让伙计包一打给这差人递到手里。送那差人出了门，武大悄悄问：阎会长今天下午要见什么人啊？差人想了想，然后说："好像司长下来了，阎会长今天要和司长吃饭呢。"武大想，怪不得，这司长是阎会长最重要的上司。

看那差人走了，武大又折回店里，这万富街的店是武大所有炊饼店里最大的店，供应着这个城池里最重要的几个辖区人们食用的炊饼和点心，只有万富街的武大炊饼店卖完了，别的人家的炊饼才有可能卖出去一些，这个店生意就是这么好。武大这会儿，在面案上看面案师傅做一种叫做蛋黄蕊心的点心，这种点心蛋黄在里面嫩得如同在鸡蛋里一样，能流出来，但这蛋黄却是清甜的，外面裹着一层又一层的酥油层，还加了薄荷。这点心制作工艺实在是高超，肖掌柜一直觉得要做这味点心，但武大却持保留态度，武大想，这种东西太精贵了，一般人家如何消费得起，且制作这点心的师傅有时手工都不一定拿得稳，逢年过节做几个送人也罢，若是卖给百姓还是不踏实，这玩意儿哪里有卖了几十年的炊饼踏实，炊饼那焦黄色看了让人多安全啊，这点心，一出炉雪白的，散发着薄荷香，里面隐隐约约有个心，透着淡淡的黄，看着都让人觉得悬，虽然味道确实奇妙清甜，可，还是有点那个了。武大定定看着这蛋黄蕊心，想，也不知是谁起的名字，还蕊心，哎呀哎呀，武大还是觉得厚实点的东西好。

晌午刚过，武大便回家了，梳洗了下，想换身衣服准备赴阎会长的约。挑来挑去，武大都不知穿什么好，金莲在一旁看着，道："要不那个锦段的长袍穿着吧，有司长呢还是穿得正式点……"武大想了想，还是挑了件灰色长褂，比平时庄重点，又绝不张扬。换了个头巾，也是灰色的，今天这武大看起来便莫名的有点严肃。

太阳刚刚西下，武大便出门了，手里提了一盒蛋黄蕊心，面案上的师傅做了十个有四个都不成功，心儿给流了，只有这六个，武大带着准备给阎会长他们尝一尝。武大拎着那盒点心往醉月楼走去，醉月楼是这个城里最好的饭馆了，司长来了，照理阎会长该在这里摆宴才是。这会儿的醉月楼正是华灯初上，人来人往，武大看到有商会当差的差人在门外，知是阎会长他们已经到了，进了醉月楼，武大径直往二楼的沁春斋而去，阎会长每次请客都在这个地方，这时武大招牌式的笑容已经在脸上绽放开了。

一进去，阎会长便向司长介绍武大，武大一看，就知道阎会长为什么要让自己来了，这司长姓马，却长得也矮，比阎会长还低点，这时再看阎会长，换阎会长哈着腰了。阎会长冲司长介绍武大："看看看，这是我们这一方土地上的炊饼王，您听过有名的武大炊饼吧，就是他，他有八家炊饼店，这地方炊饼这行业都快让武大给包了呢，不得了不得了……"武大不好意思了，忙向司长作揖。这马司长微微笑着，看着武大说："武老板真是胸间藏万象哪……"那司长坐在那里，武大站在那里和他才一样高。

接着上菜了，满满当当一大桌菜，武大看着阎会长的样子，恨不能把自己的腿给锯掉一截子，微微半蹲着似的，连坐在那里胸都塌拉到桌上，脸侧转着看马司长，连武大看着都替阎会长累得慌，这要天天见马司长还不给难受死？

这座上还有一人，是那司长的师爷，这师爷虽说比司长高一些，但也要微微欠着身，有时司长眼神一斜，师爷立马就把面前的酒杯端起来了，要替司长走一圈。武大终于明白自己来的意义了，反正他是最矮的，有武大垫底，谁也不怕。再说了，阎会长这腿和腰总得要歇歇，都歇了，谁来衬托司长不矮呢？只有武大了。

在某一瞬间，武大也莫名地升出一丝欣慰来，他突然觉得他这矮是福气了，他不弯腰也是矮的，也让别人舒服，比起那些长得高却总要弯腰来的人不知好到哪里去了，累死他们。他矮，他安全。他矮，他舒服。

那盒蛋黄蕊心被放在盘子里端上桌，武大毕恭毕敬站在那道："这是店里还在实验的一种点心，今天凑巧实验成功了，真是知道马司长要来，就成了呢……"阎会长听了，偷偷溜了武大一眼，嘴角挑过一丝笑，心想，这武大真是越来越会说话了。

刚刚吃了虾子酱，这会吃这清凉有微凉薄荷味的点心真是再好不过，去腥又安胃，马司长连连叹道："好好好，这点心真是不错，不多见呢……"阎会长看到马司长高兴了，终于是可以放松一下了，他稍稍伸展了一下腰肌，冲武大满意地笑笑。阎会长今天可是够累的，打从见了马司长，他的腰就没展开过，若没有武大，他非要得腰肌劳损不可，但他若是官路顺了，对他武大也是大大有好处，这武大也明白，只要今天一起把马司长招待舒服了，阎会长不会亏待他武大，于是武大更起劲地给马司长敬酒，涨红着脸，微微摇晃着，将一杯杯液体灌进肚里。

酒酣耳热之时，马司长终于手搭在阎会长肩上呵呵笑着，阎会长脸放红光，激动得下巴颏快要痉挛了，只恨不能手也搭到马司长的肩上去，马司长稍稍有点上头了，指着武大高声叫道："武老板，实在人！"武大连忙站起答话："哪里哪里……"

渐渐入夜了，店里的小二进来关了窗户，那窗外是一个池塘，有丝丝凉意渗进来。终于起座，几人都有点微微打晃，只有那师爷看来是酒量好，面色清冷，还是比较镇定。武大扶马司长上了轿，又看阎会长也钻进轿里，这才松了口气。天已完全黑了，冷风一吹，武大的酒醒了一半，看着两顶轿子远去，武大慢慢踱步往回走。

路过宝吉巷时，武大看到茶楼还开着，里面人声喧哗，突然也想进去喝碗大碗茶，解一下酒气，武大是许久没来这里喝过茶了，原来挑着扁担卖炊饼时，武大也常常来这里卖，这是武大奋斗过的地方，那时候夜里一两点了，因了喝茶闲聊的人多，总有人饿了会买炊饼，武大也就守在这里。现在这茶楼比原来要气派了，但还是卖那种大碗茶，两个子一碗，便宜，就是大家聊天的地方。

武大一踏进茶楼，便听到有人招呼他，很多老人都认识武大，都远远冲武大点点头。台上正在唱戏，武大坐下，要一碗茶，这茶是没什么味儿的，只是图个轻快。正街的沈公子正在那里开讲，说是明年开春城里要把超过十米的建筑都拆掉，说是这样有些影响城里的景观，显得扎眼，人们纷纷表示赞同，是呵，本来平矮踏实地一路过去，突然出来个高楼，让这城里都不太高的人是有点不适应。武大听了稍稍一怔，心想，这城真是要矮下去了，连房都不能盖得超过十米了，不过也好，要那么高干什么呢？不就是住人吗，能住就行了，不行了多盖几个不就完了……

4

这么些年了，武大早已忘了这个人了，武大都走过去了，忽然想起什么，倒回去定睛一看，没错，是他，是柳万雄。

这柳万雄此时一个人坐在饭馆里，桌上放一碟花生米，一碟豆腐干，一壶酒慢慢喝着，旁边放着一碗凉掉的猪肝面。武大想，这是那个柳万雄吗，是那个富甲一方的柳大少吗？想当年这柳公子骑着白色的高头大马，再着一身天青色锦缎华服，据传那衣服里有专门的绣工穿了金丝织就而成，迎着阳光能闪出金光来，他腰佩乌龙剑，一颗翡翠的帽正在头顶熠熠闪光，往街上一走，不知引得多少平民百姓侧目而视。

听名字就知道这柳万雄出身大户人家，人也一表人才，风流倜傥。他是什么时候来这个地方的呢？说起这柳公子，武大还真得感谢他，若不是他，武大可娶不了阮金莲。想来，阮金莲那时虽说算不上是名门之后却也算是个大家闺秀，那时据说柳家早已看上了金莲，两家祖上都素有往来，柳家在那个地方是开钱庄的，自然财大气粗不可一世，武大那时连看一眼阮金莲的心思都没有，那是不可能的。

但这真是说不来的事情，那一年，柳家因财势雄厚便联合几个地下把头开地下钱庄，垄断地下财源，拉高地下高利贷的利息，这事不知是仇家告的密，还是地下势力起内讧，一时间被上面知道了，下来了一个三品大员带了四千精兵直接抄了柳家的家，从此柳家便一败不起，而阮金莲家那时所有的钱都在柳家的钱庄里被周转，一样被查抄收了公，柳家的败去使阮家也日落西山，为此阮家真是恨透了柳家。正在此时，阮金莲的父亲却暴病而亡，一时间整个家乱作一团，所有人鸟兽状散，只剩阮金莲和其母亲相依为命。恰是这时，武大有了一个炊饼店，尚能糊口，那时所有人都对阮家惟恐避之不及，阮金莲便万般无奈之下跟了武大，说起来，武大还真得感谢这柳家呢，若不是这柳家，他武大哪里娶得到阮金莲，那是白日做梦。

柳万雄是柳家大公子，虽说家境不如前，但也不至于现在这样吧……武大站在门外望了许久就是不知要不要上前去打个招呼，想了又想还是算了。这柳万雄长得依旧英武高大，一表人才，虽说是家道中落，可还带着旧时的贵气，只是到底脸上也有败落的痕迹。他起身结了账，便往外走，刚刚走到门那却差一点碰到门楣上，吓得猛地一闪，武大笑笑，想来他是刚来这城市，这城里是不适合身材高大的人的，门也矮，窗也矮，长得太高你还得往进钻，而这个城里的人也怪，屋里还好，却偏偏门要装得稍偏矮一些，就要让你小心着点过，像过个关似的，提醒着你要哈着腰，要不然就得碰着头。

武大看那柳大公子穿一袭长衫晃晃当当走远了，远看着，那身影像是虚飘的，看来喝得稍有点上头了，偶尔踉跄一下，武大看着看着，便一阵阵心酸。武大想，他来这里干什么，这里不适合他的……

回了家梳洗过，看到金莲斜躺在床帐里，武大将手放在金莲肩上道："这些年，跟着我也委屈你了……"武大一说这话，金莲转过身来，微微低一下眉，再看着武大道："好好的，怎么突然说这话，好像你做了什么亏心事似的，我有什么好委屈的?"武大一听这话，心想罢了罢了，看来金莲早已忘了过去的事了。武大道："睡吧睡吧，明天还早起呢。"武大往床上一躺，整个比阮金莲短了一截。

黑暗中，不一会儿便传来武大的鼾声，金莲却睁着眼，她知道武大刚刚为什么说那样的话，过去的事她怎么能忘了呢，可想来，自从她跟了武大，他们搬来这个城，好像也带了旺气给武大似的，武大早起晚归，勤勤恳恳，他们的炊饼店开了一家又一家，这真是天助武大呢，现在他们的家业越来越大了，武大却从没有过轻浮之举，对她亦是百般维护。若不是武大当年卖了自己的第一个炊饼店替她还了娘家欠人家的债，她都不知道该怎么度过那段时间，她，四顾茫茫。虽说，武大看上去确实相貌丑，又低矮，可到了这个城池后看得久了，觉得也还好，现在若有个身材高挑的男人站在她面前，她倒不习惯了。刚开始与武大一起出门上街，她也有点不好意思，武大看出来了，便不与她一同上街，偶尔她从街上走过，总有人在她背后指指点点，这些人无非觉得她这般秀丽的人跟了武大不知为什么，再有下作的就只奔他们夫妻间事情而去，猜度一二，露出隐讳下流的笑意。每每这时，她总是咬咬唇，低头走过，到了这个城后，原本便爱低眉的阮金莲更学会了低眉，这十几年来，她终于明白了为何菩萨总是低眉了，那是因为太多的东西就不能对视，你对视了就中了圈套，就接了招，便陷入一种循环，这什么时候是个头？说起来，武大倒也真是没有亏待过她，多数人都以为武大矮小，他们夫妻这事便是完全不能的，这说来金莲亦是难为情，别看武大矮，可武大却有强悍的生命力，这一点说不得的，只有金莲自己心知，让他们猜去吧，让他们想去吧，每每想到这一点，金莲总是嘴角微微只漾一丝笑意轻轻地咬咬唇。

夜已很深了，阮金莲又翻个身，想想看，他们搬到城东这新建的宅子都八九年了，建这所宅子时，没人知道有一个绣楼是武大专门给她造的，虽然那时武大都不大愿让别人知道他在城东建这所让人叹为观止的巨宅，但那个绣楼的绣品和字画却是武大让人专门从绣品闻名的其他城市运来给她的，都是各种珍奇绣品，因了武大知道，金莲在阮家时，家里便有一座绣楼一层给她学诗作画，楼上给她做各种女红绣品，是她极爱待的地方。造这所宅子时，武大便让人依阮金莲家里的绣楼原模原样造一座，想想看，这世上有几个男人可以像武大这样待她呢？武大还不花心，当然一般女人也不大会多看武大一眼，武大心只在家里和炊饼店里，口袋里从来都装不了几吊钱，还常常是她提醒武大该带点钱，要不武大绝对会这样不着一文钱的晃出去的。店里的大钱武大倒是门儿清的，但年底盘点时也一一清了账入了家里的银库，钥匙交到阮金莲手上，这样，金莲也就觉得罢了罢了，这一生就这样了。且到了这个城池，武大的威望早已高过了武大的身高，走在街上，谁也不会对她有轻佻之意，女人这样，还要什么呢？

金莲没有告诉武大，一个星期前她在街上看到他了，到现在，阮金莲都不愿提这个人的名字，金莲想不到他怎么到这里来了，看到他时阮金莲心里还是痛了一下，就像下台阶不小心，一下踩空了，那一瞬间心里茫然的失重现象一样，但过了一会儿也就慢慢好了，那毕竟是她青春年少时心仪过的人呵。她远远看着他骑一矮小的红棕色马从另一条街上走过，身形依然潇洒，穿的是一件灰白的袍，不知是因为那袍质地软还是怎么的，总让人觉得灰塌塌一团，肩膀那里的线条圆润地跌下来，背也稍稍地驼了点，她躲在一个墙角看到他脸上也有了颓气，这还是当年那个柳大公子吗？她曾赠过他香帕，那时也曾与他眉目传情，心下了然的，可世事弄人，他家害的她家家破人亡，那是怎样的凄然啊，可那时，他在哪里呢？消失了？

阮金莲看着那个人骑着马渐渐消失在人群中，心里一片凄荒，从此，一别经年了，现在她的生活中心已经是武大了。这么实在的日子天天等着他，那么些事情要她打理，那么些下人伙计等她吩咐，她已经没有幻想了，幻想是个害人的东西，只会让她疯魔，阮金莲现在的幻想都化在一天天的日子里，周而复始再周而复始。

5

武小小这天早上彻底和武大闹翻了，细长的脖子梗在那里，原本就瘦骨伶仃，这样的姿势坐在那里更显瘦得有点怪异了。武小小要去武馆学武，武大不同意，武大说：“你学了武是能吃还是能喝？”武小小就对武大道：“就你的炊饼能吃能喝……”这一句还真噎得武大没话说。武大一生气，便拂袖而去，又让金莲断了武小小的零用钱，金莲不吭声，只由着他们俩父子闹去，闹完自然有法儿解决。

武小小也非常生气，觉得无聊透顶，一想到以后要他整天就和一堆又一堆的炊饼打交道就要疯了，他多想知道外面的世界是怎么一回事儿，小时他刚出生还在摇篮里时就闻着炊饼味了，他真是要腻死了，这味道让他觉得人生无望，毫无想象。他讨厌这里的一切，看着让他那么不顺眼，什么都那么矮，所有人都哈着腰，他就是想活得痛痛快快，不拘着，不窝着，真实地活着。那炊饼味都让他发恶心了，还想要没完没了地年复一年地让他闻？他皱着眉，太阳穴上的青筋一跳一跳的……母亲过来摸他的头，他用力一甩头，躲过母亲的手，气得身子一伸一缩，大口喘气，这会儿是谁也惹不得他的，武小小绝对是个执拗的孩子。

武大也非常生气，不知道自己这半生是为了什么，他积累这一切为了什么，难道就为了这个破孩子？武大在街上走着，太阳照得他莫名烦躁，如针芒刺身一样。武小小若真是去学武了，那倒是换他武大竹篮打水一场空了，这可如何是好？

这时肚子突然咕噜噜一阵叫，这才记起，一早和武小小吵了架气得早饭没顾上吃就跑出来了，这时看到路边摊上卖豆汁的在冒着热气，旁边有炸焦圈的，于是想先填饱肚子再说。再有什么事儿，武大都不会不吃饭的，越是有事他越要吃饭，不吃饭怎么解决事，这是武大的理念。

一坐下，老板给他端一碗豆汁，上面漂厚厚层油，焦圈也很香，武大先喝了两碗豆汁，又吃了两个焦圈，刚才那气就能消一点了。这时，只听见旁边两个吃早饭的人在说话，那两人均穿着藏青的长褂，一个手拿一把折扇，另一个则拎着一只盖得严严实实的鸟笼，武大仔细一听，两人竟然在比谁比谁更矮，一个说："哎，还是你高点，我就是今天新穿了双鞋，底子厚，显得比你高点，实际你比我高……"另一个则说："你看你，矮就是矮，高就是高，我还用和你客气，这有什么好争的，哎呀，我本来就比你矮，也没你见得场面多，还得你多提携呢……"

武大听着听着，心想，这城里的人什么时候这么明明白白地开始比起矮来了，真是让人匪夷所思了。武大吃着焦圈，诧异地看看这两人，这两人看起来像是这城中的秀才或者教书先生，总之不会是武大这种吃苦出身的人。武大眼角看着他们，先用汤匙将豆汁上的沫子撇了，又往里撒细微一点盐和芝麻，再滴几滴香油，没错，这个地方人是兴这样吃豆汁的，吃的是咸豆汁，可这两人实在吃得是细致。吃完后，两人相互作揖，相互道："望再次高就……"听得武大简直冒汗了。哎呀，什么时候人们开始这样说话了？

吃了早饭武大就往店里走，街上各户人家都在扫自己家门前的路，刚刚撒过水的街道有一股淡淡的土腥味，武大这时气已消得差不多了，武大挺着圆滚滚的身子，腿迅速地迈进着，一边走，他一边想，怎样才能让武小小明白道理呢，这样下去，真是要步了他叔叔的后尘了，一想到这里，武大就莫名打个冷战，这真是件让武大发愁的事。

拐了几条街，就进了万富街的总店，伙计这也才刚刚开始打扫。一走进店里，武大更发愁了，肖掌柜告诉了武大一个消息，眼看要入冬了，库里屯的面粉却只够用一个半月的，管进货的刘总管回老家省亲去了，如若再不去屯些面粉，只怕入了冬，供不上这几家店的炊饼原料了。武大库里的屯粮事情从来都是一个大事，现在却接不上趟了，原本给他们供货的徐记粮庄现在也缺货，只有几百担面粉了，武大不能和百姓抢粮食，况且这点粮也解不了武大的用，武大的店一屯货都是成千成千的吞吐量。这事情还真让武大发愁，今年也真是奇怪，快入冬了，粮食却奇缺。

武大又让伙计在城里跑了一圈，看看别的粮庄还有屯粮没，再让发一封急书赶紧催刘总管回来，刘总管有经验，看看他有什么办法。两个时辰后，出去跑街的伙计都回来了，说城里所有粮庄的粮食都没屯粮了，都只有一两百担供给百姓的粮了，武大一听就傻了，这怎么可能？哪出了问题了？这事儿有点蹊跷了。

武大和肖掌柜商量了半天，也不知是怎么回事儿，向各大粮店的老板打听也只说是有人来买走了大量的面粉，并说有多少要多少。武大一听，谁要这么多粮食干什么？又让伙计带了礼物去各大粮食店的老板那里套话，看看都是谁买了这么多的粮食，在秋末屯粮要干什么，难不成也要开粮庄或者炊饼店？

伙计们又出门去了，武大在厅里来回踱着步，百思不得其解，中饭时候，大家都去后厨吃饭，武大也慢慢往后厨走去，和伙计们一样端一碗素面出来，突然武大想起什么似的，放下碗就走，吩咐一个伙计骑马赶到刘总管老家去，把刘总管给接回来，武大觉得不对劲儿。武大想，不行，他还得再去找找阎会长，看看阎会长会不会给他想点办法，他的炊饼店要是开不了了，拿什么给他商会交赞助啊？

现在武大要去商会找阎会长，要向阎会长讨个主意，看看这是怎么回事儿，正走着，一想，不对，现在是正午阎会长在吃饭，不好打扰，又折到路旁一个饭馆里也随便叫了一碗猪肝面吃。有人认得武大，过来和武大打招呼，调侃武大这么大的老板在这里吃一碗猪肝面，这会儿武大哪里有心思去应付这些，武大只微微笑着向别人点头，额上却已渗了一层密密的汗了。

好不容易在饭馆等到午时过后，武大便冲商会而去，进了商会武大就去老地方等着，并让一个差人转告阎会长。不多会儿，便看阎会长冲偏房来了，阎会长远远看着武大站在那里的样子便知武大有要紧事，便也不与武大寒暄，往那一坐便直接问武大："怎么了，少见你有发急的时候啊？"武大一一将情况说了，眉头拧在一起看着阎会长，阎会长想了想道："武大，你说的这情况倒还真有点奇怪，谁在这个时候把全城的粮都屯了呢？"阎会长端起茶碗喝一口茶，也陷入沉思，这种事情已不光是武大的事情了，如果所有粮食让一个人屯到了手里，再欺行霸市，这可不光是武大炊饼店的问题了，这关系到这个国度所有行业的经济平衡了。阎会长冲武大道："武大，你先回去，我找人去打听一下，不行了明天把商行所有粮庄的老板都找来，问一下，看看到底是怎么回事……"武大听了，连忙作揖告辞，冲店里而去。

一回到店里，到粮庄那里打听消息的伙计们回来回话了，所有粮庄的老板给出的消息都不是一个人买的粮，大量买进粮食面粉的人压根不是同一个人，这事情更让人纳闷了，连少有皱眉的肖掌柜都皱起了他那白眉。武大看看肖掌柜，隐隐感到一股杀机，武大多少年没有这样的感觉了？

晚上回到家，武大坐在那里不吭声，宋妈给武大端了一碗银耳莲子羹，武大看着那碗银耳莲子羹，突然重重叹一口气。阮金莲旁边正在绣一件女红，听了这声叹，奇怪地抬起头看着武大，她极少见武大这样，她走过来端起那碗羹送到武大面前问："怎么了，还和小小生气，哪有和自己亲生儿子生气成这样的？见外！"阮金莲还以为武大为早上的事情和小小生气呢，她哪里知道武大这会儿心里装的事情比这件事大多了。武大看一眼金莲道："没事，别乱想……"

然后慢慢地一口一口艰难地啜着那碗羹。

6

这天清晨，阎会长便派人过来给武大传话了，说有事要和武大商量，武大吃了早饭便往商会而去。来得有些早了，偏房的门还没有开，武大便在门外徘徊，照理阎会长早上要处理一些公务才能见武大，武大知道阎会长一定是知道什么情况了，要不然不会这么早叫他来。

不一会儿，武大便看到阎会长的轿子在大门外停下了，阎会长从轿子里钻了出来，今天他穿了件酱色的绸衫，莫名显得有些沉重。一在偏房落座，让下人沏了茶上来，阎会长先默默喝一口，然后示意武大关上门，武大看看阎会长，起身关了门。阎会长终于开口说话了："武大啊，想来你来这地方也有二十来年了吧，你仔细想想，你有没有什么仇人？"这句话问得武大简直莫名其妙，仇人？武大歪着脑袋想了半天道："我能有什么仇人啊，我这样的人又敢惹谁，哪里又能积下仇人呢？"阎会长听了，也觉得有道理，像武大这样的人，真是积不下什么仇人的，武大从来都老老实实，小心翼翼做人，这是大家都知道的啊，如果这样这事情就更蹊跷了。阎会长看着武大的眼睛道："你再仔细想想……"武大茫然了，问："阎会长您就直说吧什么事啊，搞得这么神秘，我都糊涂了……"阎会长没吭声，端起茶碗喝一口茶，又冲武大说："武大，我昨天以商会的名义招集了所有粮庄的老板，问了你说的那个事情，我发现全城大小共计二十九家粮庄在这个月都或多或少被人屯走了最多数量的粮食，而且所有粮庄进货的上一层也不知被什么人屯了粮，现在所有粮庄的粮食都只够百姓过冬，而在这个时节需要屯粮的除了你武大还有谁？如果不是你武大暗中用地下资金搞霸盘，那便是有人要把你往死了摁哪……"说完这话，阎会长语重心长地冲武大又说道："武大，好好想想啊，你到底有没有仇人，如果买走那二十九家粮庄粮食的人凑巧不是一个人，这关你不好过，如果是一个人暗中操盘，你武大更是没有活路，你好好想想吧你……”听会阎会长的话，武大简直如五雷轰顶，他实在想不出他会有什么仇人，更想不出谁会要往死了摁他？武大站在那里一本正经地想，突然，他想，难不成是自己那浪子弟弟武松招惹了什么人，积下恩怨寻到这里来了？可那也不能啊，他多少年没见过这弟弟了，都快想不起来这弟弟长什么样子了，如果寻仇也不至于寻到这里啊？

阎会长拍拍武大的肩说：“你啊，还是回去好好想想，和你那些掌柜们商量商量看看是怎么回事，我这里再帮你打听打听，也想想看有什么法子，但武大你要有个心理准备呵，这人若真是冲你而来，你是在劫难逃，连九死一生都不是，那一生都捏在那个人手里。”武大点点头，阎会长便出去处理早务去了。

出了商会的门，武大便径直冲店里而去，刘总管今天应该从老家赶回来了，他要和刘总管商量一下，看看有没有别的办法可以解决这件事情的。

刘总管已在店里等着武大了，老远看见武大，便急急走来对武大说：“老板，不对劲啊，原来我从粮庄上面进粮的地方都告粮荒了，这是从来没有遇到过的啊，今年也没有灾，按理这个时候不该出现粮荒呵……”武大默默点点头说：“我知道了。”

进了里间，肖掌柜也在那里，三人坐下，武大便冲两人道：“你们想想看，看看我们这些年做生意可有因为什么积下仇人，可有在同行那里得罪了人，我觉得这事来头不对啊……”

肖掌柜和刘总管对望一下，也是一片茫然，武大炊饼虽说在这个地方生意好，但也一直是正正派派一步步做到今天这个样子，要说同行眼红是有的，但若要说与谁能积下多大的冤仇也倒不至于呢。这下，三人真是一筹莫展了。

刘总管突然提议，要不上远一点的城池去自己贩粮食过来得了，也免得让粮庄还吃一层利益。这个提议刚一说出来，就遭到肖掌柜的反对，肖掌柜说：“一个上别的城池贩粮食，来回要走几个月，还要有专门的车队马队，还不能遇到劫匪或天时地利别的什么事儿，未必回来就能解得了入冬后这些店的渴，再则别的城池的粮食面粉与这里的可有差别？武大炊饼的味道百姓们都习惯了，如有一点区别，百姓认还好，如若不认，不是砸了牌子？再则，自己贩粮食，也引起城里所有粮庄老板的抵制，一行便是一行的道，一行要有一行的操守，如若在这个链上你越了轨，那我们的声誉也就毁得差不多了……”肖掌柜说完这些，武大不免心下暗暗觉得自己没有看错人，这肖掌柜到底和刘总管不一样，是见过世面，有见识的，不会只顾眼前，可当下这一关，如何过呢？

午饭时武大回了家，进了里屋，他想睡一会儿，这两天来他太累了，怎么也想不通自己哪里会有这样一个隐形的仇人，而且是直冲他来，这是为什么呢？武大想得脑仁都疼了，终于昏昏沉沉地进入了梦乡。

睁开眼时，太阳已经西下了，阮金莲在床边坐着，她极少见武大这么大白天的睡觉，心想武大定是遇见什么事了，这不正常。看见武大醒来，端杯茶过来给他，武大喝了茶还一阵阵发怔，突然他问阮金莲：“你说我们在这地方有什么仇人呢？”这样莫名其妙问一句，把阮金莲给问住了：“啊？仇人，什么仇人啊？”武大摇摇头，知道他问了她，也是白问。正在这时，突然宋妈在外间传话了，说阎会长派人又来叫武大去呢，武大一听一骨碌爬起来连绑腿的带子都顾不上系便往出跑。

这一次武大不像以往了，让下人给他弄匹马来，那种高头大马武大是骑不上去的，家里原来有一匹小矮马是去年武大给阮金莲过生日时有朋友送给阮金莲玩的，这小矮马虽小，但耐力和脚力倒还行，这会儿正好派上用场，给武大骑了上去，武大一扬马鞭，这马便倒着小碎步向前跑去。

到了商会，将那马拴在院里，就往里面而去，那阎会长已在偏房等着武大了，进了屋武大刚一坐下，阎会长便开口道：“武大，你可认识一个叫柳万雄的人呢?”一听这话，武大脑子里突然闪过一道石破天惊的光，他看着阎会长，慢慢道:“难道是他，不至于啊……”阎会长说:“我找了很多人去打听那些屯走各大粮庄粮食的人，最后万宗归一，后面有一个叫柳万雄的人……可如若商会插手又没有什么证据能直接证明是柳万雄屯了这些粮，这个人是个什么人，有如此大的财力?如若这人不撒手，这一关你怎么也过不去，你和这个人有什么宿怨呢?”武大听后，一下跌坐在椅子上，他明白了，他终于明白了，这个柳万雄为何来这个地方了……

阎会长知道了武大与柳万雄的过往，语重心长对武大说一句:“武大啊，你说娶个美妻是好是不好呢?这柳万雄分明是要给你武大厉害看一看啊，从他屯走的这些粮来看，他的财力远不止此啊，不管是用财力耗还是用时间耗他都是不怕的……”这会儿，武大的心倒放下来了，有底了。告别了阎会长，走出商会，此时月亮已出来了，半璧玉石般嵌在夜空中，武大牵着那匹小矮马慢慢走着，有认识武大的人冲武大打招呼，武大笑笑，笑得有点辛苦了。

7

冬至的时候，这个城里降了薄薄一层霜，此时已经有两个炊饼店快要断了原料了，城里的粮庄仍旧是毫无屯粮，连粮庄进货的上一层粮食都被屯起来了。武大从自己的粮库里调了最后一批粮给这两个店，眼看着库房里的粮越来越少，只剩下一小堆粮食在角落里，不出半个月，店里就要断粮了。武大想，是时候了。

果不出武大所料，在这一天，武大收到了一封信。一看到这封信，武大便知道，这是谁的信了，这么长时间，他也找不到柳万雄到底在哪里，只有这样被动地等待着，一天一天地等着，现在终于到了可以了结的时候了。

武大不知为什么约在这样一个地方，那是这个城非常偏远的一个地方，武大骑着那匹小矮马走了很久，才来到这座小院前。叩了门，有个下人来开门，武大想，这柳万雄既然能有那么大的财力屯了整个城池的粮食，怎么会住在这种地方？小院确实不大，两边东西厢房各三间，一个正厅，然后便是后院。武大再记起前段时间他碰到柳万雄在饭馆时的样子，他想，这柳万雄何时成了这般大隐之人？

进了厅堂，除了两旁的椅子与几案，厅堂之上有个香案，袅袅燃着的香炉，是檀香，上面一幅山水画，一个人背对着他站在那里，在那里凝神看这幅画。武大进去作了个揖道："好久不见，万福。"这时那柳万雄才缓缓转过身来，柳万雄确实老了，有了以前意气风发时的对比，便觉这柳万雄老得很迅速似的，反而不及武大耐老，现在柳万雄也穿一件深灰的麻布长衫，头上简单打个发髻，目光温和了许多，依然是浓眉，可已不似当年那样剑眉逼人。

坐定后，下人给武大上了茶，茶是苦丁茶，这个季节喝苦丁茶是有点奇怪，过于清苦了。武大喝一口茶，然后问他："柳大爷，你要怎样？"这柳万雄温和地看着武大却并不言语，掠过一丝苦笑。过了一会儿，他反问武大："以你之见，你觉得我想怎样？"柳万雄看着武大叹一声："你没变呵，武大，这个地方真是适合你呵……"武大听出柳万雄的意思了，是说这个地方的人都矮，武大也苦笑了一下。

这时两人都沉默了，两个人站在这小而昏暗的厅堂里，一个高大，一个低矮，那柳万雄已没了当年的霸气，多的倒是一种沧桑气。

还是武大先开口了："我不知你要怎样，但你这样屯着全城的粮，是不对的……"柳万雄一听这话，眉头一挑，心下明了武大是知道了，便微微笑笑，再笑笑。柳万雄叹道："哦？武大，按说你这年纪不该这样说话的，你怎能断定是我屯了这城里的粮，且谁又有这样的实力做这件事呢？你不知当年钱庄之事我已经一败涂地了吗？"说完含笑看着武大，武大一听，真是语塞了，后悔自己心太急切。这一瞬间，武大看着柳万雄，他突然发现自己判断失误了，他在饭馆看到的柳万雄的那股颓气，未必真就是颓气，那才真是一个人的大隐之气呵。

柳万雄依然不说粮食的事情，只问武大：“听说你的炊饼在这地方很闻名的，你开的店也很多，想来金莲跟着你日子过得也不错吧？”武大缓缓答：“起初她跟我也是吃了很多苦，好在现在能够好过点，日子过得去，不过是比小家小户好一点点罢了。”“听说你们有一个儿子？”柳万雄又问，武大道：“有，有个不才之子，名叫武渺。”

武大再也不知说什么了，只见那柳万雄端起茶碗喝一口茶，道：“这么些年了，我一直都喝苦丁茶，清苦好像适合我，以前我的确不知道，清和苦，现在知道了，也是时过境迁了。”那个下人上来添水，能看出来这下人跟了柳万雄很久了，是个老奴，头发都花白了。

武大第一次问了柳万雄一个问题：“你一直一个人？”柳万雄听了并不回答，只是叹道：“武大，你说，这世间的事情真是说不来的，是吧？”这样的口气和武大说话，倒让武大觉得，这柳万雄当他是非常好的朋友一样了，他刚要答，柳万雄又自问自答道：“是的，最终却是你娶了她，真是造化弄人呵。”终于说到重要的地方了，武大也可以肯定这柳万雄为什么来这个地方了。他问柳万雄：“你若真想见她，明日上我家做客……当年，她孤苦无依，我不过是时运而至，娶她过门，我知娶她亏了她了，只要她快乐就好……”一听这话，柳万雄眉头一挑，又道：“我不过偶尔经过你们这个城池，不会久待的，又为何要去你家做客，揪起大家那些前尘旧事？”

话说到这里，就不能再说了，两人都沉默了许久。武大起身告辞，那柳万雄依然背对着他站在那幅画前。武大不知这件事该如何解决了，他想要说的每一条道理，他都回避了他，现如今，他只有被动地守着自己了。

那个下人送武大出门，临走到院子中间那棵柳树下了，忽听见阴暗的厅堂里传来幽幽一句话：“武大，我轻而易举就能打你回到原形……”武大听到了，心里一阵惶恐，却没有吭声，低了头，默默出了小院。同时他也叹道，是呵，这才是当年那个柳大公子的做派呵，只在这一瞬间武大才依稀找回了点当年的柳万雄。

这一天，武大反而倒平静了，不像前一阵等待得那样焦灼了，他回了家，安安静静吃饭，晚饭有八宝豆沙，还有清蒸的鳜鱼，这都是武大喜欢的菜，想当年挑着扁担卖炊饼时，武大想吃一个八宝豆沙都很难，更不要说清蒸的鳜鱼了，武大踏踏实实地吃了一顿饭，喝了两碗鸡汤，打了个饱嗝。

阮金莲仍旧在屋里绣女红，阮金莲家里的事处理完时，就会拿着绣品在绣，武大盖给她的绣楼她倒是很少上去，她总是打远处看着那绣楼，笑笑，一两个月会上去转一下，但也不在里面久待。

武大看着阮金莲，阮金莲虽说已是一个十几岁孩子的母亲了，但依旧娴静优美，姑娘时的气质并未远离，倒是更多了一层温婉圆润的气息。金莲坐在淡黄的帐里绣东西的剪影实在是美好的……这几年武大忙于店里的事务，只知她美，却少有去欣赏金莲的美，此时越发觉得当年真是自己有了艳福，是天运落在了他的头上。

武大过去坐到金莲的身边，望着她，不知说什么，这女人在他身边不知能待多久了，这将全城的粮庄卷进去的风波不正是因了这个女人吗，而她现在却这样无辜地坐在这里绣东西，就让她这样无辜着吧，说到底，她又有什么错呢？武大久久看着阮金莲，阮金莲觉得这眼光有点诧异了，便也询问地看向武大，武大看到阮金莲小小的瞳孔里闪烁着孩子样单纯的光，眼仁的白要近乎透明一般了，他握握她的手，转身院里散步去了。

这天晚上，武大听着阮金莲在身边传出微微的呼吸声，柔软而清晰，额头偎着他，不免心里百感交集，他对她轻声说，你不该怨他了，他还是爱你的，一个男人为一个女人这样大动干戈，除了爱，还能是什么？是对她的曾经的爱，亦是对他武大的示威呵，这一晚武大真的失眠了。

一个星期后，这个城市下了一场小雪，雪粒飞舞起来时，只听得有个伙计一路大口喘着气从街上跑过来，一进屋子便直接冲上楼梯。武大正在二楼整理往年的陈旧账目，好对清账目，了结这生意，遣散下人和伙计。这伙计连招呼都没打就直接冲武大喊到："老板！放粮了，放粮了，粮庄里又有粮了，刘总管进货上面的供粮商也有了，要多少有多少啊……”听到这个消息后，武大一时间还没反应过来，他走到窗前，久久看着天空渐渐飘起的雪粒，眼里有了一层水光。伙计自然不明白这里面的道理，连肖掌柜和刘总管对这件事也是一知半解，糊里糊涂。

武大的炊饼店终于在用完了最后一批粮食时又进到了新的粮食，焦黄的炊饼又一批一批从烤炉里源源不断地被烤出来，形成一条金黄色的河流。

三天后，小雪依旧，雪已在地上积了厚厚一层，这一天武大觉得自己一定要去送送这个人，一定要送送的。没有人知道武大是怎么知道柳万雄在这一天要离开这个城池，武大一大早就来到了城门外候着，城外刮着刀子般的北风，武大被冻得来回倒脚，雪花落在武大的头发上，眉毛上久久不化。几个时辰后，武大终于看到柳万雄一行三人骑着马过来了，柳万雄披着件黑色的斗篷，将头遮得完全看不清楚，但武大能认出来，那气派是他。柳万雄一直走到跟前了，才看清楚是武大，他稍稍愣了一下，想了一想，终于翻身下马，走到武大跟前来。因了柳万雄的高，武大便要抬头仰望他，眉上和发上的雪都没有化去，这时的武大简直像是个矮小的雪人了。

柳万雄看着武大终于说：“回吧，谢了，我知你对她是好的，当年是我家害了她家，照理我得感谢你在我入狱时照顾了她呢。”武大不知说什么了，想了又想，问：“你不想见她一面吗？”柳万雄转身看着漫天的飞雪道：“不了。”武大将一个大的食盒递给柳万雄道：“这是我店里做的炊饼，你们带着路上吃，我就是靠这个养活一家人的。”柳万雄听了，在斗篷里微微笑了，点点头，接过了那个食盒。

雪越下越大，一行三人出了城门，走出去很远了，武大才回了城里。武大知道，从此，这个人再也不会来这个城池了。

8

一个清晨，下了大雪，因为大雪的覆盖，这城里的一切都看上去那么矮，所有一切都像趴在那里似的，然后无限地延伸开去。

城里真的开始拆那些高过十米的建筑了，那一次在茶楼听到的消息竟然真的在这个城里开始执行了。武大早起，走在街上，突然他产生了一种错觉，打远处看他发现怎么所有人的高矮都要和他差不多了，走近一看，却发现原来人们都开始弯腰走路，孩子敢扬起头走路，脑后立马要挨母亲一下，孩子立马缩下脖子来。更加离奇的是，有一天，武大进一个饭馆竟然也差一点被碰了头，武大心下暗自吃惊，心想：我矮，那是真矮，是爹娘生的，我是一个侏儒，是没有办法。大家都这样，什么时候是个头，你们是真矮吗？准备矮到哪里去？明明所有人都希望别人高看自己，而所有人却又都在装矮，某一时刻，连武大这样已过知天命年岁的人都要糊涂了。

武小小依然在不管不顾地长高，和这城里的人比起来，他简直快要成个竹竿了，高得让武大觉得有点惊悚了。武大眼看着这孩子高过了阎会长，高过了自己的母亲，高过了学馆的老师，就是这样，他依然每天还在厅堂的柱子下打量自己的身高，渴望长得像自己的叔叔一样高大威猛。

有一天，武大悄悄进了城里一个有名的医馆，他犹豫了许久，踏进了这个医馆又退出来，想了一想，又想进去……这个想法让武大自己都觉得有点卑鄙了，他想去找这郎中开一剂药，让宋妈做饭时放在里面，让武小小的个子不要再长了，再长下去在这个城里是要吃大亏的。虽然这么想，武大却做不出，武大久久在那家医馆的门前徘徊着，在那医院的门前踩出层层叠叠的脚印来……最终还是没有进去。

武大做不出来，他知道这样做也是会有报应的，他怎能去阻止一个人的天性，怎能去扼制一个孩子的成长，可这样长下去，他以后的路真是不好走的啊。武小小完全不适应这个城池，也听不进去武大的话，只要武大想要开口和他说话，他便撇过脸，像是躲瘟疫一样。有时好好吃着饭，他刚想要好好说给小小听，武小小便站起端碗就跑，只剩武大一个人坐在饭桌上对着一大桌子菜喃喃自语：矮怎么了，我们这个环境崇尚矮啊，高真的是浪费啊，有一天这里的人甚至会忘了什么是高，忘了自己啊……

小小听不进去的，小小也被恐惧攥住了心，他太怕这样过一生了，甚至现在已经发展到一闻到炊饼的味道，想到要和父亲一样窝着过一生，小小便呕吐，脸色暗青，吐出一口又一口的白沫来……眼里汪出层薄薄的泪。

年末将至时，这个城又下了一场史无前例的大雪，将这个城快要埋了一样，大家都惊喜地叹道，来年定是个好年景，是呵，瑞雪兆丰年呢。武大看着这大雪，却心里升出一种恐慌来，他暗暗发愁，心想，这不知是喜还是悲呢？

武大这天做了一个梦，他梦到有一天清晨，他推开门，发现这城里所有的人都趴在地上走路，像狗或者猫似的，有人甚至想要像蛇一样行路，好像那样更低更矮一些。梦醒后，武大惊出了一身的冷汗，阮金莲在他身边发出均匀而柔和的呼吸声，他却感到异常孤独与无助，他终于对这个他如此熟悉的城池产生了一种隐隐的恐惧。

在这个夜晚，武大真的有点想念自己那个浪子弟弟了，他多想与他谈谈，看他过得怎样，是否如意，可否带小小远走高飞？

2012年5月10完稿

2012年5月12日修改完毕

老狼维依科

1

维依科从水面上抬起头，这条河里的水在这个季节充满了泥沙，虽久已口渴，它只艰难地咽下了几口河水。抬头望去，刚刚翻过的那座山现在已隐没在夜色中。维依科的眼睛在夜幕中显出一种柔绿的光来，维依科已不是年青时期了，那时它的眼睛在黑夜中是油绿的，甚至可称灿烂，这灿烂的绿光曾是那片草原上多少兽类惧怕的光啊，那是维依科家族不败的象征。维依科是一只狼，而且是一只老狼，它刚刚离开了维依科狼族，维依科狼族统治山那边的一片草原已久，而现在的维依科只能孤身来到这片盆地，寻找栖身之地。

维依科翻越了两座山来到这片盆地上，它的一条腿上仍有伤痛，稍一用劲便隐隐作痛，那是维依科·R在它身上留下的耻辱。小R只是一只初长成的狼，它才刚刚成年，它有着年轻狼族初长成的莽撞和单纯凶狠，在维依科被几只成年雄狼围攻时，小R从旁观的狼群中突然跃起，在围攻维依科的几只成年雄狼发动攻击稍作停滞的那一刻，谁也没有想到，小R像一只箭一样从旁观的狼群中射出，狠狠地咬在了维依科的后腿上。维依科是一只老狼了，并且是维依科狼族的头狼，这样不合规矩的攻击方式是它没有料到的，而且这一攻击是如此迅猛而凶狠，它猝不及防，一声惨叫，在地上与小R翻滚了几个回合后，挣脱了小R，它发出凶狠的低吟，露出自己闪亮的犬牙，维依科的这种姿态使那几头成年雄狼都稍稍后退一下，它们都在长久的战斗中见识过维依科在这种姿态下的勇猛，不等维依科反攻，小R便迅速退回到围观的狼群中，如水滴隐入海洋般迅速而悄无声息。

这时围攻维依科的几头雄狼站了起来，缓缓一步步逼向维依科。虽然，刚才年轻的小R的攻击，让它们非常不悦，因为这是不合维依科狼族的规矩的，头狼之战哪里容得下一个刚刚长成的无名小卒上来说三论四？但它们的核心是让维依科结束掉对维依科狼族的统治，它们连小R看都懒得看一眼，但它们都嗅到了小R给它们制造的机会。没有这突如其来的一击，它们今天未必能使老维依科下台。它们心底闪动着隐秘的一丝窃喜，一起缓缓靠近身经百战的维依科，带着逼人的气势……维依科没有想到的，小R在它腿上的这一击是如此致命，仿佛用尽一个刚刚长成之狼所有的气力，因了害怕反而不遗余力，维依科后腿一阵阵剧痛，不停渗出血来，在这样的情况下它是无法与这个家族的几条雄狼对峙的，况且狼族从来都有一条心照不宣的攻击法则，它们会紧盯对方的弱处，狠命攻击。

那几只雄狼相互对望一眼，悄悄看了看维依科那条被咬伤的腿，维依科一步一步向后退去，它知道在这种情况下，它如若不退去，失去的不光是一条腿和尊言，很可能还有生命，万般无奈下，它转身跳下山坳，逃命而去……几条雄狼在山坳顶上看着维依科，毕竟维依科曾身经百战，有过无数功劳，它们没有追过来。不一会儿黑暗中传来狼群的仰天长吠，这种叫声不知是兴奋还是快乐抑或是一种复杂的宣告，维依科狼族的又一个头狼统治产生了，曾经是维依科战友的维依科·H登上了狼族的头狼地位，而老维依科的时代结束了。

在逃亡的过程中，维依科常常想起小R，这个使它在头狼之战中败下阵来的年轻小狼，为什么会有如此的凶狠与勇气，维依科回过头去看它那条伤痛之腿，是如此让它憎恨，那腿像是它的尊言之伤，让它愤懑，它宁愿这腿是被现已成为头狼的H所伤，那才是它最正常的失败方式。某一瞬间，维依科也会坦然，那是一只年轻的狼在狼群中证明自己成人的一种方式，是一只狼太着急着成长的表现，自己不也年轻过吗，自己不是曾经也有过像小R一样的冲动吗？它想起来了，当它是一只头狼时，它曾经多少次压制过这些无名小卒参加狼群各种战斗的冲动啊，它们如何能理解经验丰富的维依科那是为了狼族的集体着想，或许，小R便是其中一员，它们对它早已怀恨在心，久久不满了。

维依科舔一舔后腿的伤痕，那伤痕如此沉重，深及腿骨，使身经百战的维依科不寒而栗。维依科半生中也曾无数受伤，但却从不至此，因无数次的交战，它总是能知道对方的攻击目标，总有周旋，总有防备，总有谋划，而不像这次始料不及，让它心存余悸，就像它在无比熟悉的地盘上跌下了一个隐藏的悬崖，给维依科留下了无法抹去的沉痛阴影。

维依科一步步缓缓向前，它在这片草原的一片洼地里躺下，旁边不远便是那条河，河水在黑暗中哗哗地流着，有一种鸟儿在水面上起起伏伏，仿佛捕食。维依科准备在此过夜，夜色带着湿气盖在维依科的身上，维依科蜷了蜷身子，往草丛深处钻一些。

起风了，风里有着复杂的气味，维依科闭着眼伸长鼻子嗅一嗅，它闻到了狩猎的味道，有本能的贪，有新鲜血液的腥甜，还有潮湿的草燃着后的味道……咦，还有一丝人类的味道，而且是女人的味道，这里有人类居住吗？

2

女人拎着一只铝皮桶从山脚下向河边走去，这只铝皮桶是用来挤羊奶的，桶里总会散发出一丝淡淡的羊奶膻味，女人拎着桶走出不远，回头望望山脚下的毡房，稍稍有点不放心，毡房里躺着她刚刚一岁大的孩子，此时正在梦乡。

这条河离女人住的毡房不过几百米，此时天刚刚微亮，天边闪出淡淡的鱼肚白，山顶上刚刚有一层淡黄的光，太阳还未出来。女人出来打水，这个季节，这条河里的水总是混着泥沙，只有在清晨才会稍有好转。女人走到河边，将桶向河里抛去，拽上满满一桶来，艰难地从河里拎起放到岸边，喘一口气，再拎起向回走去。这时太阳已露出了微微的半个脸，女人迎着阳光快步向山下的房子走去。

走进毡房，这时孩子已经起来了，在地毯上爬来爬去，拖着一条晶亮的鼻涕，看到女人进屋了，扬头哈脸一笑，坐起来，伸手要女人抱。抱起孩子，女人将羊皮的袍解开，开始喂给孩子奶吃，按说这孩子该断奶了，但女人总是不舍得，况且这个地方离最近的集镇也要驾上马车走上一天，孩子断了奶也无多少副食可吃的，便且先让他吃着。

孩子是个男孩，很是调皮，头发有些自然卷，在小小的脑袋上打成一个又一个的圈，紧紧贴着头皮，粗看去像是画出来似的。这自然卷的头发正来自于他的父亲，他的父亲便是一头的自来卷，不过是非常张扬的自来卷，且有一双蓝灰色的眼睛，这来自于他们奇怪的家族血统，他们的家族在上几辈仿佛有过异族的血统似的，充满着一种不可名状的野性与狂乱。好在这孩子的眼睛并未跟了他的父亲，而是像这女人一样黑，甚至比女人更加黑而亮，闪着一层清润的光，正是孩子看这世界的清润与洁净之光。女人看着孩子在她怀里一边吃奶，一边笑着用舌头将乳头在嘴里来来回回顶着玩。偶尔他还会不留神咬女人一下，疼得女人一咧嘴，再用一只眼睛的余光偷偷看看自己的母亲，然后满意地咧嘴一笑，再小狗一样一口叼住乳头，猛烈吮吸起来，女人用手指尖指了指调皮小男孩的额头，将他搂得更紧一些，示意他快点吃，吃完了她还要去干活的。

一边奶着孩子，女人一边望了望远处，男人已经两个来星期没有回来了，说是在附近的集镇上去倒卖鹿皮，女人也不去多问，总归他是要回来的。一个来月男人回来一次，带回青稞粉，面粉，肉与一些水果蔬菜来。男人不满足于他们世代生存的这片草原，而总是向往草原之外的世界，单调的畜牧生活使男人烦闷不堪，于是他便到集镇上去寻找生计了。对这一点女人是不理解的，她不明白为什么一个世代生活在草原上的人不安于草原的生活，而向往外面的生活。这一点更加使女人肯定了男人祖辈里的外来血统，女人叹口气，只能由着他。

毡房后有一个小小的羊圈，养着四只羊，一只母羊，两只成年公羊，还有一只小羊羔。母羊是给小男孩预备的，女人现在已经开始试着喂给小男孩羊奶了，这只母羊每天喂完小羊羔再供给小男孩的羊奶是足够了。女人想着，再过一两个月就给男孩断了奶，让他吃羊奶和面糊了。这几只羊都是从羊羔养起来，自从到这个山脚下，她便开始养这几只羊，如今这几只羊都已长大，并且产下一只羊羔，这是女人的成绩，她看着这一切是欣喜的。特别是当她在干活时，将孩子和小羊羔放在一起，看到两个小家伙一起在草地上翻滚嬉闹，是女人最开心的时候，小男孩还不会说话，只会不停地看着羊羔露出惊奇的表情，用手指高高地指着，然后头转向自己正在干活的母亲，啊一声，示意母亲去看，母亲总是点点头，回答孩子，自己看到了，于是孩子便更加勇敢地向前爬一步，向前探索一点自己的地盘。

女人盼望着男人可以快点回来，面粉已经不多了，蔬菜只有靠这片山脚下的野芹菜和一种蕨类植物的根茎了，好在还有两大块鹿肉干和两桶奶酪。离他们的毡房最近的人家约有三四里，在山脚的另一边，倒不是很远，但是若要过去，也要走一会儿，这草地空旷，有时要过去串门时，先遥遥喊一声，对方会也幽幽地应一声，虽然声音传过来时，已经是很小了，但总知人是在的，于是便抱了孩子过去串串门，这便是女人惟一的消遣了。

不知为什么，女人发现今天的羊群有点稍稍地不安，从清晨起，两只公羊便在羊圈里来来回回地打着转，从左走到右，从右走到左，那只羊羔更是紧紧贴着母羊的肚皮卧着，不愿起来，母羊卧在那里，来回扭动着脖子，警醒地聆听着什么。要知道往常的这个时候，小羊肯定在羊圈里来来回回地撒着欢，四只小羊腿就像钟摆一样不安分，甚至会从羊圈的缝隙里钻出来撒一会儿欢。

女人敏感地看看四周，一切很正常，太阳光闪闪地洒在草地上，这个时节草原上隐隐开满了细小的淡紫的花，不仔细看是看不到的，这种淡紫的花带着一股呛人的新鲜和淡淡的辣味，小羊是最喜欢这种野花的茎叶了。女人隐隐感到有点不安，她看了看毡房墙上挂着的猎枪和一把砍刀，走过去，悄悄取下猎枪，咔咔地上了上膛，看看是否正常，然后又放回原处。

中午，女人做了青稞面饼，很简单，铁锅烧热后，用清油刷一遍，然后将青稞面糊一团一团贴在锅壁上，面里有一点点盐，还有一点点野芹菜。青稞面饼快熟时，会散发出一种奇怪的粮食香味，不像小麦粉，小麦粉是一种蹿香，是直冲你鼻子来的，青稞是一种黏糊糊的味道，混沌不清的，但这是居住在这片草原上的人们熟悉的味道。女人吃饭时，会将青稞面饼嚼成糊状喂一点点给孩子，孩子非常享受于品尝到了与奶水完全不一样的味道，在自己的小床上跃跃着，伸手抓过来，这一点点咸的味道使他对母亲的饭碗充满了好奇与兴奋，胖胖的手不停地抓过来，抓过去。

3

维依科伸出鼻子嗅一嗅，嗯，没错的，是人类的味道，而且是女人的味道。一说到人类，饥肠辘辘的维依科一点提不起食欲。或许，作为一只多年的头狼，维依科在狼群里享受的一直是最好的食物，最新鲜的猎物最好的部位。在狼群里，最新捕到的食物，只有维依科动嘴啃了，别的几头雄狼才可以上来咬食，那是狼族最基本的规矩，也是一只头狼理应受到的待遇。

维依科狼族在那片草原上少与人类打交道，那片地方真是太好了，有着充足的食物来源，草原还紧靠两座山，在草原上食物紧缺时，狼群还会集体上山狩猎，那片草原上有野驴还有野马，当然也会有很多入侵者，比如豺和鬣狗或者其他狼群，但这些都不足以成为那片草原的缺点，维依科甚至曾经带领狼群将两只豹子赶出了它们的领地。

人类的味道远远不如野驴或者野马，维依科的生涯中惟有一次品尝到了人的味道，那是一个逃入那片草原的强盗，被人在深夜追赶来到了它们的领地。维依科·H带着两只雄狼结束掉了那个男人的生命，H在他的脖子上咬了一口，拖回了狼群，维依科现在回想起人类的味道都觉得难受。它们都知道人类是一种很难对付的对手，都会远远离开人类的生存范围，但人类作为食物的味道却如此不堪，人类的肉又酸又硬，血液是咸腥的，透出一股复杂的味道，完全不如野驴或者野马甚至于狍子来得好吃，那些肉是饱满的，丰润的，血液也是单纯的味道，血液的深处有一股甜，哪里像人类！人类那复杂的味道让维依科有一点作呕，维依科只尝了一两口便退出来，看着别的狼在那里轰然大吃，它冷冷蹲在一旁看着夜空。

昨日维依科便嗅到了一丝人类的味道，从清晨起，维依科便很确认这是一个女人。维依科还嗅到一丝乳香，但维依科不知是什么乳香，不是一种，河岸边都有，草叶上也有。躺在这片洼地草丛里的维依科一点力气都没有，它从昨晚一直躺到了今天中午。清晨，天刚蒙蒙亮的时候，它还没睡醒时，鼻子便先它一步嗅到了人类的味道，非常强烈，但是它在激战后带着伤痛翻跃了两座山，现在实在是太累了，没有一点力气了。此时，腿上的伤仿佛现在才刚刚醒来，更加剧烈地疼痛。起初，被咬时，是一种剧痛，现在则像一点一点往深处疼，向每一个细胞里渗入，向维依科的心里钻，使维依科周身无力，被这伤痛慑住了，它舔一舔伤口，沉沉睡去，如昏厥一般。

维依科再醒来时已经是傍晚了，太阳此时已经下山了，草原上的湿气正漫漫而来，饥饿难耐的维依科终于站了起来，拖着那条受伤的腿沿着河岸而上。它得找一点食物了，如若不然，不等伤好，它也得饿死。可是，现在上哪里去找食物，维依科一边嗅着河边奇怪的奶香气，一边前行。这时它看到岸边草丛里有黑影，是灰鼠，这是这片草原上特有的一种鼠类，灰色的身上有两条淡白的条纹，只有这个地方的鼠类是这样的。维依科迅速俯下身子，露出一个捕猎者的姿态来，它一步一步蹚过去，接着纵身一跳敏捷地扑向一个黑影。不知是维依科受伤的腿影响了它还是维依科确实从来不曾以这种鼠类为捕猎对象，维依科失手了，它只扑到一团湿润的草。接着周围的小黑影迅速地都不见了，维依科只好继续向前走，走了不久然后卧下，再次等待。过了很久，终于开始又有黑影在悄悄移动了，这次维依科有经验了，它调整了自己的捕捉距离，告诫自己这是一种小型猎物。只听吱—— 一声，维依科终于捕到了一只灰鼠，这只灰鼠的尾巴倔强地在维依科的嘴里扭动了几下，便停止了挣扎。维依科默默地吞食食物，带着兽类特有的满足，为受伤后的第一次进食在喉咙里发出一种低吟。这一只灰鼠并不能满足维依科，维依科毕竟是一个狩猎高手，它迅速地适应了捕捉灰鼠的技能，再接连捕食了两三只灰鼠后，维依科终于觉得不再饥肠辘辘，有了些力气。

这时那种复杂的奶香气仍在河边的草叶上随着风非常清晰地浮动着，维依科扭扭头，一点点顺着这奶香气寻过去，维依科的嗅觉即使在受伤后依然是异常警觉，那是它作为一只头狼最优秀的特质，维依科总是能在所有狼族还毫无知觉时嗅到那一丝丝危险或者机会。它沿着河岸走了有两里，然后攀过一个土坎，没错，是从这里上去的，土坎上也有奶香气，维依科深吸一口，追寻着这奶香气而来。

终于看到了，黑暗中那个在山脚下的毡房透出一点点微黄的光，维依科作为兽类本能地在空气中深吸一口气，离得近了，它满足地嗅到了很多让它满足的味道。奶香气，是的，是羊奶，好像还有人类的奶香。有羊已经让维依科满足，但远远不止这些，最让维依科满足的是，它嗅到了人类孩子的味道，啊，那是怎样的一种美食呢，这孩子定还不会走路，充满了甜美的果实，那是一个甜美的肉团呵。不知为什么，维依科断定人类的孩童是一种美食，让它充满向往。

离毡房大约三四百米的地方，维依科不再前进了，它停下来，想着怎样进行这次狩猎，现在维依科不像过去了，以前在狼群里，是很多狼一起狩猎，它会指挥每一次攻击，现在只有维依科一只狼，它还没有单独出击过。

维依科绿色的眼睛在黑暗中是醒目的，这时羊群已经开始骚动，咩咩叫个不停。此时的维依科并不是非常饥饿，它为了稳定局面，索性伏身卧了下来，久久地看着那片黄光晕出的地方。伏身卧下是维依科一种自信的方式，在过去的狩猎中，当维依科志在必得时，它便会先卧下，然后再突然勇猛攻击，那是一只身经百战的头狼内心深处的傲慢。它心里很清楚，在那时，它是那片领地里的强者，是那片草原里的王。

作为一只老狼维依科有的是耐心，它一点也不着急，况且它的腿刚受过重创不久，疼痛还未减轻。它越是向往那些美好的食物，越是不着急，甚至觉得要拖延得到这些食物的时间，如同掩藏已到手的猎物一般，它躺在草地上，远远望着那片毡房，开始一下一下地舔自己受伤的腿。

不一会儿，毡房里仿佛有动静，维依科缓缓站起来，慢慢向后退，退到一个它认为更适于隐蔽的地方……

4

女人在黑暗中终于明白为什么打从早起羊群便总是骚动不安了，她扭头看看身旁正在酣睡的孩子，然后轻轻地下床，摸出她傍晚放到床下的那把猎枪。

站在毡房外，女人看到了，虽然只是在很远的地方瞬间地一闪，但女人还是看到了，女人已经去世的父亲也曾是一个猎人，她很小时便跟着父亲去打猎了。那一丝绿光虽然只是一闪便隐没了，但女人还是看到了，那是一只狼，这个狐疑了一天的女人心里猛得一紧，这个山脚下久没有狼出没了，他们搬来这里两三年了都没有见到过狼。他们只知道在两座山那边的草原上，有着狼群的出没，那里食物丰沛且依山傍水。女人有点害怕，但这害怕过后则是一种紧张，她穿好衣服，将那把砍刀放到门前的桌上，然后端枪出了毡房，她要知道，到底有多少狼，如果是狼群，那么真的是灭顶之灾了。女人这时更怕孩子醒来，在黑暗中哭闹，如若这样，也会让狼群觉得有机可乘。

女人端着上了膛的猎枪，站在黑暗中，看着远处，远处漆黑一片，只有几颗寥落的星在夜空中闪着，看起来那样遥远。女人非常肯定，那一丝绿光是一只狼，而且是一只老狼，父亲告诉过女人，悄没声息出没的狼都是有经验的老狼，只有那些刚刚长成毫无经验的小狼才会在还未出击时便发出叫声，甚或来回走动。

夜更深了，夜的黑一阵阵压向这个山脚下的毡房，使女人感到喘不过气，黑夜此时如波浪般一层层涌向女人，女人感到了恐惧，在这一瞬间，女人突然非常恨男人，从来，这个男人都在她最困难的时候不会出现，但这种念头也是一闪而过，当男人回来时，女人则又坦然接受了他的一贯作风。

女人在心里告诉自己不能害怕，因为现在她只有靠自己了。想了一想，女人突然端起枪，冲天轰然开了一枪。这一枪果断而有力度，没有一丝犹豫的感觉。

空旷的黑夜里这轰然的一枪，惊得羊群稍有骚动，羊似乎也知这枪声的含意似的，与女人达成了默契，一会儿便不再动了，挤在圈里的一个角落里。空气里散发出一丝淡淡的火药味，在这湿气弥漫的草地上异常地清晰。孩子也被惊醒了，但一岁的小孩还不知害怕，稍稍顿了一下，大约是今天玩得太累了，继续进入了梦乡。女人握了握微微有点发热的枪筒，是的，她要告诉狼群她这里有枪，这是她最有力的震慑，告诉狼群她不害怕它们，如果要来，猎枪在这里等着。

女人沉住气，她久久盯着远处的黑暗，却一点动静也没有，那一丝绿光闪了一下便再也不见了。

一个时辰过后，女人预感到她开的这一枪起了作用，起码今天晚上他们是安全的，因为不管是一只狼还是一个狼群在一个时辰后还没有一点点动静的话，这一晚，它们肯定是会放弃攻击了。

女人稍稍松了口气，转身进了毡房，她将孩子抱过来，抱在怀里，盼望着天快点亮起来。孩子在女人怀里发出均匀的呼吸，一只手习惯性地摸向女人的乳房，女人累了，头歪在一边也睡了过去。

天微微亮时，女人因为昨晚的紧张还没有醒来，这时却听到有人在房外喊她。女人出来一看，原来是山脚下另一户人家的女人来看她了，这个女人比她大，头发些许已经花白，她站在房前，手里端着一盆口蘑，新鲜的口蘑上面还带着潮湿的泥土。这个女人身旁还站着一个少年，脸色黝黑的少年仿佛还没睡够，眼睛黏黏地站在女人身旁，身上背着一杆小号的猎枪，黑黑的头发被清晨的露水打过后一缕一缕贴在脑门上。

“妮娅，你来了……”女人接过叫妮娅的女人手里的盆子，请他们进来坐。叫妮娅的女人问女人：“昨晚是你放的枪吗，向你喊话你也不答，我担心一晚都没睡好，天不亮就叫醒嘎图过来看你……”女人道：“是我放的，我觉得我们这里有狼了……”妮娅吃了一惊道：“不会吧，我们这一块儿很久都没有过狼了，而且这块地方有什么猎物呢……就我们养的这几只羊不够狼过一个季的。”女人不说话了，只是很肯定地道：“是狼。”

女人让妮娅的丈夫帮忙去一次镇上带话给自己丈夫，他对妮娅说：告诉他，狼来了，必须回来。妮娅的丈夫常常会去镇上，有时也会去做点零星的小生意，对镇上非常熟悉，妮娅点了点头，坐了一会儿，便走了。

女人猜想，今天的这个夜晚，狼还会来，但至少不会攻击她们。

现在女人可以断定这只是一只狼而不是一个狼群，如果狼群集体出来狩猎，在昨天晚上的下半夜还是会来挑衅并且试探她。

这天的中午，女人想到晚上还要与一只狼作战，于是美美做了一顿口蘑奶酪汤。新鲜的口蘑实在是鲜美，叫妮娅的女人家正好住在蘑菇圈旁边，在这个季节，总是能够采到新鲜的口蘑吃。雪白的口蘑被切成片与溶掉的奶酪混在一起咕嘟嘟地冒着泡，房子里弥漫着口蘑特有的鲜美，小男孩似乎也闻到了这美妙的味道，在地毯上爬着爬着便坐起来，充满期盼地看看母亲。

5

那一声轰然的枪响惊得维依科后退了，维依科觉得这是一个男人在开枪，因为只有男人才可能发出这样无畏的枪声，空旷而阳刚。

维依科一步步后退，突然它觉得不能小看这个毡房里的对手，刚刚志在必得的信心仿佛稍有打击，如若今天是群狼狩猎维依科多的是办法，维依科那些经验丰富的计谋现在都用不上了，它只有先暂时放弃。

维依科的腿又开始剧痛，它拖着那一条腿翻下土坎，沿河岸方向向东而去，寻找昨晚栖身的草窝。现在，维依科已不再是维依科狼族的领袖，躺在高高的山崖上休息，现在它只能寻找隐蔽的草窝藏起来，不被人发现。

几只灰鼠肉完全不能使维依科恢复原来的体力，在洼地里的草窝里卧了不一会儿，维依科便虚弱地闭上了眼睛，沉沉睡去。不知睡了多久，维依科本能地在梦中伸长了鼻子，兽类的本能较它的身体还要醒来得早，在蒙眬的睡梦中它便嗅到了一种似乎来自同类的味道，这不是猎狗，也不是豺，更不是野猪之类，没错，是它的同类。维依科一下警醒，瞬间站了起来，扭头来回地向四周茫茫的黑暗望去。

开始维依科还以为这是维依科家族的狼追过来了，满是紧张，但一会儿它便放松了，不会的，维依科家族的狼不可能追到这里来，难道这片盆地上还有别的狼族？

维依科跳出草窝，在河岸上慢慢踱着步，尽量装出自己的腿没有受伤的样子。

不一会儿，维依科终于看到了，在河岸拐弯处，有一丝黄绿的光在幽幽闪着。维依科静止不动，它等待着这不速之客的来临。

远处，那只狼在河流拐弯处的一小片林子里也来来回回打着转，也远远地打量着维依科。维依科不愿多事，站在原地，发出狼族特有的低吟，并露出自己的犬牙，告诉对方这是它的地盘，不容侵犯。

让维依科没有想到的是，对方的回应非常温顺，只是哼哼了几声，并且悄悄向后若有退步，然后再上前来来回走动。这即表示，对方承认这是维依科的地盘，没有侵犯之意。看看维依科没有反应，对方继续向前走来，走出了那片小林子。

维依科终于看清楚了，这是一只母狼，而且毛色杂乱，一看便是长久没有稳定食物来源所致，但身型却还矫健轻巧。维依科放松了警惕，它知道这只流浪的母狼不会是它的对手，就算是它在伤了一条腿的情况下，受到了重创的维依科并没有完全信任这只母狼，只是作了稍稍的让步。

看来这只流浪的母狼也是很久没有找到食物了，它悄悄走过维依科待过的草窝，然后也往河岸上灰鼠出没的地方而去。作为一只曾经当过多年头狼的老狼，维依科显示了自己的大度，而且是对一只母狼。

维依科继续躺到草窝里，它听到前面河岸上传来一阵阵捕食的声音，一听这声音，维依科便知道这只狼不是一只捕食能手，不停地扑空。很长一段时间后，维依科终于听到了吱一声响，想来是它得手了。接着，维依科又陆续听到了几声，看来这只狼慢慢掌握了捕食这种灰鼠的技能。维依科不知这只母狼为何独自流浪，狼是群居动物，它们的群居理念甚至高于人类，并且本能地配合得天衣无缝，这也使狼在野外成为了人类最难对付的兽类。维依科是因为想要成为头狼的H实在是无法容下它，否则它也不会离开维依科家族的，即使是在头狼之战中败下阵了，也未必一定要离开狼群的，只是维依科多年的成功统治对于H来说是一个太大的威胁。此时的维依科终于明白，一只狼过于强硬与能干也是没有好的结局的。

过了一会儿，刚刚果腹完毕的那只母狼沿着河岸冲维依科走来，从远处开始便低垂着尾巴，低眉顺眼地靠近维依科，并且伸出舌头示弱，耳朵也缩了起来。看来，这只狼想要留在河岸边这个草窝旁与维依科为伴。

维依科皱了眉，耸起自己的背，示意这只狼它不愿与它为伴，并且稍稍低哼一声，示意这只狼回到自己地盘上去。这只狼有点失落，走到维依科身边时故意绕开它，绕了一个小小的圈向河的下流而去。这只狼闻到了血腥的味道，它看到了维依科受伤的后腿，那里隐约已能看到白骨，维依科见它如此，立刻又露出它标志性的犬牙，警告对方。

看到维依科如此，对方迅速地收紧尾巴快步向来时的那片小树林里跑去，接着隐没在那片树林的黑暗里。

6

女人已经等了两天了，也不见男人回来。住在山脚下的妮娅给女人带话过来，她让自己的丈夫去镇上找过女人的丈夫了，却没有见到男人。听说男人去了更远的一个集镇，喀图。女人彻底失望了，去了喀图，要到什么时候才回来呢，男人的心怎么就如此野呢？

这天，妮娅给女人送来了一种燃料，让她晚上燃起来，这种燃料散发着一种奇异的味道，具说能驱散狼群，使狼不愿靠近她的毡房。这是妮娅的丈夫配的，冬天时也会用来熏狍子。但妮娅也带来了一个不幸的消息，妮娅一家养着一群羊还有几匹马，这个季节山那边的大盆地里的草场正是野苜蓿疯长时，他们要赶往大盆地里让这些羊和马贴膘去，一个冬天羊群和马都没有好好吃过，都指着春夏两季的草原来喂养，而且如若再过了这个时期，野苜蓿就会发苦。

妮娅告诉女人，她让自己的男人托另一个贩卖鹿皮的人去喀图给女人的男人带话，应该一两天就能带到，男人应该马上会回来的。妮娅看着女人，有点担心，她提醒女人，不行了就和他们一起走吧，女人想了想，摇了摇头，她想要等男人回来。

不等天黑，女人便把这种燃料抱到了离毡房不远的草地上，开始点燃，浓黄色的烟慢慢燃起，发出一股呛人的味道，在女人毡房的四周形成四条烟柱。小男孩在房里奇怪地看着这一切，歪着脑袋显出一股奇怪的表情。安然度过了两个晚上后，羊群也变得平静了许多，它们也嗅到了这刺鼻的味道，但它们静静地忍受了。

女人今天很累，不等夜深，她便靠在床上睡着了，孩子在黑暗中发出甜美而均匀的呼吸，女人也进入了沉沉的梦乡。

这天晚上，女人总是做梦，没完没了的梦，这梦都是破碎的，一个又一个的片断，女人在梦里看到了男人，她很确定那是她的男人，只是一个个背影或者一个个侧影，她却看不到他的脸，他的脸是混沌的。男人的背影向远处跑去，跑着跑着，就越来越虚。女人还看到一个女人的影子，那个女人却非常清楚，有着饱满的腰身，但也是看不清脸的。可是到了最后，自己的男人突然变成了一只狼，蹲在那里，这时，女人却能看到这只狼的脸，那样清晰，冷峻的额头，两眼间有一条淡淡的白线，让人感到非常神秘。最后男人的影子又出现了，且靠着女人坐着，一下一下抚摸女人的头发，女人急忙用手去抓男人，用力一抓，男人突然就像一股烟一样又变成了一个个片断。

女人从梦中惊醒，这样的梦于女人来说实在是太累了，每一天繁重的劳作使女人少有这样复杂的梦境，总是躺下便沉沉睡着了，这个梦让女人心里有了不安。但同时女人也安慰自己，这只是这几天的经神紧张所致，并不代表什么。一晚上的梦境使女人有点疲倦，当晨光浸进房子时，女人睁开了眼。她睁眼看看在晨光中的毡房，感到很失落，或许是因了这奇怪的梦，女人有了一丝胆怯。这样的多愁善感于女人来说是少有的，这时传来羊圈里羊的叫声，这羊的叫声又提醒了女人回归正常的生活，她利落地穿衣下床，抱了草料扔进羊圈，然后拎桶去河边打水。

毡房外还有燃料没有燃尽，袅袅冒着淡黄的烟。女人走过这一堆一堆的燃料，此时还能闻到又辛辣又呛人的味道。

女人来到河边，一个发现让女人大惊失色，女人在河岸上发现了两种狼粪，女人眉头紧锁，两种狼粪说明了这里有两条狼。一只狼已经让女人很头疼了，现在又来了一只狼，女人突然感到非常无助，她一个人如何对付两只狼呢?

好在现在马上将要入夏了，夜会变得短一些，如若是冬天，夜是那样长，她真的不知该如何度过这一个又一个的夜晚。拎着水桶翻上土坎，女人在内心深处有了一个想法，她觉得只能这样了。

7

维依科终于接受了那只母狼，这也是一只不再年轻的母狼。这只母狼在那片小树林里独自徘徊了两个晚上后，维依科终于接受了这只母狼。维依科确实需要一个伙伴，但却从来没有想过是一只母狼。

这只母狼很识趣，一旦看到维依科允许它卧在离草窝很近的河岸上，便非常感激地跑过去嗅嗅维依科受伤的腿。维依科立刻用一声低吟制止了这只母狼，于是母狼乖乖地躺回了河岸。

当第一颗星蹦上夜空时，维依科终于站了起来了，沿河岸而上，这只母狼迅速跟进，它知道维依科要带着它去寻找食物。夜空下，两只黑影轻巧地移动着，维依科的腿伤渐有好转，但走路仍会一颠一颠。路过灰鼠藏身的地方，母狼又欢快地捕食了两只灰鼠。维依科已经对灰鼠肉不再感兴趣，它知道的，知道山脚下的那个毡房外有羊，但，同时它也知道那里有一把猎枪。

当离毡房三百来米远时，维依科停下了脚步，开始走来走去，那只母狼不知为何维依科不去进攻，而是等在这里，于是向前冲去，却被维依科一声低吼唤了回来，母狼讪讪地回过头来。

维依科开始大声叫，接着母狼也叫起来，它们一唱一和，划破这夜的宁静。它们叫了好一阵后，维依科发现毡房里并无动静，于是带着母狼轻快地前进，当离毡房有一百多米时，维依科与母狼同时嗅到了血腥的味道，是羊血，这血腥是如此的清晰，是如此的新鲜。它们快步跟进时，发现一块新翻开的土壤里露出一点羊的内脏来，久已没有见识过像样食物的维依科立刻刨起来，不一会便从土里刨出一只羊腿和一些内脏来。这新鲜的羊肉带着血液，维依科一边大力享用一边警惕地观察着周围。母狼看到维依科开始吃后，也立刻啃食起来。正当它们啃得非常酣畅时，突然夜里一声枪响，一枪打在了维依科身旁的草地上，燃起一股清冽的烟。维依科吓得一闪身，弓下身子，母狼则躲到了维依科的后面，黑暗中，维依科看到一个女人，端着一杆猎枪，向它们走来，并且瞄准了它们。维依科看到了，这个女人穿着羊皮的袄，脖子上戴着一颗牙做的项链，那颗牙齿仿佛是来自于它的同类。女人的眼睛在黑暗中也是奇亮的，虽是黑色，但黑到透明一般，反而让人以为那不是黑色的眼睛，而是一种别的什么颜色，这样亮，如灯炬一般盯着它们而来。最重要的是这眼睛里毫无畏惧，一步一步稳稳地走过来。

女人又放了一枪，这一次差点打着了母狼的腿。在这一瞬间，维依科叼起它们还未吃完的食物，冲母狼示意逃走，便飞奔而去。维依科受伤的腿还不是非常利索，在逃跑中时时剧痛，食物掉下来，这时母狼紧跟上来，咬起食物与维依科一起跃过土坎，沿河岸而下，枪声在他们不远的地方又响了两声，接着夜恢复了宁静。

维依科终于明白了，与它一直周旋的是一个女人，但这是一个不一样的女人，这个女人无所畏惧，身上散发着乳香，但却无所畏惧。维依科平生也见过不少端着枪的猎人，但从未见过女人如此，而且女人一旦无畏起来，这种无畏竟是这样纯粹且充满了杀伤力，一点点迂回都没有。

母狼显然刚刚并未吃饱，将抢回来食物放置于维依科不远的草地上，维依科看了看，动嘴吃了一会儿，便退到一边。母狼上前来，太久时间没有进食过像样食物的它欢快地吃起来，喉咙里发出兽类满足的声音，不一会儿食物便被吃得干干净净。

吃饱了的母狼非常温顺地躺在草地上，但它离维依科躺的草窝仍然保持距离。维依科给母狼的食物，使母狼非常感激，不时在黑暗中冲维依科柔声叫两声。

受过重创的维依科现在不会轻易相信任何同类，它在草窝里久久沉默，并不接受母狼的示意，对维依科而言，那只是一个强者或者曾经的头狼所留下的烙印，维依科不与弱者争锋。

维依科知道了那只肥美的羊腿是怎么回事了，作为一只经验丰富的老狼，维依科肯定是那个女人埋下的，女人在打死它们之前还要喂饱它们吗？维依科突然觉得，女人在无畏的同时也在向它们妥协。感受到这一点，维依科安然了一点，它知道，等它的伤养好，这段时间它应该会有食物吃的。

那只母狼已经睡去，这一晚没有奇怪的呛鼻的烟雾，这对它们来说是个好事情，那些呛人的烟雾总是让维依科紧张万分。夜深了，随风又带来一阵微雨，这样的夜晚再好不过，空气里一点点残留的味道都被这微雨一带而过。维依科舔了舔受伤的腿，只希望这腿可以快点好起来，好让它能回到自己的地方去。

8

没有人知道，杀掉那只羊对女人来说有多难，这些羊是女人一手养大的，看着一点点变大的，但女人也知道，如若她不喂饱这两只狼，她与孩子便危险了。

女人非常果断，她有一把小小的匕首，她将那只公羊牵出羊圈，到毡房后面，不等那羊回过神了，便准确地切入了羊脖子下的大动脉，女人非常迅速地放掉羊的血，接着又将羊的脖子扭了下，这只公羊便断了气，前后不过五分钟，使羊没有受到太多痛苦。女人默念了一句什么，大约是祷告，接着开始动手把羊腿切下来。女人很清楚不能一次喂给那两只狼，得慢慢来，第一次喂得多一些，这样可以多扛两日。女人知道不能将羊腿随便扔在草地上，这样可能会招来秃鹫或者乌鸦，特意在离毡房两三百米的地方埋下，并露出内脏来，让那两只狼可寻味而来。

少了一只羊，羊圈里变得非常安静，仿佛感知到无形的压力似的，小羊羔也不像往常那样活跃，乖乖依在母亲的身边。女人希望这只羊能顶到男人回来的时候，她不愿意再杀掉这圈里的任何一只羊来喂狼了。

女人把那只羊剩下的部分埋在毡房后，盼望着不要下雨，可以使这羊多保留几日。那天晚上，女人听到了两只狼此起彼伏的吠叫，这是对她的示危。小男孩听到了这狼叫，还不懂得这是一种动物的叫声，奇怪地看着母亲，但过了一会儿，本能的孩子仿佛也从这叫声里听到了庞大的危险，于是爬向母亲，钻进怀里，一只手紧紧抓住女人的衣袢。

夜深时，在那两只狼停止了叫声时，女人终于端着枪出了毡房，她看到了，看到了那两只狼，它们在黑夜中吞食着她埋下的羊腿，发出满意而享受的声音。她久已没有打过猎，根本打不准，但她知道她必须向前，喂饱它们，并赶走它们。那两只狼，一只灰黑，一只灰黄，夜色中，她看不太清楚，仿佛有一只是腿有伤的，这让女人心里非常高兴。想来，这只受伤的狼只是滞留在此，并无意久待。那只灰黄的狼仿佛瘦弱一些，连放几枪之后，女人看着这两只狼逃逸而去，终于放下点心来。那只肥大的羊腿应该够这两只畜牲扛过几日，可以换了几日太平日子过。

现在女人是如此感激这把枪，这把枪女人久已不再碰了，可是今日这把枪给女人带来了无法言说的安全感，摸着枪管还有点微热的猎枪，女人觉得现在只有这把枪能陪伴着她了。

晚上睡着时，女人便开始搂着这把枪，她想，男人有时还不如这把枪来得实在。小男孩睡着时也会挤到女人的怀里来，钻在女人的腋下，于是女人一边胳膊搂着小男孩，一边则搂着那把枪。

不知为何，女人回想那只灰黑的狼，她觉得这狼仿佛哪里见过似的，突然想起，这狼很像她那天梦里梦到的那只，额间也有一条淡淡的白线，虽然在黑暗中，女人看得不是非常清楚，但在那只狼幽绿的眼光里，女人看到是有一条淡淡的白线的。这样的灵异使女人很觉得奇怪，这只狼怎会出现在她的梦中呢，而且还是与自己的男人一起出现，她的男人为何变成了狼呢?

果不出女人所料，过了两日平静的日子，女人夜晚没有听到狼的叫声，羊群也没有太多的骚乱。估摸着时间，这天傍晚，天刚刚暗下，女人便转到毡房后，刨出埋好的那只羊，又切下一只羊腿，今天她必须再喂一喂这两只狼，剩下的羊被女人又埋回了坑里。女人盼望着，盼望着男人可以快点回来，帮她处理这一切。但男人去了哪里，像是一个谜一样，妮娅给女人来带话时也是说不清，也搞不清男人到底在哪里。

女人仍旧将这两只羊腿埋在老地方，她知道那两只狼还会去那里的，这是狼的本能。

9

维依科的腿伤渐已好转，已结痂，但似乎是为了让这只老狼记住这个教训，维依科腿仍旧有点跛。维依科知道，自己是真的老了。腿伤的好转也得益于这几天总是有稳定而充足的食物来源，维依科都不用去到埋羊的地方，那只母狼就会将食物带来扔在维依科面前。

维依科咬食着母狼带回来的食物，一点点嚼食，母狼站在一旁不远处，并不靠近维依科，它来来回回走动。维依科将这只羊腿吃了一半多时，停止了进食，留给母狼。现在，这只母狼终于获得了维依科的一些信任，不管怎样，它能将这只羊腿从埋的地方原封不动地拿回来给正在养伤的维依科便充分说明了它们已经成为一个团体。

看着那只母狼静静地咬食，维依科想起了它在维依科家族里的亲人，想来维依科被赶出家族以后，它的伴侣定然也过得不怎么样，通常，曾经跟着过头狼的母狼在头狼结束掉这种地位的象征后，便会沦为狼群里最不被欢迎的母狼。但这又有什么办法呢？维依科回到自己狼群的希望几乎是非常渺茫的。吃饱后，维依科与这只母狼各卧在这个洼地的一边，静静地在黑夜中舔着自己的爪子。

三天后，维依科与这只母狼终于吃完了一只成年公羊，此时的维依科的腿伤也好得差不多了，它能够跃过那个土坎，虽然不是那么轻松，但毕竟不是攀上去了。当夜晚到来时，它们变得躁动不安，它们知道那里还有几只羊，在等待着它们。这天晚上，有风，随风传来很多信息，维依科动一动自己的鼻子，似乎在山的另一边，也有着它的同族在狩猎，这是野猪被撕咬后的味道，略微的腥臭后面却是非常动人的很有嚼头的微咸的肉，这种微咸与人类的咸是不同的，这种咸肉是狼族喜欢的，因为那非常单纯，与驯鹿的那微甜的肉不同，是另一种味道。许久没有捕食过大型猎物的维依科闻到这种味道后胃部轻轻地抖着，这种本能的反应让它更加向往那毡房外的那几只羊。于维依科这样一只老狼来说，有时捕猎的快感甚至会超越进食的快感，那是作为一只头狼必不可少的素质，如果没有对这种本能的迷恋它也不能战胜所有的雄狼而成为头狼。

维依科看看躺在不远处的那只母狼，它不知这只母狼能不能成为它的战友，它们萍水相逢，不知过往，只有现在。黑暗中母狼似乎知道维依科在注视自己，扭过头来看它，并将下巴搭在爪子上，露出一副温顺的样子来。

明天，明天维依科准备和这只母狼一起捕猎，吃到自己捕食的猎物。

天微微亮时，蒙蒙晨光中，维依科看到母狼似乎不见了，它并不去管，微微闭上了眼。太阳出来至半空中时，维依科看到母狼嘴里叼着东西回来了，起初在远处它并看不到是什么，但当母狼走近了，它看见母狼原来叼着两只灰鼠回来了。那两只灰鼠被扔在维依科面前的草地上，似乎还没有死，但也不能动了，尾巴还在倔强地扭动着。然后母狼又退回到它卧的地方，躺下。维依科知道，昨天晚上的那只羊腿，母狼没有吃饱，母狼知道维依科也没有吃饱，一早便出去捕捉灰鼠了。维依科吞食掉那两只灰鼠，终于第一次稍有点温和地看了看母狼。母狼似乎习惯了维依科的冷漠，并无感知，懒懒地把下巴放在草地上。

这一天似乎过得非常缓慢，因了晚上的出击，让维依科稍有点躁动，但维依科一会儿就平复了这点微小的反应，那对它来说不过像是一次游戏，只是腿伤之后它许久没有玩过这种游戏了。

天渐渐暗下来时，维依科伸了伸懒腰，站了起来，走到母狼跟前，示意母狼起来。母狼看到维依科这个样子，马上站起来，有力地摇了摇尾巴。

它们一前一后，随风而行，跃过那个土坎，母狼发出一声愉快的低吟，像是参加一次不可预知的游玩，维依科听到了，并不作声。

它们逡巡了一阵，当夜幕黑沉沉地压下来时，它们一起向毡房悄悄摸去。今天毡房外并没有燃起那种让它们作呕的烟，而是异常安静。维依科突然察觉这感觉不对劲，它放慢脚步，示意母狼不要着急。它们在黑暗中一步步蹚过去，当它们离毡房还有一百来米时，赫然看到草地上躺着一小半新鲜的羊，看来是刚刚宰杀不久，淋淋的血在草地上慢慢地渗着血。这新鲜的鲜甜的羊血混合着草地夜晚的湿气进入维依科的嗅觉，连维依科都忍不住了，它四周望望，黑暗中并无异常，于是上前也咬食起来。母狼看到维依科吃起来，一跃而起，也欢快地进食。

正当它们沉浸在这新鲜食物的欢愉中时，一声枪响又惊得它们一颤，维依科看到女人端着枪，背后背着孩子，目光如炬，冲它们而来。又一声枪响，这一枪离它们太近了，就打在母狼的脚边，在它的脚边燃起一股淡淡的烟。维依科从来没有见过女人的眼睛能够如此之亮，黑色的眼睛在黑暗里竟然能如此醒目，如此明亮，这让作为一只狼的维依科骇然了，这眼睛亮得如此无畏，如此单纯，在某一瞬间，简直可以与年轻时的维依科的眼睛相比了。

维依科定睛望去，发现这女人义无反顾冲它们而来，走一段放一枪，维依科稍作挣扎示意母狼逃走。母狼迅速叼起剩下的食物，与维依科一同在黑暗中狂奔而去。女人却在它们后面紧追几步，再放几枪。

它们逃远了，终于，黑暗中传来孩子的一两声哭声，接着一切都安静了下来。

10

杀掉另一只公羊，女人这一次非常果断。去羊圈里把这只羊往出牵时，公羊明显感到了不祥，两只硕大的眼睛射出恐惧的光，接着渐渐蒙上一层水雾，女人心一松，差一点罢休，但她还是拉着这只羊走到了毡房后。非常利索，一刀致命，这只公羊马上躺下，脖颈上的大动脉汪汪地出着血，为了结束掉这痛苦，女人又找到羊心，精准地将匕首扎了上去，不一会儿，公羊的身体就变硬了。

女人开始分割这只羊，她料定这两只狼这天夜里定会来偷袭，现在她已经不会将羊掩埋起来了，她将切下的一小半羊就扔在离毡房不远的草地上，来吧，她等待着与这两只狼的会面，她心里很清楚，这两只狼不会罢休的。她多么希望这两只狼只是路过这里，吃完这两只羊后就离开啊，但这只是她的设想。与父亲的打猎生涯使女人明白，狼都是恶棍，只会得寸进尺，而不会适可而止，在这片草原上，它们是排在食物链的顶端的。

那天晚上，女人端着枪，她将孩子绑在背上，现在她已经无法将孩子放在毡房里了，她怕狼会分开偷袭，而且这样的环境，她必须让自己的孩子懂得不惧怕，她一边哄着背上的小男孩，一边端枪走向黑暗。女人生孩子时，因为着了风，眼睛在黑暗中是酸的，视力不太好，她想，她没有办法了只有这样，她在黑暗中一步一步探过去，看到那两对淡绿色的眼睛，她便开始放枪，一枪紧跟着一枪，虽然在黑暗中她并看不清那两只狼具体的样子，但在夜色中发光的淡绿色眼睛是如此醒目，她听到一只狼吠叫了一声，她知道，差一点，只差一点，她就可以杀死一只狼了。两只狼逃走了，叼着没吃完的那一小半羊，女人站在黑暗中，孩子啼哭起来，她一边拍着孩子，一边提着那杆枪，空气中散发着火药的味道，在这一瞬间，突然女人有点迷恋起这种味道了，于她而言，这是一种安全的味道呵。

这些天女人精神太紧张了，每到夜晚来临，她都无法安然入睡，紧张使她的小指总是微微颤抖。等到终于累了，一睡着，她便无休止地做梦，梦里她对自己的男人不停地说：狼来了，快回来吧……狼来了，快回来吧……但看到的只是男人的背影，在梦里，男人依旧披着一头微卷的长发，像是在漂泊一样。不一会儿这男人的背影又如以前一样变成了一只狼，这只狼的眼睛竟如男人一样是灰蓝色的，散发着一种狂放与不安，女人骇出一身汗来……

不过，当女人醒来时，她便学会了安慰自己，她现在告诉自己：没事，有这杆枪呢。床前的桌上，放着一张他们的全家照，男人站在一旁，女人坐在马车上，那是孩子出生时在集镇上照的一张照片。女人现在看着那张照片，然后不停地擦拭着那把枪，用力地，狠狠地擦拭，直到把枪筒擦得闪出幽幽的光来……

小男孩经历了夜晚的历练，仿佛突然之间变了似的，不再像以前那样对什么都充满好奇，而是现在对什么都是一种打量的神情，女人非常难过，那天晚上让小男孩受到惊吓，但不那样让他一个人待在毡房里更可怕，虽然那天晚上小男孩在女人的背上，但女人用一个毯子包着他，并将他的头盖住。虽然被盖住了头，但小男孩能感知到母亲在与一种危险对峙，起初他很安静地想象着，这是一种什么样的危险，后来，母亲加快了步伐，并且不断地开枪，枪声在空旷的夜里显得这样惊悚而无情，小男孩终于哭了起来，他感知到害怕，因为母亲让他感觉到放弃了一切似的，这种恐惧他还未感知过，他被吓着了。但当他刚刚一哭，母亲的手便及时地在背后拍着他的身子，让他同时又觉自己是安全的。那一晚后，小男孩仿佛与母亲有了某种感应，现在他还是一个在牙牙学语的小男孩，但他却能读懂母亲制止的眼睛，抚摸的感觉，他懂得了配合自己的母亲。这实在是让女人惊叹，小男孩瞬间的改变，让女人非常欣慰。现在小男孩总是静静地坐在那里打量着一切，也打量着母亲，饿时不再哭闹，而是把手指填进嘴里。现在小男孩仿佛也知道了这把枪对他们来说是非常重要的，每有一点风吹草动，他便惊讶地啊一声，然后，扭头看着放在床边的那杆枪，用他小小的胖胖的手探过去。女人想，这是在她身边成长起来的另一个男人呵，她微微笑着，看着小男孩，接着再用力地去擦那把枪。

女人计算着，计算着这一只羊可以让这两只狼吃多久，大约也就是一个星期吧，那么接下来怎么办呢，让女人再杀掉那只母羊和小羊羔那是不行的，而且母羊还要喂养小男孩，这是万万不能的。

女人知道，总有最后的一次对决，她要让这两只狼知道，她这里再没有可以供它们食用的食物了，这已经是她的底线了。

11

维依科嚼食着那被带回来的小半只羊，它突然觉得自己仿佛是被饲养似的，不过这种感觉瞬间便一闪而过，新鲜而甜美的羊肉对它来说是最好不过的，这可以让它的身体迅速复元，它勃勃的欲念正随着身体的好转一点点的变化。

维依科想起那天夜晚中女人的眼睛，在那一瞬间它终于对这个女人生出一丝敬佩，女人的眼睛让它知道，这个女人比它无畏，幸亏这个女人的枪法不准，如若不然，它们不会有好结果。最重要的是，维依科闻到了那个小男孩的味道，这还是第一次这么近距离地闻到小男孩的味道，真是太美妙了，如此甜美，比新鲜的羊肉要甜美得多，那是至好的食物呵。

母狼很满意这小半只新鲜的羊，对它来说，不用捕猎就有新鲜的羊肉吃不管怎样都是一件很好的事，这段时间因了有着稳定的食物来缘，母狼身上的皮毛渐渐变得顺滑起来，不像刚刚见到维依科时那样杂乱而无光，身上也稍稍有了肉，每每走动起来便可看出均匀的肌肉曲线。

维依科知道，这个女人在以退步的方式进步，它多的是耐心，它一定要尝尝那颗甜的果实，不管女人杀掉多少只羊，它都要吃到最好的食物。

这小半只羊让维依科和这只母狼安静地过了两天，现在灰鼠它们已经不吃了，它们知道，在离毡房不远的地方还有羊肉会出现。

一个星期后，这一次维依科在黑暗里伸了伸懒腰，然后起身默默向河流的下游而去。母狼不明白维依科这是要干什么，犹豫地跟着维依科的身后，河水哗哗地流着，维依科一直走一直走，走过了母狼曾经栖身的小树林，维依科还是向下游走，母狼有一点糊涂了，它一边回头一边看着维依科，维依科却头也不回，终于走过了小树林，走到了河流拐弯的地方，维依科翻过河岸的石头跳了上去。这里离女人住的毡房已经很远了，黑夜里维依科和母狼一前一后走着，这是陌生的地方，它们又穿过一片湿地，终于到了草原上。母狼终于明白了，原来维依科绕了这么大一圈是要绕到女人住的毡房的后面去。

明白过来的母狼迅速跟进维依科，又沿着草原向相反方向而去。草原上有刚刚从土里钻出来的蛤蟆，有时不小心踩了，便听到咕的一声。这片草地上也有灰鼠出没而且很多，因了它们的突然出现，刚刚在草丛里的灰鼠纷纷逃窜，这些灰鼠现在已经无法引起这两只狼的注意，它们目光炯炯地朝山脚下的毡房而去。

渐渐地，那一点点微黄的光已经出现在它们的视野里了，这时维依科放慢了脚步，它又开始绕圈子，直绕到紧贴着毡房的山脚下前行。因是山脚不像草原上那么平坦常有杂树与沟壑，它们便上上下下地翻走。

走了不久，离毡房大约有一两百米时，维依科停了下来，维依科慢慢卧下来，非常安静，不知在等待什么。母狼也卧了下来，它看维依科，发现维依科悄悄伸着鼻子仔细地在黑暗中嗅，接着陷入沉默。

许久，在母狼已经感到无聊时，维依科突然站了起来，如风一样向前奔去，让母狼完全意料不到。母狼跟上去，只见维依科如同闪电般射向毡房。这一天，虽然毡房外仍旧燃着非常难闻的烟，但维依科毫不畏惧，它要尝到捕猎的快感。紧接着，维依科突然转过头示意母狼去羊圈，母狼明白了，掉头冲毡房外的羊圈而去。

羊圈里只剩下一只母羊和一只小羊羔了，女人把这只母羊和小羊羔都拉进了帐蓬，她要和这两只羊一起度过接下来的日子。枪时刻都背在女人的肩上，羊拉进了毡房，女人转身出了毡房，到毡房后面准备再预备一些熏狼的燃料，女人在毡房后拿这些燃料时，冥冥中，她突然背后一凉……不等她反应过来，便本能地将枪端了起来。她看到了那只母狼在羊圈里……让她恐惧的是，孩子还在毡房里，女人下意识地冲那只母狼开一枪，这一次真是上天帮忙，女人打中了，打中了母狼的前脚，顿时，母狼的脚鲜血如注，扭身而逃。

女人三步并作两步，从毡房的后门冲进屋，这一次，她如此近距离地看到了这只曾在她梦中出现过的狼，它坚毅的眼神，额间淡淡的白线，一切是如此清楚，当女人冲进毡房时，奇怪的一幕出现在眼前，小男孩正好奇地打量着这只狼，慢慢伸出手去……那只母羊吓得浑身打战，与小羊羔挤在角落里。

女人大喊一声，冲维依科开了一枪，但这一枪并没有打中，维依科刚刚躲开这一枪，一扭身那只受伤的母狼直冲了进来，毡房并不大，母狼突然进来竟直接面对女人的枪筒而来，女人伸手一把将孩子扯到身后，然后将枪直接对准了母狼，受伤后的母狼完全没有一点点方位感，这时只见维依科纵身一跃挡在了母狼的前面扑向女人的枪，女人没有想到，维依科竟然会扑着枪而来，往后一退，被维依科一扑，枪冲上开响了，立刻毡房被打出一个洞来。

女人非常迅速地又上了一次膛，这时只见维依科飞快地一口咬住那只小羊羔，飞奔而去，母狼在前，维依科在后，它们迅速地逃出了毡房，母羊看到羊羔被维依科叼走了，悲痛地长嘶一声，在角落里痛苦地打着转。

女人端着枪撵出毡房好远，在后面连放几枪，女人如此无畏，有一枪甚至快打到了维依科受伤的腿，维依科一个趔趄差点跌倒，它感到一丝冰冷的寒意掠过它那条受伤的腿，使维依科的心猛得一紧，维依科害怕了。这只腿是它痛苦的记忆，它真的是怕了。这只腿曾经被它视为弱者的小R伤过，这一次又差一点被它视为弱者的女人所伤。

当它们回到那片栖身之地时，母狼已是筋疲力尽，受伤的前脚还在出着血。维依科也累得够呛，那只叼在维依科嘴里的小羊羔早已经断气，软绵绵地掉在地上。维依科突然非常懊恼，它不明白，当它好不容易等来了机会，知道女人出了毡房，它冲进了毡房，看到了向往已久的甜美果实时，为什么却呆在那里了？简直无法解释。它只记得小男孩对它毫无畏惧之感，指着它，黑色而清亮的眼睛看着它，打量它，像是在打量一个没有见过的物种似的。

受伤的腿因了逃跑的紧张，神经性地抽搐着，想起那子弹带着冰冷的寒意掠过这只腿时的感觉，这一刻维依科终于决定要放弃了，冥冥中它仿佛明白了什么，到底是什么它不清楚，它只是觉得该回到自己的地盘上去了。

12

从这一晚起，女人再也不怕狼了，也不再盼望着男人的归来，狼已来了多久了，男人也没回来，还不如这杆枪来得实在，女人问自己，男人对她来说是什么呢，这婚姻对她又是什么呢？

女人这一天打算给孩子断了奶，好在这只母羊还在，可以给小男孩喝羊奶，女人伸手到母羊身下挤那巨大的乳房，却半天也挤不出来。女人突然意识到了什么，是的，母羊失去了孩子，而现在却要哺育她的孩子，她伸手抚摸着母羊，一遍又一遍地摸着，终于，过了不多久，母羊挤出了珍贵的奶液。洁白的奶液射进盆里，母羊的眼里有一层水光，这时太阳正好出来，女人觉得好像另一种生活才刚刚开始似的。

一个星期后，母狼的脚伤稍有好转，维依科打算再翻过来时的两座山回到维依科家族的地方去，母狼默默地跟着。维依科知道，既使它们回到那片地方，也很难再被维依科家族所接受，它们只求在那片食物来源丰富的领地上分一杯羹。

它们在一个夜晚启程，顺河而下又攀上一个小山包，正在这时，维依科看到一个男人驾了一辆马车，匆匆而过，还哼着歌，这个男人一头微卷的黑发，在风中飘扬着，长着一双灰蓝的眼睛，维依科的鼻子随风而动，这个男人身上洋溢着数不清的味道，有烟草味，有酒味，嗯，最重要的是还有情欲的味道，与女人混合在一起的体味，杂乱不堪。维依科觉得这个男人像是哪里见过似的，但它想不起来了，它觉得某个瞬间，它好像看到过这个男人的影子。母狼在维依科身边低吟了一下，发出兽类本能的兴奋之声，想要出击，维依科沉默了。在黑暗中，维依科站在高处俯视着这个男人，露出一丝轻蔑的表情……

去罗马

条条大路通罗马，条条大路也不通罗马，你的罗马又是否是他的罗马。

1

所有人都想去罗马，这是世间之人所共知的，那里有世间人所想要得到的一切，但最终到得罗马的人却寥寥无几。

想去罗马的人依然很多，这个地方是一个驿站，坐落在这个荒野里惟一的一家客店，每天打烊的时间大约只有两个小时，因为来这里投宿的人太多了，骆驿不绝，直到凌晨，依然有四面八方来的人从茫茫的黑夜中投奔而来。

驿站的老板胖，一双小小的眼睛深嵌在胖而圆的脸上，戴顶毡帽，有时会低下头让他的眼光藏身于毡帽的阴影里，那是他不愿面对你和他所说的话题了。这老板姓方，见人总是哈脸一笑，在灯光下，那笑就显得温情而恒久了，于这些风餐露宿，顶风冒雪来这里投宿的人真是如春天般的温暖了。

方老板站在柜台里，头上一盏昏黄的灯照着，他打量着大厅里坐着的几个人，这几个人都是前两天投宿的，遇到天气骤变，也不能动身，只有坐在一起各聊各心目中的罗马城。方老板见过的人太多了，听过的故事更是数不胜数，其实他完全可以不开这个店了，这个店简直是太辛苦了，可是方老板放不下，他赚的钱已经可以让他富足地过完下半生，但他二三十年都开着这家店，看来来往往的人，有些人甚至都已成了他的朋友，他每过几年便可以看到某个朋友又来到这店里，那么他就知道了，是这个朋友又要去罗马了。

这里是去罗马的必经之地，是去罗马城中陆之地的最后一站，是险途的开端。出了这个客店，每条都是去罗马的路，任你而选。总之，你是要去罗马，怎样去罗马，路有无数条，到底如何去罗马，至今无定论。最终，这里也成了所有去罗马的人讨论如何去罗马的一个聚会的地方。

方老板看到无数的人从这里走出去，像水滴溶入海洋一样奔赴到朝拜罗马的海洋里，有的回来了，有的再也没见过，更甚者死在了去罗马的途中，被抬了回来，方老板便与人将其葬在客店不远处的杨树林里。那片杨树林原本是一个小小的树林，只有寥落的几棵小杨树，在客店一里多的地方，在林间错落地嵌着一些坟茔，后来树林慢慢地变大了，因为隔一年就会抬回一个人来，那里葬的都是死在去罗马路上的人。方老板实在是好人，被葬在那里的人，方老板都会送他们一块石头的碑，石碑上刻着一个人们想象出的罗马城的图案，下面是这个人的姓名，以备亲人来认其尸骨。

这个店的存在已经成了方老板生命中必不可少的一个部分，他觉得他必须在这里开着这个店，这个店就像一个标志物一样，是这荒野的一个坐标。只要这个店还在这里，从黑夜中而来的人便会心里感到温暖，心灵便可稍做休息。是呢，夜，多么漫长啊。

2

天下了雪，零星的小雪预示着接下来的一段时间会有一段严寒天气。方老板倚在柜台上想，今天夜晚投宿的人肯定不少，这个方老板有经验，往往在这样的天气里，已选择去罗马的人会日夜兼程，如果不是条件特别恶劣宁可在外露宿一晚，不会转回来再回到客店里，而要去罗马的人更是一定要住进来，这样的夜晚于叫“中转”的这个客店来说是忙碌的。

不一会儿，客店的门就被推开了，一个穿皮袄的大汉进来了，他一走进来便带着一股冷风而入，还夹杂着飞雪。大厅的火塘里燃着熊熊的火，这个汉子一看先冲火塘去了，他摘下帽子，脱掉手套，将一双大手伸到火塘里去烤火，这大汉留着稍长的发，还有一脸络腮胡子，胡子上沾满了雪粒，在火光的照耀下，一会儿便慢慢化成了水珠。“真冷啊……”大汉叫道。方老板笑了笑说：“冷的天气还没来呢，过两天再看，雪一冻，十八里涧要是再过来寒流就更冷了。”接着方老板在柜台里倒了一杯叫“烧刀”的酒，这是客店里几十年来自酿的白酒，性烈而火暴，祛寒活血，他将这杯酒放在柜台上，大汉看了，立刻走过去，端起来一仰头便倒进了口里。然后冲老板说：“记我账上吧。”方老板摘掉毡帽，那是已经微秃的头顶，方老板摸摸头说：“本店的规矩，第一杯都免费赠送，第二杯再记账。”大汉哈哈笑道：“老板好人。”

大汉脱了皮袄，坐到桌旁，对客店的伙计叫道：“有没有热汤面啊，给我来一碗，加多的牛肉。”伙计听了，便去煮面了，牛肉面，也是这客店的客人来必吃的。大汉又要了杯烧刀，慢慢喝着，这时大约才感到暖和了一点，他问老板：“今天生意可好？”老板说：“我这店，一年四季都这样，只大约春季稍微差一点。”“为何春季稍微差一点？”大汉又问。方老板又笑了：“我看你是第一次去罗马吧，你不知道，这个地方是去罗马的最后一站，是险途的开始，而独我们这个地方，一年除了春天都严寒，可春天只有短暂的大约一个月，这个时候，很多人可以在外露宿，便也不来我这里投宿了啊。”大汉想了想，叹道：“没事的，我想罗马我一定可以找到的，我这次来就是专为了去罗马的。”方老板又露出了他世故的招牌式笑容，他想，来我这客店的人，哪一个不是专为了去罗马呢？但三四十年了我只见到一两个去罗马的人，去罗马哪是这么容易的事情呢？大汉仿佛很有信心，这时，他的牛肉面上来了，大汉将桌上的半杯酒一下倒入口中，长长吁了一口气，然后开始吃他的牛肉面。牛肉汤上一层油光，大汉大口大口把面吸入口中，吃得非常酣畅快活。

方老板刚刚走回柜台，门又被推开了，一进就是四五个人，这些人一进来便拥到火塘边上去，只有一个少年，站在门边打量着店里，这少年瘦，且白，穿一件烟灰色的皮褛，帽子盖着头，只露出一双眼睛。他掀掉帽子，好英俊的少年呵，方老板叹到，不知是从什么地方来的。方老板照例倒一杯烧刀放在柜台上，他冲少年指指酒杯，少年看到了，却摇头，轻轻地说：“谢谢，我不喝酒。”方老板笑了，哪有去罗马的人不喝酒的，看来还是第一次去。

四五个人烤完了火，纷纷跑到柜台这里来，端起方老板倒好的一溜五杯酒，灌了下去。灌下这杯烧刀，这几个人脸上才有了血气。其中有一个女人，眉心文着一个麦穗样的图案，从他们的谈话里方老板听出来，他们是从十八里涧过来的，从这个方向过来确实一路上很冷，再过一段时间，十八里涧一路过来将会是冰层铺就的路。伙计去下面了，今天方老板专门让后厨炖了两个羊，大锅的羊汤在后厨沸腾着，只等后半夜更多的客人来喝了去寒。

那四五人坐下等面，少年此时才走到火塘边去烤火，他先脱掉灰色的皮褛，搭在身上，然后伸出细长的手去烤火，方老板看出来了，这少年毕竟出自一家境富足的家庭。少年与大汉坐到一张桌上，这时，大汉已经吃完了面，拿了一张不知从哪里弄来的地图在细细地看，他的手指很粗大，指着地图上一个个小小的点，他的指头一放上去便将那个地名给盖住了，然后他连忙要将灯端过来查看在他手指下的那个小小的地名。少年从眼角看了看那个地图，百无聊赖地开始用手搓一个东西，那是一只玉蛙，看到这个，方老板更证实了自己对这个少年的猜想。

这人是什么时候进来的，方老板没留神，个子不高，肩胛骨有点缩着，略微圆润的身形，身上背着一个大大的布袋子，已经进店里来了，仍旧背着那个袋子舍不得放下。这人也戴个毡帽，看见方老板在看他，立刻报之一笑，抬手揉揉鼻子。看到方老板指柜台上的那杯烧刀，他呵呵笑着像躲一条蛇一样绕过那杯烧刀，然后将那个硕大的布袋子放到一个桌旁，径直来到火塘边哈着气，搓着手，烤火。

那边四五个人已经开始吃面了，背布袋子的人悄悄地坐到一张桌子上，小心地看别人桌上的菜肴与饭食，最后向伙计指了指羊肉汤，伙计应声到厨房去给他端汤去了。接着，他从布袋子里拿出两张面馕来，一块一块撕着吃。

少年这时也已吃完了饭，在看大汉看的那张地图，方老板又笑了，去罗马的地图多了，每一年都能绘出无数的地图来，这些地图五彩斑斓，稀奇古怪，每一张都不一样，每一张上面的路都错综复杂，流传于世面上的去罗马的地图有几十个版本，可没有一个能考证出来是真正去过罗马的人绘制出来的，这些罗马指南对方老板来说就像小孩子玩的认图识字卡片一样幼稚，可能还没有认图识字卡片真实呢。

后来，方老板管这个人叫牧师，他确实是一个牧师，他穿着黑色的长袍，外面披着一件非常大的斗篷，头被一个长长的围巾包着，身材颀长，且瘦。牧师不知为什么没有戴手套，一进来，便摇摇晃晃地倒向柜台，瘦骨伶仃的手指在柜台上哆哆嗦嗦地敲打着，冻得话都说不清楚：“酒、酒、酒……”看来牧师一定在途中听说过中转客站，所以一进来就索酒喝。方老板找了一只大杯子专门给牧师倒了满满一杯，然后用下巴指了指火塘，示意牧师先去火塘边烤烤火，牧师仿佛现在才发现了火塘，一路横着就过去了，走路都快顺拐了，方老板看出来了，这牧师是给冻坏了，真搞不清楚，一个牧师也要去罗马，为的是什么？

大厅里已经坐满了人，先入住的客人也有很多下来吃夜宵，甚至还有拖家带口的，一个小孩围着桌子团团转，追一只坏掉一个眼睛的小黑狗，那是一个死在罗马途中的人留下来的，方老板收养了这只坏掉了一个眼睛的小黑狗。

牧师在火塘边终于缓过了劲儿，放松下来的身体不像刚刚进店时那样高得耸人了，终于将收起的肩膀放下来，神色也平和了，有了一个牧师安详的神情。牧师把围巾解开来，露出一头仿佛被俗世惊着了的乱糟糟的短发，牧师的眼神清亮，且满带了柔情，坚定的柔情。方老板许久不在这店里见到有如此眼神的人了，牧师走到柜台边，端起那杯烧刀慢慢地抿，胸前的十字架应着灯闪着冷冷的光，方老板调侃道："您还喝酒？"牧师不吭声，仿佛早已品尝到酒的美妙，缓缓抿着说："仁慈的上帝会原谅我的。"

大多数人都祛了寒气，这时店里的讨论才刚刚拉开帷幕，这时就不光是喝烧刀了，有人从怀里掏出一个小酒壶来，一口一口喝着，也有些人开始在伙计那里买这里的一种葡萄酒。伙计给火塘里大力加了一些柴火，火苗更起劲地舞动起来。吃饱喝足了，人们开始众说纷纭，有的人在回忆故乡的平安快乐，有些人则聚在一起研究那些藏宝图一样的地图，有一个人站在窗下向墙上的靶盘扔飞刀，真的很准，只是姿势有点恶狠狠。

这时只听那个大汉叫道："啊，这个地方我不是走过的吗，应该在路上的啊，怎么标在客店以北啊？"方老板又笑，这有什么奇怪的，这种地图难道要被考证过吗，街边几块钱的玩意儿，就想去罗马了？那个少年凑过头去看大汉的地图，露出狐疑的神情来，想来这少年定是见识过不少书籍典故，一眼便瞧出这种地图的拙劣来了。

楼梯响着呱嗒呱嗒的声音，艺术家下来了，方老板给这人起了艺术家的绰号，因为这人确实是个画画的，但还没有成为"家"，却有了“家”的气势。他穿一件奇怪的兽皮拼起来的衣服，衣服上还缀了几个铁环，一张蛇皮一样花纹的布被他绑在额头，艺术家不是今晚住进来的，艺术家早已经住到店里了，这几天也在观望，等待着启程去往罗马。

艺术家是下来补房费的，到柜台前给方老板结了房费后，看了看大厅里烟火缭绕的景象，又径直上楼去了。

外面传来阵阵风声，隐隐呼号着，夜已经很深了，从窗户往外看，一粒星也看不见，方老板感到很可能明天是风雪天，比今天还要大。有人高声问方老板：“那个去了罗马的人你见过没有啊？什么时候给大家叫来传授一下经验啊……”方老板叹道：“哎呀，三十年前的事情了，那人回来就哑了，什么也说不了了……”“那你怎么知道他去了罗马呢，他什么都说不了了，他怎么向你形容他看到的罗马呢？什么能证明？”方老板沉默了，他不知说什么，但他知道，他确实相信那人去了罗马，从他的眼睛里，从他的神情里。

3

少年冷树是从喀图来到中转客站的，喀图距这里非常遥远，这一晚冷树在客店的床上睁着眼，他想，人人都说去得罗马的人便得到了永久的幸福，真的到得了罗马就可以得到永久的幸福了吗？罗马如此万能而神秘？

冷树在家里时，上面有两个姐姐，这两个姐姐都很疼他，但他却从来不感到快乐，母亲早逝，在生他时便已离开人间，父亲过于严厉，自小两个姐姐便伴他长大，他自小聪慧过人，家里请的教师，从来被他冷静而刁钻的问题问倒，他一天天地长大，却总是感到不快乐，总是对家以外的地方充满了向往，他总觉得在远方有一个地方在召唤着他，后来他知道了，那是罗马的引力，是罗马在召唤着他。虽然世人都知罗马是永生的福地，但到罗马也是艰难无比的，他没有听从家人的劝告，离开了家乡，踏上了去往罗马的路途。

只有冷树知道，当他一个人深夜走在路上，树上偶尔落着一只黑色的大鸟，他总觉得像是恶兆，是让他不能去罗马的恶兆。他努力做到不去看那些黑色的大鸟，这些黑色的大鸟到底为什么总是跟着他，仿佛幽灵一样一路跟着他从喀图到了这里，这是为什么呢？现在他睡在床上了，从窗户望去还有一只黑色的大鸟停在窗外的树枝上，北风呼号着，有点点星星的小雪在飞，那硕大的黑鸟闭着眼如同雕塑一样蹲在树上，像是与树长在了一起。

冷树翻了个身，这个客店有点冷，不过也难怪，这里已到了中陆之地的边缘，出了这个客店便是险途的开端，严寒与冰冻长年笼罩此地。冷树将自己的烟灰色皮褛拉一拉上来盖在被子上，这狐皮的长褛是从喀图出发时大姐送给他的，是喀图一种少有的叫做烟狐的狐狸皮所制而成，烟狐是狐中的灵秀，喀图的猎人几年才捕得到一只烟狐，它们只出没于雪山之巅，又灵巧诡异，难于捕获，用它们的皮所做的衣服更是世间少有的珍品，这件衣服是大姐出嫁时，冷家给大姐的一件嫁妆。这皮褛真的是极暖的，又轻，一路碰到客店里另外几个人，与他们一路而过，走过十八里涧，他也并未感到冷，而那几个人早已冻得元气大伤，嘴唇乌紫，后来，他才发现并不是天气不冷，真是因了他有这件宝贝的烟狐皮褛。

去罗马城对冷树来说只是一个模糊的概念，他听到所有人都说过要去罗马必先要到叫“中转”的客栈，于是便一路打听着来了，可现在他就睡在“中转”客栈里，他却不知该往哪里去了，傍晚时坐在他旁边的那个大汉看的那种地图，他瞄了一眼，觉得简直是可笑，自幼家里书房到处是书籍典故，他一看便可看到那种地图的荒唐，给他几天时间，随处书上扒拉扒拉，他也能画出来。可那大汉并不在意冷树的看法，只是稍稍迟疑，便又兴致勃勃摇头晃脑地投入到那地图古怪而浮浅的索引里去了。

冷树用手搓一只玉蛙，那是自小便跟着他的，三岁时便是他的玩物，现已被他摸得通体透亮，润泽无比，如同有了灵性，很多时候，这只玉蛙也可以让冷树感到心里的平静，这次去罗马他也带着它，常常在走夜路时，一个人在漆黑而看不到头的山间行走时，他便用手悄悄地在口袋里搓着那个玉蛙，可让他胆怯的心稍有平和并缓慢向前。

风从窗户的缝隙里嗖嗖地钻进来，窗外树枝上蹲的那只黑鸟，终于耐不住这严寒，扑扇了两下翅膀，飞了。冷树看着，心里舒服了一点，终于可以不再看到这些黑鸟的影子了，不用感到睡着了窗外还有个阴影在窥视着自己了。冷树翻了翻身，用烟狐皮褛盖住了头，睡着了。

当清冷的光射进房子时，已是第二天的清晨，向窗外望去，发现那只大黑鸟又回来了，依旧蹲在窗外的树枝上，他笑了笑，心想，不知这大黑鸟是去哪里过的夜，倒是非常准时地叫早来了。冷树起床，梳洗完毕，然后向楼下走去，这客店共三层，一层大约几十间客房，冷树便住在最高的一层，走到楼道尽头有个小小的楼梯，转上去，便可到得三楼楼顶。此时大多数人还未醒来。木头的楼道里响着冷树小心翼翼的脚步声，下了楼来，冷树便看到方老板早已在柜台里清点账目了，这方老板真是的，不知一天能睡几个小时，感觉他是不需要休息似的。方老板微微笑着看冷树，问："昨晚睡得怎样？"冷树答道："还好，还好，只是稍稍有点冷。"方老板又笑了，他想，这少年还没经过中转客站最冷的时候，便觉得冷，到了最冷的时候，可不知他要怎样过呢，看来还是在家娇养惯了的。方老板说："那给你房里放个火盆进去吧。"冷树听了，微微摇了摇头，道："大约最冷的时候还没有到来吧，现在放了火盆，反而不好。"方老板一听，会心点了点头，便不去管他了。

此时，大厅里只有三两个人，浓稠的奶茶，五香的面茶，白水煮蛋，黄油，还有粗面面饼，发糕都是这店里早餐所供应的。冷树坐下叫一碗奶茶，一只白水煮蛋，奶茶里有非常浓重的油脂味，想来真是这地方太冷了，总是要补充各种热量。发糕还好，冷树吃得惯，有点近似于面包，有淡淡的甜馨味，并不腻，且有粮食最初的纯厚之香。冷树慢慢喝着，手一小块一小块撕着那发糕，放进嘴里咀嚼。这时冷树突然感到脚下软软热热乎乎，低头一看却发现是那只坏掉了一只眼睛的小黑狗，在他脚下拱呀拱呀的，冷树心里立刻柔曼成一片，小黑狗在他烟狐的皮裢上蹭啊蹭的，想来它也是喜欢这衣服柔软温暖。冷树用手指摸摸小狗，撕一小块发糕给它，小狗咬住，吧嗒吧嗒吃起来。

看看外面的天，还是有点阴沉，像是随时要有暴风雪过来似的，方老板在柜台里看着窗外，叹道："等两天吧，还是再等两天吧……这天出去了，回都回不来了。"冷树点点头，指了指小黑狗说："我带它出去遛遛？……"方老板笑了，从柜台里扔出一根拴它的绳子，点了点头。

出了中转客店的门，远处是看不到边的连绵灰色的山脉，另一边则是一片汪洋般浓绿的水，再一边则是墨绿到黑的森林。这里真是一个奇怪的地方呵，冷树想。冷树用绳子牵着小黑狗，沿客店门前一条路向前走，不远处便可看到那片杨树林，小黑狗看来并不常出来，还不太能适应客店外这凛冽而强大的冷空气，呛得它直打了几个喷嚏，然后一路跌跌撞撞地跟着冷树。

这客店外荒芜一片，丝毫没有一点生机，真是到了中陆之地的边缘了，路上尽是石灰石的石块，还有火山灰，在这样的环境下，那一小片杨树林简直可以称得上是风景了。杨树的叶子此时已落光了，大约在这个地方也只有春天时这些杨树才会有葱绿的一瞬吧，这些杨树仿佛也适应了此地严酷的环境，不能长叶子，便使劲地抽条，看起来这些树也比其他地方的树长得要遒劲和厚实。

冷树拉着小黑狗在树林里转，这个树林里到处都是坟茔，有些是石头的碑，有些是木头的碑，每个碑上都有一个椭圆形的图案，像个罗盘似的，冷树知道了，那大约就是罗马，人们用来代表罗马的标志。有一两个坟茔像是刚刚才有的，被翻新出的泥土还有着新鲜的颜色。冷树奇怪，大部分的墓碑上都有名字，可有几个却光秃秃的什么也没有，他用手摸一摸，真的是没有，一片空白，只有一个罗马的标志在上面。他纳闷了……蹲下去看。

“那些是没有名字的人，没在中转客站住过的人，死在去罗马的途中的……”这个声音传来时，冷树回过身去望，却看到一个女孩子。这女孩子有一头茂密的棕色头发，有些自来卷，仿佛无数菊花攒在一起，是那种长长花瓣的波斯菊，她皮肤白皙，薄唇，眼眸晶亮，有点点傲慢，却是一种单纯而清冷的傲慢，这傲慢并不冲人而去，仿若天生便自顾自傲慢着，反倒有了一种清冷的可爱。她身穿一件棕色皮袍，一件赭红大围巾，胸前挂一个象牙所雕的兰花，她手里拿着一把刻刀，在吹刻刀上的木屑，想来那些墓碑上的罗马标志都是她刻上去的。

冷树知道了，这个女孩是方老板的女儿，叫方芳的女孩儿和冷树一起在树林里散步，后面跟着瞎了一只眼睛的小黑狗。方芳告诉冷树好几个坟墓里埋着的人的故事，她曾亲眼看着这些人被人从去往罗马的途中抬回来，亲眼看着他们下葬。冷树沉默而缓缓地跟着她，听她讲那些过往，突然他听到她哎呀——一声叫，蝴蝶一样扑过去到一棵树下，蹲在那里不再起来，冷树看到了，原来，那树下开了一朵可怜巴巴的小小的紫花，只有他的大拇指指甲盖那么大，瑟瑟地在冷风中抖着，他笑了。方芳看着那朵小小的花，眼里放出光彩，看来是许久没有见过花了，在中转客站这个严寒又荒芜的地方，这个季节能看到花确实是不易的。方芳跪在地上看那朵小小的紫花，仿佛不知该把它怎么办了，从左边看，再从右边看，都不知怎么办。不摘它，过两天也是给冻死了，摘了它，又觉不好，真是为难……

冷树说：“还是把它摘下来带回去吧，总归，摘了带回去，它的美你还可以欣赏，在这个地方只能让寒冷销蚀了它。”方芳回过头，看一眼冷树，点了点头，她小心翼翼地将那朵小紫花摘下来，放在手心里。然后捧过来给冷树看，冷树看了看，心想，这样的花，在喀图的春天不知道会有多少，满山遍野都是。

杨树林不一会儿就转完了，方芳说，父亲总是说，这个树林会不断扩大的，而她也要一直得往这些墓碑上去刻上罗马的图案。冷树站在一旁听着，他突然想，这个女孩子这么奇怪，总是愿意和死人待在一起。他问她：“你总是一个人来墓地，你不怕吗？这里埋的都是死人呢……”方芳转过头来，那种清冷的表情又出来了，她看一眼冷树道：“有什么好怕的？父亲说死人是这世界上极温柔的人呢……没有欲念，也没有戾气。”冷树听了，愣了愣神，再去看时，方芳已经捧着那朵小花走远了，小黑狗不知何时也从他的手里挣脱了绳索，一路跌跌撞撞地跟着方芳回客站去了。

4

傍晚的时候，果不出方老板的意料，天开始飞起了大雪，牡丹雪，雪花大如牡丹，这里的人们便管这雪叫牡丹雪。

不停有人来中转客站投宿，烧刀酒一杯又一杯摆上前台的桌面，火塘里的火熊熊地燃着，一拨又一拨的人凑到火塘前烤火。人们脚上带进来的雪水将火塘旁的地板弄得潮湿一片，又有从十八里涧过来的人，裤子上全是雪，方老板看着想，过不了多久，十八里涧便会成为冰川。

此时，方芳正在柜台里翻看这两天的账目，方老板很为自己这女儿得意，他四十岁得此女，后母亲病故，这女儿乃他掌上明珠。且她冷清贤淑，细心温柔，通晓情理，一般女孩完全比不得，他这店里的账目从来是女儿帮他核实对查，如若稍有露洞便要留个小纸条在账本上向他提意。方芳在那盏昏黄的灯下，脸部曲线显出一种精巧的力度来，精致而又柔和，头发因了灯光的照射，显出一种薄黄色来，像朵氤氲的薄云一样，使过往之人不免侧目。

大厅里坐满了人，牛肉面的浓香飘满了整个客店，烧刀被一坛一坛从客站的库房里搬出来，昨天入住的那个大汉已要了两斤烧刀，在那里海喝开了，一边喝酒，一边照旧拿着他那可笑的地图在翻看。

他一只手紧攥着酒杯，一只手在地图上指指点点地道：“从这个地方往前，再往西过了黑风峪，大概就是往罗马去的正途了……”然后他抬起头看一看窗外，叫道：“这雪什么时候会停啊，停了好动身啊……真是烦人！……”接着捏一片牛肉放进嘴里，大力嚼起来。旁边还有那几个一路从十八里涧过来的人也在讨论如何去罗马，他们手上也有好几张地图，这地图都是黄的，想来不知在多少个人手里揉搓过，他们神秘而小心地偷偷观察着周围，仿佛他们这地图是惟一可以去罗马的最正确的地图，这四五个人凑在一起小声议论着，不时听到有人反驳，也不时听到有人赞同，忽地又听到有人猛一拍桌子，引得旁人观瞻，于是马上左右看看，收敛一下自己的行为举止。大汉坐在他们旁边的桌子上，侧目不屑地瞧瞧这几个人，然后再用心地去看自己手里的地图……

很奇怪，今天艺术家下来了，平时，艺术家都不会来上大厅里坐的，都是叫一碗牛肉面或者叫几片发糕到自己房里去的。今天艺术家却下来了，坐在靠窗一个桌子上，慢慢啜一瓶葡萄酒，喝着喝着就有点脸色红润起来了，旁边一个人依旧在那里向墙上掷飞刀，依旧是恶狠狠地，但却掷得很准。每掷中一下，便嘭——地响一声，惊得艺术家身子一顿一顿的，没过多久，艺术家便露出嫌恶的表情来，拎起自己那瓶酒，换了张桌，那个人直接倒退一步，站在了艺术家刚刚坐过的地方开始掷，并露出一丝诡异的笑。

艺术家仿佛早已确定了自己如何去罗马了，脸上是清高且心里有数的表情，今天他没有戴他那蛇皮一样的头巾，便露出一头蓬乱的发，艺术家看着周围的人，高深莫测地品着他的葡萄酒，看来也是只等天气变好，出发去往罗马。

冷树蹲在拐角和那个小黑狗玩，不知从哪里搞来一只绿色的球，扔给小黑狗，看小黑狗叼住，再吐出来，再围着那小球打转转，烟狐的皮褛被他放在一张椅子上，不时引得一个人定睛去看，那个定睛去看的人便是那个背着布袋子的人，方老板后来看了这个人登记的名字，原来这人叫简三，搞不清为什么名三。方老板只见这人的眼光蛇一样转弯，不一会儿便溜到那皮褛上去了，于是方老板也定睛去看了一下那烟狐的皮褛，发现那真是一件上好的衣服了。看来，这简三实在是个识货的人，方老板打从冷树一入店，也从未注意过这件皮褛，现在细看去，发现这极好的东西真的是极低调呢，细看去这才发现这皮褛闪烁着低沉而雍容的华贵之光，但奇怪的是，你不仔细看，它这华贵之光便化在了这市井人海之中，只有你用心去看了，它才发出熠熠的光芒，是极内敛极低调的光，仿佛它倒成了那烟熏火缭之市井的一个主角。

叫简三的人，今天也叫了一碗牛肉面，鼻尖闪着光，油亮的光，一边快速吸食着面，他仍旧随身带着他的大布袋子，看来里面都是一些极贵重的东西吧。

有人在喝烧刀，还有人在抽烟，火塘边仍旧人满为患，窗外北风呼号起来，牡丹雪渐渐随骤起的北风裹成团状翻滚，大家看着这天气，心下暗暗叹气，不知什么时候才能动身去往罗马。

方老板打眼一瞧，发现并不见牧师，他有点奇怪，不知牧师这会儿在哪里，为什么不下来吃饭，方老板稍稍有点担心。于是催促一个伙计去牧师的房子里看一看，伙计上楼去了，这时方老板倒一杯烧刀放在柜台上冲冷树道："小伙子，来，喝一杯吧，去罗马可一定要学会喝酒，我还没见过去罗马的人不喝酒的呢……这对你有好处的。"冷树看着，迟疑了一下，稍稍思索，于是端过这杯烧刀，轻微地抿了一口，顿时，一股浓烈的热辣直冲心房而去，猛烈攻击他的身体，半个舌头都麻木了，冷树咧了咧嘴，稍稍打个抖。方老板笑了，叹道："你以后就知道这酒的好处了。"过一会儿，心脏的猛烈跳动之后，冷树才缓缓感到一股暖热渐渐从胃部向外扩散，席卷身体每一个部位，起初仿佛稍带点微痛，接着便渐渐感到一种舒服，这烧刀果真是心地纯厚老实之人所造之酒，粗糙而真实。

伙计下来回话，那个牧师果然是病了，正躺在床上。方老板于是让伙计到厨房熬一碗姜汤，再热一杯牛奶和两片发糕来。方老板向楼上走去，一扭头却看到冷树也跟了来，问："你来干什么？"冷树道："家里老师授课同时，有时也教一点医脉之道，看看能否帮得到你……"

到了牧师的房间，看到牧师的斗篷扔在椅子上，黑色的袍掉在地上，牧师和衣而眠那一头仿若被俗世惊着的头发此时露在被子外面，然后露出一双眼睛，其余全蒙在被子里面。牧师面色清白，方老板伸手触触牧师额头的确是滚烫，想来，这牧师是昨天被冻着了。

看到方老板和冷树进来，牧师哆哆嗦嗦用手指惟一空着的一把椅子，示意方老板坐，又伸手指指床尾，示意冷树坐到床尾，方老板叹口气道："您啊，还是先看看你的身体吧……何苦呢？您这是为了什么呢？"

牧师不吭声了，这时伙计端着姜汤来了，滚烫的姜汤，方老板给牧师喝，热热喝下去，发一身汗，明天大约就好一些，牧师坐起来，乖乖将那一碗姜汤一边吹着气一边喝下去。这时，冷树和方老板才发现牧师真是好奇怪，除了面色清白，脖子、胸、手都是通红的，想来烧得厉害。

冷树把了牧师的脉，并无大碍，脉象猛沉猛起，想来还是昨天冻着了，再加上昨晚受了风寒。喝下那碗姜汤，方老板又将那杯牛乳和两片发糕递给牧师，道："饭总是要吃的……"牧师非常感动，他是许久都不曾喝过牛奶了，可不，这牛奶方老板也不常喝呢，这地方的牛奶都是从很远的赤风镇运回来的，夹在冰块里，方老板也不过一星期喝上一两杯。

牧师喝一口牛奶，这牛奶极浓稠，立刻他嘴上有了一层淡白的痕，他一天未吃东西了，一片发糕被他在嘴里嚼了半天，怎么也咽不下去，再对一口牛奶，才勉强将那发糕冲下胃去。牧师歉意地说："真是不好意思，这些都记到我账上吧……"方老板笑笑问他："您这是何苦呢？别人我倒也不问，您去罗马干什么呢？"牧师听到这个问题，并不作声，眼神从窗户望出去，望向远方。方老板沉默了。

起身出房，方老板随后让伙计拿来冰毛巾给牧师敷额，以期快点降温，如若不然，没有让别人信上帝呢，这牧师自己得先去见上帝了。

冷树在一旁看，并不言语，此时，他对罗马更加向往了，他不知罗马这个地方有多么神秘，竟然能解决一切人们所想要解决的问题，那里真是一个至上的光明之地吗?

随方老板到得楼下，冷树却发现那大汉与十八里涧一起过来的几个人已经打得火热了，相互坐到了一起，一起在看那些乱七八糟的地图，争论得热火朝天。

夜深时，雪依然下得猛烈，方老板让伙计在客店顶上另一个方向再挂上一盏灯，以期在雪夜里被失去辨别方向的人们看到。

5

雪下了两天，今天终于停了，天却并未放晴，看不到太阳，天色阴沉，气温却是急速下降。清晨早起，伙计刚刚给客人冲一杯滚烫的奶茶，不一会儿，那奶茶上面便凝一层油，喝时，粘在人的嘴唇上，黏糊糊的。

客店外房檐下结了一排晶莹剔透的冰溜，一排排过去，非常坚硬而挺直，足有半米多长，火塘边放了大堆的柴火与木炭，火盆全被拿出来了，分发到每个房间里去，如若不然，夜晚是让人受不了的。

牧师的病情已经好转，坐在那里，手中摸着十字架，祈祷。牧师执意到柜台那里结算了自己病中所需，方老板从容笑纳。完后，牧师再要一杯烧刀来，倚在柜台边喝。方老板道："这一大清早，您就上这个，再说病刚好，还是别喝了吧，您趁热喝碗面茶。"牧师轻轻摇摇头，慢慢吮着烧刀问方老板："这天什么时候能好转啊?"方老板一听，眉头紧了一紧，说："不要着急，总要再等个三五天，等太阳出来，冰层解冻才好行路，若不然，怕是路上丢了性命呢。"牧师道："说得是，要是现在是春天该好多啊。"方老板又说："想来您是不知道，这地方的春天也是不确定的，说来就来了，说走就走了，毫无章法，大约一年就在那一两个月，但具体什么时候都说不来，要看寒流走的时候而定。”牧师听了，直摇头，这中转之地还真与别的地方不同啊，想着想着，莫名的也为去往罗马感到有点渺茫。

不一会儿，店里又有客人推门进来，方老板转身柜台里打酒，一杯杯的烧刀递出去，一个个的人身上有了热乎劲儿，店里那只小黑狗从这个拐角转到那个拐角，依次闻遍了所有人的味道，终于累了，躺倒在火塘边。

四天后，天终于放晴了，最先感受到这喜悦情绪的是坏了一只眼睛的小黑狗，当那几缕明媚的阳光透过窗户照进来时，小黑狗兴奋地在大厅里撒着欢，从这边跑到那边，传递这让人兴奋的消息。在这中转客站里待了有一个来星期，大家都很烦闷，现在终于喜笑颜开，开始整理行李准备启程。太阳在云层里露出半个脸来，似笑非笑地看着，房檐下的冰溜也开始滴滴答答地消融。

方老板对这样的天气并不持乐观态度，他对店里的客人说道：“再等等吧，大家再等等吧，等这冰雪化尽再走……”但是大家早已被这晴朗天气挑起了去往罗马的躁心，谁也不能按捺自己那去往罗马的博大欲念。

首先收拾好行李的便是那大汉，那大汉看着太阳，喜上眉梢，连嘴角都跃动着笑意。他背着自己简单的行李早早来到柜台结账，方老板说：“再等两天吧，如果寒流返扑，你不等到黑风峪，就可能被冻在路上呵！”大汉一笑，道：“没事儿，再等黄花菜都凉了，我等不了了，再说了，去罗马的人多了，又不是我一个人。”

接着从十八里涧过来的那四五个人也下来结账了，大汉一看他们，打声招呼，在这一个多星期的交往里，他们已经结成了良好的盟友，并研究出了一套去往罗马的路线，打算一起上路。

这四五个人中，那个额头上文着一个麦穗图案的女人最是沉默，这时却有点担忧地对别人说：“我们是不是再等两天启程，我也看着天气刚刚放晴，怕是有点不保险呢……”话没说完便被一个脸色清黄的男子打断了：“不要紧，再等下去，要是再下雪，我们还不去了不成？总要去的……早去晚去都是个冷，不如现在就动身吧……”说着他不耐烦地拍了拍行李上的尘土。那个女人不吭声了，也开始归整行李。他们都穿着厚厚的皮袍，袍子外系一根兽皮编的腰带，脚下蹬大皮窝，看起来倒是暖和安全。

一打开门，一股凛冽的冷风吹了进来，吹得大家都顿了一下，稍稍清醒了一瞬间，接着便毫不犹豫地踏出了门。大汉最后走出门，他转过头向方老板哈脸一笑：“方老板，再给我留着几坛烧刀，等我回来和你喝哦！”方老板点头，说：“如果遇到寒流和暴风，就赶紧往回返，顺着路边有火山灰的地方往回走，方向便是对的。”

这一天，方老板再没有多说话，只是在暗暗观察这天气，时而有房檐上的冰溜掉下来，咔嚓一声，惊得他稍一分神。相继有人下来结账，大家都已经等不及了，罗马像个魔咒一样吸引着这些人的魂魄，人们三三两两走出中转客站。

艺术家也下来了，照旧系上了他那蛇皮的头巾，艺术家打算一个人行路，这让方老板有点吃惊，为他孤高的方式，方老板一边给他结账一边问他：“您不找个伴儿一起走？”艺术家略微想了一想道：“我早都想好了要去罗马的路线了，我都研究了好几个月了。况且没有人和我想得一样，我也不想别人影响我，我不能按别人的方式来，一定要按我自己的方式来。”这个方老板相信，艺术家是从麦城来的，麦城离这中转客站相对于别的地方稍稍近一些，但就是这样，他启程也走了一个多月。艺术家早早便住进了中转客店，想来他对如何去往罗马已是胸有成竹。

小黑狗看到艺术家怪异的造型，向着艺术家吠叫了两声，然后又退后到窗口下。艺术家瞧了瞧小黑狗，又露出他那副特立独行的姿态来，毅然上路了。方老板从窗户望出去，看到艺术家的背影，一跃一跃往前冲着，这艺术家想来是去罗马寻求一个成就艺术的真谛，也是迫不及待。

牧师缓缓走下楼梯，他的病已经完全好了，他看向方老板，并不说话，他问方老板：“现在动身是否合适？”方老板笑了笑道：“我的意见是再等两天吧，不过您自己看，这么多人已经上路了……”牧师摸着他的十字架，抬眼看云层里的太阳，道：“还是等两天吧，上帝说：‘我们走窄门，因为那里通向光明。’”然后便转身上楼去了。方老板会心一笑，他是一个无神论者，听不懂牧师的这些话，但他觉得牧师与别的人不一样，总有那么一些不一样的地方。

6

这一天还是到来了，当方老板听到这个决定时，心里划过一声脆响，多年来他一直避免发生的一幕，他想要躲过的一幕还是上演了，是疼痛还是惊恐亦或者震怒方老板已经分不清自己的感受了，他甚至笑了一下，无奈而颓然地笑了一下，他对自己说：到底还是来了。

方老板看着自己的女儿，这个已经长成大姑娘的女儿站在他的面前，百感交集又无能为力，她出落得这样美好。从她还是一个两三岁的小姑娘时，他就告诉她，罗马没有什么，真的没有什么，且每年埋葬在杨树林里的尸体也教育着她，更不要说有太多的人从中转客站出去后，再无音讯，就葬身于去往罗马的途中，罗马有什么好的？他从小就这样问方芳，两岁的方芳，抿一口牛奶，然后脆声脆气答：“没什么好的！”但方老板知道，再怎么样，他都不能向方芳解释为什么有这么多人依然从四面八方涌来，涌往罗马，如果没什么好的，为什么这么多人如此向往？他知道的，总有一天，她会这样问他，这个时刻会到来的。

现在，方芳就站在他的面前，她低着头，不敢望向父亲的眼，她坚信了二十年的父亲，二十年来，父亲一直对她百般呵护，灌输着他的理念，消解她对罗马的好奇，甚至在她整个成长过程中每天要强化他告诉她的道理，使她渐渐觉得，这便是她的生活，她惟一的存在方式。

时至今日，她突然好像身体发生了基因突变似的，她一直以为自己忘记了，以为自己和中转客站里的那些人完全不一样，可这时，她发现，一样的，只是那些想法一直藏身于她身体的某个角落里，一旦开启，便无法扼制，如生命原始而博大的本能。

方老板知道，这背后必定有一个人，有一个轻易就开启了她欲念的人，这个人如此轻易而简单地就粉碎了他二十年持久而精心在女儿心里营造的精神花园，这个人有这么大的号召力？他只问一句："谁？"

方芳低下了头，方老板看到他美丽的女儿，此时手指将腰带在指间绕啊绕啊，却久久不说话。这时，门外一个人影一闪，站在了方老板的面前，方老板一看，终于明白了，这个人是——冷树。冷树站在方老板面前，目光清冷，无恐惧亦无怯懦，仿佛他只等着方老板一切的责问，等着这一刻的到来。

一个星期，只有一个星期的时间，这个苍白而优雅的少年便将他二十年精心雕塑的女儿变了一个人。方老板又笑了，笑容里满是悲凉。他陡然跌坐在椅子上，抬了抬手，示意方芳出去，他想一个人待一会儿。

冷树走进来，略微有了歉意，但他紧紧拉了方芳的手，目光坚定地看向方老板，然后转身出了房间。方老板突然发现，看上去这少年真和自己的女儿是一对呢，只是这么站在一起，都那样协调，是的，女儿长大了……可，为什么非要去往罗马？出了这中转客站，一路稀奇古怪，幻景重重，种种诱惑与危险纷沓而至，至今，没有人能够真实地形容罗马这座城，这所谓的明亮中的福地，至上的光明之地。而现在她却要跟着这个只认识了一个星期的少年去往罗马，这可不是吉凶未卜？

这时恐惧感才迟迟到来，方老板仿佛要抓住最后一根稻草一样，恐惧的念头一跃而起，战胜了他所有的理智，他突然就站了起来，迅速从抽屉里拿出一把大锁，像所有暴怒的父亲一样走向女儿的房间，是的，这是他的至爱，他一生都在放开，但这是他最后的一点在意，他放不开，他怎能轻易舍弃这二十年的灌溉，怎能看着他美好的女儿吉凶未卜？

方老板将木楼梯踩得咚咚作响，走到女儿的房间门前，打开门看到女儿正在整理衣物，他想也没想，断然将门关上，将那把黑色的大锁哐啷一声套在门上，摁下锁扣。方芳完全反应不上来，父亲刚刚还平静而沉着，此时却如此暴怒，父亲一锁上门，方芳便扑过来，身体撞在门上，撞的门一响，微微震动。方老板向来温和，少有激动与暴躁之时，可现在他真的是完全不能控制自己了，方芳在里面，啪啪地拍门，接着号哭起来，引得客店别的房间的人不时探出头来看一看。此时方老板依然不能够平静，在门外看着那把张显着暴力的黑色大锁，呼呼喘着气。

接着方老板抬脚上了楼梯，走向三楼，他知道冷树住在哪一间房里，他一开始便看出这少年娇生惯养，怕他经不住这中转客站严冷气候，还专门给他开了一间向阳的房子，现在这个少年却要带走他的女儿？他推开冷树的房子，看到冷树也在迅速地收拾行李，他那样迅速，慌乱而紧张地收拾着，在某一瞬间他甚至不知该先收拾什么，略微地停顿一下，站在床边思索着，那背部的线条硬硬的，绝决而无情……这样的姿态，这样的背影，在这一瞬间完全激怒了方老板，他，他，他竟然以为可以这样轻易地带走他二十年的至爱，好像理所应当?！他算什么!!

这时，冷树仿佛察觉到身后有人，转过身来，方老板看着他，一字一顿地说：“你—休—想！”很奇怪，那少年听了这话，反而平静下来，他坐到床上，沉默了。方老板手里紧紧捏着那柄大黑锁的钥匙，转过身，他依然呼呼地喘着气，这时他却看到牧师，牧师站在楼道里，着他黑色的道袍，他看着方老板，久久看着，仿佛非常理解方老板一样。方老板走过去，突然莫名觉得委曲，牧师拍了拍方老板的肩。

天渐渐暗了下来，昏黄的灯下，坐着牧师和方老板，一壶烧刀摆在桌上，他们一杯一杯慢慢抿着，牧师看来早已知道一切，他有一两次看到冷树与方芳前往中转客站的那片杨树林里玩，从远处看，这真是般配的一对呢。牧师对方老板说："这一天总要到来的，你不能躲避，要来的总会来，要走的自然会走……"方老板沉默不语，手里依旧狠狠捏着那枚黑色的钥匙。牧师接着又说："我也不知如何劝你，我亦不懂中土人们的信仰，但我知道你们有一句话叫'放开你手中所有，自然面见光明……'是吗？""放开？我这一生都在放开，都在放弃……只有最后这一点不能了，没得可放的了，连这也要我这样放开掉吗？"方老板愤懑地低声说。牧师不去劝方老板了，他也想不到什么办法劝方老板，只有一杯一杯陪他喝酒。

这个夜晚，于多年的中转客站来说多么不平静，来投宿的客人方老板已无心接待，只留那伙计在柜台里周旋，忙得四脚朝天，一头是汗。

这个夜晚，于叫方芳的女孩来说亦是不平静的，当父亲将她锁在门里的那一瞬间，她还感到惶恐，如同刚刚打开的心房忽地又被紧闭起来，在那一瞬间，失去自由的感觉让她极度恐慌，在门里又哭又闹。但当漆黑的夜晚来临时，她平静下来，却是百感交集。

这么多年，她那样相信父亲，她两岁丧母，是父亲一手带大她，教她说话，教她礼仪，教她思考，让她一直以为，这中转客站便是她生活的全部。她也一直坚信着，那些去往罗马的人都是被蛊惑了心，当面对冷树的一个问题时，她突然发生疑惑了，这个清冷的少年在一瞬间里直击她的心房。

那天，雪后的杨树林寂寥而冷清，冷树跟在她的身后，突然问她："你往这些墓碑上刻了这么多的罗马图案，你不想知道罗马是什么样的吗？"她摇了摇头，道："不想知道。"冷树又问她："那你知道中转客站以外的世界是什么样的吗？"当冷树问到这个问题时，方芳沉默了。冷树又问她："方芳，你快乐吗，你知道人生的意义吗？"这时，方芳转过身来，她看到冷树看着她，眉目如星，方芳低下头，冷树伸手去拉住她的手，方芳突然感到心里翻出非常复杂的情绪来，有欢喜，有怀疑，亦有恐惧。她发现自己是有些向往冷树口中的中转客站以外的世界，那是什么样的呢？

当冷树最终说出和我一起去罗马时，方芳的脑海已经完全空白了，她不能作答，她不知如何作答，连她自己也不能相信，为什么冷树可以让她对自己二十年来坚信的东西发生疑惑，这是为什么啊？她也不明白，痛苦地摇了摇头。冷树攥了攥她的手说：“不要逃避，那是你生命中本就有的东西，它不是不存在，只是你回避和掩埋了它。”

在这一刻，方芳突然醒悟了，她发现自己不能面对，她丢下冷树一个人，逃回了客站，一路上积雪很厚，她跑得艰难，不时踉跄。

当方芳决定要去往罗马时，已是两天后，她思索了整整两天，从小她便看惯了数不清的人从这中转客站去往罗马，那些人仿佛和己无关一样，罗马于她而言也是一个遥远的概念，当她有了这个决定时，突然发现仿佛她的身体有了重心，变得沉甸甸了，她终于体会到一点那些去往罗马之人的快感，有点美妙，有点害怕，亦有点兴奋，但这种欲念一旦升起，却是完全不能扼制了。仿佛身体的每一个细胞都为这个念头而跳动着，扭曲着，奔涌着，燃烧着，这，真的很美好。是的，她要去罗马，她不是不想。方芳不停地这样在心里对自己说，肯定着这刚刚跃动起来的美好又复杂的念头。

又两天后，在牧师的陪同下，方老板终于打开了女儿的房门，他拿着钥匙，几次放进锁孔，又抽出来，看看牧师……但终是打开了这巨大的黑色之锁，他知道，他是锁不住女儿对生命与人生的好奇，况且这也算是她的权利，他了解自己女儿的个性。打开女儿的房门后，他便一个人回了房间，真是伤心透顶，无以言表。方芳看着方老板楼道里的孤独的背影，哀哀叫一声：“爸爸……”

天已经完全放晴了，冰冻也消融得差不多了，牧师已经收拾好行李准备上路，此时，方老板强打精神下得楼来，看着牧师和冷树与方芳一起拎出行李来到大厅。方老板拉住牧师的手说：“他们两个就交给你了……让他们与你一路吧，你怎样选择，他们就怎样跟着你。”方老板说完这话，牧师莫名地感到有了压力，他挺了挺身子，点头。

方老板让伙计拿来干粮和木炭，用大袋子装着，以备他们途中所需，方老板又取出一双鹿皮的手套送于牧师。方芳为这不曾料到的远行莫名激动着，正当他们要启程之时，只见叫简三的人这时从楼上走了下来，看到这将启程的三人，马上到柜台迅速结账，哈脸向牧师笑道：“我和你们大家一路吧，路上好有个照应。”牧师点点头，应允了他。冷树和方芳看一眼这个人，这简三立刻用满含温情的眼睛望着他们，于是大家算认识了，一同启程。

方老板送他们到客店外，一路走到那片杨树林，终于停下来。看着他们走远，方老板在杨树林的旁边久久站着，直到太阳升到当空。

7

路边有微雪没有化尽，冷风依旧如刀，但这并不影响两个年轻人的热情，他们一路打打闹闹，愉快新奇。牧师决定从客站西边墨绿色的森林里穿过，按理他们要渡过那片汪洋去往黑风峪，但牧师却觉得那片黑暗的水实在让人觉得不测，还是在陆地上踏实一些。而牧师一直喜欢树，他觉得树可以带给人很多安全感。他征求简三的意见，这个背着大大布袋子的人连声应允，道：“你说怎么办都成，我是不熟的，都听你们的。”

四人一路走着，路上的石块越来越多，路渐渐变得有点模糊不清，那墨绿色的森林看起来就在客站不远的地方，可是他们走了很久，却发现越来越远，这是怎么回事，那森林在客站外看起来，不过也就几公里，仿若近在眼前，可已经走了快一天了，却发现这墨绿色的森林还是在远处，和在客站外看时一般无二，牧师悄悄皱起了眉，冷树跟在他身后，看着前方那片墨绿色的影子，有了点急色。简三此时已经额头出汗了，但他觉出了这有点紧张的气氛，冲大家说道："不着急的，不着急的，慢慢来吗，我听人说，这去往罗马的途中冥冥中会有无数幻景出来，可能那只是大家的幻觉，说不定再走一会儿就到森林跟前了。"牧师露出他平和的神态来，说："这简师傅说得对，我们不能被幻觉所迷惑了，这只是开端呢……路还远着呢……"

那几只从喀图跟着冷树一起过来的大黑鸟，现在依旧跟着冷树，冷树知道自己是甩不掉这几只黑鸟了，不过也好，一路上倒多一分热闹。它们并不大叫，有时只是偶尔咕——的一声，向空中射去，有的飞在他们前面很远的地方，有的在他们后面，不过一会儿总是交错着回来，这三只大黑鸟，看得久了，也没有起初那么让冷树感到阴森了。

已经走了整整一天了，那片墨绿色的森林依然在远处召唤着他们。天暗下来，这里黑夜的来临是如此迅速而决绝，没有一丝商量的余地，夜，真如幕布一样，咵一下就完全落下来了，夜是如此之黑，完全没有一丝光亮，伸出自己的手去都看不到，四人紧紧走在一起，生怕单独被这黑给吞没了。

大家终于累了，决定就在路边开始休息，他们努力去辨别，终于看到有几块大石头，便以那石为倚靠，开始休息。石头冰凉，冷树伸手想要去拿行李里的木炭，牧师却说："省了吧，还不知后面有什么事会发生呢，我都觉得以我们现在这点储备，搞不好中途要折返了呢。"这时，烟狐的皮褛完全发挥出他的功效，冷树将那皮褛抖开，将方芳罩在其下，方芳稍有点迟疑，毕竟与冷树认识时间尚短，偷眼向牧师看去，牧师裹裹自己的兽皮斗篷，眼睛看向别处。

几只大黑鸟也紧紧缩了翅膀，蹲在岩石的背后，开始休眠。几人渐渐响起轻微的鼾声，牧师此时在黑暗中睁着眼，却睡不着了。牧师不想告诉别人他去罗马的原因，这是他的秘密，他要去罗马寻求一个答案，一个在他的现实里所解答不了的答案，而这个答案对他来说太重要了，重要到关乎他人生存在的价值。

天亮时，先有一只大黑鸟咕的一声冲向天空，接着牧师睁开了眼睛，他转头望去，看到简三正在他的旁边侧睡着，怀里紧紧抱着他的大布袋子。另一边，是方芳和冷树在烟狐皮褛下，正睡得香甜。牧师再向周围看去，发现地上又落了一层灰白的火山灰，难道昨晚哪里的火山爆发了吗？

牧师依次叫醒大家，该上路了，昨天一天还未走到墨绿色森林的边沿，今天一定要到那里，如若不然，所带的水都无法补给。进入森林，里面总归会有水源，这才是最重要的。路上的石块比昨天所走还要多，有些地方甚至需要翻跃，这哪里还是路呢？

冷树嫌这翻跃的路脏了自己的烟狐皮褛，索性换一件衣服，换一件短的皮袄来穿，将皮褛放进行李包里。简三稍胖一些，在队伍的最后，但却是极有耐力的，听不到他粗重的喘气，一路倒只是方芳和冷树在大力喘气，粗重呼吸。

又这样走了一天，离开中转客站已经很远了，可那片森林依然遥不可及，牧师这时才生出了对这罗马城真正的敬畏之心，不过，有了这心，他倒变得更加踏实了。

太阳西下时，他们还是没有走到，夜幕又咵一下降了下来，他们又处在黑暗中了，这个夜晚却并不像昨天的夜晚那样平静。当夜幕完全覆盖了大地时，他们看到一双双绿色的眼睛开始在不远处游走，那是什么？四人同时在心里发出惊疑。接着他们明白了，那不是狼就是豺！这些狼和豺是从哪里来的，他们一路过来，只看到茫茫的旷野，怎么突然就有了这么多兽类，从天上掉下来的？那些绿色的眼睛越来越多的在离他们几十米远的地方，上下浮动，游走。四人第一次感到了恐惧的来临，他们同时心里生出疑问，难不成才出中转客站两天，罗马的影儿还未见，就要葬身狼腹？牧师紧紧捏住了他胸前的十字架，冷树一手拉着方芳，一手攥着一把喀图带来的赤金匕首。当这绿色的光缓缓向他们移动时，这时突然听到哇——一声大作，那三只大黑鸟同时发出一种从未有过的奇怪叫声，它们巨大的翅膀在黑暗中扑扇着，冷树突然有一种奇怪的感觉，他发觉那几只黑色的大鸟好像在一瞬间变大了好几倍，从他们翅膀的扇动的气流来看，好像每一只黑鸟都大得如同巨鹰一般。几只大黑鸟在黑夜里扇动出巨大的气流，接着它们叫得越来越响，哇……哇……哇……这声音狰狞而危险，充满了威胁，已达到兽类声音分贝的极限，隐含了逼迫与本能警告，而且越来越紧，越来越大，一浪一浪掀过去，连他们一行四人都被这声音吓得在黑暗中纹丝不动。不一会儿，那层油绿的光渐渐开始消减，开始溃散，终于变的只有一两个，接着黑暗恢复了最原始的状态。四人同时喘一口气，他们知道，那些猛兽已经远去了。大家多么感激那几只大黑鸟啊，想要拍拍它们，但仿佛也是在一瞬间，它们像又变回了自己的原形一样，躲身于这浓重的黑暗里。大家感激得直搓手，互相抱抱对方的肩，轻声问：它们在哪儿？

夜终于归于平静了，紧张后的睡眠是如此香甜，连总是悄无声息的简三都发出了微微的鼾声。

第二天天亮时，冷树一睁眼，便被吓了一跳，仿佛这森林是跳到他们眼前来的，昨天傍晚时还不曾看到森林的边沿，现在他看到那森林就在离他们几百米远的地方，简直就像是从天上掉下来的。好诡异啊……冷树叹到。

牧师也起来了，大家都在那里大张着口，难道经历了昨晚那一劫，这森林就会蹦出来吗？到这时大家才真的明白，为何这去往罗马的路途艰难无比，幻景重重，所有的一切都可能随时变动，他们走啊走都走不到森林，当他们已放弃了急迫的心时，这森林忽然就出现了。牧师也终于明白了，这去往罗马的路途真的不是他们一般观念里的事情了，这里可能发生一切你所想象不到的事情。

森林就在不远处几百米的地方，他们甚至嗅到潮湿的水汽阵阵袭来，四人欣喜异常地向森林走去。穿过森林，便可转到黑风峪，按众人所传的就能够在去往罗马的正途上了。

8

这个清晨，天刚微亮，方老板便觉有一种不祥之感，他的眼皮总是微微跳动，女儿走后，他常常会有这样的感觉，莫名地手里总想抓住点什么。

太阳出来时，方老板看到远处通往客站的路上，有两三个人缓缓走来，这是从罗马回来的姿态，方老板知道，从来去往罗马的人都不是这样的状态，他们走得很慢，且沉重，仿佛被抽走了魂魄一般。

这三个人推开客店的门，他们提着一个很大的猪皮包袱，一进来，将包袱放在地上，然后都坐在那里沉默着。他们每人脸上都有惊恐和阴郁之气，他们的手都粗糙而裂开了血口子，脸上也有被荆棘划出的道道血痕，坐了一会儿，一个人终于开口向伙计索水喝，伙计看出有事发生，急忙忙后厨去打水给他们喝。

那个包袱一打开，是一块不成形的黑色东西，让人奇怪，焦炭一般，方老板和伙计一同问道："这是？"一个人答道："这是石硕，过黑风峪时，突然一座火山爆发了，那不该是一座火山啊，他掉到岩浆里了，岩浆退后，就是这样了。"

方老板想起那个叫石硕的小伙子，是赤风镇的，敦敦实实的一个小伙子，粗眉大眼，是几个月前从中转出发去罗马的。再去看那团不成形的东西时，突然心里涌出一阵恶心来，急忙转向客站的后庭，干呕起来，直呕得眼里涌出一层薄泪来。方老板这一生见过的事情太多了，从来没有这样过，但这一次，他失态了。一想到方芳也在去往这样的途中，他便不能控制地恐惧，他多么怕有一天，自己的女儿也被以这样的方式带回来，不能想，一想就打个抖。

客店里因了这件事，气氛有点肃杀，人们都默默地来，默默地走，大厅里也无人再大声喧哗，连小黑狗都识相地卧在拐角里，用一只眼睛看着人们来来去去。

下午时分，方老板与那三个人，一起将这个叫石硕的人葬到杨树林里去。几个人在杨树林里挖坟，那土地竟是极硬的，冻得硬邦邦，掘了一上午，却才掘出一个浅浅的坑。不过，那死后的石硕本也不成人形，倒也还好能安置，于是草草掩埋了他。方老板嘱咐同行的三人，他们都来自赤风镇，让他们带话给石硕的亲人，让他们来认其尸骨。那两三人仿佛还沉浸在往日的恐惧惊吓中没有出来，与他们刚刚来时的意气风发完全两样。

方老板拍拍这些小伙子的肩膀说，好了，去过一次就知道了，回吧，回家过你们的平安日子才好，几人点点头，颓然走出客站。方老板想，世人只知罗马是光明的至尚之地，却不知罗马露出的阴森笑容，光明的另一面很可能便是魔鬼般的笑容。

死去一个人只影响了中转客站一天的气氛，第二天，中转客站便恢复了往日的热气腾腾，烟熏火燎，人们依然围坐在大厅里讨论着关于罗马的一切，一个人的离去在朝圣罗马的人潮中是连个声响都听不见的。

方老板站在客店外望向那片墨绿色的森林，那是他的女儿和牧师去往的方向，不知他们现在走到哪里了，方老板听说过无数关于这森林的传说，他从未去过。再转向另一边，那一片连绵的灰色山脉则是那个大汉和那四五个从十八里涧一路过来的人所去的方向，想来那些人现在也该在穿越连绵的灰色山脉，大汉一行人走得早，不知他们有没有遇到寒流。

方老板往前走，又上杨树林里转一圈，看到那些墓碑上所雕的罗马图案，便想起女儿，这墓碑里大多的罗马图案有一半都是她刻上去的，她十岁就能拿着刻刀在墓碑上歪歪扭扭地刻字了，那时她力气尚小，图案浅薄而稚嫩，他看着墓碑上那些图案，依稀能分辨出那是她几岁刻的。她从小就不怕死人，很奇怪，她常常一个人来这杨树林里玩，恬然自乐，不知害怕。方老板想，是呢，死人也确实没什么好怕的，活着的人才让人害怕呢。

9

一踏进这墨绿色的森林，他们便感到一股清新的潮湿之气迎面而来，不免深嗅了几口，庆幸选择了走这条路，在经历了被豺狼围攻的夜晚后，这墨绿色的森林如同天降一般掉在了他们的面前，远望去这绿色却是连绵不绝，不知何处是头。

森林里非常静谧，仿佛打从亘古时代起，这森林就没有来过人一样，完全看不到有人的迹象。此时牧师和冷树一行四人已行至森林中部，这里的树都非常巨大，且藤蔓环绕，想来不知在这里已长了多少年。

很多珍奇异草他们从来没有见过，有一种巨大花朵的植物，足有半人高，花蕊竟然长得与人脸一般无异，有些脸是愁闷的表情，有些脸是兴奋的表情，有些则是愤怒的表情，更有些则花瓣紧紧包裹成团，像一个大的绒线球，只在你不小心碰到它时，突然，哗——一下打开来，里面是一个恶作剧的脸，这真是太奇异了。冷树沉默着站在那里看这些花朵，方芳惊奇而喜悦地看着这些花朵，伸手想要去碰，却被冷树制止了。牧师看着植物这个样子，微微皱了眉，他不喜欢植物是这个样子的，牧师觉得世间万物一切都该有它最初始的品质，上帝最初给了你什么，你就要坚守什么。植物这个样子，让牧师心里产生出一种淡淡的恶心与恐怖。

方芳实在是太好奇了，终于伸手动了一个巨大包裹在一起的花朵，这个花朵瞬间一下打开，里面却是一个鬼脸，像是刚刚从地狱的边沿上来，惨白而阴暗的脸，一双快要掉出来的眼珠。吓得方芳后退一步，不曾想，接着所有的花朵都移动开来，将方芳凑拥住，不能行动半步，全是一副讨好而欢喜的表情，方芳害怕了，她感到那些花朵紧紧箍住她的腿，越收越紧，于是大声喊冷树，冷树迅速跑过去，拉她，却怎么也拉不动，只是那花朵越来越多，扬着喜悦的脸，冲向方芳那里，牧师在一边狂喊：用刀！冷树实在无法，只有抽出他的赤金匕首朝那些花朵砍去，那花朵如此巨大，冷树砍了几下才将一棵花朵砍倒，那花朵掉在地上，枝干流出诡异的血液，花朵掉在地上马上枯萎，成为褐色。其余的花朵看到这棵死掉的花朵，迅速离开方芳，归回原位，花蕊则变成了一种沉睡的表情，冷漠而无情。方芳余惊未了，吓出一头冷汗。

那简三一直在旁边看着方芳，这时他突然叫道："小人花！"三人惊奇了，转过头去看着他，简三说："我在金月城做生意时，曾听人说，在去往罗马的途中有一种小人花，像人脸一样会做各种表情，只有你对它们有示好的表现，便会一拥而上，最后剐食了你，消融了你，冷树幸亏你刚砍倒了一棵小人花，要不这花会把方芳吃掉了……"

三个越听越恐怖，赶紧一路向前走去。牧师听到简三是从金月城来的，金月城牧师曾经听说过，城里人全是做生意的，他们一生游走于自己故乡之外，往来于周围各个城池市镇之间做生意。不知这简三为何要去罗马，难道罗马城也有生意可供他们做吗？牧师没有问，去往罗马之人都有一个共同约定似的，都不会主动去问对方去往罗马的真正目的，除非这人自己说出来，再者，就算有人真正说出来了，也未必就是他最真实的目的。

经历了小人花的遭遇，方芳也不再去碰任何森林里的东西，一路躲在冷树背后。冷树一则自小在家中饱读了书籍典故，二则从小性格冷静豁达，对这离奇的经历虽有惊讶，却也坦然镇定。

几只黑鸟在他们前面开路和殿后，冷树看着那几只大黑鸟，心想，在那个漆黑的夜里，是这几只鸟扇起巨大气流的吗，那样大的气流起码也要有三四米长的翅膀才能扇动起来，而此时他看着那几只黑鸟，不过一般的大雁般大小，真是奇怪！

有时冷树也会从行李里拿出几片发糕来喂它们，它们仿佛从来不吃东西似的，这个时候它们仍旧是冷漠的，只是缓缓将冷树撕碎给它们的发糕默默吞下肚去。接着便闭着眼睛，进入休眠状态，有时，冷树会用手去摸一下它们，它们则警觉地顿一下，然后稍稍移开点，再移开点。冷树明白了，它知道这几只大黑鸟要和人保持距离。

林子越来越深，有些地方踩上去软乎乎的，让人疑心下面是一片沼泽，但又不是，有些地方踩上去则是硬邦邦的，疑心是块钢板，但也不是。森林深处传来有流水的声音，这是让人高兴的，他们已经有一天多都没有喝水了，再不喝点水，怕是体力不支了。寻着水声一路走过去，走了许久，却发现并没有水，难道产生幻觉了，再仔细辨别那水声来的方向，却糊涂了，发现四面八方都是水声。

牧师最后决定就一直走，管它走多远，就向开始他们认为有水声的地方走，一直走。他们已经有一天多没有喝水了，加上路途的严寒，每个人嘴上都裂了皮。又走了半天，仍旧没有水源，大家终于体力不支，躺倒在一棵大树下。这时简三从布袋子里拿出一种晶莹的水果来，大约有一个苹果那样大，却是透明的。简三道："这叫水母果，一颗果子可以供给一个人十天的水量，只要吃这一颗，就行。"三人立刻显露出奇怪的表情来，简三走过去，递给冷树一个，冷树刚要伸手接，简三却又将手抽回来道："这水母果，是我在金月城买来的，一颗要十个金币，你有什么给我？……"冷树看着简三，那简三仍哈着一张笑脸，温和而坚定地看着他，冷树终于明白了，这确实是一个金月城的人，他要把这生意做到罗马去了。

冷树想了想，道："你看我这赤金匕首够不够买你三颗水母果，这赤金匕首是父亲在我成人礼时送给我的，刀把与刀鞘都是纯金的，而且上面镶有乌金石和鹰眼……"简三迟疑地问："鹰眼？"冷树又道："鹰眼是我们喀图的一种宝石，可避邪……够不够？"那简三想了想，道："好吧，看在我们一路同行的分上，就给你们吧……"简三从袋子里摸出三颗水母果给了冷树，冷树也将那柄赤金匕首递给了简三，拿到那柄赤金匕首，简三拿在手里看了许久，最后放回那个大布袋子里。

那水母果果然甘甜而饱含水分，一口下去便觉五脏肺腑都沁润在水中，使人感觉身体瞬间便被滋润。三人吃着水母果，却看到简三一人坐在旁边，并不去吃，冷树问他：“你为什么不吃？”简三笑笑道：“我不是太渴，还好还好，你们不用管我。”冷树明明看到简三的唇上也起一层白皮，那简三想是舍不得吃，这水母果约是太昂贵了。

这时牧师看不下去了，将自己吃了一半的水母果递给简三道：“喏，这一半给你吃吧，人的生命才是最宝贵的，这水母果本来就是冷树送给我的，我本受惠于他人恩赐，我再回送你一半吧，算我还人恩赐于更需要的人……”简三看着牧师手里的半个水母果，眼里充满渴望，但忍了又忍，说：“我收了钱卖给了你们，不能再要回来，这算什么，我们做生意的人不是这样做的。”听了这话，牧师倒稍稍对简三起了一点敬意，点了点头，将那半颗水母果吃了下去。

三人吃了那水母果，有了些精神，于是起来准备再上路，看那简三却有点体力不支，便想，不知他是何苦。一路继续向前，牧师却暗下决心一定要找到水源，一个森林里不可能没有水源，否则这些植物还有走兽是如何生活的？

走了许久后，牧师始终听到有潺潺的流水声，却不见水，不知这森林是怎么回事，这时，只见简三在一棵大树下，手里拿着冷树的赤金匕首在试图去割断一棵树的根系，这让牧师稍稍有点不舒服，简三一边割，一边侧耳听，最后他将一只小小的根系割开了，那根系被割开之后，先是流出血一样的东西，让人看了非常恐怖，但过了不一会儿，那小小的根系仿佛一个小泉眼一样渐渐冒出清亮的水来，简三露出惊喜的表情，然后大叫到：“我知道为什么总能听到水的声音，却找不到水源了，这水声是从这大树里发出来的，这水源便在这些树之间相互流动，不信，你们听……”

三人一听，更加惊讶，连忙跑过去看，只见简三已经将那小小的根系吮在嘴里了，是水，没错。牧师和冷树还有方芳连忙贴着所有的大树听，果然如简三所说，这些水声确实是从这些大树里传出来的，这些树里全是水的通道和水的循环，这些树是水做的！这时简三那里已喝饱了水，可那个小小的根系依然在向外冒水，像一个孩童的眼睛似的，不停汪出眼泪来一样。于是牧师让大家将所带的羊皮水袋全部灌满，他们看到，当他们将所有的羊皮水袋灌满时，这棵树有一部分的叶子稍稍有点枯萎。这时，大家一起看着这个继续向外汪着水的小根系不知如何是好，于是牧师找来一条布带子将这小根系绑起来，然后再深深扎入泥土中，希望它可以愈合。牧师说："一棵树倒下，所有的树便会都倒下，人们从上古时代起就该感恩于树，他们给了人类辟佑。"受惠于这棵树，大家拍了拍胀鼓鼓的水袋，继续行路，牧师总是回头望，怕那小小的根系会将一个森林的水系全部渗光，那他们便是犯了滔天之罪，有时一个大的罪过就是从一个小小的缺口开始的啊。

10

黑风峪什么时候才能到啊，从中转客站出来后，大汉脑子里就一直在盘旋着黑风峪，只要到了黑风峪，便可到去往罗马的正途，所有的人都是这么说。

此时，大汉和从十八里涧过来的那五个人正走在灰色的连绵山脉里，他们后悔那天没有听从方老板的劝告，从客店出来的当晚便碰到了一股小寒流的反扑，幸亏那天正好经过一个山洞，他们在那个山洞里整整待了一天，白白消耗了一天的粮食和时间。也所幸有这个山洞，如若不然，寒流反扑加上冷雨急冻，小小的冰雹铺天盖地而来，最后冰雹越来越大，竟有土豆般大小，如果不是这个山洞，他们不被冻死也要被这土豆冰雹给砸死。

大汉有点后悔和这五个人一起行路了，因为他们总是慢腾腾的，总是为一个已经商量好的事情最后再起争执，完全不像他，敢作敢为，想干就干。这五个人，有一对是夫妻，有两个人是兄弟，还有一个人矮矮墩墩的青年是和他们一个村子的，他们都来自渔镇，从渔镇来到中转客站，确实要经过十八里涧，这个大汉知道。那一天的傍晚他们在一起商量了许久，终于决定还是从这灰色山脉穿过去到黑风峪，因为如果从森林走，可能比较安全，但是所费时间长，如果从那片汪洋走，是最直线的距离，可是那片汪洋，现如今无人敢走，只有在春天时，才有人敢自己驾船穿过汪洋，前往黑风峪，可是到现在为止听到穿过那片汪洋的人也没几个。而他们认为穿越这片灰色山脉虽然会耗费点体力，却节约时间。

这队伍一路拖拖拉拉，虽然他们是最早从中转客站出来的，遇到冰雹在那个山洞里待了一天，又走了一天，夜晚在一个山坳里休息了一晚，现在才看到主山脉的入口。在那个山坳里休息的那一晚，有一只不知什么鸟非常奇怪地每隔一个时辰便叫一次，每隔一个时辰便叫一次，弄得大家非常紧张，也没休息好。这样隔天行起路来，更是让大汉着急。这五人中，一对夫妻中的那个男的年纪稍长一些，叫宏五，大汉便与其商量要不要分开走，那宏五看看大汉道："我看还是不要，大家一起出来的，落下谁都不好，你若一个人走，我们也不放心，还是大家抱成团的好。"

宏五的妻子便是额上文着一个麦穗的女人，却是一个耐力极好的女人，一路只她一人默默地跟在大汉身边，接下来是她的丈夫，后面两个年轻人，一个哥哥一个弟弟，哥哥叫元二，弟弟叫元三，走在中间，殿后的是那个矮矮墩墩两眼稍稍有点分开的青年，他们都叫他墩子，大约是因他有点憨重的原因吧。

他们一路前行，却发现，呼吸越来越困难，这连绵灰色的山脉想来是氧气稀薄的地方，一路过来，连棵树都很少看到，只是经过一些崖壁时看到上面雕刻有很多树，不知是谁雕刻上去的，亦或者从来就有？这路上倒是有一种土鼠，像松鼠却比松鼠大，好像专食路中那小得不能小的苔皮，常常举到嘴上吃。

马上要到入山口了，却突然刮起大风来，呼一下吹起了大汉的帽子，大汉赶忙去追，跳了两跳才抓住帽子。风是从那入山口来的，这个时候他们一行人才发现这风竟是有颜色的，先是灰白的，接着变成一种橙色，这种颜色在此地升起让人产生了一种恐怖的感觉，橙色的风吹着，有一股很怪的香，很诱人，于是大家都忍不住吸了一口，这时，宏五的妻子突然道："不对，这风伤眼，大家快闭眼。"果是不错，这橙色的风虽香气宜人，吹到眼里便是如针刺一般疼痛。

一会儿橙色的风停了，又刮起了紫色的风……真是让人厌烦，大汉又有点发急了，心想干脆就顶风而进吧，再还能怎样，宏五夫妻俩却想要躲一躲，不知那山口里风眼里会有什么。各种颜色的风刮了一会儿，终于停了，这时，大家才从一直贴的崖壁上转过身来，向入山口走去。

这时天已微暗了，他们一路进了入山口。这仿佛是一个山涧，两边是高耸得看不到天的山壁，往远处看，也看不到尽头，只看到一条山涧路一直往里延伸。这时，大家依稀看到有幽幽淡紫的火在跳动着，那是磷火，他们都知道，于是也并不去害怕。

没过一会儿，等他们走到那些淡紫的磷火前时，却发现这些磷火与他们常见的磷火是不一样的，很奇怪，那磷火竟也跟着他们，这倒让他们有点惊奇了，元二元三两兄弟不但不觉得害怕，反觉好玩。天渐渐暗下来，那几团磷火上下跳动着跟着他们，两兄弟贪玩，不时逗弄一下那火，那火便也跳动一下，再反扑一下，与他们闹着玩似的，墩子傻憨憨站在那，看那磷火围着他的腰转了一圈，不知该如何行路了。有一团火缠着大汉，大汉厌烦得用帽子一扇，道："走开……"那火便不去招惹他了。有一团火也缠着宏五的妻子，她看着这火苗慢慢凑近她，到她鼻尖上，再哄一下，一放大，吓得宏五妻子后退一步，但是过不多久，那团火又柔柔和和地靠过来了，上下跳跃着，像个憨稚的孩童在跳舞一般，宏五的妻子笑了。

宏五与大汉商量再往前走一会，找个山坳，今天先这样休息吧，这里也有很多条路，他们要商量一下，看看走哪一条合适，既能躲过火山，又用时间最短，直接绕到黑风峪。

夜里躺下，终于躲过了那种一个时辰就叫一次的鸟，大家可以睡个好觉了，大汉满心的激动，一心向往罗马，怎么也睡不着，于是燃了一个火把，在火把下看那几张去往罗马的地图。

晨起，天已大亮，昨晚那些围着他们玩了许久的磷火也消失不见了。

大汉看着那灰色的连绵山脉，那在大汉看来根本不是什么大问题，大汉早年便是打猎的，长年出没于山野林间，于他而言，所有的山脉都是一样的，只等着他的征服。

昨夜他掌着火把看了半天，想要从灰色山脉中最短的一条路线穿过。这山脉并不陡峭，却深邃，又时时出现歧路，让他们不知如何是好。此时，他们便又遇到了这样的难题，这个路口分出去三条岔路，一条望去，与来时之路并无不同，一条望去，不远处，有花树阵阵，在这样荒芜的灰色山脉里，突然出现一片花树林，阵阵桃红如片片薄云般远处招摇，让人不免产生疑惑。另一条望去，好像不远处，便有一滩一滩小小湖水，诱人前行。大家纷纷看着，不知如何抉择，这时只见大汉皱着他粗重的眉毛，也回头来看大家。元二元三两兄弟贪玩，看那团团桃红花树，心下盎然，跃跃欲试。宏五的妻子此时说话了，她道："我们还是走和来时一样的路吧，这怪模怪样的路，我觉得是不保险的。"宏五听了点头称是，大汉想了想，说："我看那有湖水的路，会有水源，而且我昨晚看到那张地图上标的，好像那条路是最近的可以穿过这灰色山脉的呢……"

大家想了想，好像大汉的话也有道理，于是问其余几人意见，那元二元三两兄弟只是随着附和，却只见墩子这时慢慢说一句话："我爸说，这世界上但凡所有近道，都要有或多或少的危险的，你该走多少路最终还是一点不少。"谁也没想到，这不曾被大家看在眼里的墩子此时竟说出这样一句话来，像是深思熟虑了很久似的。大家想了想，最后大汉一拍腿道："我们还是走这条近道吧……"

走上这条道，还不曾到那第一个小湖泊那里，便觉得冷风阵阵，刺骨寒冷。他们走到第一个小湖泊时，发现这湖泊仿佛火山爆发后冷却下来的小湖泊，非常多，就这样一路过去，错综复杂。

11

牧师一行四人在这森林里走了十几天，却仍是没有见到森林的边沿，冷树疑心他们迷失了方向，于是一路做记号，且拿出指南针来，一拿出指南针，却发现那指针在这森林里竟然疯狂转圈，却不指向，他们终于明白，出了中转客站，离开了中陆之地，一切的一切都毫无章法和规则可寻。

有那颗水母果的滋润，这段时间大家对于水的需求并不强烈，只有简三不停地喝着羊皮水袋里的水。怎样走出这森林，大家心里突然都升出了茫然，牧师的作风依然是选择了一个方向就要一直走下去，不能放弃。于是大家继续朝着初始的方向前行，森林里相对于旷野不是那样冷了，但湿凉之气却阵阵袭来，若再在这森林里待久了，怕是身体也会染上湿症。

牧师察觉到这种情绪，对大家说道："既然我们选择了走这样的路，我们就要一直走下去。不可背离，不可不专一。"可是这一次连牧师都有点诧异了，前面完全是一道墨绿色的墙，看不到一丝亮光，不像刚开始时，他们在森林里行走总归看得到阳光从那些参天大树的缝隙间射下来。现在，他们处在绿色包裹的阴暗里，地上的阵阵凉气也越来越盛，不时向大家的身体侵袭。

这是一堵墙吗，冷树摸索着过去推一推，却发现倒也不是，只是一种植物，它们错综复杂得缠绕在一起，丝丝麻麻结在一起，成一堵厚厚的墙，高看不见顶，完全不能从中走过去。大家转过身来看着牧师，不知如何是好……这明显看来是一条不通的路。

这时简三挠了挠后脑道："不如，我们换一个方向走吧？……"牧师摇了摇头，他说："一定有的，一定有一个办法可以过去的，不要着急。"牧师开始四处寻找，发现这堵藤蔓墙完全看不到边，仿佛就成了这个森林的一个终止。牧师沉默了。

冷树和方芳看着他，大家坐下来，在没有一丝亮光的藤蔓墙前坐下来，这时那简三却是坐不住了，他说：“我们不能在这里等下去吧……要不我们往回走，重新选一个方向，不至于被困在这里啊……”

牧师坐在那里，仿佛是在冥思，并不动，冷树和方芳却显出疑惧来。牧师对简三说：“这样，要不你带他们两个往回走再转个方向，如若可以就带他们走出去，如若不能，也不要回来，便回中转客站去……”简三不说话，看了看冷树，冷树拉着方芳有点犹豫。他看向来时的方向，那里的方向很亮，仿佛每往回走一步就越光亮一点似的，而这里却是如此阴森。方芳也望着那来时的方向，心里充满渴望，这个地方又潮又暗，又没有出路，如何是好呢？

半天过去了，牧师突然想，或许他真的是错了，难不成这藤蔓墙要成为他们去往罗马的终止？牧师想若大家都按他的来，那么这藤蔓墙如若真的过不去，可不是全军覆没？

方芳害怕了，这幽暗的森林深处，前无出路，夜又要来了，这夜晚的来临更加深了方芳对这森林深处的恐惧。她回想起中转客站里的平安日子，突然为自己的决定感到了恐惧，中转客站现在离她如此遥远，在这一刻，方芳突然在心底里问自己，到底我去往罗马最真正目的是什么呢？她莫名有了一丝茫然。

夜半时，大家相互甚至看不到对方的脸，黑暗中响着一些奇怪的什么穿过草丛的声音，让人疑心是某种爬行类动物，睁眼去看却什么也看不见，大家不免往一起挤一挤，几只大黑鸟也看不到了，只能感到它们偶尔咕咕低声叫两声。沉浸在这黑暗里已经有一天多的时间了，这时牧师让冷树将行李里的木炭取出几根来，烧一堆火，牧师想，如若再不让大家见见光亮，只怕大家会患上夜盲症。冷树在黑暗中将行李中的木炭摸着了，然后用火石点着了，终于大家见到了光亮，小小的一堆火在地上燃着，照亮了大家的脸，连那几只大黑鸟都眼神跳动了一下，向火堆靠近了一点。

大家在这火堆上烤着从中转客站带出来的发糕，那食物经得这炭火的烘烤，散发出一股淡淡的粮食香味来。大家默默地嚼着发糕，不吭声，这沉默此时却成了一种空前的压力。几只大黑鸟仿佛也觉出了这异常的气氛，乖巧地挤在一起望着舞动的火苗。

大家渐渐累了，在越来越微小的火焰中睡去了，只有牧师一个人不能入眠，他回头望了望身后这厚实而繁复的藤蔓墙陷入沉思。他想，怎样穿过这错综复杂纠缠在一起的藤蔓墙呢？难道一点点破绽也没有吗？怎么可能，牧师不相信世界上有任何事物是一点点破绽都没有的。如若让大家往回走，他们在这个墨绿色森林里已经走了有十来天了，再转回去重新向一个方向走，是否就一定能出去呢？

火堆里的最后一点点火苗终于熄灭了，牧师又陷入到黑暗中。

大黑鸟咕——地叫一声，牧师醒了，他看到有蒙蒙的光依稀在远处闪动，想是天亮了，可在这厚实的藤蔓墙这里却仍是阴暗无光的。牧师终于决定让冷树他们向来时的方向走了，而他却要留在这里找个出路出来，其余三人都很奇怪，如果要往回走，大家一起往回走算了，为何他要一人留在这里呢？牧师想了想说："我不信这里没有一个通道可以出去，但这只是我的坚信，我的坚信我只能说服我自己，如若我错了，不能使大家全部困在这里，总归要将这力量分散出去。"冷树觉得牧师说的这道理完全莫名其妙，但他也感到怀疑，如若再困在这里，怕是大家都要命丧于此。

终于，冷树和方芳还有简三试图向来时的方向走了，只留下牧师一个人在这里，冷树不明白为什么牧师不能和他们一起返回重新找一条路走，他问牧师："你为什么一定要留在这里，这已经是死路一条了，你为什么不和我们一起走呢？……"这个问题仿佛让牧师很难回答，他想了想，坚定地摇了摇头，他说："我还是要走窄门。"

牧师偏执而坚定的眼神让冷树明白了，为了更好地走到罗马，这是他们必须的一个选择，他听不懂牧师这种话，但他知道了，现在他必须带着方芳返回到来时的路上去。

很奇怪，那几只大黑鸟怎么也不愿跟着冷树他们一起走，冷树想了想，也好，让它们留下来陪伴牧师吧，如果有什么情况，或许它们还可以充当信使的角色。

看着冷树一行三人向来时的方向返回，身影渐渐消失在丛林中，牧师终于完全冷静了下来。看看待在一边的几只大黑鸟，他向它们说道：“你们乖乖地陪着我吧，看看我找不找得到一条通道出来。”

牧师拿起行李，开始顺着这墨绿色的厚实的藤蔓墙走，他想看看这藤蔓墙到底有多长，走到头会不会有个出口？牧师也拿出一只小刀来试着去割断那些藤蔓，想，这些藤蔓会不会像那些大树一样，里面都是水的循环。终于割断了一根藤蔓，心下高兴，又去割另一根藤蔓，可当他回过头时，却发现那刚刚被他割断的藤蔓竟奇迹般地又复合了，且那断掉的两头又搭在另两根藤蔓上长成了。这真是让人惊奇，但这一路经历了那些奇遇，牧师也是见怪不怪了。看来，想来靠破坏这厚实的藤蔓墙来找到出口，是不大可能了，牧师一时间也生出了绝望。

几只大黑鸟有一只在不远处跟着牧师，有一只停在远处一棵树上，微闭着眼，另一只则在树林间飞飞停停，仿佛在玩。

牧师继续向前走去，觉得这厚实的藤蔓墙仿佛是走不到边的，一直延伸向远方，牧师想，如果他一直沿着这藤蔓墙走下去，那他不是已经在向另一个方向走了吗，原本他们是要穿过这藤蔓墙的，可现在他却沿着这藤蔓墙一直走，那他不是已经选择了另一个方向吗？

已经两天了，牧师一直沿着藤蔓墙在走，却没看到任何出口，而林中的湿气则越来越重。牧师有一些绝望了，陡然倒在那藤蔓墙下，又因了那干粮已快吃尽，他更是饥寒交迫，他太累了，终于昏睡了过去。

不知睡了多久，牧师睁开眼睛，发现一只大黑鸟偎着他，这让牧师很感动，草地上的湿气一层一层向他身体里渗透，这只大黑鸟却向他的身体传来一丝温热，牧师知道，这几只大黑鸟是跟着冷树从喀图来到这里的，而且一路上他看到当冷树去摸它们时，它们都适当地与人类保持着距离，而此时，这只大黑鸟却依偎在他的身边。牧师伸手去摸这只大黑鸟，大黑鸟稍稍闪躲一下，慢慢接受了牧师的抚摸。

牧师抬起头，突然看到这藤蔓墙里有一丝白光闪烁，他有点奇怪，想，这是什么？这隐隐的白光若不仔细看完全看不到，隐藏在错综复杂的藤蔓墙的中间，忽隐忽现，定睛去看，原来那是一条白色的枝条。他盯着那隐隐的白光一直走，发现那根细微的白色藤条曲折地在墙里隐藏着，非常隐秘，却像这墙的一根脉络一样。牧师心里有了一种冲动，他伸进手去，一把抓住那根白色的藤条向外拽，当他拽住这根藤条时，他感到这巨大的藤蔓墙开始微微地抖动，牧师突然灵机一动，想，难道这是打开这藤蔓墙的一个阀门吗？牧师更加用力地拽这白色发着微光的藤条，这根藤条竟是如此的长，牧师拽了好久好久，又还怕用力不当，将它拽断了，当他最后小心地用尽全力将这根藤条拽出来时，只听轰隆一声巨响，这堵藤蔓墙仿佛被抽去了命脉一样，轰然倒地，众多错综复杂的藤蔓像溃散的蛇一样，坍塌于地，四处逃散，瞬间便化进了土里，再不见踪影，只见得墙外，满眼绿色，阳光四射！

牧师惊呆了，原来最后的豁然就是只坚持这一点点，再坚持这一点点，这么难却轻易地在这样一个细微的地方让他得见了光明。牧师眼里涌出薄泪，抓住自己胸前的十字架吻了一下，接着默默祈祷。

12

冷树与方芳、简三一路返回，冷树虽心有不忍留下牧师，可看牧师那偏执的表情，也只有作罢。他们沿原有的方向往回走，虽说现在不像在藤蔓墙时那么阴暗，却也感到茫然无助，不知走向何方。

大家只有靠一路走来沿途所遇景象回忆来时之路，返回的路仿若比来时容易一些，又因冷树沿路曾在一些地方留下记号，现在也正好派上了用场。向前望，照这样下去再不过两天，他们就能走回到取水的那棵大树下。那么过不了多久，就可到刚入森林的地方了，这时冷树突然后悔了，后悔不该把牧师一个人留下，他想，或许自己应该再劝劝牧师，再劝一劝，再努力一下，他也就会跟着他们一起回来了。

此时是正午，太阳光从树间照进来，林中仍有雾气，使人觉得那阳光也显得隔膜。在森林深处有鸟儿幽幽叫着，一声比一声低，渐渐绝了声。

不知为何，方芳突然觉得胃中一阵剧烈疼痛，接着冷汗直冒，豆大的冷汗从她的额头冒出来，冷树不知她这是怎么了，急得手忙脚乱，他摇着方芳问："你怎么了，怎么了……"方芳无辜地看着他，只是摇头，自己也不知是怎么回事，突然她仿佛想起什么似的，抬起手来，指向远处的一棵树。

冷树很纳闷，这棵树怎么了？冷树看到方芳的身体开始痉挛，接着连眼里的光都散了……冷树吓坏了，他跑过去看方芳指的那棵树，像是一棵樱桃树，所不同的是结的樱桃却都是金黄色的，散发阵阵奇香，难不成方芳吃了这树上的樱桃？再看向简三，那简三却定睛看着那樱桃树。看了许久，简三回过头看着冷树道："这是金樱桃，我游走于赤乌国时是见过的，是有毒的，都说这金樱桃是当年使用暗刑的人用来让罪犯招供的，吃了这金樱桃，先是意识涣散，过不了多久身上肌肉会麻痹，若不及时解毒，会导致瘫痪的。"

冷树听后，急得大唤："这可怎么办啊……"他跑向方芳，看到方芳脸色已开始发白，且脸部肌肉奇怪地抖动着，这时，他突然也开始怪她："为什么你总是这么好奇？对什么都没有敬畏之心？"他把她抱在怀里，紧紧地抱着，眼里急出一层薄泪来。

简三又打开他的大布袋子，在布袋子里摸索着，摸出一个小盒子来，那盒子是檀木所雕，上面还有精致花纹，一看里面便是贵重之物。打开盒子，里面是一颗白色的药丸，葡萄般大小，他道："这药叫白灵散，也是我在金月城做生意时买来的，这药可去奇毒，你给她吃了吧，或许可解她这金樱桃之毒……"冷树伸手去拿，此时，历史的一幕再次重演，当冷树伸手去拿时，简三再次收回他递过去的药盒，道："这白灵散，三十个金币才购得一丸，你有什么可以给我？”冷树再次抬眼向那简三望去，却发现那简三依旧是温和而固执地笑着，温和中透着坚定。冷树眼里射出寒光，方芳的身体又开始痉挛，在他怀里痛苦地抖动着。冷树看向简三，问他：“你觉得我所带之物有什么是你可以看得上的？”那简三眼光柔软下来，丝线般绕向冷树的行李，然后定格在那件烟狐皮褛上。冷树明白了，他想起在中转客站时，简三就曾对他的烟狐皮褛久久注视。他冲简三道：“拿去，给你，希望你的药真的是可以解奇毒……”简三将那檀木盒子交给冷树，径直向那烟狐皮褛走去。他将那烟狐的皮褛久久抚摸着，感叹于这世上最典雅华丽衣服的触感。

冷树给方芳吃了那药丸，却也并不见有效果，方芳出的汗打湿了头发，贴在脸上小河般蜿蜒，冷树向简三大叫道：“怎么回事啊，有没有用，为什么不见好呢？……”那简三走过来看看说：“不着急的，再等等，那金樱桃是奇毒，哪里这么快就解了呢？”那方芳大力出汗，身体却抖动得更加厉害，比刚刚还要厉害，冷树吓坏了，向简三射去怨恨的光：“你这药到底是不是真的，不是骗我的吧？”简三看看冷树道：“我做生意从不欺人，我收了你钱，定然给你的是真正的药，我们做生意不是这样做的。”冷树却觉得方芳在自己怀里抖动得越来越剧烈，最后口里吐出黄色的水来，冷树忙将她翻过来，让她向下吐尽这致命的水。吐尽这黄色的水后，方芳慢慢睁开眼，呼吸渐渐平稳，脸色也稍稍转好，冷树终于松了一口气。

方芳很委曲，她说，她看那果子和赤风镇的一种水果叫黄仙儿的是一模一样的，那果树也是一样的，便摘来吃了一把，哪知差点送命于此。那简三呵呵一笑，走到那棵树下摘下几颗金樱桃，拿来给方芳和冷树看，他说：“你看，黄仙儿那种果子我也是知道的，你看，这金樱桃虽与黄仙儿长得一模一样，但这金樱桃底部这几个白点，这便是毒啊，你怎么能觉得它们一样呢？这世界上有很多东西看似模样或者形式一样，其实可能是两种完全不同的东西呢，只有在一定情况下才会露出真正的面目来。”方芳和冷树仔细看去，果然，那金樱桃底部有两三个白点，看似美丽雅致，却不想是剧毒。

那简三得了冷树的烟狐皮褛，心下欢喜，抚摸了许久，才将它也放入到他那大的布袋子里去，布袋大了许多，那简三再背上那大的布袋子，让人莫名觉得人更圆润了。方芳看到烟狐皮褛归了简三，非常歉意地看向冷树，冷树安慰地拍拍她的肩。方芳一路与冷树盖那烟狐皮褛，知那衣服是世间少有的东西，不免为自己的过错感到懊悔，她道："等回到中转客站，我一定让爸爸重新给你买一件……"冷树笑笑，并不去理她。

正说话间，突然听得哇一声大叫，冷树心下灵机一动，心想难不成是大黑鸟，于是抬头看去，果见一只大黑鸟飞来，这大黑鸟飞落在冷树脚下，眼看向冷树，冷树看到它脚上绑有一个纸条，心下一喜，想是牧师让这大黑鸟捎来的。他展开那纸条，只见上面写：已找到出路，速归。按原来方向前进。

冷树大喜，想这牧师如此偏执，原本以为他是一种盲目的固执，不想竟然真给他找到了出路。方芳因为刚刚病愈，有气无力，于是冷树背上方芳和行李，简三背上他的大布袋子，三人又沿返回时的路再度返回，大黑鸟上上下下，一路伴行，很是快乐。

冷树看着那大黑鸟，心想，难道冥冥中，这大黑鸟知道牧师一定可以找到出路？如若不然，它们一路从喀图跟着他到了这里，在他离开牧师的时候为何却愿意与他分开呢？

13

冷树等三人再见到牧师时，牧师站在阳光里的一棵树下，那里已是森林的边沿，冷树来回找那巨大得高不见顶的藤蔓墙却发现荡然无存，这是怎么回事呢？三个人想起几天前的阴暗与绝望，而此时却是另一番天地，觉得简直不可思议。

牧师呵呵笑着，蹲下去抚摸那只曾在他昏倒时给他温暖的大黑鸟，那大黑鸟让他摸了两摸，接着又稍稍挪开点距离，冷树更是惊叹了，他曾多少次想要摸摸这些大黑鸟却从来没有得逞过，牧师却做到了！

那简三一见牧师缓缓叹道："这中转客站里，瞧来瞧去，我惟有瞧出你们有去往罗马的可能……"牧师听了他话，并不吭声，看到冷树背着方芳，便过来看方芳，得知她中过了剧毒后，自责道："我若不让你们返回，那么方芳也不至于中毒……我总是这样，缺少让别人信服自己的勇气……"

牧师想着方芳病中，便与大家商量在此休整一日，明日再启程，好让方芳调理一下身体。大家久已没做过饭，没吃过熟食热物，不想这简三竟然从布袋中拿出一个小吊锅来，大家点了火，采了树下的白蘑菇，一小块牛油和一点点盐巴，香喷喷煮了一锅蘑菇汤。方芳疑心那简三会不会用他的东西也要收钱，只见简三会心一笑，并不去理会方芳，将目光放远。方芳不好意思低下头，羞愧于自己小看了他人。

坐在阳光下，喝了蘑菇汤，吃了发糕，大家感到身体舒坦多了，前两天身体里的阴湿之气一时间去了大半，方芳的眉宇间也终于有了血色。三只大黑鸟很长时间随他们穿行于林间，不曾痛快地展翅，此时则跃向高空，久久盘旋，最后才飞回树下，收回它们巨大的翅膀。

大家在树下望去，出了森林，看到有一段平坦的路，沿这路走过去途经灰色山脉的边沿就可到达黑风峪，看着那平坦的路，不禁让大家都有点跃跃欲试，牧师笑笑道："不着急，大家还是攒攒力气，然后再向黑风峪去吧，想来我们这一路的磨难也差不多了。"

隔天一起上路，少见的平原地带使大家都心情愉快，方芳因调养一日气色也恢复不少，不用冷树再背着她，却行得缓慢。牧师知那简三得了冷树的烟狐皮褛，微皱了下眉，却也坦然。无疑，这简三现已成了这一行人中最富有的人。

这平原地带，少有绿色，却偶尔长有一片片的庄稼，不知是谁在这里种了庄稼，却无人来收割，只见地上落了厚厚一层的谷子，厚厚一层的高粱。可是不收割又为何播种呢，真是奇怪……

一路向前，忽看到一片浓郁的紫色，定睛去望，才发现是一片郁金香，连绵至远处成一片紫色的海洋，方芳发出惊叹的叫声，她在中转客站哪里见过郁金香呢，她只小时在图画书上见过郁金香，在中转客站那酷寒之地却从没见过郁金香。方芳虽身体还虚弱，却不禁走向那郁金香的海洋，这时冷树在她背后喊到：“方芳，不要去，你忘了小人花还有金樱桃了吗？”听了这话，方芳不禁停下脚步，回头望望冷树和牧师，牧师并不说话，也持保守的神色站在那里凝望，这突然而来的郁金香海洋是让人感到疑惑。方芳恋恋不舍地退回来，跟着大家继续往前走。

那简三对那紫色的郁金香并不感兴趣，早早已走在前面，背着他的大袋子缓慢地前行着。不一会儿，他转过头来对牧师说：“郁金香？这地方会出现郁金香，鬼才信，那绝对是幻景，我早听说这去往罗马的途中幻景重重，真是没错……傻子才会被这种景象迷惑呢。”

又走了半日，太阳已至当空，普照大地，不远处不知什么反射着太阳的光，闪出耀眼的金光，不停晃人眼睛。这一次换那简三停下脚步了，不光是简三，所有人都停下了脚步，大张着口。

那是一片看不到边的麦田啊，麦田里的累累麦穗巨大无比，这不奇怪，奇怪的是，这田里所有的麦穗竟全部是金子的！大家疑心这里是否已经到了罗马了，若不然哪来这样的盛况。那从来镇定平和的简三激动得在田边搓着手，来来回回打转，像只不知如何是好的蚂蚁一样，完全不能相信眼之所见为真，他做了一辈子生意哪里见过这么多的金子啊！牧师和冷树此时也露出了惊疑的表情。

简三终于忍不住走进了麦田，伸手折了一个小麦穗，放在眼前看一看，再用牙齿咬一咬，没错，是金子！简三转过身来冲大家狂喊：“是金子的！是金子的啊！……”

当他一踏进那麦田便已经欣喜若狂了，眼里只盯着那些麦穗而去，完全忘了自己刚刚不久前对方芳迷恋的那片郁金香海洋所下的结论，如同被施了魔法一般。牧师和冷树站在路边向他喊：“不要，回来啊！”那简三根本听不到了，头也不回地向前走去，他走到一棵最大的麦穗旁边伸手折了，定睛再看，果然是金子的，喜上眉梢，于是继续向前走去，那一路不停有大的麦穗吸引他向前。折了这一个，前面那一个好像更大，折了前面那一个，左边那个好像更瓷实，他一边折着一边往自己的大布袋子里装，那大布袋子越来越大，甚至于要他拖在腿上走了，他仍不能罢休。这边，牧师和冷树在路边跳着脚喊他回来，他却仿佛没有听到一样，一路向前，不思回返。

牧师和冷树终于沉默了，在田边久久伫立，不去管他了，直到他在麦田里越走越远，成为一个小小的点。那麦田在正午太阳光的照射下，如海洋一样泛出一层一层金色的麦浪，涌向远方，渐渐淹没了简三的身影。

冷树看向牧师，意思是要不要去拉他回来，牧师摇摇头说："他到底是个生意人，心里只有利益，或许去罗马在他的眼里也是一次生意，他已经找到他去罗马要找的东西了，他不会回来的。"

大家在那麦田边站了许久，终于开始行路，少了简三，都莫名觉得少了点什么，却不说，只是继续行路。这时，他们看到了灰色连绵的山脉，他们只要穿过灰色山脉边沿的一个山涧便可去往黑风峪了。一个时辰后，便到了灰色山脉，大家沿一个斜坡下去，那里有一片悬崖，从悬崖上面而过，便穿过这山脉了。

从斜坡下到涧底，这涧下便是一片悬崖，从上面望去，有些地方深不可测，黑洞洞一片，有些地方则是一片汪洋。他们三人走了许久，紧紧沿着那崖壁一路往前走，走到中间，向下望去，突然，冷树发现那悬崖中部有一个灰白色的东西，怎是那样眼熟，再定睛去看，那不是简三的大布袋子吗？于是更用力向悬崖深处看去，看到一个人躺在崖底，正是简三！冷树大叫，向牧师指向那里，让牧师去看。牧师微皱着眉，沉默了。难不成，那片金子的麦田就通向这深渊？再想，那简三不知在这金子的麦田里走了多远啊，那是多么大的一片麦田啊？

三人突然有点自责，觉得该去拉这简三回来的，不管怎么他都是与他们一起出行的，且他还救过方芳一命。

只见那三个大黑鸟腾空而起，飞向悬崖中，三鸟合力将那个大布口袋叼了上来。冷树与牧师将那大布口袋打开来，里面塞满了金子的麦穗，他们将那麦穗取出来放在地上，看里面还有什么，发现除了冷树的赤金匕首和烟狐皮褛还有很多稀奇古怪的东西。好奇怪，那金子的麦穗放在地上不多一会儿竟然就化成一股烟不见了。方芳看见了，大张着口，惊得心有余悸，不免想，那紫色的郁金香不知是不是也会这样化成烟了呢？

14

黑风峪到了。

这便是传说中踏上罗马城的正途吗？这两座黑色山脉的山峪让人觉得阴森而恐怖，一踏进这条通道，便感到阴风阵阵，这通道比灰色山脉的崖壁要可怕多了，无数蝙蝠在这空旷的山峪间飞行，越往里走越黑，三人开始有点迟疑，此时，连三只大黑鸟都开始迟迟疑疑惧怕向前。在黑暗中，牧师的眉皱在一起，他轻轻地说：“走吧，过了这一关，我们就到罗马了。”冷树点点头，伸手拽了拽方芳的手。

他们终于知道这黑风峪为什么叫黑风峪了，不但黑且有阵阵冷风，这两座黑色山脉夹在一起所成的通道竟看不到一点点天色，只隐约可看见前进的道路。起初他们还有带来的蜡烛照明，但走过一天后，蜡烛已经用光，只有在黑暗中摸索。所幸，三只大黑鸟仍旧忠诚地跟着他们，偶尔在黑暗中咕咕叫两声，表达它们的存在。

这山间道路崎岖蜿蜒，有些旁边便是深不见底的悬崖，稍不小心便会葬身于此，牧师在前方引路，冷树和方芳紧随其后，走了一天后，终于有了困顿，坐下休息。

黑暗中，他们沿崖壁坐下，刚刚坐下，只见黑影重重，铺天盖地向他们俯冲而来，牧师大叫一声：蝙蝠！这些蝙蝠全部如乌鸦般大小，吱吱叫着，对人全无惧怕之心，它们的眼睛在黑暗中闪着奇怪的说不清的一种光芒，先是明黄，再到橙红，甚是恐怖。冷树从书中知道蝙蝠是瞎的，可这里的蝙蝠仿佛都可以看见似的，全部冲向他们而来，那眼神空洞而狠毒，一只蝙蝠落在牧师脸上，双爪紧箍住牧师的肩膀，冲牧师脸上咬去！天哪，这些蝙蝠是吃人的！牧师大叫一声，猛地从自己身上扯下那只蝙蝠甩向远处，看来这只蝙蝠是这群蝙蝠的领头，那只蝙蝠被甩出去后，蝙蝠群稍稍停止了对三人的攻击，但仍在他们周围飞来飞去，等待机会。这个时候，方芳吓得哭了起了，她终于后悔了，抓住冷树的胳膊道："我不去了，我要回中转客站去，我不去了，爸爸说得对……"冷树一把抱住方芳，冲她竖起一根手指，嘘——了一声，他说："不可以的，千万不可以哭，你这样，这些蝙蝠会发现我们的害怕，便会一冲而上吃了我们的……"方芳吓呆了，在黑暗中睁着惊恐的眼，只是不停发抖。这时，牧师感到越来越多的蝙蝠正在向他们逼近，吱吱声越来越响，他突然灵机一动，对冷树大喊道："行李里那瓶麻籽油拿出来！"只见他脱了自己斗篷，绑住那根他用来当拐杖的木棍，将那瓶麻籽油全部倒在自己斗篷上，点燃了，火光哗——一闪，牧师高举着火把猛得伸向空中，只见吓得那些蝙蝠群向后一退，仍在空中盘旋。是的，蝙蝠是怕火的，冷树想起来了，这些终日待在黑暗中且只在黑暗中出没的家伙是怕火的。牧师高举着火把在黑暗中，火光照亮了他棱角分明的脸，那脸上透出一股无畏与果敢，他用火把向靠近他们的蝙蝠打去，被打中的蝙蝠发出吱的尖叫声音，瞬间射向远方。这时，几只大黑鸟也跃入空中，它们扇动着巨大的翅膀，并发出像碰到狼群时那样原始而恐怖的声音，向这团团围绕着他们的蝙蝠群发出警告……准备与这蝙蝠群进行殊死搏斗。

那些蝙蝠终于害怕了，一一飞离了他们，消失在黑暗中。大家松一口气，这时火把也渐渐灭了，冷树看到，牧师脸上有蝙蝠咬下的两个齿洞，手上也已被烧得伤痕累累，冷树在这一刻有一种奇怪的感觉，他发现牧师的身上有一种力量，这种力量就藏身于他瘦弱的身体里，在某一个时刻会无限放大。

终于可以安全地坐下来休息了，冷树将从简三包里拿来的烟狐皮褛拿于牧师穿，牧师点点头，谢了他。牧师刚刚披上这皮褛便对冷树道："怪不得，你这衣服谁都惦记着，真的是好呢，可惜我穿不了，我火气太大，太热……"冷树笑笑，将自己身上皮袄脱下来给牧师穿，自己则再穿上这烟狐皮褛，此时想起那简三，竟也没顾得上穿一穿这衣服，便坠下山崖，不免有些伤感。

夜半时，冷树摸摸方芳，发现她已在烟狐皮褛里熟睡。在黑暗中，冷树第一次问了牧师一个他本不想问的问题："你为什么要去罗马，那里有什么是你需要的？"

牧师在黑暗中沉默了许久，才缓缓道："你可知我从哪里来吗？我是从天灵国来的，我小时六岁便想要当牧师，传教与身边的人，帮他们解除痛苦，可越是坚信这一点，越是难以达到。我们那个国家，很多孩子吸食毒品，城外种着大片大片的黄麻碱，那是一种植物，是天灵国特有的一种植物，可麻痹人的神经，那黄麻碱微甜带有辣味，孩子们嚼食过后，脑里会出现幻境，全是非常美好的事情，让人飘飘欲仙。后来就有孩子终日沉浸于嚼食黄麻碱的时光里，对生活感到索然无味。生活中任何一点点痛苦，都让这些孩子不能忍受，然后再依赖黄麻碱逃离生活。我曾游说于政府，希望国家不要再种植黄麻碱，却遭到拒绝，因为成人也觉得这很正常，他们也需要吸食这种东西，且为这个国家有这种特殊的植物而津津乐道。我们国家自古时起，黄麻碱就在我们生活的传统里，一辈辈相传，我在自己教区里也时时向这些孩子和他们的家长苦苦劝说，却没有人听，我甚至看到有些父母将那黄麻碱当成饭菜似的给孩子吃，孩子一为什么事难受就给他们吃，真是愚昧啊……看着那些孩子一个个身体越长越结实，意志却越来越薄弱，一个个眼神迷离，精神涣散，整日沉浸在虚幻的美好里，乐不思蜀，完全不知最真实的生活和生命该是什么样的，他们把虚幻当成真实，把真实却当成虚幻，这多可怕，你能想象吗？"

听到这里，冷树问："那你去罗马能怎样呢？"牧师说："人人都说罗马有你想要的一切，我想找到一种方式可以使别人信服于我，改变这种现状。为什么我的国家会允许人们精神越来越薄弱？愿意沉浸在种种假象里，而且还要把这种假象一代代遗传下去，当成一种生活习惯遗传下去？让每一代人都有这样的血液？而我明明看到了，为什么找不到一种方式让别人明白，让他人理解我所表达的东西，这是为什么？我六岁起就想当牧师，却连这么简单的事情都做不到，那么我存在的意义是什么呢？我想是否到得罗马，我便可以寻求到一种解救的办法，可以寻求到一种使别人信服我的方式，为什么我总是缺少让别人相信我的能力？罗马是否可以解决这些问题，都说那里是至上的光明之地，不是吗？"

冷树听呆了，牧师说完这些后，他久久沉默着，他被牧师震撼了，他完全没有想到看起来偏执的牧师心中藏着如此宽广的梦。

黑暗中，冷树突然第一次扪心自问，那么自己去往罗马的目的是什么呢？他这一路一直懵懵懂懂，跟着牧师竟然也走到了黑风峪，是什么支撑他想要去往罗马呢？

他自小聪明过人，又博览群书，身旁未有人可使他折服，他对知识一味吸取的同时也感到难耐的孤独与寂寞，求知成了他生活最大的一个意义。人人都想去罗马，都说罗马是万福之地，好像只有去了罗马，才对这世界真正有了绝对的话语权，才是求知的最高境界似的，他去罗马为的是什么呢？冷树突然心里一惊，他明白了，他去罗马只是为了虚荣，求知的虚荣。和牧师比起来，他是多么苍白而弱小啊……冷树明白了，为什么在他离开牧师返回时，那些大黑鸟不跟着他走，牧师确实心里充斥着爱，他瘦弱身体里的爱让他有了一种坚定与纯粹，连鸟都为他所折服。这时，冷树反问自己，他有什么，除了这份孤高的虚荣，他可为他人付出过？他爱过谁呢？长久以来，他除了爱知识，爱自己，爱过谁呢，父亲，姐姐？他从小在神童的光环里自居，除了求知，他哪里知道爱？可不懂得爱，他要那么多知识有什么用呢？如果说，他开始懂得一点点爱了，也是从中转客站遇到方芳开始。在这一刻，冷树异常想念父亲和家人，以前他从不觉得父亲爱自己，可在这一刻，他突然觉得父亲亲切起来，他甚至觉得他从中转客站带走了方芳都是一种罪过，方老板心里有多少爱啊……冷树终于明白，人要有爱，如若没有爱，你拥有的知识再多，顶多你只是一本活着的百科全书，全无意义！

冷树转过头去看着牧师，在黑暗中，他看不太清牧师的脸，但他却可以看见牧师的眼睛在黑暗中闪闪发光，竟是极亮的，他对牧师肃然起敬，他第一次折服于一个人，不是因为这个人拥有的知识，而是因为他的精神。同时冷树也想，牧师想要去罗马寻找的东西，或许本就在他的身体里，只是他还未意识到，还不懂得开启？

冷树拿出行李里一个小酒壶递给牧师，牧师接过去喝一口，再还给他，他也喝一口，两人都感到身体里有些放松和暖意，然后渐渐睡去。

大家睡了大约有五六个时辰，又开始行路，在这山道上摸索，行了半日，突然感到睁不开眼，原来他们终于从这黑风峪走出来了……他们又重新见到了太阳，太阳刺眼的光芒照耀着大家，使他们长久处在黑暗中的眼睛感到一阵阵刺痛。

出了黑风峪，牧师向前望去，竟然看到一条白色的路，这条白色的路异常宽阔，一直通向远方，仿若远方有一个城似的，朦朦胧胧，看不真切，如同幻境……那，可是罗马城呢？……

15

方老板记着的，牧师和方芳他们已走了三个月了，中转客站的客人来了一拨又走了一拨，他们那一拨人却仍是杳无音讯。

中转客站的春天来了，今年的春天仿佛来得晚了一些，但总归是来了。首先方老板发现杨树林里的杨树吐出嫩绿的芽珠来，接着他发现树根处拱出小小的蘑菇，连杨树林里的土壤在春天里都会变颜色，不再是那种生硬的深灰色，而渐渐趋于深褐色，显出一种湿润与柔软来。

方老板有些纳闷，一般来说去往罗马从中转客站出发，三个月就该有音讯回来，而这一次竟如此漫长，不过他是听过太多故事的人，知道出了这中转是险途的开端，会碰上任何稀奇古怪的事情，倒也没有什么是完全不可能的。他带着小黑狗慢慢从杨树林往回走，这小黑狗以前是方芳来喂的，方芳走后，方老板让那伙计喂了一阵，却发现，伙计常常忘了喂，有一段时间这小黑狗便饿得皮包骨了，眼里总是蒙一层水光，还在客人吃饭时可怜巴巴地望着，一只眼睛它也能望得可怜巴巴，方老板不免笑了，于是开始自己喂这个小家伙，有时心情好时，还会给它几片牛肉吃，小黑狗便开心得不得了，现在它总是把方老板跟出跟进。

从杨树林里出来后，小黑狗突然不安分了，回头望望方老板，一路吠叫着急急地向客站跑去，方老板心下一动，难道有什么情况吗？

还没到客站，便远远看到伙计站在门前向他挥着手大叫，想是有人回来了，于是加快脚步向客站走去。

一走进店里，方老板便看到那大汉，原来是那大汉一路人回来了，他刚想问他们是否见过方芳他们，细看去，却觉得有点奇怪，大汉坐在窗下，痴痴一动不动，方老板转头看向其他人，发现这一路去往罗马的人少了两人，便是那元二元三两兄弟。他疑惑地看向宏五和那个眉心文着麦穗的女人，却见他们许久不愿吭声。他们身上的衣服已是破烂不堪，脚下的皮窝也磨出了洞，人是两眼空洞无神，仿佛早已筋疲力尽，嘴上一层干裂的伤口，渗着血丝。方老板赶紧让伙计去后厨给他们先倒杯奶茶来压压惊，润润喉。再去看那大汉，曾经非常自信自己一定能去往罗马的大汉，他不停地喃喃自语：“没有一条路可以到罗马，没有一条，条条大路都不通罗马……条条路都不通罗马。”听到大汉这样说，方老板微微皱了眉，他知道，他们定是遇到不寻常的事了。

这几人喝完奶茶，终于平静下来。方老板也终于从宏五与他妻子的嘴里知道了一切，原来，大汉与他们连灰色山脉都没有走出去，更不要说到达黑风峪了。在进入灰色山脉后，大汉选择了那条有着小小湖泊的路，那是穿过灰色山脉最近的路，且在这最近的路上他还要抄近路，他实在是太急着去罗马了，可让他们奇怪的是，他们规划出的近道，明明昨天已走过，第二天早上醒来，仿佛那山脉会自己移动似的，原模原样还是昨天的路。起初他们以为是自己记错了，后来却发现根本不是，而且他们无法退出来，别的路奇迹般的都不见了。这一路人一遍又一遍地重复着走昨天刚走过的路，那山脉仿佛有灵性似的，与他们作对，折磨着他们，直到他们把那路走了四十多遍后，精神已达崩溃的边沿，终于才能退出来。

这太可怕了，急着去往罗马的大汉终于在走了那么多次回头路后，精神失常了，其余的人也丧失了去往罗马的信心，只有沿途返回。返回途中那元二元三两兄弟却贪玩，走进了开满桃花的那条路，再不见回返，他们在那条路上找了很久很久，都没有找到两兄弟，不知他们去了哪里，只看到那桃花林越开越密，却不见这两兄弟的人，只有由他们去了。

宏五和自己的妻子完全还没有从那山脉的恐怖之中醒悟过来，他们终于是认识到了这罗马之途的危险与诡异，每一个人去往罗马的经历都不一样，所走的路也都不一样，这是怎么回事，难道有多少个人，就有多少个去往罗马的险途吗？

方老板看了看，只有那个叫墩子的青年倒还算正常，他眉眼有点稍稍分开，起初看上去有点傻似的，现在看去，有了这罗马之途的历练，倒是多了一分庄重之气。听了这些，方老板并不感到惊奇，他听过的故事太多了，这些都是再正常不过，罗马如果那么容易去，也就不会称之为罗马了，况他几十年在这里看着中转客站，又见到了几个真正去到罗马的人呢？

大汉仍坐在窗下，方老板想起他初到中转客站时，急迫而冲动的样子，不免伤感，这罗马之途真是害人之途呵。大汉的信心确实被摧毁了，完全是一种神经错乱的状态，像不时在躲避着什么似的，一惊一乍，甚是可怜。

这个夜晚，方老板端一杯烧刀，走到大汉面前道："你还记得吗，你说你回来时，要我留两坛烧刀给你，与我一起喝呢，还记得吗?"大汉抬起眼看一眼方老板，问："你是谁，我怎么在这个地方?这儿哪条路是去罗马的，我要去罗马，为什么没有一条路是可以去罗马的?"方老板不说话了，一个人默默地抿掉那杯烧刀。

向窗外望去，可以看到星星了，也只有在春天，中转客站这个地方可以少有的看到星星。方老板想，不知方芳他们现在在哪里，遇到了什么样的经历，是否一切平安，想起这些，不免心乱如麻，长长叹一口气，再倒一杯烧刀，慢慢来喝。

16

宏五和他的妻子、墩子一起启程回他们家乡了，这一路人离开中转时，正是太阳初升的时候，他们的影子在太阳下成了短短的一个缩影，慢慢向前移着，方老板远远看着，想，回去了好，回去了好。

这几日来客店投宿的人不是非常多，因到了春天，有很多人便可在露宿于外面，到了中转也只是吃饭或者打听路途，了解情况。

太阳升至当空时，方老板站在客店的门前，他远远望到路上有一只狗向客站跑来，他感到奇怪，他没有见过有人带过这样一只狗啊，这只狗瘦且高，是黄色的，他仔细回忆都没有在客站里见到过有人带过这样一只狗。这只狗远远向客站跑来，仿佛它认得这个客站似的，方老板纳闷了……

当这条狗跑到客站后，便盯着方老板，方老板又仔细看了看，他确实不认识这狗，于是进店里做自己的事，那条狗看到方老板并不去理会它，于是慢悠悠踱步到房檐下，然后卧下来晒太阳。这时，只见那小黑狗，也跑出客店外，看着这只大黄狗，吠叫了两声，想是这黄狗占了它的位置。黄狗挪了挪位置，于是两只狗一并在房檐下晒太阳。

方老板给一个客人结了账，向外望出去，看到两只狗在那里晒太阳，笑笑。一抬眼，猛然间方老板看到那黄狗的脖上系着一条头巾，这头巾怎么感觉这么熟悉呢，他在哪里见过似的。这个念头一闪就过了，方老板起身上楼，刚一踏上楼梯，他突然灵光一现，是了，他想起来了，他想起来那个头巾他哪里见过了，那是艺术家的头巾！那条有着蛇皮般花纹的头巾是艺术家的。方老板立刻转身跑出店外看那只黄狗，是的，没错，那头巾是艺术家的，可这头巾为何寄在这黄狗的脖子上？方老板再看去，他便发现那黄狗的一双眼睛哀怜地看着他，那眼睛竟然那么像艺术家，太像了……方老板心猛地一抖，后退一步，仔细打量这只土黄色的狗，他发现真是的，这只狗的气质与感觉像极了艺术家。大黄狗看到方老板看它，站直了身子，也直视着方老板，这时方老板相信了，这只黄狗真的是艺术家，那眼神他记得，艺术家凑在柜台上和他说话时，就是这样的眼神，难道？艺术家被变成了一只狗？这怎么可能？方老板被自己的设想吓了一跳，他捂了捂大张的口，看看周围，没有作声，他知道没人会相信这一点的。于是到后厨拿几片发糕来喂这黄狗，大黄狗看到发糕异常委屈地吃起来……

方老板想起艺术家上路时一个人那孤高的神情，不知他去罗马的经历是怎样的，这只大黄狗到底是不是艺术家？

17

春天很短暂，杨树林的叶子才抽了一茬，刚刚吐出一些树叶来，这春天像又要过去了似的，有了丝丝冷意，中转客站这地方的植物也早已适应了这里的气候，在春天到来的这一两个月里，便努着劲地长，快速进行着自己身体的轮回。树下又有淡紫的小花开放，星星点点，错落有致地在林中相嵌。

在春天里，中转客站是少有的清闲，客人不是太多，他们不用整天轮番地为来来去去的客人服务，一些伙计和下人可以在客站外晒晒太阳，说说闲话，把库房里存的干货与衣物拿出来晒一晒，后厨的各种干货被春天的太阳照耀着，散发出一种复杂的味道，肉干和鱼干最多，酱红的肉干和赤金的鱼干在屋檐下交错着排出长长两队来，看上去甚是美丽。皮货被挂在院子里，风一吹，有兽皮特有的味道阵阵袭来。几个伙计闲来无事，半倚在那里，掏着耳朵，抽着烟卷，享受着中转客站少有的美好时光。

方老板现在已经不去想了，他想得太久了，反而觉得没有感觉了。所以当牧师他们出现在这阳光里时，方老板完全觉得像是他的幻觉，因他常常幻想女儿和牧师一行人这样出现在中转客站里。

直到方芳走到他的面前，泪眼汪汪地喊一声："爸爸……"他才知道，这是真的，他们真的安全地回来了。方老板摇摇头，三步并作两步从柜台里出来，激动得不知如何是好……方芳看着方老板，眼泪终于掉下来。方老板抚摸着女儿的头发，好像在验证这是不是真的女儿一样，摸了一摸，是的，这是他的女儿，终于喜笑颜开。

伙计忙后厨去打水倒茶……大家都为老板的女儿能平安回来而高兴。洗脸水打出来，放在客站外，他们三人在阳光下洗脸，小黑狗激动地围着方芳的腿打转，小尾巴像朵花似的卷起来，欢快地摇。

方老板端详牧师，阳光细碎，星星点点撒在牧师的脸上，那牧师微微笑着看他，他发觉牧师较之来时，脸上多了一种平和的光芒，脸部的曲线也不像刚刚来中转客站时紧张而冷峻，变柔和了，连头发都变了似的，可怎样个变，方老板却说不出来。

牧师脸上多了两个齿洞似的伤疤，不知是给什么咬的，但是这有什么，能活着从罗马的险除中回来，这又算什么！

方老板激动万分，一把拉住牧师，不知说什么好，他终于觉得没有把方芳交错人，牧师真的把一个完好的方芳给他带回来了，他不知道有多欣慰。方老板握着牧师的手，发现牧师的手上满是伤疤，累累的伤疤，一层盖一层。可方老板仍是高兴的，能活着回来，这也不算什么!!

冷树站在牧师的背后，方老板看到他，却觉得这冷树不再是一个少年，他来中转客站时还是一个少年，现在却让方老板觉得是一个成人了，这种感觉非常微妙，他真的变成了一个成人，有了一种沉重，像是一棵树终于扎根泥土，不像来时那样毫无目的，空泛优雅。

方老板再望一望，问："那简三呢？……"看三人都不吭声，方老板便知结果，不去问了。

夜幕降临时，方老板与牧师对坐，仍是一壶烧刀，他倒一杯给牧师，只问一句："到了？"

牧师依旧微微笑，却不回答方老板的问题，只是喝酒。方老板看着牧师的眼神，他不再问了，他知道，问了也没用。牧师抿一口酒道："我找到我要的东西了，到不到罗马又有什么关系呢？"

方老板奇怪地看着牧师，他不知是什么意思，既然他找到他想要的了，那肯定是到了罗马了，可是听牧师的话，又仿佛没到，这是怎么一回事儿呢？方老板半生所见，到过罗马的人，没到过罗马的人，最后都变得奇奇怪怪……也不去深究，方老板这一生最善于的大约就是放弃，包括——放弃追问。

客店里人都想听听牧师和冷树到得罗马的经历，可是很奇怪，两人都紧紧抿着唇，并不作声，再去问那方芳，他们可否到得罗马，方芳也只是轻轻摇摇头，她说：我们看到罗马城了……于是众人便问，那罗马城是什么样子，这时，方芳也沉默了，低下头再不言语。难道这罗马城，只能看到，却不能言语？

隔天清晨，牧师终于启程，他收拾好行李向方老板告辞，他对方老板说："我终于知道我存在的意义是什么了，我还有很多事要做的，而不是指望罗马可以给我解决，去罗马也是在走捷径呢。"方老板听了这话，好像听懂了，好像也没听懂。

牧师走时，春天的阳光正好，冷树与方芳还有方老板都来送他，牧师瘦高的身子在路上，沐浴在春日的阳光里，真是一副美好的景。

这个春天结束时，冷树终于也要启程回往喀图了，方芳准备和冷树一起去往喀图，方老板同意了。

那天方老板与冷树谈了一次话，这是这么久时间来方老板第一次将冷树当成一个成人那样和他交谈。方老板问冷树："你们是否到得罗马？"哪知这冷树与牧师的回答竟是一样的："我也找到我要找的东西了，到不到罗马已经不重要了……""你找到什么你要找的东西了？"冷树没有回答方老板的问题，他低下头想了很久，终于抬起头，目光清澈，非常诚恳地直视着方老板说："对不起，真的对不起，我曾经那样轻率地带走了方芳，我现在才知你有多爱她，我却没有尊重你的爱……我现在才知，爱是难的，比这世上任何事都难。"当冷树说完这句话时，方老板突然感到被什么直击心房，他发现，这少年没有撒谎，他真是找到了他要找的东西，他不再是一个轻灵优雅的少年，成为了一个有根的人，也就是在这一瞬间，方老板也放心将方芳交给他了，或许，他说得对，到不到罗马，对他来说真的不重要了。

方芳与冷树启程回喀图时，方老板很坦然，虽有不舍，但完全不像上一次他们去往罗马时那样揪心揪肺，他相信这个从罗马途中回来的少年，真的已经不再是来时那个少年了。看到冷树将方芳罩身于他的烟狐皮褛下，心里异样地踏实，方老板阅人无数，他知这少年已经完全悟得人生真谛了。

这一行三人给中转客站留下了一个巨大的谜，让人们众说纷纭，有人说，这三人早都给方老板说了罗马城的样子，且告诉了方老板去往罗马城的正确路线，只是方老板舍不得告诉众人，怕坏了他的生意。还有人说到了罗马的人，全都变得异常自私，再不会向任何人谈起罗马，怕泄了天机。

这些话方老板听了只是笑笑，并不理会，继续在柜台里将一杯又一杯的烧刀给刚刚进店的客人递过去。

18

一个清晨，方老板起得很早，昨晚他失眠了，他揉揉疲倦的眼，起床。出了房门，走过楼道，客人们都还没有起来，楼道里非常安静。他上了三楼，沿楼梯向上，来到了中转客站的楼顶，此时正是早上的五点多，有薄薄的雾飘浮着，太阳浅淡的微光隐在天际。方老板站在楼顶望去，依稀可见到远处的杨树林，再远可看到连绵的灰色山脉，还有墨绿色的森林，这些都是人们去往罗马的必经之地，但他却从没去过那里，最远，他也不过是去赤风镇采购店中所需物品，并不曾远离这中转客站。

他看到挂在房顶的那盏灯被风吹歪了，这灯很重要，在风雪迷漫的黑夜里，一定要靠这盏红色的灯来让客人们看到中转，如若不然，不知多少人会在这茫茫旷野里迷失方向。方老板有点胖，那灯又挂得稍高一点，他踩着那小小的梯子艰难地够着那盏灯，终于够着了，将它扶正挂好，然后小心下来……他到底上年纪了，一步一步小心翼翼地往下挪。

转过身，方老板揉揉眼，那是什么？远在天际的地方，在微薄的雾里，仿若有一座城似的，方老板惊奇了，他问自己，这是什么？定睛去看，确实是座城，现在像在眼前了，方老板心下一惊，怎么可能？……可，这到底是什么，连方老板自己也说不清了。

不知为什么，当方老板看到这个景象时，觉得心里特别明净和轻松……不一会儿，太阳渐渐在天边露出来，这薄雾中的城瞬间便不见了踪影。

方老板揉揉眼睛，只当是自己的幻觉，他从楼顶下来，伙计已经起床了，他听到后厨哗哗响起水声，那是伙计在烧热水……中转客站的一天又要开始了。

方老板问自己，刚才那座薄雾里的城会不会是罗马？接着他坚决地否定自己，怎么可能，他这半生都没离开过中转客站，他怎么可能轻易看到罗马。方老板也问过自己，难道自己就不想去罗马吗？却发现，他不想，是真的不想，看着来来往往的客人，进到中转客站，再从中转客站出去，便觉得这是他人生的目的。他想，人人都想去罗马，这中转客站便是我的罗马，方老板努力嗅一下客店里特有的气息，想，罗马在哪里，就在这每一天里，就在中转客站的这空气里。

天大亮时，又有一些去往罗马的人从途中返回中转客站了，他们神色暗淡，满脸倦色，坐在大厅里，一个人手里握一杯奶茶，幽幽叹到，罗马到底是什么样啊？怎么才能到罗马啊，走了那么远，怎么就是看不到罗马呢？说完后，定定看着方老板：“老板，你见过罗马吗？”

方老板摇摇头，再拍拍这个人的肩，他说：“我这一生只待在中转客站里啊……哪里见得到。”

后　记

三十年前。

方老板日记：我问了那个从罗马回来的人，他只给我说了一句话，他说：罗马是一座空城。是真的吗！？……

那是惟一一个承认自己去了罗马的人，他只向方老板耳语了一句，便哑了，从此再未开口说过一句话。

痕　迹

1

这座公寓的电梯间里装满了镜子，人一进去甚至会生出一种眩晕来，镜子里人影晃动，光怪陆离的。

安美生涩地在站在人中间，头微微低着，白色的平底鞋，淡绿长裙，头发漆黑，齐排的刘海横在眼睛上面，显得眼睛更深，深不见底了。

一声铃响，十八楼到了，施南带着安美走出来，走进自己的房间。这幢楼的十八楼是顶层，走到楼道的尽处，拐个弯沿楼梯上去便是楼顶。开了门，施南看安美换鞋，孩子样地蹲下去，不像别的女人穿着高跟鞋都是站在那里，手扶鞋柜，单脚翘起，很优雅。施南对女人太熟悉了，毕竟到了这个年纪，他看女人更多会注意一些细微的东西，他知道这些才是一个女人无法掩饰的内在。

施南算是个公共知识分子，文艺评论家，还在大学里带课。施南的文艺评论发表在各个报纸杂志上，一星期还会上一次电视节目，与另一些名家讨论时事与文艺。安美是来旁听施南课的一个学生，第一次来听课施南在讲台上便注意到这个女孩子了，总是坐在最后一排，身材丰娆，却总是穿浅淡和深色的衣服。她总是抱一个大大的笔记本，走进里面的位置时总有一点憨胖，一路别扭地挤过别人的座位到最里面那个空位，仿佛自己影响他人的任何行为对她来说都是难的。施南看着那大大的笔记本有时觉得好笑，他的课有这么多笔记好记的吗？

安美总是思考，思考时眉头一动一动，这些施南都看到了，心下暗暗地笑。施南有一年多没有女人了，结过两次婚，都离了，现在一个人生活，这些年也经常有女人出没于他的生活，这对施南这样的男人来说再正常不过了。前两次的离婚，每离一次婚他便要从一个房子里搬出去，因为他实在不喜欢过去的痕迹留在他的生活中。现在，第二个妻子，每隔一个月还来他这里，是一个作家，他们保持着良好的关系，也可以说是良好的身体关系吧。

安美坐在客厅的地上，翻看一本画册，施南端一杯果汁来给她。安美仰起头来，漆黑的头发向后荡去，阳光这时正好从窗户投进来，投在安美的脸上。那脸美得真是无邪了，鬓角有着淡淡的茸毛，仿佛这脸是一颗果实了。安美的眼睛极大，看着施南，直视施南的眼睛。这时，那眼睛不是深不见底了，黑得像是透明，里面转换着小小的影子，眼睫毛忧郁地忽闪一下，这眼睛因了全无内容而充满了内容。

施南抱出自己很多的画册与摄影集来让安美看，那些影集里有很多女孩子，都是施南曾经的作品。施南也坐到地板上，腰腹让他感到有了一点困难，到底是有了点年纪，虽然他还很结实，但毕竟也是快五十的人了。

安美的头发垂下来，埋头看那些摄影作品，突然她抬起头来说：“你很喜欢这个女人……我看得出来。”施南望去，那是一个泰国女孩，美艳无比，皮肤略略呈深麦色，当时，她在一只船上，他们要分开了，她趴在船上凝望着他，他仰视着她，拍下了这张照片。施南微微笑了一下，说，你怎么明白，那些年前的事情呢？说完这话，他突然感到有点以年纪自傲了，又微微笑着看她。

安美并不在意，继续翻看那些画册和相集，手指还快乐地有节奏地敲打着，有点调皮。施南记起，那一天在大学里，突降了大雨。他在一个走廊里躲雨，这时突然一个女孩子冲进来，泥水也一起被带进来，长发上全是水气，伴着青春女性特有的气息一起冲过来。他定睛看去，才发现是安美，曾经来旁听他的课的，那次是他们第一次说话。

施南拿起一本画册来，指着一幅名画上躺在那里的一个女人说，你看，你很像她。安美笑了，很不相信似的。施南用手将那个女的其余部分盖住了，只露了一双眼睛来。安美奇怪了，真的，是很像她的。

安美拿过来看，却不小心碰翻了果汁杯子，她小兔子一样迅速蹦起，将相册与画册抢救起来，抱在怀里，脚上是鲜红的西瓜汁，非常醒目。她低着头漠然地看着自己脚，好像那脚不是她的，怀里紧紧抱着那些相册和画册。施南又要笑了。

在浴室里冲洗脚的时候，施南一个人坐在沙发上，听着水流哗哗的声音，突然心里有了一丝悸动，他非常想进去看看安美冲洗脚的样子，是不是一只手扶着墙，一只手拿着淋浴器，头发垂下来。

那天安美走后，施南看着鞋柜旁边两只歪歪扭扭的拖鞋，久久看着。他突然发现第一次对一个女人这么好奇。他总在想象她，想象她怎样走进电梯，怎样走出这幢楼，外面的阳光明晃晃的，晚秋的阳光正好晒在她的头发上，那头发开始有点温热……

2

一打开门，施南便看到一双银灰的高跟鞋，镂空编织背包挂在储物架上，浴室传来水声，施南就知道前妻董倩来了。

董倩虽然住在这个城市，但却是个大忙人，在一个出版社作总编，四十来岁的女人坐在这个位子上也是正常的，一天从这个城市飞到那个城市的，两人都是匆匆忙忙地一两个月见一次。常常她从一个城市刚到这个城市时便会来施南这里。

施南倒杯酒，坐在沙发上，慢慢吮着。一会儿，董倩出来了，穿着件吊带睡衣，暗紫色，下摆有几朵镂空的蕾丝花。她一边擦头发，一边走过来，笑莹莹的。然后从包里取出一本书来，扔给施南，那是她新出的书。

照例，她是要在这里过夜的，晚上他们做爱。前妻虽然瘦削，但却激情饱满。施南很放松，因为他们之间简直是太熟悉了，身体上哪一块皮肤可以准确地牵动神经，他都知道，他都清楚。施南也还算健硕，皮肤与皮肤碰撞得噼啪作响。周身仿佛长满了细小的电火花。只在这一刻，他觉得与前妻是共通的，他们曾经是了解的。

完后照例要抽烟，董倩抽，靠在床上，点一支烟饱饱吸一口，烟雾便在施南与董倩之间缭绕，透过烟雾施南看过去，有时施南便有了一点怀疑，觉得像梦境一样。他们的性事，倒像是施南在照顾董倩一样，董倩在他面前撒娇，带有一点由着她的感觉。但施南在心头隐隐知道，他不喜欢这种感觉，只有在小小的电火花烧遍全身时，他感受到一点快感。他们照例交谈，谈到很晚，施南与董倩可以谈很多事情，从文艺谈到时事，谈某个共同认识的朋友拍的短片，但，唯独不谈自己。

往往第二天清晨起来时，董倩已经走了，施南的生活比董倩的生活要懒散一些，她也不大告之自己的行踪给施南知道。施南看着身旁那个被窝上隐约的痕迹，突然有了一点不快，自己也不知道为什么。

董倩了解施南，她知道，他们俩人也只有这样才可以保持淡淡地交往，如若在一间房子里，必要剑拔弩张。

走到客厅，施南看到董倩喝了一半的牛奶，牛奶杯上也有淡淡的痕，是董倩擦了唇油后的唇印，淡桔色的。他拿起杯子到厨房冲洗起来。

3

安美第二次来施南房子，他们便做爱了，他们吃完晚饭，回来后，坐在客厅的地板上看一个国外的纪录片。

他们没有拉灯，在黑暗中喝着两瓶德国黑啤，啤酒瓶在黑暗中是透亮的，安美的眼睛也是透亮的。那个纪录片据说还是当年奥斯卡的最佳纪录片，叫《灰熊人》。一个热爱灰熊的人一直跟踪一个大的灰熊群落，他带着自己的女友一起住到了丛林中，那些灰熊真的与他们和平共处，他给每一个灰熊都起了外号，不停地对那些灰熊说，I love you。他说，你如果爱它们，它们会感知到的。但最后，这个人却和自己的女友在一个深夜突如其来地被一只大灰熊攻击了，两人双双葬身熊腹。在最后关头，他向自己的女友叫到，走走走……他自己却没有走，女友没有离开他，镜头的剧烈摇晃中，悲剧发生了。

安美看着荧屏，手臂抱紧双膝，眉头一动一动的。施南在这边说："人类总是太自负，总以为可以掌握自然法则，其实任何看似你掌握的自然都是一种假象……"施南还准备继续自己对于人类学与社会学的观点演说，这时安美回过头，看着他问："那么年龄的差异算不算自然法则……"这个问题引来片刻的沉默。施南心底一动，他知道安美说的是她与自己。

这时，在黑暗中安美探头过来吻施南，这不正是自己的目的吗，在心底里，施南问自己。可真正安美吻他时，他却呆住了，这样突然，在他准备一场关于人类学的论断时，比自己年轻二十多岁的女孩子过来吻他了。

隔着放在中间的两瓶啤酒，安美吻得有点困难，她一只胳膊在那里艰难地撑着地板，身子向前探着与他接吻。他起身将她抱起，两手卡住她的腰，压上去吻她。她沉浸在他的吻里，缠绵地，用力地，吮吸着。突然施南感到这个女孩子像是一个井一样，太深太深了，将自己吸将进去，不能出来。

身体倒在床上发出嘭的一声。他去解她的衣扣，她却推开他的手，坐起来，那是一种粘连似的衣服，如裂帛一样，用力一撕，突然之间便打开了。那身体仿若蹦跳出来一样，跃在他眼前，耀得他有点睁不开眼。

他抚摸那身体，饱满的，蓬勃的身体，微微燃烧的体温，灼着他的手心。床上的事情他真是太清楚了，可面对这样的安美他还是有了一点紧张，安美安静地看着他，充满柔情。他将被子扔下床，在白色床上欣赏安美的肉体。这身体甚至有了一点孩子气的憨笨，更充满诱惑。施南有过的女人太多了，但他没有见过像安美这样单纯的身体，每动一下仿佛都是行为语言，告诉他许多东西。他不用听安美说话，只要看她的身体，就知道她想怎样。

你肯定有过许多女人吧？安美嘴里含着一颗葡萄问施南。你呢？有过多少个男友？像你这样漂亮的女孩子肯定男友也不少。她笑了，笑时葡萄不小心滚到床上，于是她钻进被子去找。施南看着安美钻进被子，鼓鼓囊囊地，笑出声来，他觉得快乐极了。

找着那颗葡萄，放进嘴里，安美便去洗澡。可能水没有调好，烫着了她，他听到哎呀一声，接着便是身体撞在墙上的声音。那声音听起来真可爱，像只结实的小鹿一样，莽撞而单纯。

走出来时，安美光着身子站在那里，施南看着她，那胸部真是极美的，丰美异常，在腰部映出淡淡的阴影。施南简直要陶醉了，他伸出手指在那乳房下方画出一个曲线，道：这是世界上最美的一条线。安美笑了，向他做鬼脸。

两人躺了一会儿，安美便要走，施南道，我送你。胡乱套了件风衣，便起身送安美出门。站在门口，安美突然说，上楼顶上转一圈？于是来到了楼顶，天上满是繁星，向下望去，十八层楼下的路灯显得异常矮小。安美拉着施南的手探头向楼下望，然后说：爱就像向下坠落的感觉……似乎是不见底的。

施南怔住了，他想，这是他这年纪该说的话呵。

4

学校里已经有人开始注意施南和安美了，不过无所谓，安美只是校外来旁听施南的课的，也不算施南的学生，经常可以看到两人骑着自行车，轻松驶过校园的草坪。

倒是安美有时常常令施南有点不知所措，经常，约好了第二天下午一起吃晚饭的，中午安美却打电话过来取消了，仿佛她总是有各种各样的安排一样。施南不免有点不舒服，以前施南也交过很多女朋友，也有年轻女孩子，但都是这些女孩子缠着施南，她们完全都成了施南的轻灵小点心，她们的心像明镜似的，虽然晃出很多影子，但施南很清楚，那不过是他在她们心里的折射，主动权始终在他这里。

他对安美说过，让她搬过来住，但安美却非常肯定地不愿意搬过来住。很多个夜晚，在缠绵过后，在安美的体味还残留在施南身上时，安美悄悄起床，踏着月光走了，让施南怅然。

施南记不清有多久了，他没有自卑过了，他突然开始自卑，为自己的年纪，为自己的身体。没人的时候，他站在卫生间里看自己的身体，墨绿色的瓷砖映衬之下，那身体还算结实吧，但也确实有了小小的肚腩，毕竟是年近五十的人了啊。在卫生间里看自己身体时，施南开始回忆，二十年前自己的身体是什么样的，接着便开始想象那些安美身边的年轻小伙子的身体是怎样的？突然施南发现他是在嫉妒了。

现在的施南更加开始迷恋安美的身体，常在安美不在时，拿一只碳条来在纸上勾勒安美身体的素描，浮在水里的，躺在床上的，在淋浴的，头发水草一样地散开来，眼睛望着他，施南不愿相信他爱上了安美，到了这个年纪，他从来不轻易说爱，连自己都骗不倒似的。可明明他开始有点坐立不安，等待手机响起。施南将那些素描的画放在自己书房里，藏好，像藏一个宝贝，带着小孩子似的心情。

安美有时过来也会做饭，这是施南没有想到的，她们这年纪的女孩子有几个会做饭的呢，但安美会，安美煎七成熟的牛排，上面撒满黑胡椒粒，旁边还卧一个白胖胖的蛋，咕嘟嘟冒泡，旁边还摆两朵西兰花或者一撮迷迭香。安美做饭时，非常专心，自己也轻轻地咬着唇，仿佛已经尝到了饭食的美味。

这样的夜晚，是静谧而美好的，享受完美好的饭食，仍旧在床上缠绵，安美会在床上吃冰激凌，这在往常于施南而言是不能接受的，他不能接受任何女人在他的床上吃冷饮，但安美可以，冰激凌不小心掉一块掉在安美的胸上，安美赶紧用手去从自己胸上一刮，放进嘴里，再无邪地看一眼施南。这个动作简直太有挑逗性了，施南甚至愿意，那一盒冰激凌全扣在安美的身体上，让他一点点舔干净。

当安美的身体波浪一样在施南的身体下起伏时，安美从来不会闭上眼睛，她用手抚摸着施南的头发，看着他，看着他一点点深入，探寻，与黑暗融为一体。身体感受的极限出现时，他感到她的身体仿佛在痉挛，微微而细小的抖动，安美总是说：带我走，带我走，带我去你那里……这时安美会闭上眼睛，她不知自己在说什么，但施南却听得怦然心动，眼里涌出薄薄的一层泪来。

平静下来时，施南问安美，你想让我带你到什么地方去，为什么你总是说让我带你去我那里……其实这样的话不用问，施南明白，可施南还是想从安美的嘴里说出来。

安美沉默了一会儿，她用手指在床头柜上画着圈，然后说，我上中学时看了一本书，好像是杜拉斯的，我记得那里有一句话，大约意思是“人人都爱你年轻时的模样，而我独爱你备受岁月摧残的沧桑容颜。”这句话我一看到，就像后背被人敲了一下，接着就流泪了。

施南突然紧紧抱住安美，他知道，这一刻起，他真的是爱上这个女孩子了。抱了她后，他突然感到一些沉重，他发现自己无法面对了，怎么办？他要如何对待这个女孩子，以前他在心底里从来没有问过这样的问题。

夜色深下来时，安美照例起床，收拾自己的东西，她从来不会将自己的东西落在这里，仿佛一点痕迹都不愿意给施南留下。她的包总是很大很大，装着所有乱七八糟的东西，一个大大的布袋子似的，背在身上，然后悄然消失。

安美穿上鞋，施南恋恋不舍，问，不能留下来吗？安美笑了笑，刮刮施南的鼻子，然后关上了门。她走路总是没声音，又喜欢穿布鞋，或者编织鞋，总是悄然。

第二天早上醒来，施南往往会产生一种惶恐，他觉得这个女孩子从来没出现过似的，他在房子里一点也找不到她的痕迹。只有一次，她趁他睡着了，悄悄走了。那天的床单是新换的，上面有一个她睡下的痕迹，一个梨子型的痕迹，施南看着那个痕迹，突然有点感动，他告诉自己安美是存在的，这个痕迹告诉他了。

5

董倩坐在沙发上流着泪，将一只眉笔啪一声扔在茶几上。她叫道，我以为你只有我一个人！只有我一个人！原来你这里还有别的女人的出现。施南看到那只眉笔时，不知为什么，心里先是有一丝惊喜，然后开始想编借口和理由，却张了张口，什么也没说出来。

以前也有这样的情况出现过，董倩太了解施南了，每一次施南总是有各种各样的借口出来，某个同事带着女儿过来了，顺遍在这洗了个澡。共同的一个朋友新交的一个女朋友过来了用了洗手间，等等等等。

在施南的心里，总有一种说不清的情愫，他不想让董倩离开自己，连他自己也不知为什么，董倩像他的镜子，可他明明知道，他是不爱她的。难道是为了那信手可得的性，还是为了多年俩人的熟悉，他也说不清，一旦感到董倩将永远从他和生活里消失掉，他便会有一丝恐慌。

但这一次，施南张了张口，却是一句话也说不出来。董倩感到了紧张，她睁大了眼，对施南说：“阮施南，你还动真格的了？你当你是小伙子吗，这个小丫头多大了，你告诉我……”

董倩的嘴在那里不停地动着，施南一句也没听进去，只定定地盯着那只眉笔看，过了一会儿，只听董倩尖叫了一声，啪一声甩门而去。

施南起身开始在房子里寻找，很可惜，真的是什么也没有了。这只眉笔是安美的，施南见过。

换了衣服，施南要去学校了，今天有他一节大课，讲美学概论。进了教室，施南便看到了坐在最后一排的安美，安美今天穿了一件玫瑰红的T恤，好像很快乐的样子。

下课后，安美与他一起走，说是要去吃肯德基。两人一路走着，经过校务处的过廊时，施南看到了镜子里的他与安美，他突然发现自己与安美站在一起竟然如此的老，真的像她的父亲一样，这一看，真的让他有点心惊肉跳了，他心里有点惶恐。安美仿佛看出了什么，问他，怎么了你，脸色突然就不好了。施南笑笑，说，一听吃肯德基吓得呗。安美笑了。

坐在KFC里，四周都是学校里的学生，安美吃鸡米花，不时有同学向这边望一眼，施南原本对这些毫不在意，毕竟常常作演讲，上电视，对这种事情习以为常了。可今天不知怎么回事，他有点不自在，手指微微颤动，总想抓住点什么。

安美突然对他说，我有一只眉笔落在你那了，你看到没，收好了，我要拿走的。这样的话，在这个时候说起，突然让施南感到一点点悲哀。

6

他们有点疯狂了，常常一进屋子，施南二话不说，便将安美抱起，走向卧室，甚至，不用，客厅就可以了，他一定要看到赤裸的她，那些衣服多么烦人，绸缎的，棉麻的，什么也没有安美的身体来得舒服。

他狠狠爱她，有点赌气似的。这让安美很奇怪，她常常摸摸他的头问：怎么了你？安美这样问时，他就有点委曲，可为了什么而委曲，连自己也说不清楚。一个人是另一个人年纪的两倍，却还在这个女孩子面前觉得委曲，这简直有点矫情了。施南自己也这么觉得。

安美不在乎，她的身体变得更加丰美，像膨胀起来的柔软的雪。她来他这里还是背一个大大的袋子，走时用胳膊将床头柜上，卫生间里所有与她有关的东西一起扫进那个大袋子里，然后蹲在门口系鞋。施南知道留不住她，只远远看着，有时他觉得与她完全是分离的，中间隔了一大段的空白，这空白里填满了东西，走不过去，她会从她那里跳到他这里来，与他相会，而他是不能的，他跳不过去。

夏天最热的时候，他们约好去爬山消暑，山上有很多竹子，下了雨是轻灵的世界。山上常有路人当他们是父女，这时安美总是装着不经意，一种小无赖表情，而施南却略微有点尴尬。沿着那石阶一级一级往上爬，他竟真的感到吃力了。数不清的台阶啊，一阶一阶的，什么时候是个头，安美在上面缓缓爬着，他却不断地泄气，不知为什么，和安美在一起后，他发现自己越来越幼稚，情感让他原本健硕的精神体魄越来越缺少勇气。这是为什么？

晚上，他们住在半山腰的一个小旅馆里，这小旅馆里有清新的竹筒焖饭，安美的食欲大开，嘴上沾着饭粒，快活得不行。焖饭里有排骨，吃过后嘴巴都油光光的，安美挥舞着筷子，让施南看着简直觉得有点孩子的放肆了。也不怕胖，施南暗暗想，什么时候吃饭心情都好得不得了。

饭后散步，绕到旅馆的后面，便是幽深的山谷，有水流的声音，不知是哪里有水在流的，他们一天的爬山并没有看见有溪水。还有萤火虫，在远处一闪一闪。临了山壁向下看，下面黑乎乎的，什么也看不见。安美说：从这里掉下去，找都找不到了吧。施南愣一愣，他突然想起，那一次安美在楼顶上说的话，爱是坠落的感觉，而且是不见底的坠落。此时，他们谁也没有说什么，只是偎着坐在临着山谷修的一个亭子里。亭子上方有一盏微弱的灯，发出昏黄的光来。他们坐了很久很久，直到山里的湿气一遍遍向他们身上蔓延，才起身回房。

7

施南近来突然感到手臂发麻，是右手，他不知怎么回事。上个星期他还有力地将安美甩在床上，可这个星期不知为什么手臂却有点微微的麻痛。

谁也没告诉悄悄去了医院，看病的是个老相识了，施南认识，老人白发苍苍，问寻完一切，看过脑电图和心电图后，老医生对施南说，这可能是中风的前兆呵。有些容易使身心激动的运动要适可而止。施南知道，这是老医生对性事的暗示。

施南是从医院走回家的，他突然产生疑惑，他是否能和安美在一起，二十多年的相差，他如何面对她呢。他能给她什么，他发现，这场情事有点荒唐了。

安美呢，他对安美的了解有多少，他知道安美的父亲也是一个大学里的教授，母亲是一个翻译家，有一个哥哥，已经成家。接下来他一无所知，甚至没有见过安美的家人，甚至连安美的聚会他也不去参加，他是安美阴影里的一个人。他如何融进这二十多岁女孩子的生活？现在，现在连这他们之间最稳固的联系都要适可而止了，他还剩下什么？

施南抚摸着还是有点微微麻痛的右手，非常茫然。

这时，电话响了，是安美的，他第一次有了一种恐惧，吓了一跳似的，有点矛盾，他按下了拒绝键。这是他第一次拒绝听安美的电话，这一年里，他常常是盼望着这手机在黑暗中亮起的，这手机在黑暗中亮起，他身上所有的细胞仿佛都跳跃起来一样。

他顺着路一直走下去，也不知该走向哪里，他也不想回家，就想这么一直走下去，甚至顺着一个花坛走了一圈又一圈。他站在街口徘徊，汽车的声音不时响起，有灯光慌乱打在他身上。此时的施南觉得自己很绝望，真的很绝望。他的前半生，充满了女人，光怪陆离地出没于他的生活，此起彼伏，丰富着他的阅历，浇灌了他的野心，但今天，他对自己感到绝望。

半夜时，回到房子，他冲了个冷水浴，在镜子里看自己的身体，发现那个身体竟然也变得虚弱了。肌肉松弛了，腹肌上长出几道皱纹，这一刻，在冷水的淋浴下，施南有点想流泪了，他蒙住眼睛，任冷水自头顶倾泻而下。

从那一天起，施南便开始不接安美的电话，虽然每次那电话响起，他都有一点迟疑。安美来找过他一次，她明显感知到了他的退让，像是不能一起往前走的两个旅人一样。他们做爱，缓慢而缠绵，不再迫切，如同耐心地锯一棵不可能锯倒的大树，有了茫然。

慢慢地安美真的不再打来电话了，像是所有的一切的表达安美都明白似的，像是从和他交往的那一天，她便明白，在等待这一天的到来一样。

安美真的从施南的生活里消失掉了，一点痕迹也没有，他们甚至连正式的分手都没有说过，突然地她就不再来了。那支眉笔也不知什么时候被安美带走了，十八楼的这套房子里，没有了一点安美的气息，什么也没留下。没事时，施南在储物室去翻，他可以翻到很多以前他的艳史留下的东西，一个香水瓶，一张照片，一条链子，惟独安美什么也没留下。他现在突然特别渴望这房子里能出现一点安美的东西，一点点的痕迹，好让他留恋。

有时施南觉得像是变了一个魔术，瞬间他的生活便回复了真空，董倩也不来他这里了，有一次用信封礼貌地归还了门钥匙，结束了他们之间淡淡的身体关系。这套房子现在真的只有他一个人了，连自己的呼吸他都听得见。

他照常上课，去学校，照常写评论或者偶尔与某人有笔战，也还上电视作节目，只是生活真的像是透明了一样。每天早上起来跑步，喝一杯高钙奶，他觉得自己要想不起安美了。

一年后，他换了手机号，扔掉那张卡时，犹豫了一下，看着那张手机卡躺在垃圾筐里，有了一阵心痛。

8

又一年后，他开始带研究生，又得了一个什么关于文艺评论研究的奖，那一天，好多人给他庆祝，他真的有了长者风范，微微笑着，在席间接受朋友与学生的祝贺。他轻轻抿掉一杯又一杯的红酒或者白酒，听这些液体哗哗地从他身体里流过，像是很快乐似的。

回来时，已是午夜了，他稍稍有一点恍惚。踏着月光回到了家，上了电梯，电梯里依旧满是镜子，他看着镜子里的自己，有了一种浮躁气，他扭过脸不看自己，心里觉得有了一点空。此时的他脸微微有点红，空气里散发着酒精的气味，他用鼻子嗅一下，笑一笑。

铃声一响，十八楼到了，他走出电梯，掏出钥匙，突然在一瞬间，他接着便热泪盈眶了。是安美，他看到了安美。安美坐在地上手臂抱着双肩，头发盖住了脸，她好像等了很久很久似的，睡着了。他慢慢也坐下来，把外套盖在她的身上，与她一起坐下来。此时，正是午夜，楼道里静悄悄的，有保安来巡视，走近他时，他冲保安竖起一只手指在唇上。那保安认识他，便自顾自地走了。十分钟后，安美醒了，她抬起头，看到施南，伸开手臂抱住他，那么自然，像迷路的孩子找到了父亲一样。施南的泪又流出来了，在这一瞬间，他突然发现这两年来，他从来没有这么踏实，柔软，像海洋一样。

进了房子，这房子里的一切都没有变，只是安美回来了。安美静静地看着施南说，我得了癌症，是乳腺癌。她仰着头，施南记着安美这个表情，第一次来这个房间时他便被这个表情感动过。他软软将安美搂在怀里，没有一丝震惊，真的像海洋一样，接住了她。安美说，起初，她摸到左乳有一个硬块，去医院检查时，已经是晚期了，医生认为最有效且不留后患的方法是切除胸部。说到这里时，安美突然委曲极了，委曲极了，在他的怀里呜咽，她没有告诉家人，在第一时间却只想告诉他。

安美突然在他的怀里狠狠哭道："我以为的，我会再爱上别的人，别的男人，年轻的男人，可是我发现离开你之后，我无法再和任何人在一起，没有人比你更喜欢我的身体，没有人比你更了解我的感受……"

施南紧紧抱着安美，任她在自己怀里打抖。他感受得来，她的害怕，但他一点都不怕，不知为什么，他觉得他有了很多勇气。

那天晚上，他摸到了那个肿块，小小的，像是一个鸽子蛋似的。安美的胸部依然是完美的，他看着黑暗中的那胸部，心想一定要好好的记住安美的这个样子，这是他的安美，永远的安美。

安美在他的怀里睡着了，睡着时，眼上还有一滴小小的泪。他吻了吻她，看到她的表情终于有了一丝甜意。

9

两个月后，安美做了胸部切除手术，手术做得很彻底，一点不剩。

术后第一次见到安美时，安美像一朵瘦弱的菊一样，再也不像以前那样丰美，他想，以后一定要让她再丰美起来，她会胖起来的。

安美一句话也不说，只是看他，他们默默看着，夜深了，他躺到安美的病床上，用胳膊环着她，亲吻了她。在这一瞬间里，突然感觉到，什么东西在心底里轻微地响了一声，好像什么在他的生命里划过，留下了痕迹。是的，是痕迹，他终于感到有一个女人在他的生命里留下了深刻的痕迹，带着疼痛与恒久，而这些，都不关情欲。病房里的钟滴滴答答地响着，一点一滴的时间流走了，两人亲吻着，他们感到什么东西从他们身体里向对方流去，柔软的，深沉的，像流沙一般。他们终于融为一体，她的身体成了他的，无所谓喜欢与憎恶，不再有选择，只有接受，源源不断地接受。

施南说，我终于感受到爱了。

安美说，我终于觉得爱的感觉不是从十八层楼向下跳时的坠落了，是上升的，去往哪里，去往你带我去的那里。

夜深了，他们睡去，像是要睡一生似的沉沉睡去。

小野的青春往事

1

小野回来时，冬天的薄雾降临到这个城市，使这个城市有了一种迷离的感觉。清晨卖豆浆的人推着车子，慢慢走过，豆腥味在空中缓缓飘浮。小野这才觉得这城市亲切起来，十六岁的小野曾经在这豆腥味里，给一家人买早点，趿拉着一双趿拉板，底子是木头的，一路啪嗒啪嗒在晨光里穿过。

墙外的爬山虎还在，因为冬天，枯草般地垂在墙头。一条街的墙上却都画了拆字，只等强制执行了，这条街已被划入了市改造建设。

推开门时，小野看到父亲在水台洗脸，她放下箱子，走了过去，站在他身后喊了一声：爸——听到这声喊，父亲的身子颤了两颤，回过身来看到是小野，他抬手就给了小野一巴掌道：你还知道回来？这巴掌并没有拍在小野的脸上，只拍小野的肩膀上，小野知道，这是父亲的表达。这突兀的一掌拍回了小野与父亲那点久违的亲热劲儿。在拍完这巴掌之后，父亲又迅速地缩回到了与小野极有距离的状态，变得小心翼翼了。小野离家十年，统共只回来过六次。是她的不对，小野心里清楚。

坐到桌前，照旧是豆浆，还有大饼油条，油条是刚炸出来的，焦黄的，这次换父亲去给小野买早餐了。芝麻大饼卷油条，就咸豆浆，这是小野她们那个城市最常见的吃法，这片土地盛产大豆，豆浆烧出来，上面都浮一层厚厚的油，浓得像奶一样，哪里像小野在广州深圳那里喝的豆浆，那哪里是豆浆，那整个是白色的水！

烧饼上的芝麻掉在桌上，小野伸出指头一点一点沾起来再放回嘴里，这也是当年的吃法，父亲坐在一边看着小野吃，有了白内障的眼睛是花的。

院子里窗台上还放着小野当年那双木头的趿拉板，上面落满了灰尘。小野想，当年那个趿着趿拉板跑东跑西的小野去了哪里呢？

2

从二楼的小阁楼一出来，小野正好可以看到隔壁春良的屋子，十七岁的小野坐在阳光里，两只脚穿着那双趿拉板，悠闲地一荡一荡。小野有着猫一样的眼睛，头发也是栗色的，在阳光下简直就成了薄薄的黄了，看人时，小野先是定睛去看，看着看着，便笑了，一笑起来便特别灿烂，任谁看了心都痒痒。

轻风吹着，吹着小野的黄头发，小野手里装模作样地拿了一本书，那是高中的语文教科书，小野只看一会儿，眼睛便飘到春良那里去了。

夏日的傍晚，春良在院子里擦洗，胳膊上的肌肉一动一动的，夕阳在他身上镀了一层薄薄的金光，使春良看起来像个天使，小野是这样想的，是像个天使，且是古铜色的天使。春良的眼睛不像小野的，春良是温存的，丝一般的，柔善的。春良不知道小野在看他，于是更起劲地将水花扑开来，水花应着夕阳的光也闪出金色来，小野觉得春良美极了。这时小野的体内涌动了一股奇怪的冲动，让她身子变得很软，她想，这就是爱了，小野是聪敏的，她的身体甚至于比她还要聪敏。

小野在阁楼上看到直到春良进屋，小野想，我爱春良。

这一年小野已经成了一个大姑娘，但令人奇怪的是小野却一点不像她的父母，她的父母都是头发极黑的人，小野却长了一头黄发，小野的眼睛也近乎于琥珀色的黄，透明的。

小野的母亲在六年前去世了，胃癌。小野孤零零地出落成了一个让人侧目而视的姑娘，小野让人侧目而视并不是因为她多么漂亮，而是因为小野的特别，那一头栗色的头发，还有琥珀色的黄眼睛，甚至在阳光下连眼睫毛都是黄的。小野是多么与众不同啊。

十七岁这一年，小野的父亲娶了何欢，何欢是一个裁缝的女儿，但何欢却是风流的，何欢有一个私生子，一直在家里养到十岁，何裁缝终于耐不住了，把何欢嫁给了比她大十五岁的小野父亲。

小野对这些漠不关心，小野那时惟一关心的是春良。小野穿黑色的喇叭裙，上面是一件小小的白衬衫，在穿这一点上，小野是自卑的，小野没有母亲，父亲长年跑长途，一两个月才回来一次。小野在衣着上总是低人一等。

但小野却又是夺人的，小野看人总是直勾勾的，这是在长期的实践中锻炼出来的，总是有人看小野，看小野像个外国人种似的，小野便也反盯回去，有力地看，使那琥珀色的眼睛更加透亮，闪出光来，那看的人便低下头去，这样小野便有了胜利的感觉，一尝到这种甜头，小野便一发不可收拾。

春良已经上班了，每当小野出现在春良面前时，春良便笑了，那笑又绵软又缠绵，像极了后来小野喝过的一种顶极咖啡的感觉。小野瘦小的身子便在那黑裙子里微微地发抖。小野欢快地叫：春良哥……春良答应着，一边急匆匆地从小野身边走过去，那是一条小巷子，小野设计好了，总是在这条窄窄的小巷子里堵住春良。春良要过去，便会离小野近一些，小野便嗅到了春良身体的味道，春良穿一件淡蓝的衬衫，小野可以看见春良的乳头在衬衫里若隐若现，春良身体里的味道是浓密的，密度大得让小野快要窒息，小野的身体太聪明了，敏感的小兽一样，一跃而起，捕捉住了这种味道。

春良离小野只有两寸的距离从这个小巷子里擦过去，让小野简直神魂颠倒。小野手里拿着烧饼油条，脚下趿着那双木头的趿拉板，油渗进小野的手心，黏巴巴的，小野此时的身体也是黏巴巴的。

有时春良也会帮小野把满满一锅豆浆端回家，每天清晨的豆浆都是小野买的，春良看到小野，便伸手接过小野的锅子帮她端回家。

春良说，小野，不要穿木屐了，对你的脚不好的。小野便傻呵呵地笑，小野那时在家只有这双木屐可穿。小野说，我不怕，春良哥，我年轻。春良看看小野，小野这时的眼睛便成了透明的了，纯澈地盯着春良，春良笑笑，端豆浆的手换一换继续向前走去。

3

何欢嫁到这个家里来时，三十二岁，何欢还很年轻，但何欢的儿子已经十二岁了。何欢的头发很黑，黑得油亮，且何欢有一排刘海，沉静眼睛在刘海里注视着人。

最初，何欢还是讨好过小野的，她给小野做了一件连衣裙，蓝色的，蓝得耀人的眼睛，何欢说，小野啊，你要穿蓝色的，因为你头发太黄了，穿着蓝色压一压，刚刚好。这句话在小野听来，不知是好是坏，小野可不觉得自己的一头黄发有什么不好，况且小野的发质非常好，那黄色便看起来非常有力，小野跑起来时，在她脑后一跃一跃。

但小野是不和衣服作对的，小野穿上这件蓝色的连衣裙，美得冒泡。小野的曼妙曲线也在这条连衣裙里显现出来。小野花苞般的乳房在充满褶皱的连衣裙里不屈地挺立起来。这裙子只要一转便扑成一个大大的花来，小野便转啊转啊，快活得不行，越转她越觉得自己美。其实何欢说得没错，小野穿上这蓝色的裙子，正好压了压小野那一头茂盛而不屈的头发，使小野看起来不是那么逼人了，小野的美一旦收敛起来，便变得可爱而惹人探究了。

小野一穿上这条裙子便在一个清晨在那条巷子里等着堵春良了，这个清晨，小野早早起了床，早早买了早点放回了家，然后换上这条蓝裙子便在那里等春良。

春良从这里过来时，小野直盯着春良，春良笑道问小野：小野，今天不买早点了？小野不吭声，只是笑眯眯的。春良也看到了小野的新衣服，春良说，小野，你今天真漂亮。小野挺了挺胸，小野才不知道害臊呢，长期的孤单使小野养成了一条反作用力，她就是要表达，就是要骄傲。春良贴着小野过去，小野的身体又微微地发抖。小野想，春良他到底明不明白呢？

春良走了，他急着赶公车，急着去上班，出了这小巷子，才到正街，过了正街再走一点路，便到公共车站，这个城市就是这样小。

何欢看到小野穿了她的连衣裙，很高兴，这一天，她也多吃了一条根油条。小野吃早饭时，芝麻掉在桌上，她照旧用手指去沾，再放进嘴里。何欢却说，小野，这样不好，不卫生。小野翻翻眼睛不作声。

吃完早饭，小野便去上学了，小野上学从来不穿那条蓝色的裙子，她舍不得，她要只在见春良的时候穿。穿上黑裙子，白衬衫，小野又变回原来的样子，小野便觉得自己是灰暗的，小野想，等她长大了，一定要买很多很多漂亮的衣服。后来，小野真的做到了。

何欢因为自己的爸爸是裁缝，所以衣服总是穿得异常特别，何欢是一个真女人，是一个成功的女人，何欢身上终年散发着淡淡的香气，何欢的头发总是梳得很有型，何欢还能把衣服改成适合自己穿的，使她穿起来更加妩媚。

这一切，小野是看在眼里的，有时她非常崇拜何欢，她想，如果她可以像何欢那样心灵手巧该是多么好呢？

这一年，父亲所在的运输公司又接了长途运输的活儿，家里便只有何欢和小野，还有何欢十二岁的儿子。

小野在这一年是心事重重的，每天回来，吃了晚饭便上了阁楼，那间阁楼是小野的房子，外面是纳凉的露台。小野推开窗子便可以看到春良家，小野为此觉得这间小阁楼真的是太美好了。

5

春良在这个夏天傍晚常常会来小野的家，简直让小野喜出望外。小野总是鸟一样从阁楼上扑下来，扑到春良的跟前，听春良说话。何欢看着小野的样子，眼睛一眨便心知肚明了。

三个人在一起闲聊，聊很多，有港台歌星，还聊下岗职工。小野很兴奋，却一句话也插不上，猛不丁插一句，却显得很傻，怀了孩子的负气。小野渐渐觉得很没意思，这不是她想要表达的，可她想表达的却不知怎么回事一出嘴就变成了另外的味道。

何欢问春良，有没有女朋友啊，春良一句话也不说，只低了头浅浅地笑。小野这时紧张极了，睁大了眼，盯着春良。春良抬起头来时，轻声地说："没有。"小野一颗心才放下来。

小野想，春良怎么会有女朋友呢，春良在等着她呢，等着她小野呢。想到这里，小野便抬起头，勇敢地看了春良一眼。

天已经微微暗下来，小野的眼睛在黑暗中闪着兴奋的光。

晚上在阁楼上睡下时，小野想着，春良低头浅笑的神情，觉得可爱极了，还有他两个薄唇微微一碰，唇齿轻轻一摩擦吐出的那个"没有"，小野觉得那简直是说给自己听的。

天已经完全暗下来了，小野走出阁楼，来到露台上，看着春良家的屋子，屋外有一棵槐树，影影绰绰地在墙上映出一片片的阴影。小野看到，窗户里有春良的影子，一会儿坐下，一会儿站起，一会儿弯腰去捡个什么东西，她多么希望自己能够出现在那个屋子里啊。

春良的家里，只有春良和姥姥两个人，春良的父母都在北京，春良的父母都是知识分子，是搞一种什么研究，春良便是和姥姥长大的。

小野站在露台上看着春良的剪影，身体又莫名地激动起来，她想，这是为什么呢，为什么她小野一想春良，身子便要发抖呢？这让小野既不安又幸福，既恐惧又开心，像一层又一层的小野花在她小野的身体里绽开来。

在某一个瞬间，小野也会突然醒悟，春良是从来没有真正注意过她的，可这样一想，小野又马上否定了自己的想法，她想，春良只是还不知道，他还在等着小野她说出来。这样一想，小野便心里很坦然了。

夜晚时，小野洗了澡，站在镜子前看自己的身体，她觉得自己很漂亮，小野身上的皮肤很白，因了白，皮肤上那层淡淡的汗毛便显得清晰，小野她自己一低头都看见了，但这汗毛是极细极软的，是柔顺的。小野看着自己白皙身体，那黄色的头发垂下来，直垂到乳房上，那乳房真的像朵小花似的开放了，是可爱的，没心没肺的，颤巍巍的，非常机灵。在这一瞬间，小野是超级自恋的。自我的小苗一点一点拱破心房，探出头来看个究竟。小野想，春良是我的，等我上完大学，我一定要嫁给春良。

这一个夜晚，小野想得太多了，早上便睡过了头，等到她下楼来时，何欢已经将早点买回来了。小野心里暗暗后悔，没有起来赶在春良去上班时见一见他。小野每天早上闻到春良身上的那点味道，这一天她才是有精神的。

6

这个夏天非常热，家家的空调都开着，轰隆隆作响，小野家的这条街是这个城市最古老的几个街市之一，那种单元房现在倒比这种小四合院还要热。

春良的姥姥终日在房檐下摇着一把扇子，春良的姥姥不开空调说是费电。小野在房檐下和春良的姥姥摘豆角，她说，姥姥，春良一天回来都干啥啊，姥姥笑了，说，大家干啥，他就干啥呗。春良比小野大了七八岁，姥姥当小野孩子一样看，姥姥道，再过一年，春良爸爸妈妈就来把春良的户口办到北京去了，春良要去北京发展了。这话一经出口，小野的心便往下沉，天啊，她的春良再过一年就要去北京了，那她怎么办呢？怎么办呢？豆角乱七八糟地被小野扔进篮子里。小野的心乱了。

小野在回来的路上想，这一年，她一定要把春良的心抓住，她一定要得到春良，让春良明年带着自己一起走。这样一想，小野便雄心勃勃了。

可这雄心勃勃的劲一过，小野又不知该怎么办了，生出一股子无处下爪的感觉来。小野去找了自己的朋友阿芬，阿芬是小野惟一的朋友，阿芬比小野成熟多了，阿芬家里住在她父亲单位分的单元房里，此时她正在家里涂指甲油，阿芬在偷偷地擦姐姐的指甲油，因为心重，那红色涂了一遍又一遍，便显得红得动人心魄。阿芬一边涂着指甲油一边听小野的心事，小野语无伦次，结结巴巴，根本不知道怎么才能说清楚。这时，小野的眼睛不是透明的，是淡黄的，局促不安的，最后小野下结论似的说：我爱春良。

这句话刚一说完，小野又把头埋在臂弯里，道，可是，可是，我怎么样才能得到春良呢？

阿芬看着小野，眼神一飞，她说，得到一个男人还不容易吗？她盯着小野，那眼神里有一种淡淡的笑意。小野看着阿芬，她突然之间明白了阿芬说的是什么。阿芬看出了小野是明白了，便不再说什么了，她继续涂着自己的指甲油。

小野在回家的路上，想起阿芬的眼神，她想，她是得要向春良表达了，不但要表达，而且这表达一经出口就得成功，可是怎样才能这样呢，一个想法在小野的心里渐渐成形。

小野这个年纪，有的是勇敢，小野对自己说，我是谁，我是最与众不同的，我和别人不一样，我要为我的爱情到来时，奉献一切。

走过春良家的门口时，小野稍稍停了一下，又继续向前走去，小野瘦而单薄的身子在路灯下一晃一晃，显得很抽象了，但这影子是充满力量的。

这个晚上小野睡了一个特别香甜的觉，她梦到了春良，她梦到自己和春良都变成了两棵树，两人站在一排，开心得浑身的叶子抖得哗啦啦响。一会儿，她又梦到自己的下身结满了草莓，每一颗是鲜嫩而水灵的，她从自己身上摘下一颗草莓来对春良说，春良给你吃，春良给你吃，春良却很难为情，低着头，等他抬起头来时，眼神便像丝一样，柔柔曼曼。

清晨的光照进窗子时，小野醒来了，她打了个哈欠，伸了个懒腰，感到非常舒服，她掀开毛巾毯，晶亮的阳光打在小野的身上，小野惊奇地发现，她的身体突然变得光亮无比，生机盎然了，和昨天完全是两样了。衣服轻轻掠过小野的身体，小野感到一种轻微的细痒划过全身，而这一刻，小野想的却是春良，她轻轻地咬着毛巾毯，小野的身体像是觉醒了一样，这很隐私，也很让人兴奋。

这天早晨，小野仍旧穿了趿拉板去买早点，但这天早上，小野却没有碰到春良，小野一人站在那条小巷子里来回转了几个弯，手里端着豆浆锅和烧饼油条，但仍是没有见到光良。

一种不祥的感觉从小野的心底升了起来，她想，春良会不会是和他的父母回北京了呢，这样一想，小野便感到一种钝痛，这种钝痛紧跟着便是恐惧，她难过得快要流眼泪了。小野这个年纪，敏感的想像力简直是超强的，各种各样的不祥都能从她的心头猛然升起，然后一点一点就变得像真的一样的，真的是那么回事儿，最后自己都要被自己感动和心痛的流泪了。

越这样想，小野越觉得这是真的，这天下午小野破天荒地逃了课，她甚至是一路小跑着回家的，她要去问光良的姥姥看这些是不是真的，她再也不能等了，再等小野就要急死了。太阳的阳光是白花花的，小野在阳光下小跑着，汗水从她的头上渗出来，使她的头发贴在脸上。她顾不上擦，因为出汗，裙子也贴在了腿上，使她跑起来两条腿看得非常清楚。

小野拐过正街，用钥匙开了门，将书包往沙发上一放，便想往春良的家里去。这时她却听到里屋里有声音，这声音让小野敏感的心弦微微动了那么一下，只微微动了这一下，但这细微里却像是隐藏了一个大大的秘密。小野走到里屋，推开门，这时，她从门缝里看到了一幕终生她都不能忘记的景象。

春良和何欢的身体纠缠在一起，春良笨拙而有力地在何欢的上面跳跃着，两人都是大汗淋漓，一道光从窗帘的缝隙里射进来，正好在春良的身上打上了亮白的一道，那一道亮白便随着春良身体的起伏而波动着，竟是异常性感的。小野从来没有见过春良的裸体，她没有想到在这样的场景看到了。在某一瞬间，小野甚至是激动的，春良的动作在这一瞬间里非常有力度地击重了小野，小野的心甚至飞了起来，觉得那时她自己与春良在一起。

这激动过后，小野的愤怒才缓缓升起，由起初的不知所措和怅然失神，慢慢燃起了小火苗。小野悄悄退出来，泪水夺眶而出。屋里两个人是汗水淋淋，小野也是汗水淋淋，小野向阁楼上跑去，关上门，一头栽在床上，小野说，我要睡觉，接着，真的就睡过去了。

7

小野睡了一天一夜，她真的可以睡着，而且一点梦都没有做。等她醒过来时，发现何欢坐在她的身边，床边放了一碗稀饭，何欢看着小野问，你怎么了，小野，为什么你不去上学，你这样我怎么向你爸交代呢?

小野扬手便打飞了那碗稀饭，何欢眼里射出惊恐的光来，她问，小野你怎么了，你怎么这样啊?

小野指了指自己的门道，出去，出去，出去！何欢完全莫名其妙，她不知道，小野是怎么了。她走出门，狐疑地再看看小野。

看着何欢出去，小野突然脑海里闪现出，春良和何欢在一起的情形，何欢在底下微微呻吟着，一只腿还不间断地痉挛似的抖动一下，此时，她多么想用一种利器，扎进何欢的身体啊。那该是怎样的快意啊！

从这时起，小野便再没有与何欢说过话，仇恨与嫉妒让她连抬眼看一眼何欢都不愿意。有时，小野也在想，或许她所看到的一切是假的，那只不过是她的臆想，是她的敏感所造出来的一种假象，可这样的想法不过一会儿，便被小野她自己推翻了。

安静下来时，小野简直要绝望了，春良与何欢在一起那样，她如何可以接受呢？一清醒，小野便想到给父亲打电话，可是父亲在跑长途现在在哪里还不知道，就是知道，如若告诉父亲，父亲开车再出点什么事，不是害了他吗？越想，小野便越是怒火中烧，去和何欢吵一架，一想到会把春良也牵扯出来，这又是她不愿意的。小野越想越难过，眼泪流了出来，她在被子里静静地哭，泪一会儿便湿了一片。小野哭一会儿，想一会儿，再哭一会儿。

这时小野的倔强显现了出来，她问自己，我哪里不如何欢，我除了不如她会打扮，我哪里不如她了？一想到失去春良，小野简直要揪心了。她又想，是我的身体不如何欢的身体丰满吗？于是又起来在镜子里照自己的身体，照着照着，又流下泪来，她想，不行，我不能失去春良，我爱春良，我一定要把春良夺回来。

小野在经过了三个痛苦的夜晚后，终于决定要夺回春良了。她甚至幻想，她和春良一起去北京。

这一天的傍晚，小野起了床，洗了脸，几天没有好好吃饭，小野的脸变得惨黄，小野下楼到了厨房盛一碗稀饭，慢慢坐下吃，何欢一看小野下来吃饭了，赶紧拿出一碟酸豆角肉沫放在小野的面前。小野却一眼也不看何欢，她静静地低头喝着稀饭，抬起头时，眼睛掠过何欢的头顶望过去。

小野不再穿那条蓝色的裙子了，那条蓝色的裙子在床上摊作一团，小野看了看，觉得非常恶心。她穿上自己的黑裙子白衬衫，却没有穿内衣，小野的裙子里也没有穿内裤，凉飕飕的。小野是多么勇敢啊。

小野走出阁楼，站在露台上向春良的家里望去，看到春良在屋子里的影子，她静悄悄地下了楼，脚步柔软，像只猫一样，这时，小野的眼睛在傍晚的暮色里是闪闪发光的。

春良的姥姥总是睡得很早很早，早上也起得很早很早，才八点多，小野便听到姥姥屋里有了轻微的鼾声。小野跻身到春良的屋子里，春良正在灯下画图，春良是一个工程设计员。

春良看到是小野，向小野笑一笑，把桌上半个西瓜推到小野的面前，那西瓜已经被挖去了半个。春良看到小野不动，便道，怎么还嫌弃我啊，那一半是我吃的，我又没有肝炎。听着春良这样说，小野简直要流泪了，她想，她怎么会嫌弃他呢，她爱他都来不及呢。

春良继续一本正经地画图，在台灯下可以看到他浓浓的眉毛颦在一起，很用力的样子。小野转身站到春良的面前，那白衬衫已经被她穿得快要透明了，春良一抬头看小野，却看到小野白衬衫里影影绰绰的两个红点，小野的黄色的头发在灯光里简直要变成金黄了，且她的眼睛是亮的，透明的，无限期待地看着春良。春良一看，头便低下去。他说，小野，不早了，明天你还上学呢吧，回家睡去吧，我还要忙一会儿呢，明天春良哥给你带本好看的小说回来。

小野一听他这样说，简直要万念俱焚了。她向春良身后走去，这年龄的小野是多么无畏啊。

当春良再一次转过身来时，他惊呆了，小野竟光了身子站在那里，小野正好站在台灯下的那片光晕里。小野的头发散开来，她直勾勾地看着春良，让春良没有一丝退让的余地。小野小小的身体刚刚变得茂密起来，还没有在外人面前展露过，于是便有了一种夺人的光彩，那光彩是非常个人的，充满吸引力的，因为没有见过人，便无形中在不停地收缩，这收缩反而使小野的身体有了一种奇怪的张力。小野的呼吸一起一伏，那身体便也跟着一起一伏，使她看起来完全像海浪一样，这波动带了力量，带了毁灭，这毁灭竟也是吸引人的。小野拿开自己垂在下体的手，那茂盛的青春便呈现在春良的面前。春良的眼睛仿佛被刺了一下似的，他慌忙转过身去说：小野你这是干什么，不要这样，小野，你这么小……接着，再转过身来时，春良便拿了一件衣服，直接罩在小野的身上，小野却偏不让他罩，春良硬是要罩，最后两人几乎扭作一团。

小野被春良用衣服裹住，抱在怀里，她还是挣扎，鲤鱼打挺一样在春良结实的身体里倔强地扭动。春良在某一瞬间简直要被征服了，但他还是用衣服将小野裹得紧紧的。

小野终于绝望地哭了，泪顺着她的眼角流下来，她蹲在地上，觉得自己被打败了。春良在一边不知如何是好，他将一只手放在小野的背上，小野的背扭了扭，却突然站起来，拿起那只手放在自己的胸上。春良一下蹦得老远。小野看着他道：你不要我，你不要我……春良看着小野道，小野，你不要这样，真的……你是个好女孩子，你不该这样。

小野突然被激怒了，她不想作好女孩子，她只想要春良。她喊道：我知道，你觉得我没有何欢好，你们俩在一起倒是好不好呢？你们俩真是不要脸透了。被伤了自尊的小野只有抽出这把剑来刺春良，在刺春良时她是一样的疼的。

春良的眼睛瞪大了，那看着小野，瞬间他便明白了，小野知道了一切。他的眼神暗淡下去，头也垂下去，接着跌坐在椅子上。

春良再抬起头来时，他对小野说，小野你听我解释，我错了，我知道这是不对的……

小野却一句也听不想听，她慢慢地穿衣服，然后走出春良的房子，怎么样得到春良呢，她真的迷惑了。

8

小野在街上走了很久很久，她不想回家，只想这样一个人走，路灯下是个卖馄饨的小摊，白色的雾气升腾起来，下面是个小桌子，坐着几个人在喝馄饨。

小野现在满脑子的愤怒，她脑子里一幕幕闪过春良和何欢在一起的情景，觉得这简直是羞辱。小野走着走着，就泪流满面了，她觉得自己是没人喜欢的，没人注意的，一这样想，小野就变得有点恶狠狠了。

回到家时，已到深夜了，小野上了阁楼，却看到何欢站在她的背后道，小野，你不能这么晚回来，万一遇到坏人怎么办？

小野转过身来，看着何欢，何欢穿了一件白色的睡裙，裙边滚着花边，她向来穿着都比较讲究，小野在心里暗暗地骂着，骚女人。她看着何欢，眼里燃起火焰，在黑暗中那眼神显得异常的大而亮，何欢被吓了一跳，小野轻轻地呸了一声，转身向楼上走去。

从这一天起，小野再也不给家里买早点了。她早上起来在院里的水池边刷牙，刷得慢条斯理，满嘴冒出白沫来。再也不像以前那个早起，踩着木屐啪嗒过来啪嗒过去的小野了。

何欢现在见了小野越来越低三下四，小野看出来了，她明白，何欢知道了，知道了她与春良之间的事情。何欢这副表情更是让小野恶心，这恶心过后则是小野强烈的嫉妒与自卑。春良不要她却愿意要何欢，要一个十几岁孩子的母亲，小野真是痛苦极了。

何欢再也没有去找过春良，见了春良总是急匆匆地低头走过，小野在后面看着，心里重重地呸一声，她想，哼，生装。当春良与何欢还有姥姥在一起时，小野就睁了她猫一样明亮的眼睛看着春良与何欢，只看得两人发出虚汗来。

小野仍旧在阁楼上偷看春良，春良在院子里洗脸，小野便在这阁楼上看，咬着牙，流着泪，她知道，春良不会碰他的，她永远都无法了解春良。一天，小野仍旧在夕阳里看春良，看着看着她哭了出来。在小野泪流满面的时候，身后突然想起了一个声音，春良有什么好的，你为他流这么多泪，小野你其实挺漂亮的。小野转过头，却看到了何欢的儿子，何涛，何涛这个夏天十三岁了，已经长得比小野还高了，小野狠狠地瞪一眼何涛，恶狠狠地说：要你管！

秋天到来时，春良的父母从北京回来了，他们开始给春良办各种手续了，春良要准备去北京了。小野每天站在露台上看着春良的家里忙来忙去，简真万念俱焚，她知道，那一天总要到来，春良与她就像流星一样擦过。

父亲也回来了，父亲回来的那一天，何欢就诚惶诚恐，小野知道，何欢怕的是什么。这个秘密很奇怪，小野埋得太久竟然不想把它说出来了。况且告诉了父亲，对春良又有什么好处呢？她现在要春良与何欢都觉得欠她小野的，她小野只要想说，随时都可以说。

父亲在家待了一个月后，便又跑长途去了，这个家又恢复了原来的样子，小野越来越觉得寂寞，她想，她还是要去找春良，因为春良是她的。

这一天，小野向春良的家里望去，竟然看到了一个女孩子，小野看到那个女孩子穿了碎花的裙子，头发也很黑，一种不祥从小野的心头涌了上来。

果不出小野所料，那个女孩子是春良的女朋友，是和春良一个单位的。小野站在阁楼上看着春良和那个女孩子开心地拿着一个向日葵花盘，捡瓜子吃，她简直要难过死了。这是她的春良啊，这是她的春良啊……泪流出来，流进嘴里，是苦咸苦咸的。

小野在夜里，一遍一遍地咬被角，她明白，她非常恐惧，春良会和这个女孩子结婚，此时何欢已不再是小野心里的疤了，这个女孩子却可以永远地将春良从她的身边夺走。一想到这里，小野便不能控制自己，一想到春良和这个女孩子去了北京过着幸福的生活，她便觉得自己如同生活在黑暗里。

小野对自己说，不能让他们在一起……

9

小野知道的，她知道何涛在偷看自己，小野缓慢地脱着衣服，一边脱一边想该怎么办，她知道窗户那里有一个洞，只要她一转过身去，马上就会有一个身影闪过。起初，小野很生气，但在这生气过后，小野却有了一种奇怪的感觉。她要靠什么让何欢不再接近春良呢？当这个念头从小野心里升起来时，她突然奇怪地沉静了。

何涛在这一年里迅速地成长成一个小伙子，只有十四岁，却长得和春良一样高了，但因一切还在生长阶段，便显得有些怪异。他的学习非常好，是个品学兼优的学生，难得何欢能够生出何涛这样的儿子。

小野脱掉衣服，她悄悄从墙角的镜子望过去，真的看到那窗户玻璃上有一团阴影。这团阴影一个夏天其实都在那里。

小野心里暗暗地想，等着吧，何涛。

冬天的第一场雪到来时，春良的女朋友和春良分手了，小野在阁楼上看着春良和他的女朋友吵架，心里有一种快意的伤心。小野默默站在那里，微微笑着，她知道，他们为什么吵架，小野用何欢打败了春良的女朋友。是啊，他们曾经怎么地伤害了小野，她小野怎么会让他们好过呢？

春良的女朋友走掉时，春良在那棵树下垂着头，当他抬起头时，却看到了小野一闪而过的身影。

小野躲在阁楼的门背后，心跳得剧烈。小野手里紧紧攥着门把，这时候，小野是恨春良的，恨他拒绝了她，恨他让小野自己觉得自己压根就没人要。

何涛站在小野的阁楼外面，看着小野，他对小野说，你让我办的事情我都办了。求你，别把这件事告诉我妈和我的老师，我再也不敢了，我也不上阁楼来了。

小野坐在床边，嘴里含了一瓣橘子，她扑哧一声咬破了，橘子的汁液射了出来，小野微微地闭了一下眼睛。她看着何涛，他没精打采地站在小野的面前就像是被霜打了一样。小野没有作声，就看着何涛站在那里，她想，她多愿意站在这里的是何欢啊，让何欢也这样没精打采地站在小野的眼前才是好的。

何涛下楼去了，小野将一张照片向空中扔去，那是何涛偷看她的照片，她的圈套，小芬拍的。多么完美，小野想。

10

小野再一次在巷子里堵住了春良，已经下雪了，小野微黄的头发上落满了雪花。春良低下了头，想要从小野的身边过去，他往左，小野也往左，他往右小野也往右。春良终于站住不动了，春良问：小野你到底要干什么？春良的眼神是哀伤而无助的，春良脸色灰暗难看，再也没有了夏天时的有力与阳光，春良还没有从失恋的痛苦中走出来。

小野说，春良哥，我爱你，你带我走吧，我除了爱你什么都不想干。春良看着小野说，你啊，小野，我一直当你是妹妹呵，我和你是不可能的，再说，你也不是我所喜欢的那种类型啊………春良还没有说完，小野尖声叫到，你喜欢的是什么类型，是何欢那样的吗？有一天我也会像她那样子的！

春良愣住了，随之他变得特别平静，他上来拉小野的手，雪已经下得大起来了。小野让春良拉着，突然泪水就流了满脸，雪花落在小野的脸上，瞬间就化了。小野，对不起，我与何欢那次真的是一次意外，我错了，可以吗？你还要我怎样？那是一次错误，我再也不会犯那样的错误了。小野你不能总揪住这件事情不放，这样你会很痛苦的………小野，我不爱你，你该好好学习……

春良的话没有说完，小野便把手猛地抽回来，她倔强地叫道，你为什么不爱我，为什么？我到底哪里不好，你知不知道我有多爱你啊……

春良不说话了。

小野转身便跑了，夜色渐渐暗下来，小野灵巧的身体像只小鹿一样迅速消失在这条街道的尽头。

那一晚，小野没有回家，她跑了很久很久，雪下得都可以把鞋子埋住了。她不知道她该走向哪里，她只是觉得心里有着巨大的绝望，这绝望又燃起雄雄的火焰，快要把她吞没了，让她浑身都感到炽热难耐。她抬起头，任雪花落在她的脸上和嘴里，感受到的那一点点清凉根本不足以扑灭小野心里那绝望之火，泪迅速地流下来。

小野在街上拐来拐去，终于在一个门前停下了。开门的是小野的同班同学，这个男孩子叫安杰，一直都喜欢小野，而小野心里是有着春良的，却从来没有正眼看过这个男孩子。这个夜晚小野是在这个安杰家度过的。

小野怀了一种负气的心，叛逆的火焰简直要把她烧毁。她主动脱下了自己的衣服，连想都没有想，像剥一个粽子一样，把冬天的衣服迅速地从身上扒了下来。

安杰在小野白得耀眼的身体面前微微战栗着，他冥冥中感到这并不是爱情，但他太年轻了，小野的身体像愤怒的花朵，头发此时也黄得发亮，伸展开来，安杰怎么可以抵挡呢？

安杰在小野的初夜里的表现，小野已经完全不记得了。小野只是想把这身体贡献出去，让这青春燃烧了去。

小野想，这是她为春良精心准备的身体呵，春良却不要，那她还有什么可珍惜的呢？小野已经让这绝望的火给烧糊涂了。N年后，小野再想起她的初夜时，发现这真是一次无法解释的事故，她怎么会那样做呢？那简直是另外一个小野，是一个荷尔蒙在作怪的小野。

安杰抱着小野，两人都像要探路一样在对方的身体上探索，一路磕磕绊绊，曲折迂回。小野的嘴里不停地在说，来吧，来吧。

这个夜晚，刮了大风，安杰的父母都去外地看他的祖父去了。窗外的大风彻夜未停，小野便在这样一个迷乱的夜晚，失去了她的处女之身。小野出的那点血异常的少，单薄地印在床单上。看着那朵单薄的血花，小野突然悲痛欲绝。她的心底终于归于平静了。

从安杰家里出来时，小野被外面的雪光刺得睁不开眼睛，从那一天起，小野有了轻微的雪盲症，每遇到大雪天气，她的眼睛便发花，看不清，非常奇怪。小野想，这轻微的雪盲症大约就是用来纪念她小野的初夜的吧。

青春是一件多么古怪的东西啊，N年后，小野在一次大雪后对自己说。

11

第二年的夏天，小野没有考上大学，安杰与小野一样落榜了。他们在这个夏天里又一起分享了几次身体的奥妙，但他们发现，其实他们之间是没有爱情的，爱情不是这样简单的，但爱情到底是什么样的，俩人又都很迷茫。

春良终于去了北京，春良走时是哀伤的，他的女朋友不能原谅他，他只有一个人去了北京。小野目睹了春良的哀伤，她知道那哀伤是和她无关的，她使春良的女朋友离开了春良，自己又得到了什么呢?

现在小野站在阁楼上，看春良的家里，只能看到姥姥一个人坐在那里听广播。院子里的槐花树，这一个春天的槐花开得特别好，粉玉粉玉的，一嘟噜一嘟噜的，让这一条街都飘着淡淡的清香。

现在，何涛见了小野总是躲着走，何欢不声不响地给小野洗了一年的衣服，什么都洗，包括小野的内衣内裤。小野再也不去打早点了，她穿着那双木头底子的趿拉板一天一天地在那条窄窄的小巷子里打转，啪嗒啪嗒的声音从巷子头响的巷子尾。

小野想了无数次要把何欢与春良的事情告诉父亲，但不知为什么，却始终没有张开口。成长这么复杂，了解生活也是这样复杂，小野想。

一个深夜，小野突然觉得她要离开这里，离开这个阁楼，她感到一种东西在她体内膨胀，旋转，让她变得再也不纠缠于那些往事。当这一瞬间到来时，小野这一晚睡了一个香甜的觉，这是春良走后，她惟一睡得香甜的一觉。

那一年的夏天，小野离开了这个城市，走时，何欢刚刚给小野洗好衣服，在院子里晾衣服，小野偷偷换下木屐，一路小跑着，黄色的茂密头发在小野的肩头有力地跳跃，像只松鼠。

12

七年过去了，小野回来了，小野脸上那层淡淡的汗毛已经褪去了。街上响着周杰伦的《十一月的肖邦》，小野住的这条街道也终于要拆了。

小野看到窗台上那双趿拉板，她拿下来，拍拍尘土，向脚上套去，却怎么也穿不上了，小野很奇怪，从十七岁开始她的体型就再没有变过，可这双趿拉板真的是穿不上了，小野那些青春往事也一去不复返了。

孩　灵

1

他拎着蛋糕，出了蛋糕房，快步向家走去。街角这家蛋糕房的芝士蛋糕最是美味，名曰：精灵再现。他喜欢，她也喜欢，今天是她的生日，他专门在这里订了生日蛋糕。蛋糕房的人不多，玻璃窗里晃着几个稀稀落落的人影，还有两三个孩子，在缠着父母买那种糖稀做的动物小布丁。

他家里是农村的，来到这个城市，几经打拼，终于可以在这个城市站住脚。他的妻子能嫁给他于他来说是感激的，她家世良好，出身闺秀，是他想象的那种妻，他很满意。是呢，人可以拥有自己想象的东西多不容易啊，他总是这么对自己说。

一进家门，他便进了厨房开始忙，天渐渐暗下来。这时窗外飘了雪粒，在厨房的窗台上四溅开来。今天是这一年的最后一天，12月31日，是她的生日，他要好好为她过个生日。冰箱里塞满了他提前买好的菜，今天，他要做很多好吃的。

他听到钥匙的响声，是她回来了，他笑着从厨房里探出头，额上蒙了一层油烟，在灯下一闪一闪。她也进了厨房，他一边将火调得小一点，一边将手里的打蛋器打得更起劲，转过头冲她说：寿星，生日快乐哦。这是一个美好的日子，一切又都在他的规划里，明天是新的一年新的开端，他的心情非常激昂。

满满一桌菜上了桌，他和她坐下，开了一瓶红酒，当启瓶器发出嘣的一声时，他是兴奋的，也是得意的。先喝了一杯红酒，脸上便有了微红。他和她结了婚买了房，今年他又加了薪，坐上了总助理的位子，这一切来得这样顺利。他对她说，亲爱的，我们明年生个孩子吧，我准备好了。她笑了，说："你总算是准备好了，再准备不好，我都老了，生不出来了。"他转身将蛋糕放在桌上，冲她眨眼到："街角的芝士蛋糕哦，专门给你订的。"然后去厨房拿蜡烛。

当他从厨房拿着蜡烛出来时，看到炽白的灯下她的脸是惨白的，眼睛诧异地盯着那个蛋糕。他望过去，也骇然了，蛋糕很漂亮，可那蛋糕上赫然两个小孩子的手印，灰色的小手印一上一下，很是玲珑。

餐桌是玻璃的，明晃晃的在灯下，他与她都盯着那个蛋糕。不对，他明明是看着这个蛋糕打包的，他还让那个伙计用一个淡紫的丝带打了一个漂亮的结，怎么可能，难道让调了包？

他走过去，拍拍她的肩，哈脸笑：没事没事，等我，十分钟我就回来。他迅速将盒子盖上，系好丝带，出了门。好在这家蛋糕房在这个小区的街角，很快就到。

下楼时，雪已经下大了，变成了雪花，人们行色匆忙，路灯孤独地亮起来了。

他和蛋糕房的店主吵了一架，说：我妻子过生日，订好的蛋糕，一拿回家，上面却有两个小孩子的手印，你们是怎么搞的？店主狐疑地看着他，微微皱了眉，再看看那蛋糕，他们是老客，店主知道他家没有小孩。是啊，谁为自己过生日，在蛋糕上按两个手印再拿回来捣乱，店主到底待人宽和，换一个给他。但这一次，专门让他看过，自己亲自放进盒子里。

他拿了蛋糕，飞快向家赶去，雪越下越大，在空中飞舞起来，不时落在他的眉毛和头发上，不一会儿地上便全白了。

上电梯时，他一转身，看到一个小孩缩在角落里，瑟瑟地抖，冻得嘴唇乌紫，远远望他。他心动了一下，这也不知是谁家的孩子，真不负责任，大冬天的就穿个单衣，还光着脚丫，他想。

进了家门，他快速将蛋糕放在桌上，笑着摸了摸她的头，说，店家搞错了，给我们重新换了一个蛋糕，别扫兴，好不好？他边说边打开蛋糕盒子，只听吱呀——一声怪叫，那是椅子与地面摩擦发出的声音，接着咣一声，椅子被震得倒在地上，妻子猛一下站了起来，两人同时后退一步，大张着口。新换回的蛋糕上，仍然有两个手印！他与她都惊呆了，互相望着，一句话也说不出来。炽白的光在两人头上晃着，从他脸上再晃到她的脸上。

他看到恐惧水一样慢慢洇上她的脸。

他怎么也想不明白，他明明看着店主把蛋糕放进去的，为什么回来仍是有两个手印？他感到这样诡异，有什么不对吗，为什么会有这样的怪事情呢，哪里来的小孩手印？

他走到阳台上，点燃一根烟，袅袅地燃着，他想，今天是个什么日子呢，这样的怪事？除了是她的生日，还会是什么日子呢？12月31日，12月31日，12月31日……他在心里默默地念着，他向窗外望去，窗台上已冻了一层薄薄的霜，映着灯光，快要成为透明。

他看着那层透明的霜，再看，突然觉得曾经在某个时刻，这层透明的薄霜也曾触动了他的心，是什么时候呢……窗外的雪仍在飞，不时沙沙打着阳台的玻璃，他打开阳台的窗户，立刻有雪粒飞进来，打在他的脸上，他先是感到灼热，接着慢慢变成冰冷。

突然，他打了一个冷战，定睛看那层透明的薄霜，他想起来了，他想起的这些事，使他自己也莫名地感到寒冷。是呵，那一天是不是12月31日呢？他已不记得了……人有时为了保护自己，会刻意地从头脑中将一些记忆抹去的，他一直以为他忘了，从来不会想起，他也确实从来没有想起过，但是今夜这层透明的薄霜使他想起了一个寒冷的冬夜……

七年前，他从农村刚刚去到那个城市，现实是太冷硬的东西了。

那时他与一个叫艾艾的女孩子已同居两年。那个孩子的出生完全不在他的意料之中的，当他想要结束掉这条生命时已经晚了，后来艾艾生了一个男孩，那个时候，他是那样窘迫，伸手一摸口袋摸出的是一团雪白的手纸，哪里养活得了这个孩子？他对这个伸出两只手在空中乱抓的生命是漠然的，没有感情的。如果说有什么，那便是对生存的恐惧了。

一个冬天的夜晚，对的，就是12月31日，他抱着这个孩子，来到了一个公园的花园旁，将他放在花园蓝色的椅子上，他记得很清楚，那椅子上有一层薄薄的雪霜，和今夜窗外那层透明的雪霜一模一样，不知为什么那天晚上他看到那层薄薄的雪霜时，心缩了一下。路灯在很远的地方矗立着，清冷的光泛过来，刚好可以看到这个尚在襁褓中的孩子。放下孩子后，他迅速地逃离了那个地方，那时他太年轻了，都来不及考虑别的问题，可以说是慌不择路地想要逃避掉这一切。

第二天，他便离开了那个城市，艾艾也离开了他，从此，两人杳无音信。

他或许不知道，那天晚上并无人经过那个花园旁，那个晚上的气温低至零下十四度。当清晨的阳光照下来时，人们看到的只是一个冰冷的肉团。

想起这些不愿想起的事，让他非常懊恼，他掐灭了烟，进了屋子往卧室走去，洗手间的门开着，水哗哗地响，妻子在洗脸，将脸深埋于洗脸池里，他望过去，看到一个小小的白袍子悬空从背后抱着她的腿，那分明是一个小孩子，他穿了白色的袍子，却看不到他的头与脚，他只是抱着她，无比依恋无比欢喜的样子。

他仿佛可以看到，这个孩子脸贴着她的腿，光了脚丫，头发异常的黑，柔软地搭在脑门上。他长得这样大了么？再看，却仍是一件小小的白袍子抱着她。

他大惊失色，却不敢出声。这时他脑子里忽然闪过在电梯里看到的那个小男孩，这不就是那个孩子吗？一想到这里，冥冥中，他知道蛋糕上的那两个手印是怎么回事儿了。

他终于确定，那个孩子回来了，那个他放在椅子上的孩子回来了，从一个生日蛋糕开始。是他对妻子说的，说他今年想要一个孩子，他做好准备了。

2

一个月后，妻子终于从家里搬出去了，她实在忍受不了这种无法解释的现象，整日活在恐惧中。

冰箱里莫名其妙被咬了一口的苹果，拖鞋歪歪扭扭会自己移动，抽水马桶在空无一人的洗手间里独自轰隆作响……妻子脸色煞白地站在卫生间外面。

他能说什么呢？没有哪个女人能够面对这样的情况的。

她对他说："我们把这房子卖了吧，这房子有问题，我实在受不了了，我要搬回爸妈那里去。"他低下头，想了许久，对她说："你先搬去吧，我不能去，我想待在这里……看一下，看过一阵会不会好一些，如果好不了，我们再想办法。"

她很奇怪，他为什么一定要待在这样一座恐怖的房子里……她看着他，充满了怪异的表情。她问他为什么，他却什么也答不出来，只是眼睛从窗户望出去，望向远方。

他打开窗户，打开所有房间的门，这是十六楼，而且他们的房子是南北通透的，风呼呼地刮着，不知为什么，他一点也不恐惧，他在这套房子里走来走去，大大喘了几口气，很奇怪，妻子走后他莫名有了一丝放松，以前他从不敢懈怠，她嫁给他多不容易啊，他时时都要让她感到她没嫁错人，他是不会让她失望的，是值得她托付的。

现在这房子里只有他一个人了，他大口呼吸着只属于他一个人的空气。对了，还有那个孩子，虽然他现在还不敢确认那是不是他的孩子，但冥冥中，他觉得那是他的孩子。他觉得自己不是那么怕，如果真的是那个孩子的话，他想要好好和他谈一谈。

或许，他可以和他谈一谈，谈一谈过去，他现在终于明白了，你做过的一切都会转回来让你面对。过去，他从不敢向她谈起自己过去的事情，不认识她以前的经历，他跳过了一段又一段的空白，他以为自己忘记了，却从打开生日蛋糕的那一天开始他才知道其实这些都在，从来不曾远离，即使时间再长都有一天要让他面对。

他故意在这个房子里走来走去，他吃午饭，买一碗牛肉面，拿个小碗来，拨出去一些放在旁边，他想看到那个饭碗里的饭食悄悄减少，但，很遗憾，他什么也没有看到。

他想，这个孩子该有五岁了吧，五岁是一个孩子最可爱的时候，他想象他，他现在会感觉冷吗？他不明白为什么他的忏悔来得这样迟，那层透明的薄霜如此缓慢地覆盖了他的心灵。现在，每当夜晚，他便会想起一切，想那个冰冷的夜晚，想起那张蓝色的椅子，想起那个花园，想起那些怪异的路灯。他仿佛看到另一个自己，脱离了自己的身体，成一个虚的影子，然后一步一步地往回走，时间在倒退，他走向那个公园，走向那个花园旁的那张蓝色的椅子，在那张椅子旁慢慢蹲下。

他以为妻子搬走了，这个孩子便可以常常出来找他，但他错了，妻子走后，这房子里一直很安静，甚至比妻子在时还要安静。他照样去上班，下班，打扫卫生。只是，每个夜晚他都会想起那张蓝色的椅子，每个夜晚另一个他都要走到那里去，如同信徒朝拜一般。

那一天，他看足球寒，西甲联赛，喝啤酒，进球时雀跃……他突然心里一动，他感觉到有一双眼睛在他的背后看着，一会儿看看电视，一会儿看看他。他一点也不怕，反而觉得坦然，该来的都来吧……

妻子走后的这段时间，他发现自己过得从来没有这样自在，不再像以前那样充满感激地面对她，现在他只是面对自己，他不再像是得到恩赐似的面对他与妻子的婚姻。他突然觉得这是自己吗，他想起他送妻子回到岳父家后，走时，岳父家那扇灰色的门在他的身后一关上，他竟然莫名有一丝愉悦的欣喜，可明明刚才在岳父家里时他还是一筹莫展的，这绝不是假的，是他非常真实的感受，岳父家的人也为这件事很头疼，窃窃地说着话，帮他们想办法，可他不能否认，那一股莫名的欣喜真的是他真实的感受。

他喝了四瓶啤酒，拖鞋扔的左一只，右一只，啃的鸭脖子的骨头在茶几上到处都是，还有花生米的皮屑。他从来没有这样恣意过，她在家时，他是好好丈夫，甚至他还会半带呵斥半带疼爱地说她：你呵，总是乱七八糟的。

四瓶啤酒下肚后，他有点微醺，这种感觉太好了，他好久没有这样放纵过自己了。他看到电视机里的人影有点飘，他知道他有点高了，他也知道那个孩子就在这个房子里，他从来没有和他说过话，但他知道，他就在那里。他笑一笑，好像有人陪着他一样，然后躺倒，睡着了。

记不清睡了多长时间，睁开眼，电视机的光照得他有点睁不开眼睛，他艰难地坐起来，揉揉眼睛，想要去洗手间，当他把脚放在地上时，猛然间清醒了，他看到自己的拖鞋整整齐齐地放在沙发前。他左右转了一下头，什么也没看到，不对，虽然刚刚他喝得有点高了，他记得的，记得在睡前的最后一个印象，那便是他的拖鞋是左边一个，右边一个，现在他的两只拖鞋却整整齐齐在一起。是他，没错，肯定是他，这房子里只有他和他两个人！

他把两只脚放进拖鞋，一瞬间他突然流下了泪，是了，他终于第一次和他有交流了，妻子走后的这一个来月，什么都没有发生过，现在这是第一次的异象，是他与他的交流。

他站起来去洗手间，他知道，他就跟在他的身后。他想象，他小小的脚，胖胖的，圆滚滚的，有黑而柔软的发，搭在脑门上，他会睁着大眼看他，他对一切都充满了好奇。

他很想知道这个孩子在想什么，因为那是他的孩子，是他把他放在椅子上，去了另一个世界。他不是没有想过的，五年前那个寒冷的夜晚他想过，如果万一没有人经过这个公园会怎样，想到这里，他摸了摸口袋，摸到的仍是一团手纸。于是，他强迫自己不去想这个问题，那时的他是多么着急着把这个问题解决了啊。

现在这个孩子回来了，肯定会有很多问题要问他，他也渴望他能问自己，也好让他问问自己。

他上完洗手间，一看表，正好是凌晨三点。这几年来，他都是一个循规蹈矩的人，正常上班，下班，到点睡觉，他从来没有在三点钟醒来过，工作那么紧张他哪里有闲工夫在该睡觉的时候不睡觉呢？

突然，吱呀——一声，门响了。他看到厨房的门开了，他知道，是他到厨房里去了，他并不动，继续坐在那里等着。过了一会儿，他知道冰箱的门也开了，冰箱里的照明灯是微黄的，从厨房里透出来。他想或许他饿了，接着，他又听到厨房的门关上了，悄无声息了。他站起来，走进厨房，打开冰箱，冰箱里没有被什么动过，只有一个小圆面包被拿了出来。

他说：该睡了。不知是说给自己听的还是说给他听的。他倒在床上睡了过去，明天是星期一，他要上班，有很多重要的事情要处理，他必须好好休息了。

3

他打开家门，走了进来，手里拿着一个小小的足球，一进门他便将那个小小的足球扔进了客厅，足球在客厅里跳了两跳，然后滚到角落里一动也不动。

他放下包，今天他谈成了一个很好的项目，心情也很好，他打算自己做一餐饭。走进厨房，他一眼就看到一个被踩得稀巴烂的西红柿，他笑了笑，他知道这准是他干的，他现在已经学会和他很自然地相处，只是他在等着他开口说话，他不想去问那些神神鬼鬼的人，怎样让他开口说话，他觉得这是他自己的孩子，他总会开口和他说话的。

他把那一个踩烂的西红柿收拾掉，然后开始做饭。他先用电饭锅焖了米饭，在米饭里还放了两根广式的香肠，切了鸡丁，还有青笋，西红柿鸡蛋，还有清炒的西兰花，鸡腿菇的蛋花汤。他在厨房里做着饭，突然就听到客厅里的足球自己滚了起来，他没有回头，完全当是很正常，足球在客厅里滚得越来越快，从东滚到西，再从西滚到东。他一边切着菜，一边抿嘴微微笑了。

一会儿他听到咯咯两声笑，从空寂的客厅里传来，他心里好激动，是的，那是他的孩子的笑声，如若不然，他不会心动的，只有是自己孩子的笑声，才可以这样打动他，像是心底里长出了一朵花，一直往上开。

饭做好了，他把饭端上桌，然后在自己的对面摆上一只小碗和一支小勺，自己开始吃饭。他也很久没有吃一餐可口的饭了，以前妻子在家，他还经常下厨，现在妻子回了娘家，他上班忙真是懒得做饭，这样悠闲地做一顿饭也是难得。他不去看对面的那个位置，自己吃起饭来，今天的汤做得真是好，火候刚刚到，鸡腿菇和腌火腿在一起的鲜味非常美妙。他喝了一碗，又盛一碗来，突然间，他心里又泛出一种难过，泪光蒙了他的眼。他想，这汤如此鲜，他尝得出来吗，他知道什么是鲜吗？

他对面的位置没有变化，只是足球还在客厅里来来回回地滚着，他知道了，他喜欢那个球，他也肯定了，那天晚上的球赛他是和自己一起看的。客厅里仍旧传出咯咯的笑声，他却什么也看不见。

他不去叫他，吃完饭收拾掉自己的碗筷，收拾完厨房，便坐到客厅。他的劲儿真大，他想，那个足球还在那里来回滚，他一个人都可以玩得这么开心，如果有人陪他玩他会多开心呢？

某一瞬间，他定睛望去，仿佛看到了他，他仍旧穿着那个小白袍子，头发被汗水打湿了，汗水顺着他的发根向下流，他非常专注地在那个足球上，像是那个足球上有探索不完的东西似的。他看他弯腰下去，将球固定在自己脚尖的地方，然后一挺肚子，将球踢出去，然后他充满希望地看着球跑向远处。他毕竟人小，球跑不了多远就停了，于是，他又像一个白色的子弹一样射出去将球抱回来，再重复刚刚的行动。

咯咯声又响起来了，他仿若看到他跑得是满头大汗，都顾不上看饭一眼，他终于忍不住对他说："先吃饭吧，吃完饭再踢。"他一出声，那咯咯的笑声马上停止了，球滚了两滚就不动了，他后悔了，是他吓着他了，他不该冲他说话的。他又回复原状，不再与他说话，只当他不存在。之后，房子恢复了宁静。这片刻的宁静突然让他产生一种恐惧，他想，他会不会离开了，走掉了，不再出现在这个房子里？可转念他又想，这不正是他和妻子所盼望的吗，他有什么好恐惧的呢？

在这种猜想里他打开了电视，他实在找不到事可做，又不能眼睁睁地看着一个看不见的孩子踢球吧，可是打开电视，却找不到遥控板，遥控板在那里呢？他找来找去，就是找不着，他爬下来看看在不在沙发下面，又在电视背后找了一圈，什么也没找着。他努力想，他昨天把遥控板放哪里了……昨晚他也睡得很晚，可是再怎么想，他也想不起来遥控板放在哪里了。他终于决定不再想了，睡吧，今天一天的紧张谈判让他也够累的，他站起来，刚想往卧室走，身后突然幽幽传来声音：在洗手间的抽屉里……他身子一震，连动都不敢动，他怕他一转身，再吓走了他。他就在那里站了几秒钟，然后向洗手间走去，拉开洗面台下面的抽屉，他果然看到遥控板躺在里面，这一定是他干的。他知道，他喜欢待在洗手间里，他喜欢抽水马桶，可以孜孜不倦地玩下去。

他拿了遥控板，走回到电视前面开始看新闻，过了不多会儿，他终于又听到足球碰到墙的声音，他微微笑了。他想，他知道做父亲的感觉了。

他从来不用招呼他睡觉，他也不知这个孩子是在哪里睡的，但他想，他应该已经熟悉这个房子了，用不着自己那么操心吧。今天他累了，看完电视便洗洗睡了，睡时，他看了看客厅，看到客厅里的电视又开了，电视定格在一个频道的动物世界上，他便睡着了。

这么久了，他从来没有睡得这样安稳过，这样沉静过。当清晨的第一缕光从窗外射进来时，他睁开眼，他眼睛还有点酸，在迷蒙的光中，他看到一个小小的人儿爬在床前也睡着了，小小的白袍子悬空着，头放在他的手旁边，他甚至能感到那柔软的发轻抚着他的手。他躺在那里不动，他知道只有这样的时候他才可以这样完整地看他，这样平静地看他。没错，这是他的孩子，他的脑门那里有一个旋儿，他自己也有一个。他充满怜爱地看他，动都舍不得动一下，直到阳光越来越亮。当阳光完全炽白时，他不见了，他想，他是醒来了。

梳洗完后，他要去上班了，当他走时，他听到客厅里的球又开始滚动起来，从东跑到西，又从西跑到东，忙碌得不行的样子。

他笑了，拉上门，下楼。

这一天下班回来，一进门就发现客厅里的一个花盆碎掉了，他知道，这准是球的事。花盆里的花儿根部的土壤被人用手攥了两攥，然后可怜而危险地靠着墙角耸立着。他找出一个不用的果汁桶从中间剪开了，将那只可怜的花安顿进去，然后清扫了碎掉的花盆。

他从包里拿出一大叠动画片的碟片来，都是一些很有名的动画片，他专门放在桌子醒目的地方。然后他就进厨房做饭了，今天他吃得简单，只是煮了点稀饭，然后打了几个包子，一碟榨菜，两个煎蛋。不一会儿就弄好了，他走进客厅时，发现那一叠动画片被人动过了，在桌子上铺开来。

他喝着稀饭，在他对面的餐桌上仍旧放着一小碗稀饭，但那碗稀饭仍旧是没有人动，只听到那些碟片被翻得哗哗作响的声音。他站起来，拿起一张，那是很久以前的动画片了，叫《大闹天宫》，他将碟片放进碟机，接着翻东西的声音便停止了，他看到沙发那里陷下去小小一个窝。

他拿一只豆沙包放到茶几上，然后回来继续吃自己的饭。当他吃完饭时，看见茶几上的豆沙包被咬了一个口，扔在一边，露出里面的豆沙馅来。《大闹天宫》演完后，他又换上了《哪吒闹海》……就这样看下去，直到《变形金刚》，直到他打哈欠。

这天晚上，他睡着后，感到身体旁边有点凉凉的，他不敢醒来，他想或许那是他，他终于愿意睡到他的旁边来了，那卑微的凉意呵，分明是一个着凉的孩子，分明是一个寻找温暖的孩子。他在梦中流下了泪，另一个他又起来了，脸上淌着泪，也不去擦，就出去了。他就躺在床上，却看到另一个自己又走向那个公园，走向那个蓝色的椅子，久久站在那个蓝色的椅子旁边，看着那个尚在襁褓中的孩子的脸上怎样慢慢地蒙上了一层白霜，透明的白霜。

这样的夜晚，他不知自己是睡着了还是醒着，但不管怎样，一切都是清楚的，他一点也不恐惧，反而感到明亮。如果那个花园是他心底里一个不敢正视的地方的话，他现在就是要看着那个地方，久久盯着看，看清楚一切的细节，看着他曾经无知的冷酷。

他在梦中握了握那近似虚无的手，冰凉凉的手，那手是如此的小，像是握着一只睡着的小鸟，偶尔会轻微地抖动一下，是的，是了，那是他，他太明白了，他仿佛心在握着这只小手，既温暖又剧烈地颤抖着。

小乖，在梦中这样一个名字冒了出来，是的。他要给他起一个名字，他要叫他小乖。从此，他可以在心里呼唤他。

天亮时，心惊胆战地醒来，他看到他的身旁有一个梨子形的印，那是小乖，他对自己说。三四个月了，他终于才给他起了一个名字，一个小名。

小乖，他轻轻地呼了一声，然后起床了。还未起床，他便听到抽水马桶轰隆隆地作响，他扶着门站在那里，他知道，他正在狂热地玩着抽水马桶，他忍着强烈的尿意等着他对抽水马桶的热情可以降低一点。

一会儿门哐啷一声开了，他仿佛看到一个小白袍子风一样跑出去，他走进洗手间，关上门，刚刚关上门，门哗一下又被打开了，小白袍子抱着一卷手纸咚地扔进了抽屉里，又哐啷一声关上门，吓得他一哆嗦，差点尿到外面。

早餐是三明治，有鸡蛋的，还有火腿的，两杯特仑苏的奶。他坐下刚咬一口，便看到对面的桌上一杯奶瞬间便下去了，不到十秒的时间，见底了！是的，他在成长。

4

小乖终于和他说话了。

真的好艰难，他没有想到的是，小乖问他的第一句话竟是：你冷吗?

那天是这个城市这个夏天最热的一天，他一动都一身汗，现在他总是着急着回家，好像家里有一个秘密在等着他似的。他在路上看到所有的人衣服都隐隐约约透着湿，所有人的脸上都蒙了一层汗，他一路不停地往嘴里灌冰的矿泉水。

回到家他赶紧先把空调打开，坐在空调下面凉了一会儿，这天的晚饭吃的是凉面，他对面的小碗依然未动，仿佛他可以是不吃饭的，随他去吧，他想。

这之后又是看动画片，或者打电子游戏，他已经完全熟悉了，他也摸清了一个现象，只有在小乖特别开心忘我时和他睡着着才能看见他。即使是这样，他已经知足了，他从来没想过，有一天他还能看见他。

这一天好热，晚上睡了后，可以听到整幢楼的空调在一起轰鸣，轰隆隆的像是参加集体合唱。他好不容易睡着了，他不知道被他叫做小乖的孩子是什么时候看完动画片的，在睡梦中，他感到一丝凉意靠近了他，接着便依附着他，缩在他的身旁。他看见小乖了，他好像胖了点，像个胖豆芽一样缩在他的旁边，这一次他发现他没有睡着，他只是低着头，头抵着他的胳膊，两只手抱着他的手。小乖问他：你冷吗？他听见了，不敢动，空调在空中嗞嗞地吐着凉气，屋子里非常安静，即使开着空调他依然能够感到外面的热浪滚滚，而他却问他：你冷吗？

他不知道说什么，只好说：你很冷吧？他悄悄地拿起空调的遥控板关了空调。他和他就这样静静地躺着。空调刚刚关了一会儿，他就热得难受，汗一层一层地涌出来，但他忍着，他知道他冷，他身上始终有一层又一层的寒意向他渗过来。

他对他说："明天带你去游泳，好不好？"他稍微动了一下，有点激动，仿佛那是一项再有意思不过的活动。他不看他，点了点头，接着，睡着了。他一身大汗，搂了搂他，他却浑身冰冷。

他在心里问自己，小乖是否知道是自己把他放在那张蓝色的椅子上呢，是否知道是他在那个寒冷的冬夜将他遗弃的呢？他不敢再想，只是将他搂得再紧一些。

第二天是个星期天，他答应带他去游泳的。于是他一大早起来，便找出泳裤，还有给儿童用的游泳圈，他想所有的孩子都是喜欢游泳圈的。打开门，他站在门外，拿着游泳圈，一会儿，门悄无声息地关上了，他从来没有带他出去过，他不知道怎样才能知道他有没有跟着自己，于是他有点踌躇了。这时，只见他看到手心里有了一个小小的手印，像那个蛋糕上的手印一样，他知道，这样就是小乖告诉他自己存在的方式。

一大清早，太阳便出来了，他自己有一辆大众的Polo，原本准备今年要换车的，他走向地下停车场。车开出来后，他伸手看看自己的掌心，看到了那个灰色的手印，他知道他在车上了。

车上放着音乐，他悄悄地随着音乐的节奏扭动着身体，一会儿他听到车里传来咯咯的两声笑。有风呼呼地从窗外刮进来，他向副驾驶的位子看去，什么也看不见，向后车座看去，慢慢看到一个隐隐约约的小白袍子。

不一会就到游泳馆了，他来得早，游泳馆里还没有几个人，可以听到小孩子的嬉闹声。他站在水边，伸开自己的手，却没有看到那个小手印，他向后面望去，什么也没看到，再看看周围，他发现他正站在墙角那里，怯怯地看他。他自己轻轻地跳进了游泳池指望着他可以跟着他下来，却发现他仍是在拐角那里，就是不动。他在游泳池里不停地向他招手，却发现他从来不曾向前走近一步。旁边一个老头奇怪地看他，再看他招手的地方，发现什么也没有，然后离他远一点。

他已经在游泳池里游了一个小时了，指望着他能靠近泳池一下，却一直未果。他终于湿淋淋地从游泳池里爬上来，走到墙角轻轻冲他说：那我们回家吧。

回到家后，他发现他很安静，小足球也非常安静地待在那里。他想，或许，小乖是不喜欢去公共场合的。

傍晚时候，一切恢复了正常，碟机又开始忙碌地转动。

这一天晚上，他睡着了，在梦里，他听到一个声音在床角自言自语：我不喜欢游泳，你不冷吗？

在睡梦中，他明白了，他怕冷。小乖冰冷的身体在水中会怎么样呢？会结成一个冰团吗？他问小乖："你知道你为什么怕冷吗？"他看到他蹲在角落里，低着头，过了很久，小乖抬起头来，看他，却不说话。

他轻轻地说："是我遗弃了你，孩子，是我在一个寒冷的冬夜遗弃了你。我是一个卑鄙的父亲，是我杀了你。"他看到小乖在墙角里缩得更紧了。他问他："孩子，你恨我吗？"他等了许久，也没有等到答案。

后来，他睡着了，在睡梦中，他看到了小乖站在床边，慢慢说："我知道是你遗弃了我。一直都知道。"说完这句话后，他看到小乖突然又变成了一个小孩子，一个襁褓中的小孩子，就躺在他的床边，伸出两只小小的手向空中乱抓着……接着一层透明的薄霜一点一点覆盖了他。

5

他感到心脏一阵剧烈地疼痛，接着是炽白的灯在乱七八糟地射来射去，接着隐约看到有护士和医生走进来，他感觉好像自己被绑着似的，四肢完全是麻木的，一点知觉都没有。

护士看到他睁开了眼睛，马上拿起床头的对讲器道：四床醒过来了，四床醒过来了……接着有更多的人进来，他看到妻子含着泪站在他的床边。

这是怎么了，他想，医生对他微笑，护士也冲他微笑，他感受到这种微笑里有一种赞许。接着又过了一会儿，人们簇拥着一个小孩子来到他的床边，让那个小孩子叫他叔叔，有一个女的好像在他的床前跪了下来……他艰难地转动脖子去看那个小孩，大约五六岁，脸色苍白，乌黑的发柔软地搭在脑门上，他突然觉得他在哪里见过这个孩子似的。他不知道这是怎么了……这一切对他来说是如此陌生，头疼得什么也记不起来。

有记者过来了，有摄像机也扛进来，好像是要采访他似的，后来被护士挡住了。他询问的眼光望向妻子，妻子也看他，然后对他说："你忘了吗，那个小孩子是你救上来的啊……你前天从冰河里救上来的啊……"他仔细想，似乎是有个孩子在结冰的河上玩，从冰窟窿里掉进去了，可是，是他救的他吗，他怎么一点也想不起来了呢？

他所居住的这个北方城市有一条著名的河横穿这个城市而过，每年冬天，都有人在结冰的河上玩耍，而每年都有类似的事情发生。

记忆随着体温一点一点回到他的身体里，他想起来了，似乎这个孩子是他救的，他救上了这个孩子，隐约记得他把这个孩子托上冰窟窿，并且用力向上推了一把，接着，他浑身一点劲儿都没了，便向下沉去，在冰冷的河里一直向下沉，河里是那样安静，他能隐隐约约看着半是透明的冰面上在移动的人影，而他一点也不恐惧，就像是去赴一个约，那样轻松，那样无畏，四肢在透明的河水里伸展开来，像某种柔软的植物一样浮动，他甚至感到一点淡淡的温暖，河底有一束白光在等他……

妻子告诉他，他被救上来时，一直昏迷不醒，连心跳都没有，已经昏睡了三天了。

下午的时候，他的头脑终于清醒了一些，喝了一小碗粥。护士看到他的情况有所好转，终于放那个记者进来了，话筒伸到他的面前，所有人都看着他，等着他说一句话。他昏睡的这几天，牵动了整个城市人们的眼睛，大家都知道有一个好人在冰河里救了一个孩子，这个人自己却一直昏迷不醒，很多人都关注他。那个孩子的母亲不停地在旁边对别人说“这是个好人啊，是我们的恩人啊……”周围的人都窃窃私语，期待的眼光看着他，等着他开口说话，他终于开口说话了：你冷吗……

不知为什么，说完这句话后，他突然流下了泪。

飞起来的语言城堡

——写在中短篇小说集《向老虎诉苦的人》后面的话

这本集子里的小说《向老虎诉苦的人》中有个叫白语的小男孩一直在要不要说话之间徘徊，生活中的语言带给了他无尽的烦恼，他甚至为自己为了活命而喊“救命”从此开口说话而感到羞耻。语言的纯粹性被这个孩子当成一种使命，为了这种使命感，他终于在一次死亡与生存的选择中，选择了再次沉默。

如果沉默是一种勇气，将势必会与强大的现实作对抗，强大的现实中的语言如同匍匐于地的藤蔓，它们交织在一起，既清晰又复杂。至此，我想应该有一种语言，它可以飞起来，脱离开这现实的藤蔓，它飞至空中构建一座城堡，这城堡的根却在这强大的现实中。从这现实中抽拔出去构建一个新的王国，这便是对这本小说集子最大的期望，我想看到语言在空中飞起来，在空中交织，最后成一种盛况，无比瑰丽。因为这些语言可以跳出现实的轮回，它们无比自由，飞至空中，构建出一种抽拔出生活又与生活完全不同的东西。这便是这本小说集《向老虎诉苦的人》所要达到的目的。

有一次我坐飞机，是晚上，下面是滚滚的灰色的云，在下雨，闪电就在我脚下，咔嚓嚓亮起，飞机在平流层慢慢地飞，底下雷电交错，真是壮观。这是我第一次真正体会坐壁上观这个成语，明白为什么人们都渴望自己可以飞翔，因为飞可以让人脱离，身轻如燕。原来，我们一直渴望抛弃，而一旦在陆地上我们便开始贪婪地渴望拥有。从西方到东方，从远古至现代，人们对“飞”的渴望从来不曾失去，那是最原始而本能的渴望，所以能够飞起来的语言，并在空中创造一个独特的不同于现实的世界更成了这本集子的一个终极追求。

卡夫卡奖得主阎连科在在2014年“卡夫卡文学奖”的颁奖典礼上发表获奖演讲：“我是那个命定感受黑暗的人。于是，我看到了当代的中国，它蓬勃而又扭曲，发展而又变异。”这句话，深有同感，当一个人总是站在黑暗里，或者站在帷幕里看着舞台上那些活色生香的演出，看着一切的人生百态，却始终无法从这生活的帷幕里走出来。这个时候，我们便需要想象，想象自己想要看到的那一幕，语言在生活中的存在充满了不可预知性，它会沉浮，会扭曲，会意指它物，会露出鬼脸，这个时候，我想那是一种混乱的状态，它们含混不清，又非常生动。站在黑暗里便要想象光明，我想那是一种可以把一切都放弃的状态，灵魂飞跃至空中，在那里寻找，寻找自由的文字与抽拔出的现实。

这本集子是一个人寻找与创造的方式，里面所有的主人公都对现实充满了无奈与迷茫，他们孤独而又敏锐，最后开始突围。这些幽弱的灵魂在空中形成一个瑰丽的景象，使人仰望，迷离而神奇，绝不与现实言和，绝不匍匐于地。

感谢为这本集子的出笼有过帮助的朋友，如果亲爱的读者，您能在这本集子里看到一丁点这样关于“飞的瑰丽”，那便是我最大的荣幸，谢谢。

贝西西

2015年7月26日

图书在版编目（CIP）数据

向老虎诉苦的人 / 贝西西 著. -- 北京：作家出版社，2015. 9
（文学陕军新梯队作家书系）
ISBN 978-7-5063-8383-7

Ⅰ. ①向… Ⅱ. ①贝… Ⅲ. ①中篇小说－小说集－中国－当代 ②短篇小说－小说集－中国－当代 Ⅳ. ①I247.7

中国版本图书馆CIP数据核字（2015）第241185号

向老虎诉苦的人

作　　者： 贝西西
责任编辑： 秦　悦
特约编辑： 冉晓雄
装帧设计： 回归线视觉传达
出版发行： 作家出版社
社　　址： 北京农展馆南里10号　　**邮　　编：** 100125
电话传真： 86-10-65930756（出版发行部）
86-10-65004079（总编室）
86-10-65015116（邮购部）
E-mail:zuojia@zuojia.net.cn
http://www.haozuojia.com（作家在线）
印　　刷： 三河市紫恒印装有限公司
成品尺寸： 152×230
字　　数： 258千
印　　张： 19.75
版　　次： 2015年10月第1版
印　　次： 2015年10月第1次印刷
ISBN 978-7-5063-8383-7
定　　价： 46.00元